From Zero to Hero

매장꾼의 아들 1

샘 포이어바흐Sam Feuerbach | 이희승옮김

글루온

Der Totengräbersohn

Der Totengräbersohn : Buch 1 ⓒ 2017 Sam Feuerbach
All rights reserved.

Korean language edition ⓒ 2022 by Silence Book
Korean translation rights arranged with Sam Feuerbach through EntersKorea Co., Ltd.,
Seoul, Korea.

매장꾼의 아들 1

지 은 이 | 샘 포이어바흐(Sam Feuerbach)
옮 긴 이 | 이희승
펴 낸 이 | 박동성

펴 낸 곳 | **사일런스북** | 경기도 수원시 장안구 송정로 76번길 36
전   화 | 070-4823-8399   팩   스 | 031-248-8399
홈페이지 | www.silencebook.co.kr

2022년 5월 29일 초판 1쇄 발행
I S B N | 979-11-89437-32-9 (04850)
I S B N | 979-11-89437-31-2 (세트)
가   격 | 15,000원

요한나와 베네, 그리고 야스민에게 특별한 고마움을 전하며

목차

독을 섞는 노파

파린은 두 손가락으로 노파의 혀를 잡아 벌어진 입안으로 밀어넣었다. 갈라지고 축 늘어진 청회색 고깃덩이리. 보는 것만으로도 간담이 서늘해지는. 위턱 왼쪽에 갈색 이 두 개가 흔들리는 채였고, 아래턱엔 단 하나의 이가 외롭게 남아 있었다. 그가 노파의 입에 태연하게 손가락을 넣을 수 있었던 건 몇 개 남지 않은 초라한 치아 때문만은 아니었다. 죽은 자는 무는 법이 없으니까.

이제 노끈을 사용해 시체의 턱을 묶어 올렸다. 이승에서 맨 마지막으로, 노파는 입을 다물었다. 노파의 원망 가득한 흐릿한 눈빛이 파린을 응시하고 있었다. 자신의 죽음과 파린은 정작 아무 관계가 없는데도 말이다. 어쨌건 마을 이장이 마차에 시신을 싣고 불쑥 찾아올 때까진 정말로 그랬다. 그는 파린에게 시신을 내리게 하고, 내일 저녁에 열릴 장례식 전까지 모든 준비를 마치라고 일렀다. 기이한 일이었다. 무슨 이유로 마을의 높으신 양반이 아무런 연고도 없는 노파의 장례 따위를 신경 쓴단 말인가? 그건 욕망 덩어리 그 자체인 그의 본성에도 어긋나는 일이었다.

파린은 엄지와 검지로 노파의 눈꺼풀을 살며시 감긴 뒤 작은 종지에 담긴 설탕물 몇 방울을 떨어뜨려 위 눈꺼풀과 아래 눈꺼풀을 붙였다. 그렇게 인생에서 맨 마지막으로 노파는 눈을 감았다. 예전에 몇 번 먼발치에서 노파를 본 적이 있었는데 그녀는 매번 무언가에 쫓기는 사람처럼 보였다. 마을 사람들은 그녀에 대한 무시무시한 이야기들을 전했지만, 사실 그녀의 삶은 비밀에 싸여 있었다. 그랬다. 누군가가 인습을 따르지 않고 조금만 남들과 다른 행동을 하면 사람들은 늘 '비밀에 싸여 있다'는 표현을 쓰곤 했다. 하지만 지난 삶이 어떠했건, 어떤 길을 방황하며 걸어왔건 이젠 중요하지 않았다. 그 길의 끝은 누구에게나 똑같은 죽음이었으니까. 죽음은 끝내 모든 것을 완전한 종착역으로 이끌었다. 노파의 이름이 무엇이었더라. 파린은 기억을 더듬어 보았지만 허사였다.

그는 노파의 턱을 잡고 고개를 좌우로 천천히 돌려 보았다. 왼쪽 목덜미에 한 개, 오른쪽 목덜미에 여러 개 퍼져 있는 반점을 분칠로 말끔하게 덮는 것도 잊지 말아야지.

냄새와 피부 상태와 사후 강직의 정도는 하나같이 노파의 사망 시점이 약 이틀 전임을 알려 주고 있었다. 파린의 입에서 저절로 한숨이 흘러나왔다. 길고 긴 저녁이 되겠구나. 내일 아침까지 완벽하게 일을 마무리 짓지 않으면 아버지가 펄쩍 뛰실 게 분명했다. 그러니 시간 낭비는 금물이었다. 시신이 걸친 옷은 남루했다. 그는 종아리까지 내려오는 치마 아랫단을 쥐고 허리로, 가슴께로, 그리고 머리 위로 천천히 들어 올렸다. 노파의 옷은 어차피 더럽지 않은 곳이 없었지만, 하반신 쪽에서 흘러나온 농 때문에 아래에서 삼분의 일 지점까지가 유난히 불결했다. 죽음의 냄새가 찰거머리처럼 그녀의 옷에 들러붙어 있었다. 그렇다고 벽난로에 그냥 던져 버릴 수도 없는 노릇이었다. 내일까지 일을 끝마치려면 빨아서 다시 입히는 것 외에 다른 방법이 없었으니까. 파린은 벗긴 옷을 한 번 접어 발밑에 내려놓았다.

때마침 비가 널빤지로 덮은 처마를 두드리기 시작했다. 지난여름에 아버지와 미리 지붕을 손본 덕분에 비는 한 방울도 새지 않았다. 파린이 서 있는 이곳은 세 면이 벽으로 둘러싸인 헛간, 그의 정면에 놓인 기다란 작업대 위에는 노파가 누워 있었다. 한 발짝 뒤로 물러나 시신을 보았다. 지금 앞에 놓인 이것은 무엇인가? 그저 시신 한 구일 뿐인가, 자연에서 왔다가 자연으로 돌아간 한 무더기의 죽은 고기일까? 아니면 신이 보냈다가 다시 거두어들인, 더 나은 세상으로 가기 위해 영혼이 빠져나가 버린 빈 몸뚱이라고 부를 수도 있겠지. 육신이 있든 없든 신은 분명히 나름의 엄격한 기준을 세워 두었을 것이다. 그렇지 않고서야 천국은 발 디딜 틈이 없을 테니까. 7년 전 흑사병이 마을을 휩쓸었을 때 마을 사람들 가운데 사분의 삼이 목숨을 잃었었다. 파린의 어머니도 희생자 가운데 하나였다. 처음엔 열이 나기 시작하더니 몸 전체에 섬뜩한 종기가 퍼졌고, 이틀이 지나자 검은 주검만이 남았다. 작별 인사조차 허락하지 않았던 갑작스러운 죽음이었다. 사람들은 어머니의 사체를 스무 구의 또 다른 시신과 함께 겹겹이 쌓아 불태워 버렸다. 하지만 매일매일 시체들 곁에서 일한 파린과 아버지는 멀쩡했다.

"심지어는 흑사병도 매장꾼이랑 그 아들 근처엔 얼씬도 안 한다니까?" 사람들은 수군대곤 했다.

그때 그 일을 대체 무어라 부르면 좋을까? 천만다행이란 말은 가당치 않았다. 어머니를 잃은 건 지금껏 그의 삶에서 가장 끔찍한 사건이었으니까. 마을 의원이 모든 방법을 동원했지만 허사였다. 아니, 상황을 오히려 더 악화시킬 뿐이었다. 파린은 무자비한 사혈로 환자들이 한층 더 쇠약해지는 걸 두 눈으로 똑똑히 지켜봤다. 회복에 대한 실낱같은 희망은 그렇게 물거품처럼 스러져 갔다.

몇 년 전부터 마을 신부의 설교가 귀에 들어오지 않았다. 그 대신 냉철하고 쓰디쓴, 일종의 실용주의 같은 것이 슬며시 그를 잠식하고 있었다. 그건 천국과 지옥을 설파하는 종교의 가르침과는 좀처럼 공존하기 힘든 불온한 생각이었다. 혹시 그의 믿음이 시험에 든 걸까? 생각이 여기에 미치자 파린은 얼른 성호를 그어 마음을 안정시켰다. 그래도 한 가지만은 분명했다. 모든 탄생은 필연적으로 주검을 만들어 낸다. 다만 언제가 될지 모를 뿐.

파린은 입을 꽉 다물었다. 처음으로 어린아이의 시신을 눈앞에 두었던 그 순간을 그는 영원히 잊지 못할 것이다. 세 살밖에 안 된 여자아이의 시신, 작고 연약하고 순결한 존재. 불행히도 소녀는 원인 불명의 열로 비참한 죽음을 맞았다고 했다. 소녀의 몸을 씻기는 동안 눈물이 파린의 두 뺨을 타고 흘러내렸다. 유가족들은 소녀를 위해 기도하고 또 기도하며 끝없이 눈물을 흘렸다. 장례 미사에서 신부가 근엄하게 말했다. "우리는 주님의 깊은 뜻을 헤아릴 수 없습니다."

아하, 그렇구나!

어느새 손을 멈추고 다시 신과 세계에 대한 생각에 빠져 버리다
니. 이렇게 해서는 자정까지도 일을 끝내지 못할 것이다. 파린은 얼
른 한쪽에 걸려 있던 수건을 가져와 옆에 놓인 커다란 대야에 푹 담
갔다가 물을 짜냈다. '시체를 닦을 땐 팔부터 시작하는 거야!'라고
아버지는 가르쳤다. 노파의 오른손을 들고 주름진 팔을 아래서 위
로 천천히 닦아 올라가던 파린은 깜짝 놀라 손을 멈추고 시신의 가
슴을 응시했다. 노파의 상반신에 배꼽 위에서부터 목 바로 아래까
지 세로로, 그리고 젖가슴 밑에 가로로 길게 난 피딱지가 앉은 상처
를 이제야 발견한 것이다. 불룩하게 솟은 흉터들이 만들어 낸 커다
란 십자가! 수십 수백 차례 칼로 그어 댄 흉터들은 대부분 오래된
것이었지만 몇 개는 최근에 생긴 게 분명했다. 파린은 손가락 끝으
로 흉터의 요철을 더듬어 보았다. 성호를 '긋는다'는 말이 단어 그대
로 실행에 옮겨진 것이다. 노파가 오래전부터 무딘 칼로 자신의 몸
에 주님의 상징을 반복적으로 새긴 것이 분명했다.

'쓸데없이 죽은 사람에 대해 이러쿵저러쿵 생각하지 마라!' 이 역
시 아버지의 가르침이었다. 아버지의 화난 얼굴이 떠오르자 파린은
얼른 고개를 저으며 다시 하던 일에 집중하려고 애썼다. 노파가 깨
끗한 몸뚱이로 저세상에 이를 수 있도록. 가족들이 죽은 이의 마지
막을 아름답게 기억할 수 있도록 만드는 게 그의 일이었다. 사람들

은 마지막 모습을 잊는 법이 없었다.

　팔과 다리를 끝낸 뒤 그는 시신의 상체 부분을 조심스럽게 문질러 닦았다. 중간중간 수건을 여러 번 빨아 대야의 물은 어느새 하늘과 꼭 같은 탁한 회색빛으로 변해 있었다. 여전히 비가 내리고 있었지만 낡아 빠진 빗물 통은 물이 새서 아무 쓸모가 없었다. 이제 어쩔 수 없이 개울에 가서 깨끗한 물을 길어 와야 했다. 파린과 아버지의 일터이자 집이었던 이곳을 사람들은 '세상의 끝'이라고 불렀다. 정말 그랬다. 그곳은 개울의 끝, 마을의 끝, 그리고 세상의 끝이었다. 세 벽과 지붕으로 이루어진 이 헛간의 작업대에 몸을 뉜 사람들은 누구나 삶의 종착역에 다다른 것이었다. 여기에서부터는 아무것도 없었다. 오로지 심장을 짓누르는 침울한 기운과 혼탁해진 개울물과 역한 냄새만이 그들을 둘러싸고 있을 뿐.

　어둠이 내려앉는 가운데 가을바람이 낮게 깔린 구름을 몰아오고 있었다. 비는 밤까지도 그칠 것처럼 보이지 않았다. 파린은 하는 수 없이 대야를 들고 좁은 안뜰로 걸음을 옮겼다. 악취 나는 대야의 물이 출렁이다가 파린의 바지 위로 와락 쏟아져 내렸다.

　"제길!" 저절로 욕지거리가 튀어나왔다. 처음 있는 일이 아니었다. 대야에 물을 가득 채우지 말라는 꾸지람을 들은 게 벌써 몇 번째던가. 양동이를 쓰면 훨씬 편할 텐데 아버지는 하필 구식 대야만 고집했다. 언제나 그랬듯이 파린은 몇 미터 떨어진 붉은 가시나무 덤불까지 가서 구정물을 쏟아부었다. 나무는 그래도 아무렇지도 않은 듯 보였다. 아니 오히려 주변의 다른 나무들보다도 훨씬 빨리 쑥쑥 자라 파린의 키를 넘어선 지 오래였다. 빈 대야를 들고 서둘러 개울로 내려갔다. 바지까지 빨아서 불 가에 말려야 한다고 생각하니 자꾸 화가 치밀어 올랐다. 그에게 바지라고는 딱 한 벌뿐이기 때문이었다. 자신에게도 소유했다 할 만한 것이 과연 있었나, 곰곰이 생각해 보았지만 떠오르는 것은 단 하나, 이름뿐이었다. 신에겐 없지만 파린에겐 있는 것, 이름.

"파린!" 그가 큰 소리로 제 이름을 불렀다.

그게 어디야.

파린은 여러 가지 이유로 개울을 좋아했다. 콸콸 흐르는 물소리는 다정했고, 그 소리를 듣고 있으면 마음이 편안해졌다. 또 물은 늘 차갑고 상쾌했다. 개울 중간에 여기저기 솟은 돌들은 공상에 잠기기에 안성맞춤인 장소였다. 그의 생각도 개울물을 따라 빠르게 아래로, 아래로 떠내려가고 있었다. 구불구불 숲속을 가로질러 가다가, 갑자기 폭포를 만나 뚝 떨어져 내린 뒤, 초원을 지나 큰 강으로 흘러들었다. 강줄기가 점점 넓어져도 멈추지 않고 더 넓은 세상을 지나 끊임없이 바다를 향해….

바다! 끝이 보이지 않는, 사방이 물뿐인 바다! 파도가 넘실대는 바다! 지치지 않고 육지를 향해 철썩거리는 바다!

거기에도 혹시 누군가가 거대한 대야를 들고 서 있을까? 한 번만, 단 한 번만 바다를 볼 수 있다면…, 파린은 어느새 꿈을 꾸고 있었다.

잠시 후 그는 대야에 물을 가득 채운 채 조심스럽게 헛간으로 돌아왔다.

양동이에 물을 채워 와 대야에 옮겨 부으면 편할 것을 이게 무슨 고생이람. 파린은 수도 없이 이런 생각을 했다. 아버지가 이렇게 가르치셨으니까, 아버지가 그걸 좋아하시니까. 구구절절한 다른 설명은 아무짝에도 쓸모가 없었다.

깨끗한 물을 옆에 두고 다시 작업이 시작됐다. 겨우 몸을 끝내고 이제 얼굴에 공을 들일 차례였다. 달걀노른자, 캐머마일, 우엉 뿌리 달인 물, 쐐기풀즙을 물에 섞어 머리를 감기고 난 뒤 머리카락을 잘라 냈다. 가느다란 머리카락은 투박한 가위로 쉽게 잘리지 않았다.

'아주 중요한 데가 바로 손이야.' 아버지는 늘 그 점을 강조하셨다. 장례식이 열리는 내내 망자의 가슴 위에 경건하게 포개져 있어야 하니 당연히 손이 중요하긴 했다. 다만 아버지에게 '강조'란 '회초리를 휘둘러 대다'와 동의어였다. 그게 바로 아버지만의 특별한 교육 방식이었다. 어쨌든 이제 손톱을 손질할 차례였다. 작은 손톱용 가위가 있어 얼마나 다행인지 몰랐다.

아버지가 이 가위를 사신 건 2년 전쯤, 파린의 어처구니없는 실수 직후였다. 그날 파린은 커다란 가위를 들고 일을 하다가 그만 망자의 약지를 잘라 버리고 말았다. 물론 죽은 자는 말이 없었지만,

가슴 위에 평온하게 포개진 아홉 개의 손가락 사이, 시뻘겋게 손가락이 잘려 나간 그곳을 보고 놀란 가족들이 문제였다. 그들 주장의 요지는 명백했다. 창백하게 식어 있는 망자가 살아생전에, 지금은 잘려 버린 바로 그 손가락에 값비싼 반지를 끼고 있었다는 것이었다. 반지는 나타나지 않았다. 비통함에 사로잡힌 유족들은 무덤 앞이 아니라 마을 이장을 찾아가 서럽게 울었다. 실수에는 대가가 따랐다. 아버지는 한 푼도 손에 쥐지 못했고, 파린은 흠씬 두들겨 맞았다.

새 손톱 가위 덕분에 이번엔 손가락이 모두 온전했다. 이제 작은 칼을 써서 손끝을 깨끗하게 다듬을 차례였다. 파린은 까맣게 때가 앉은 손톱 끝과 함께 오른쪽 손톱 밑에 붉어진 굳은살도 같이 제거했다.

'어차피 발 쪽은 아무도 쳐다보지 않아.' 아버지는 가르치셨다. 그걸 배우며 뺨을 몇 대나 맞았는지 모른다. 그래도 그는 늘 발톱에도 똑같이 정성을 들였다.

신이라면 발을 보실 수도 있으니까.

여느 저녁처럼 빛이 물러나고 있었다. 서서히 그러나 서슴없이. 파린은 기름 램프에 불을 켠 뒤 작업대 위 나무판에 올렸다. 작업대. 어릴 때 딱 한 번 작업대를 책상이라고 불렀다가 아버지에게 호된 꾸지람을 들은 기억이 생생히 떠올랐다.

"이건 작업대야, 작. 업. 대!" 아버지의 호통 소리가 쩌렁쩌렁 울렸다. "죽은 사람은 책상에 올라가지 않는다고!"

효심에 압도되어, 그리고 사랑의 매에 힘입어 파린은 그 뒤로 아버지 말씀을 명심했다.

제길! 아까 물을 길으러 간 김에 더러운 옷도 가져가 빨아 왔어야 했는데. 대야에 남은 물로 어떻게든 버텨 보는 수밖에. 이 어둠을 뚫고 또다시 개울가로 내려가고 싶진 않았다. 그나마 대야의 물이 노파의 옷보다는 깨끗해 보였다. 파린은 양손으로 옷을 집어 물속에 담갔다가 다시 들어 올렸다. 옷을 비틀어 짜내자 누런 물이 떨어졌다. 그래도 마음에 들지 않았다. 아니, 안 되겠다. 아침까지 기다렸다가 개울에 가서 흐르는 물에 한 번 더 빠는 수밖에. 파린은 한숨을 내쉬며 다시 시신을 바라보았다. 바로 그때였다. 날카로운 빛이 하늘을 가르더니 거의 동시에 쾅 하고 천둥소리가 울렸다. 그가 소스라치게 놀라 몸을 움츠렸다.

이런 멍청이, 겨우 천둥 번개에 놀라다니!

그는 노파의 치마를 대들보에 대충 걸쳐 두고 얼굴을 손보기 시작했다.

'얼굴은 손보다도 더 중요하지!' 누구나 알고 있는 사실인데도 아버지는 그 점을 강조하며 또 주먹을 휘둘렀다. 상대방이 산 사람이건 죽은 사람이건 사람들은 언제나 눈을 가장 먼저 바라보기 마련이고, 눈은 얼굴 한가운데 있으니까. 그는 노파의 두 뺨과 코를 바라보았다. 머리 뒤쪽에 피가 쏠려 있어선지 노파의 얼굴은 염소

젖처럼 새하얬다. 마을 사람들은 노파가 쉰 살쯤 되었다고 얘기했지만 실제로 그녀는 그보다 두 배쯤 늙어 보였다. 광대뼈와 턱의 주름진 피부는 힘없이 축 늘어져 접혀 있었고, 슬픔과 불안과 고통이 곳곳에 깊이 새겨져 있었다. 파린은 꼼짝 않고 서서 노파의 얼굴을 가만히 응시했다. 무엇이 이토록 그를 불안하게 하는 걸까? 딱히 꼬집어 말할 수는 없었지만, 망자의 얼굴엔 분명 어떤 기이함이 있었다. 분노 또는 노여움의 기운이라고 해야 할까? 갑자기 한기가 느껴졌다.

이상한 소리에 파린은 불현듯 뒤를 돌아보았다. 등 뒤는 어느새 칠흑 같은 어둠이 내려앉아 눈이 어둠에 적응하기까지는 시간이 필요했다. 설마 움직이는 그림자? 팔에 난 털들이 쭈뼛하고 일어서는 게 느껴졌다. 누군가 그를 훔쳐보고 있는 걸까?

"거, 거기 누구요?" 하지만 파린은 자신의 가느다란 목소리에 오히려 깜짝 놀라고 말았다.

다행히 대답하는 이는 없었다. 도대체 뭘 기대한 거지?

겁쟁이. 하지만 다시 이상한 기분이 들었다. 이번엔 작업대 쪽으로 휙 하고 몸을 돌렸다.

쓸데없는 생각은 말자, 파린. 누가 이 밤중에 제 발로 여기까지 찾아와 어둠 속에 서서 네가 시체 닦는 모습을 지켜본다는 거야.

하지만 용기는 잠시뿐, 짧은 외마디 비명이 터져 나왔다. 노파의 퀭한 두 눈이 파린을 응시하고 있지 않던가! 얼음물 한 바가지를 뒤

집어쓰기라도 한 듯 오싹함에 온몸이 전율했다. 맹세컨대, 그건 분명 살아 있는 사람의 눈이었다. 게다가 방금 그녀의 동공에 잠깐 불빛이 반짝이지 않았던가? 창문 밖에서 등불을 든 누군가가 휙 하고 지나가기라도 한 것처럼. 무언가에 홀린 사람처럼 파린은 노파의 얼굴에 시선을 고정했다.

그녀가 눈을 한 번 깜빡이기라도 했다면 그는 그대로 정신을 잃고 말았을 것이다.

조금 전에 조심스럽게 눈을 감기고 눈꺼풀을 붙이지 않았던가! 다시 시신의 눈을 감기며 파린은 심장이 제멋대로 요동치는 것을 느꼈다. 사후 강직이 진행되면서 다시 눈을 뜬 거겠지. 암, 그럴 수도 있고말고. 그는 가까스로 마음을 가라앉혔다.

이번에도 재빨리 뒤를 돌아보았다. 언제나 그랬듯이 칠흑 같은 어둠뿐. 마음이 진정되자 온몸의 뼈 마디마디마다 다시 천천히 온기가 스며들었다. 도대체 왜 이렇게 불안한 거지?

시체 닦는 놈이 시체를 앞에 두고 무서워 떠는 꼴이라니, 백정이 피를 무서워한다는 말보다 더 우습군. 헛웃음이 나왔다. 파린, 이건 네가 수도 없이 해 온 일이야. 아마추어처럼 굴지 말라고.

"음… 그런데 할머니 이름이 뭐였죠?" 그는 시체에다 물었다. 물론 대답이 없었다.

분명 'ㄱ' 아니면 'ㅋ'으로 시작하는 이름이었는데…. 생각할 겨를도 없이 누군가가 밧줄로 그의 몸을 낚아채기라도 한 것처럼 그는 펄쩍 뛰며 뒤로 한 발짝 물러났다. 파린의 시선은 시신의 가슴 위에 꽂혀 있었다.

거기에 무언가가 놓여 있는 게 아닌가? 분명 조금 전까지도 없었던 둥글고 반짝이는 물건이. 심장이 다시 요동치는 것을 느끼며 그는 주위를 두리번거렸다. 그 말고는 아무도 시신 가까이 오지 않았는데. 어떻게 된 일이지? 그는 까치발을 한 채 한 발 한 발 시신 쪽으로 다가갔다. 소리를 지르지 않으려 입을 꾹 다물어야 했다. 눈도 깜빡이지 못한 채 그는 죽은 노파의 가슴을 노려보았다. 한때 그녀의 심장이 뛰었을 바로 그 자리에 부적 같기도 하고 펜던트 같기도 한 무언가가 놓여 있었다. 파린은 조심스럽게 손을 뻗었다. 한순간에 자신의 손이 한 줌의 먼지가 되어 버리는 건 아닐까 두려웠다. 간신히 떨리는 손가락 끝으로 그것을 집어 들었다. 묘한 온기가 느껴졌다. 단순한 둥근 모양에 양면이 매끈한, 마치 요철 없는 동전처럼 생긴 물건이었다. 구멍이 뚫려 있는 것으로 보아 목걸이 줄에 매달려 있던 펜던트임이 분명했다. 램프 불빛을 받은 표면이 노랗게 빛났다. 팔을 뻗어 무게를 가늠해 보았다. 금이라 하기엔 너무 가벼웠다. 살짝 물어 보니 잇자국이 남지 않았다. 지금까지 한 번도 보지 못한 종류의 금속이었다. 착각인지 몰라도 알싸한 마늘 맛이 나는 것 같았다. 이제 이걸 어떻게 한담? 따로 보관할 만한 상자 따위는 찾을 수가 없었다. 그래서 그는 구멍에 노끈을 통과시킨 뒤 자신의 목에 걸었다. 펜던트는 이제 셔츠 속으로 들어가 보이지 않았다.

내일 장례식이 열리기 전에 노파의 가족들에게 돌려줘야지. 그러려면 아버지의 눈을 피해 안전한 곳에 숨겨야 했다. 아버지가 아신다면 그다음은 뻔했다. 무덤에 풀이 나기 시작할 때까지 기다렸다가 멀리 떨어진 어느 마을 시장에 내다 판 다음 그 돈을 술값으로 탕진하겠지. 아버지는 걸핏하면 죽은 이의 소지품을 슬쩍했다. 그건 매장꾼이라는 직업에 대한 선입견, 또는 안 좋은 평판을 사실로 입증하는 행동이었다. 아버지는 그렇게 자신에 대한 세간의 안 좋은 평판을 가꾸고 유지하는 데 능했다. 파린은 아버지처럼 되고 싶지 않았다. 절대로. 그럼 그의 정직함은 아버지 덕분이었을까? 만약 아버지가 항상 올바르고 정직했다면? 그랬다면 파린이 다른 사람의 재물을 호시탐탐 노리는 사람이 되었을까?

생각이 여기에까지 다다르는 동안 그의 심장 뛰는 소리도 서서히 잦아들었다.

그런데 이 기이한 펜던트는 도대체 어디에서 나타난 걸까? 쓸데없는 생각 말고 이제 네 일에 집중해, 파린!

노파의 얼굴에는 아무런 악의도 없었다. 파린은 다시 주춤했다. 이번에도 그냥 착각이었을까? 그녀의 얼굴이 왠지 아까보다 훨씬 편안해 보였다. 파린은 걸려 있는 수건 중에 비교적 깨끗한 것을 골라 물로 희석한 화주에 적신 뒤 이마와 뺨과 턱과 목을 차례로 닦아냈다. 이렇게 하면 부패 속도를 늦출 수 있었다.

너무 많이 쓰지는 말자. 늘 싸구려 술만 마시는 아버지 관점에서 값비싼 화주를 넉넉히 쓰는 건 당연히 낭비였다.

다음은 시체의 뺨에 색을 약간 입혀 치장할 차례였다. 파린은 여기에 황토와 기름을 섞은 묽은 반죽을 썼다. 집안 대대로 내려오는 오래된 비법이었는데, 조금만 사용해도 시신을 훨씬 귀하게 보이도록 만드는 효과가 있었다. 그러고 나서 숯으로 눈꺼풀과 눈썹을 살짝 검게 칠하고, 양 기름을 아주 조금 덧발라 윤기를 더했다. 마지막으로 시신의 머리를 단정하게 빗겼다.

파린은 한 발자국 물러나서 공들여 작업한 결과물을 바라보았다. 그 어떤 방법으로도 생기를 불어넣을 수는 없었지만, 노파는 그새 마법처럼 몇 년쯤 젊어져 대략 여든 살쯤 되어 보였다. 그런데 노파 이름이 뭐였더라…. 입안에서 맴돌기는 하는데 여전히 생각이 나지 않았다.

저절로 하품이 났다. 늦은 시간이었다. 이제 몸을 좀 뉘어야겠다고 그는 생각했다. 치마는 내일 아침에 한 번 더 빨면 오후까지는 마르겠지. 향수도 어차피 내일 뿌려야 했다. 미리 뿌린들 밤사이 향이 모두 날아가 버릴 테니까. 노파가 제 발로 사라질 일은 없으니 인제 그만 집에 가자. 아버지가 잠들어 있는 누추한 오두막으로.

아버지와 그가 사는 집은 그들의 삶만큼이나 단순했다. 바닥은 진흙을 다져 만들었고, 벽에도 나뭇가지를 엮어 진흙을 발랐다. 그 위에 진흙을 얇게 발라 말린 판자로 지붕을 얹혔다. 방은 단 하나뿐이었다. 아직 아버지의 모습은 보이지도 않는데 그의 체취가 풍기고, 그의 소리가 들렸다. 혀 꼬부라진 잠꼬대 소리, 방귀 소리. 아버지는 난로 뒤 한쪽 구석에서 취한 채로 잠들어 있었다. 벌어진 입 속에 이가 반짝이는 건 간간이 흘리는 침 때문이었다. 삶에 굴복한, 증오에 사무친 노인의 얼굴. 자신보다 잘난 모든 사람, 그러니까 온 마을에 대한 질투가 아버지에게 끊임없이 비참함을 안겼다.

파린은 더러워진 바지를 벗어 짚으로 엮은 자신의 잠자리 맞은편에 두고 몸을 뉘었다. 그리고 그대로 깊은 잠에 빠져들었다.

"게으른 녀석!" 온화한 목소리와 힘찬 발길질이 잠을 깨웠다.

"닭이 운 게 언제인데 아직도 자고 있어?"

아버지는 매번 닭이 벌써 울었다고 하셨는데, 파린은 그 시간에 항상 잠들어 있었으니 도대체 대꾸할 방법이 없었다. 언젠가는 밤을 새워서라도 정말로 닭이 우는지 확인하고 말 테다.

"계룬다는 왜 여태껏 볼썽사납게 헛간에 발가벗고 누워 있는 게냐? 어서 끝내지 못해?"

파린은 자리에서 벌떡 일어났다. 밖은 아직 어두웠다. "계룬다! 맞아요, 아버지, 그 이름이 왜 진작 생각이 안 났을까요?"

"그건 네놈이 멍청하니까 그렇지." 아버지가 대답했다.

아하, 그렇구나!

잠시 후 파린은 상의만 걸친 채 노파의 시신 앞에 서 있었다. 그녀는 어젯밤에 있던 바로 그 자리에 그대로 누워 있었고 그녀의 치마는 대들보에 걸려 있었다. 날이 밝고 나니 간밤에 자신이 느꼈던 공포가 오히려 낯설었다. 혹시 내가 꿈을 꿨나? 자기도 모르게 가슴 한가운데로 손이 갔다. 분명 꿈은 아니었다. 노끈에 달린 펜던트가 그의 목에 걸려 있었다.

어떻게 이 기이한 물건이 게룬다의 몸 위에 놓여 있었을까? 대체 무슨 일이 일어난 거지?

의심과 놀라움으로 혼란스러운 가운데 파린은 눈을 흘기듯이 시신 쪽으로 시선을 살짝 돌렸다. 게룬다. 독을 섞는 노파. 마을 사람들은 그녀를 그렇게 불렀다. 파린은 얼른 노파의 치마를 집어 들고 집으로 돌아가 문 앞에 놓인 바지를 함께 챙긴 뒤 개울로 갔다. 그곳에서 먼저 정성 들여 빨래를 마친 뒤 몸을 씻기 시작했다. 먼저 검지로 윗니와 아랫니를 문질러 닦고 입을 헹궈 냈다. 예전에 모아 둔 끝이 뾰족한 작은 나뭇가지들은 이 사이를 구석구석 깨끗이 하는 데 아주 유용했다. 개울에 비친 자신이 하얀 이를 보이며 고맙다고 인사하는 것 같았다. 어머니에게 배운 방법이었는데 아버지는 파린의 이런 모습을 보고 비웃곤 했다. 이번에는 자신의 헝클어진 검은 머리를 들여다보았다. 왠지 마음에 들었다. 자신이 죽은 뒤에 꼭 이렇게 머리를 다듬고 싶다고 그는 생각했다.

다시 헛간에 도착하니 아버지가 양손을 허리에 얹은 채 시체 옆에 서 있었다.

"대체 어딜 이렇게 싸돌아다니는 게냐?" 아버지가 씩씩거렸다.

그러고 나서 계룬다를 가리키며 물었다. "대야 하고 빗, 노끈, 그리고 꾸밈 값을 받으면 되겠지?"

"씻기는 데 쓴 물값은 어쩌고요?"

"뭔 욕심을 그리 부리는 게야. 그건 그냥 통 크게 덤으로 하자고."

파린은 아버지의 이런 사업 수완이 별로 달갑지 않았다. 시체를 닦는 데 쓰인 모든 물건은 불결한 것으로 여겨져 다시 사용해선 안 되었다. 그중에서도 특히 대야는 작업을 끝내면 망가뜨려 폐기하고 유가족에게 비용을 청구하게 되어 있었다. 파린은 이마를 찌푸리며 대야를 보았다. 한 서른 번쯤 폐기하고 매번 비용을 청구했을 테니 진정 마법의 대야라고 할 수 있었다. 빗도 마찬가지였다.

"벌써 오늘 오후가 장례식이야. 그러니 어서 마무리를 지어야지, 이놈아."

"무슨 일이 있었던 거죠?" 파린이 물었다.

아버지는 그를 향해 곱지 않은 시선을 보냈다. 질문을 받는 건 아버지에게 가장 참기 힘든 일 중 하나였다. 더군다나 이런 종류의 질문은. 그는 볼멘소리로 대답했다. "어제 아침에 신부가 오두막에 죽어 있는 계룬다를 발견했다고, 오후에 '따뜻한 맥주'에 와서 나한테 얘기하더라. 그리고는 이장을 시켜 시신을 이리로 보낸 거지."

'따뜻한 맥주'는 성당 건너편에 있는 선술집 이름이었다. 이 얼마나 술맛 나는 이름인가! 설령 그 술집 이름이 '미적지근한 소변'이라 해도 손님이 줄어들진 않겠지. 어차피 그곳은 이 마을의 유일한 술집이었으니 말이다.

"어떻게 죽었는데요?"

아버지의 심기를 건드리는 질문인 줄 알면서도 파린은 늘 같은 걸 물었다. 아버지는 역시나 인상을 찌푸렸다. 윗니 두 개가 빠져 버린 공간 사이로 혀끝이 빠르게 움직여 그는 순간 뱀처럼 보였다.

"어떻게 죽었냐고? 심정지. 그것 말고 또 뭐가 있겠냐, 이놈아."

"아하, 그렇구나!"

파린은 아버지가 그보다 훨씬 더 많은 사실을 알고 있다는 걸 알고 있었고, 아버지는 파린이 그 사실을 알고 있다는 걸 알고 있었다. 아버지는 늘 입버릇처럼 '죽음은 죽음일 뿐이야. 의문은 장사를 망치지.'라고 말했다. 그의 여러 지혜로운 가르침과 마찬가지로 이 말에도 딱히 반박할 논리가 없었다. 아버지가 말하는 사망 원인은 언제나 단 한 가지, 바로 심정지였다. 그러니 질문 따위는 집어치워! 파린은 최근 들어 여러 번 아버지의 이 대답에서 허점을 찾으려고 애썼지만 결국은 거기에 반박할 수 없는 진실이 들어 있음을 인정할 수밖에 없었다. 언젠가 모든 심장은 멈춘다. 어느 날 갑자기 세월의 무거운 짐을 지게 된 일흔 살 노인도, 전쟁터에서 적의 칼에 몸을 관통당한 전사도, 나무에서 떨어져 목뼈가 부러진 열 살짜리 아이도.

"나는 이제 땅을 파러 갈 테니 인제 그만 마무리를 지어라. 명심해. 죽음은 죽음일 뿐이야. 자꾸 질문하면 장사를 망치는 법이다."

"아하, 그렇구나."

아버지는 다시 삐딱한 얼굴로 파린을 바라보다 입을 열었다. 사실 아버지의 고개는 늘 약간 삐딱했다. 어쩌면 그래서 늘 파린에게 그런 시선을 던지는 것인지도 몰랐다. "말끝마다 '아하, 그렇구나!'라고 말하지 마. 어쩐지 '아니요, 그렇지 않은데요.'처럼 들리니까."

파린은 아무런 대꾸도 하지 않았다.

아버지는 삽과 곡괭이를 들고 공동묘지 쪽을 향해 집을 나섰다. 그나마 다행이었다. 인심 좋게 아들에게 무덤 파는 일까지 넘겨줄 때도 많았으니까 말이다.

초저녁까지는 아버지를 다시 볼 일이 없을 것이다. 아버지는 무덤을 파고 나서 어제도, 그제도, 그리고 그 전날에도 그랬듯이 성당 맞은편 술집에 들러 술을 퍼마실 테니까. 그 시간 그곳엔 보통 아버지와 술집 주인 둘뿐이었다. 손님들은 대부분 더 늦은 시간이 되어야 모여들곤 했는데, 그러면 문 뒤쪽 구석에 놓인 테이블이 아버지의 자리였다. 매장꾼하고는 가능한 한 눈도 마주치고 싶지 않은 마을 사람들로부터 가장 멀리 떨어진 자리. 하지만 다른 손님들이 없을 때는 그럴 필요가 없었다.

파린은 말없이 아버지의 뒷모습을 바라보다가 하품을 했다.

얼른 일을 끝내고 다시 눈을 붙여야겠다고 그는 생각했다.

마을

말발굽 소리에 눈을 떴다. 정오쯤이었다. 파린은 아직 다 마르지 않은 바지를 입는 둥 마는 둥 하고 밖으로 나왔다. 이장이 말이 끄는 수레를 안뜰 한가운데에 세웠다.

"이 녀석아, 얼른 싣지 않고 뭐 하는 게냐." 이장의 인사말이 울려 퍼졌다.

"밤새 안녕하셨지요?" 파린은 상냥하게 웃으며 하막에게 인사했다.

하지만 하막은 무표정한 얼굴로 말했다. "잔소리 말고 어서 움직여!"

"잠시만 기다리세요. 얼른 데려오겠습니다."

"서둘러라."

아무도 그 이유는 몰랐지만 이장은 항상 바빴다. 그의 이름은 하막이었다. 하지만 파린은 그의 이름을 부르는 법이 없었다.

파린은 태연히 헛간으로 갔다. 조심스럽게 계룬다의 리넨 원피스를 잡아당겨 반듯하게 정리한 뒤 밤새워 일한 결과물을 살펴보았다. 전체적으로 잘 마무리가 된 것 같아 만족스러웠다. 파린은 능숙한 동작으로 두 팔을 노파의 몸 아래에 밀어 넣고 번쩍 들어 올려 수레 쪽으로 걸어왔다. 열여덟 건장한 청년인 파린에게 이런 일쯤은 누워서 식은 죽 먹기였다. 지금껏 노파보다 훨씬 무거운 시신을 수시로 들어온 데다가 무덤 파는 일까지 했으니 파린의 팔과 등은 유난히 근육이 발달해 있었다. 그는 조심스럽게 노파의 시신을 수

27

레 위에 내려놓았다.

하막은 시신을 힐끔 쳐다보더니 입을 실룩거리며 말했다. "이 할 망구, 지금까지 본 중에 오늘이 젤 낫구먼." 그리고 쯧쯧 혀를 차고 는 고삐를 살짝 잡아당겼다. 말은 발굽 소리를 내며 마차를 왔던 방 향으로 돌렸다.

"장례식이 언제죠?"

"그야 물론 성당 종이 칠 때지, 이 녀석아."

그의 이름은 파린이었다. 하지만 하막은 그의 이름을 부르는 법 이 없었다.

덜커덕 소리를 내며 말과 마차와 하막이 떠났다. 그리고 게룬다 도 떠났다.

젠장, 시신을 천으로 덮는 걸 깜빡했군. 그는 고개를 들어 구름 낀 하늘을 살펴보았다. 비만 내리지 않는다면 괜찮을 거야.

이른 저녁에 아버지가 돌아왔다. 빈손이었지만 머릿속은 무언가 로 가득 차 있었다. 고함을 치면서 비틀거리고, 비틀거리면서 고함 을 쳤다. 그리고 언제나 그렇듯 목표도 의미도 없이 딱딱한 빵조각 을 우물거리다가 평화롭게 잠자리로 기어들어 갔다. 언제나 그렇듯 삽과 곡괭이는 선술집에 있겠지. 내일 아침 눈을 떴을 때 자신의 소 중한 연장들이 눈에 보이지 않는다면 파린에게 분풀이를 할 게 뻔 했다. 파린 자신은 분풀이할 대상이 없었기 때문에 하는 수 없이 마으로 가기로 했다.

　비가 내리고 있었다. 차갑고 음울한 가랑비였다. 그는 망토에 달린 모자를 푹 눌러썼다. 성당의 종탑은 여전히 침묵하고 있었다. 오늘은 장례식이 있으니 곧 종소리가 울리기 시작하겠지. 마을까지는 빠른 걸음으로 45분쯤 걸렸지만 파린에겐 30분이면 충분했다. 저 멀리 나무들 위로 이 작은 마을의 자부심, 붉은 벽돌을 쌓아 올린 성당 종탑이 우뚝 솟아 있었다. 파린은 맨발로 질퍽거리는 길을 걸었다. 겨울이 성큼성큼 다가오고 있었다. 신발 몇 켤레가 절실한 계절이 돌아온 것이다. 마을 선반공이 깎아 만든 수수한 신발 몇 켤레면 충분한데. 파린은 꼭 한번 선반공이 되어 보고 싶었다. 그는 막 베어 낸 나무와 톱밥 냄새를, 그리고 목공용 공구들과 발로 밟으면 빙빙 돌며 매끈하게 나무를 깎아 내는 기계들을 좋아했다. 어릴 때 그는 자주 선반공 작업실에서 시간을 보내며 일을 도왔다. 하지만 아버지가 눈치채게 되면서 더는 그럴 수가 없었다.

　그가 태어나고 자란 이 마을의 이름은 하우펜이었다. 드디어 길 양쪽으로 오두막집들이 나타나기 시작했다. 숲이 시작되는 곳에, 길 쪽에서 보이지 않는 뒤편 어딘가에 게룬다가 살았다. 마을 사람들은 모두 그녀를 싫어했다. 모두가 그녀를 피해 다녔다.

　매장꾼도 뭐 거기서 거기지, 파린은 생각했다.

　그도 그럴 것이 매장꾼은 사람들에게 필연적이고 냉엄한, 그리고 달갑지 않은 그 무엇을 떠올리게 하는 사람이었으니까. 그리고 파린은 사람들이 그토록 피하는 매장꾼의 아들이었다. 마을 사람들은 그를 무시하고 멀리했다. 그래도 한 가지 사실만큼은 변하지 않았다. 죽음은 신의 빗자루이다. 그리고 파린은 죽음을 깨끗이 하는 사람이었다.

멀리에서 여자의 신음 같은 끼익 소리가 반복적으로 들렸다. 맥주잔이 그려진 빛바랜 간판이 바람에 흔들리며 내는 소리였다. 간판을 매단 녹슨 쇠사슬과 녹슨 못이 만들어 내는 그 소리는 선술집 간판에 청각적인 효과까지 불어넣고 있었다.

이제 목적지가 보였다. 전통적인 방식으로 지어진 단순한 건물에는 술집 말고도 여행객이 묵을 수 있는 방이 네 개 더 있었다. 뒤쪽 별채에는 주인이 아내와 두 아들과 살고 있었다.

파린은 사람들의 시선을 받고 싶지 않았지만 가까스로 용기를 내 널따란 나무 계단에 올라선 뒤 힘차게 문을 열어젖혔다. 아뿔싸! 젖은 손에서 손잡이가 미끄러지면서 문은 쾅 하고 요란한 소리를 내며 벽에 부딪히고 말았다. 무슨 망신이람. 손님들의 시선 하나하나가 파린에게 꽂혔다. 파린은 멋쩍은 미소를 지으며 그 자리에 엉거주춤 서 있었다. 하지만 그의 미소에 답하는 사람은 아무도 없었다. 술을 마시는 사내들은 대략 십여 명쯤이었는데 하막도 그중 하나였다. 그는 곧 아무것도 보지 못했다는 듯 다시 고개를 돌렸다. 그랬다. 파린은 투명 인간 같은 존재였다. 무표정한 얼굴로 매장꾼의 아들을 바라보던 다른 사람들도 다시 맥주를 마시고 담배를 물었다.

"난 또 누구라고. 매장꾼 아들놈이었군." 주인이 웅얼거렸다.

"나도 봤어, 게오리히." 이름이 기억나지 않는 쥐를 닮은 남자가 대답했다.

마을 사람들에겐 대체로 이름이 있었다. 몇 명만 빼고. 아버지는 그 예외 중 한 명이었다. 사람들은 그를 그냥 매장꾼이라 불렀다. 그래서 파린도 이름 대신 매장꾼 아들로 불렸다.

선술집 안은 알코올 냄새, 땀 냄새, 담배 냄새로 가득했다. 남자들은 하나같이 연기를 뿜어 대는 자기만의 파이프를 가지고 있었다. 긴 것, 짧은 것, 가느다란 것, 배가 불룩한 것, 높이 올라간 것, 평평한 것 등. 그리고 그들은 저마다 자신의 파이프가 왜 좋은지, 왜 안 좋은지에 관해 토론하고 언쟁하고 열을 올렸다. 파이프가 없는 선술집은 상상할 수도 없을 만큼, 이곳의 사내들은 파이프에 집착했다. 테이블 위에는 파이프의 대통, 물부리, 파이프 용품들이 여러 개 놓여 있었다.

"내 새 파이프는 좀 더 길이 들어야 해. 난 먼저 담뱃잎을 꽉 누르지 않고 삼분의 일까지만 채우지." 쥐를 닮은 남자가 기다란 막대기 모양의 파이프를 들어 올리며 말했다.

다른 사내들이 그의 전문성에 감탄한 듯 말없이 고개만 끄덕였다. 그러고 나서 몇몇은 진지한 얼굴로 자신의 파이프에 담뱃잎을 채워 넣었고, 다른 사내들은 파이프를 꼼꼼히 청소했다.

파이프 따위로 열띤 토론을 벌이는 사내들이 우습긴 했지만 파린은 단 한 번도 사람들 앞에서 대놓고 얘기하진 않았다. 어차피 그는 사내들과 어울릴 수도 없는 처지였으니까. 이 마을에 서열이라는 게 존재한다면 거리의 개똥과 숫염소 사이 어디쯤이 파린의 위치였다. 여기 선술집에서도 출입구 왼쪽 구석진 테이블만이 박피꾼, 매춘부, 사형 집행인, 그리고 매장꾼 등이 앉을 수 있는 유일한 공간이었다. 그들은 늘 그들만의 테이블에 앉아 그들만의 잔에 담긴 맥주를 마셨다. 물론 아버지의 삽과 곡괭이도 아버지가 늘 앉는 바로 그 자리에 그대로 놓여 있었다.

파린은 아버지의 연장을 집어 들고 곧바로 술집 한가운데로 뚜벅뚜벅 걸어갔다. "이장님, 여쭤볼 게 있어요. 장례식이 언제지요?"

사내들은 파이프 담배를 피우는 도중에 방해받는 것을 좋아하지 않았다. 더욱이 말을 거는 상대방이 매장꾼의 아들이라면.

"뭘 그리 재촉하는 게야? 네 아비의 욕심은 끝도 없구나."

"무슨 말씀이신지요?"

"그까짓 몇 푼 떼어먹을까 봐 아주 안달이 났구면." 하막이 혼잣말처럼 중얼거리더니 덥수룩한 콧수염 끝을 잡아당기며 큰 소리로 말했다. "비까지 이렇게 오는데 말이야. 여기 누구든 이런 날씨에 독 섞는 노파를 땅에 묻고 싶은 사람이 있나?"

여기저기서 놀란 사람들의 웅성거림이 들렸다. 게다가 비라면 담배와는 상극이 아니었던가.

"얼른 가거라, 매장꾼 아들놈아. 네 눈엔 우리가 방금 담뱃불을 붙인 게 안 보이는 게냐?"

하우펜 마을에서는 파이프에 담배를 채우거나 불을 붙였을 때 방해하지 않는 게 일종의 불문율이었다. 손님들은 이제 온전히 담배의 전통과 맛과 사회적 기능에 열중하기를 바랐다.

파린은 왼손엔 곡괭이를 오른손엔 삽을 들고, 더 무슨 말을 해야 할지도 모른 채 얼간이처럼 어정쩡하게 술집 한가운데 서 있었다. 그는 그저 노파의 유가족에게 펜던트를 돌려주려고 했을 뿐이었다. 사내들은 다시 담배에 몰입하기 시작했다. 지금부터 영원히 파린을 무시하겠다는 무언의 메시지였다. 그냥 펜던트를 이장에게 줘 버릴까? 그러면 고민거리는 사라져 버릴 테니까. 파린은 우물쭈물하다가 마지막으로 한 번만 더 말을 꺼내 보기로 결심했다.

"그러니까… 그러니까…" 이번에도 노파의 이름이 떠오르지 않았다. "독을 섞는 노파에게 유가족이 있나요?"

웃음이 터져 나왔다. 길거리 광대처럼 모자라도 벗어 들고 동전을 받으러 다녀야 하나.

한 사내가 웃음을 참다못해 컥컥거리며 말했다. "방금 모두 들었지? 게룬다의 유가족이래!"

잠시 후 웃음소리가 잦아들자 하막이 말했다. "그 노파에겐 살아 있는 친척 따윈 없어. 수십 년 동안 찾아오는 사람도 하나 없었다고. 그러니 인제 그만 물러가거라!"

대체 뭘 기대했던 걸까? 파린은 천천히 뒤를 돌아 밖으로 나왔다. 그가 막 문을 닫으려는데 비쩍 마른 체구의 선술집 주인 아들이 모퉁이를 돌아오고 있었다. 그의 이름은 블로삭이었다.

"잠깐만, 파린. 방금 우연히 들었는데… 정말로 네가 그 노파 장례 준비를 한 거야?"

둘은 걸음마를 시작할 무렵부터 알고 지낸 사이였다. 어린 시절엔 서로 아주 친한 친구였지만 최근 몇 년간은 거의 만난 적이 없었다. 언제부터인가 술집 아들놈도 매장꾼 아들놈을 멀리했으니까.

"블로삭, 너구나. 응, 내가 했어. 그런데 그건 왜?"

블로삭은 기대했던 대답을 들은 모양이었다. 그의 얼굴에 위험한 표정이 스치고 지나갔다. 예전에도 본 적이 있는 표정, 그 뒤엔 언제나 황당무계한 계획이 따랐고, 그걸 함께 실행했다가 혼쭐이 나기 일쑤였다.

"그 노파에 대해 굉장한 얘기를 들었어. 어떤 사람들은 할망구가 귀신에 씌었다고 하더라." 블로삭은 마치 귀신이 자기 말을 듣기라도 할까 봐 조심하는 것처럼 들릴 듯 말 듯 작은 목소리로 속삭였다.

"그 말이 맞는다면 이젠 귀신들도 다 죽었겠네. 나는 사람들이 하는 그런 얘기들에 대해서는 잘 몰라."

"그건 아마도 네 손님들이 대부분 말이 없어서일 거야."

"그건 그렇지." 파린이 고개를 끄덕였다. 사람들은 죽은 사람들을 파린의 손님이라고 부르곤 했다.

"몇 년 전에 어떤 나그네가 우리 아버지 가게에 왔었는데, 게룬다가 글쎄 옛날에 왕궁에 살던 시녀였다지 뭐야."

"그 사람 맥주를 너무 많이 마신 거 아니야?" 파린이 생각하기로 시녀 하면 떠오르는 건 참하고 조신한 여인의 모습이었다. 시녀와 왕궁, 두 단어 모두 게룬다와는 전혀 어울리지 않는 아득히 먼 곳에 있는 대상이었다.

블로삭이 이번엔 손으로 입가를 가리기까지 하면서 파린에게 귓속 말을 했다. "우리 말이야, 노파가 살던 집에 한번 가 보는 게 어때?"

"뭐라고? 거기서 대체 뭘 하려고?"

선술집 아들은 점점 더 작은 목소리로 속삭였다. "이건 정말 아무 한테도 말하지 마. 게룬다가 만든 약 중엔 사랑의 묘약도 있는데 그 것만 있으면 어떤 여자든지 꾈 수 있대."

파린은 눈을 동그랗게 뜨고 블로삭을 바라보았다. "정말이야? 어 떻게?"

"그러니까 같이 가 보자는 거지. 그것들을 가져와서 사실인지 아 닌지 한번 실험해 보자." 블로삭이 눈을 찡긋해 보였다.

"흠, 난 잘 모르겠어." 파린이 윗입술을 물며 말했다.

"지금 당장 가 보자고! 할멈도 죽고 없는데 무슨 일이 일어난다고 그래."

"하지만 그건… 도둑질이 아닐까?"

"방금 우리 아버지랑 손님들이 얘기하는 거 못 들었어? 유족 따 윈 없다니까. 모두 썩어 버리기 전에 우리가 뭘 가져간다고 해도 아

무도 모를 거야. 그렇지 않으면 너무….” 그는 다시 눈짓했다. “생각
해 봐. 사랑의 묘약 단 몇 방울이면 여자들이 너한테 막 몸을 던진
다니까.”

순간 자신도 모르게 대장장이의 딸 아니에타가 머릿속에 떠올랐
다. 네 살 때부터 둘은 함께 놀았다. '바람의 검'이라 이름 붙인 기사
의 칼을 들고 사악한 용이나 납치범의 손아귀에서 극적으로 그녀를
구해 내는 놀이는 아무리 해도 질리지 않았다. 파린은 그 시절이 몹
시 그리웠다. 아이들은 어른들의 편견 따위는 신경 쓰지 않았으니
까. 파린은 아니에타가 가장 좋아했던 영웅이었고 기사였다. 그 시
절엔 서로 마음이 맞는, 함께 상상의 나래를 펼칠 수 있는 친구들만
있으면 부러울 게 없었다. 노끈을 사용해 굵은 나뭇가지와 긴 막대
기를 십자 모양으로 묶어 만든 파린의 검, 어떤 마법이라도 부릴 수
있는 '바람의 검'을 숨겨 둔 비밀의 장소는 뒷간 뒤편의 덤불이었다.
파린은 슬픔을 곱씹으며 눈을 감았다. 아무에게도 말하지 못했지
만 사실 아주 오래전부터 파린은 아니에타를 사랑하고 있었다. 물
론 고백은 꿈도 꾸지 못했다. 몇 달 전 여름 축제가 열렸을 때 파린
은 그녀에게서 눈을 뗄 수 없었다. 재빠르게 몸을 돌리며 춤을 추던
모습, 뱅글뱅글 돌아가는 치마, 물결치는 머리와 미소. 하지만 그녀
는 축제 내내 매장꾼 아들 파린의 존재를 거의 눈치채지 못했다. 고
민 끝에 용기를 내 그녀 쪽으로 걸어가 춤을 청하려는 순간 아버지
의 시선이 망치로 모루를 내리치듯 파린에게 내리꽂혔고, 그 바람

에 파린은 생각을 바꿨다.

"어떻게 할래, 파린? 자꾸 이렇게 점잔만 뺄 거야?" 블로삭은 장난스럽게 파린의 어깨를 손가락으로 꾹 찔렀다. 지난 수년간 마을 사람 가운데 그 누구도 파린의 몸에 손을 댄 적이 없었다. 그들은 매장꾼이나 사형 집행인과 접촉하면 불행이 온다고 믿었으니까. 뻔한 속셈일 수도 있었지만 파린은 자기도 모르게 블로삭에게 고마운 마음이 들었다.

잠시 곰곰이 생각해 보았다. 사랑의 묘약 같은 말도 안 되는 소리가 만에 하나 사실이라고 해도 그런 절도 행위로 자신이 얻을 수 없는 사랑을 이루고 싶진 않았다. "난 관심 없어."

"못 들었어? 너한테 마시라는 게 아니라니까." 블로삭은 다시 한쪽 눈을 찡긋했다. 이 녀석, 아무래도 제정신이 아닌 게 분명했다.

"넌 그냥 따라오기만 하면 돼."

파린은 깊이 숨을 들이마셨다. "지금 당장?"

블로삭이 잔뜩 들떠서 말했다. "당연하지. 비가 그치고 장례식이 열리기 전에 말이야."

파린은 마지막으로 한 번만 더 그를 설득해 보려 했다. "우리 이제 이런 짓 할 나이는 지난 거 같지 않아?"

"여자애들과 잠자리를 가질 나이는 아직 안 지났어."

호기심 때문이었을까, 권태로움을 벗어나고 싶었던 걸까? 아니면 그저 멍청해서였을까? 어쩌면 누군가가 자신과 허물없는 대화를 하고 있다는 기쁨에 취한 것일 수도 있었다. 파린은 얼떨결에 운명의 두 단어를 내뱉고 말았다. "그래, 좋아!"

청소년기 그가 겪은 세 번의 끔찍한 경험은 모두 '그래, 좋아'에서 시작됐다. 담력을 시험한답시고 풍차의 날개 사이로 뛰어들어 갔던 일, 살아 있는 새끼 돼지로 숲속에 사는 유령을 꾀어내 닭장에 가두려고 했던 일, 호수에서 목욕하는 소녀를 훔쳐봤던 일.

'그래-좋아-모험'은 단 한 번도 성공한 적이 없었다. 하지만 이제 열여덟 살. 그는 어엿한 성인이 되었고, 이성적으로 생각할 수 있으며, 신중해졌다. 그래 좋아, 이번이 마지막이야.

두 청년은 그렇게 걸음을 재촉했다. 사거리에서 숲 쪽으로 난 오솔길로 들어서 조금 더 걸으니 게룬다의 집이 나왔다. 나뭇가지를 엮어 만든 낡아 빠진 울타리와 무성한 덤불이 오두막의 경계였다. 집은 높이 자란 덤불에 거의 뒤덮인 채였고, 우거진 블랙베리 덤불 사이로 발길이 닿은 흔적이 거의 없는 좁은 길 하나가 문으로 향해 있었다.

파린은 아랫입술을 깨물었다. 지금까지 독을 섞는 노파 근처엔 얼씬도 하지 못했었다. 어디선가 그녀가 빗자루를 들고 달려 나와 저주를 퍼부을 것 같았기 때문이었다.

비는 아까보다 더 세차게 내리고 있었다. 이런 날씨에 다른 사람을 마주칠 염려는 없었다. 까마득한 옛날부터 노파는 덤불로 뒤덮인 이 오두막에 살았었다. 마을 한가운데 우뚝 솟은 성당이 얼마나 오래전에 지어졌는지 모르듯, 노파가 언제부터 이 집에 살았는지 아무도 몰랐다. 파린은 마당에 난 작은 길과 선술집 아들을 번갈아 바라보며 어쩔 줄을 몰랐다. 지금이라도 늦지 않았으니 블로삭이 바보 같은 계획을 포기하기만을 바랐다.

파린의 마음을 알아챈 듯 블로삭이 말했다. "인제 와서 도망칠 생각은 아니겠지? 그런데 그 삽이랑 곡괭이 좀 어디에 내려놓으면 안 되겠어?"

"안 돼. 잃어버리면 큰일 나. 이게 없으면 우린 당장 아무 일도 못 한다고."

"그럼 그러든가." 블로삭은 투덜대며 노파의 마당에 발을 내디뎠다. 대범한 발걸음과 달리 그의 얼굴엔 긴장한 기색이 역력했다. "가자!" 그가 속삭였다.

얼른 뒤를 돌아보았지만 다행히 아무도 눈에 띄지 않았다. 파린도 허리를 구부려 덤불 속으로 들어갔다. 문 쪽으로 난 길 양쪽으로 여러 종류의 허브들이 아무렇게나 자라 있었다.

블로삭은 당황한 듯 양쪽 바닥을 가리키며 물었다. "이 징그러운 꽃들은 대체 다 뭐야? 도대체 이걸로 뭘 하려던 거지?"

"나도 몰라." 파린은 깊이 숨을 들이마셨다. 그러자 조금이나마 긴장감이 사라지고 마음이 편안해지는 것 같았다. 최소한 자신의 집에서보다 훨씬 좋은 향기가 났다. 이번엔 블로삭이 말한 '징그러운 꽃들'을 살펴보았다. 블로삭의 무지가 놀라웠다. 빗속에서 세이지, 타임, 선갈퀴, 바질, 로즈마리, 딜, 그리고 차이브의 향이 더 짙게 풍겼다.

현관문은 페인트가 군데군데 벗겨져 있었다. 아마도 파린이 태어나기도 전 먼 옛날에 초록색으로 칠해진 뒤 꽤 오래전에 회색으로 덧칠한 모양이었다. 문에는 손잡이도 빗장도 없었다. 하우펜 마을에서는 아무도 문을 잠그지 않았다. 이웃에 대한 신뢰가 넘치기 때문이 아니라 훔쳐 갈 만한 물건을 소유한 사람이 아무도 없기 때문이었다.

뭘 하려고 여기까지 온 거지? 맞다, 사랑의 묘약. 어떻게 그런 바보 같은 생각을! 블로삭은 조심스럽게 문을 열고 안으로 들어갔다. 어린 시절 늘 파린을 못된 일에 앞장세우곤 했던 그였다. 사랑의 묘약이 정말로, 정말로 절실하지 않고서야 그의 이런 결연함은 도저히 설명할 길이 없었다. 파린도 살금살금 블로삭을 뒤따라 들어가 문 뒤에 삽과 곡괭이를 살며시 내려놓았다. 마치 안에서 누가 잠을 자고 있기라도 한 것처럼. 뒤를 돌아 집안을 둘러보는 순간 파린은 그만 숨이 멎는 줄 알았다. 방이라고는 단 하나뿐이었지만 눈 앞에 펼쳐진 광경을 조금이나마 이해하기까지는 한참이 걸렸다. 천장에는 마늘 수백 개와 나뭇가지와 동물의 가죽이 주렁주렁 걸려 있었다. 이것만으로도 그대로 뒤돌아 도망칠 이유는 충분했다. 하지만 블로삭과 파린은 한참 동안 미동도 하지 못했다. 황토 바닥에는 깨진 그릇, 옷, 상자, 식물, 유리 조각, 커다란 책들 그리고… 동물의 살덩이가 널브러져 있었다. 제발 저것들이 동물의 살덩이가 맞기를! 벽에는 피로 그려진 십자가가 선명했고 선반에는 정체 모를 가루가 담긴 작은 도가니와 색색 가지 액체가 담긴 유리병과 플라스크가 놓여 있었다. 그 아래에는 여러 개의 유리병 속에 거미, 애벌레, 딱정벌레 등이 담겨 있었는데, 일부는 죽어 있었고 몇 마리는 아직 머리나 다리를 떨고 있었다.

집안을 가득 메운 냄새는 더욱 충격적이었다. 분명 파린의 후각은 블로삭보다 훨씬 더 단련되었을 텐데, 블로삭은 하얗게 질린 와중에 이상하리만큼 잘도 견디며 입으로 숨을 쉬고 있었다.

"세상에! 누가 이런 난장판을 만든 거지?"

귀에 익은 블로삭의 목소리에도 파린은 소스라치게 놀랐다. 수백 가지 생각들이 그의 머릿속에서 소용돌이치고 있었다. 누군가 노파의 집을 샅샅이 뒤진 게 분명했다. 하지만 뭘 찾으려 했던 걸까? 한 가지만큼은 분명해졌다. 사람들이 독을 섞는 노파라 부르는 데는 분명 이유가 있었다. 어쩌면 그녀는 정말로 검은 마녀, 또는 붉은 마녀 조직의 일원일 것이다. 아버지는 신부가 여기 이 오두막에서 노파의 시신을 발견했다고 했다. 신부는 대체 무슨 생각이 들었을까?

파린은 한 발짝 한 발짝 조심스럽게 발걸음을 뗐다. 맨발로 유리 조각을 밟고 싶지는 않았다. 블로삭은 선반 위에 놓인 가루들을 찬찬히 살펴보고 있었다. 그의 가죽 신발 밑에서는 발을 옮길 때마다 뿌드득 소리가 났다. 선반 위에는 입자가 아주 고운 것부터 굵은 것까지 온갖 색깔이 다 있었다.

"아무것도 안 쓰여 있어." 블로삭이 실망한 듯 말했다. "어느 게 여자를 후리는 묘약인지 알 수가 없잖아."

"나한테 실험해 볼 생각은 마." 파린이 말했다. "그거 없어도 난 주체가 안 되거든."

블로삭은 기가 막힌다는 듯 입을 실룩였다. "걱정하지 마셔, 너는 내 취향이 아니니까."

파린은 오두막의 뒤편에 난 낮은 문을 가리켰다. "얼른 여기서 나가자. 지금 당장."

허리를 잔뜩 굽힌 채 뒷문으로 빠져나오자 또 다른 허브 정원이 숲과 바로 맞닿아 있었다. 블로삭도 얼른 밖으로 나왔다. 그사이 비는 그치고 오후의 마지막 햇살이 정원 위로 내리고 있었다. 그늘진 한쪽 구석에는 갖가지 버섯들이 보였다. 습한 가을 날씨에 딱 어울렸다.

"흰색 점이 있는 붉은 버섯, 저건 광대버섯이야." 블로삭이 자랑스럽게 말했다. "독버섯이지. 다른 건 다 먹을 수 있는 것처럼 보이는데?"

파린이 눈을 가늘게 떴다. 회색깔때기버섯, 가을황토버섯, 독우산광대버섯, 알광대버섯, 그리고 붉은대그물버섯…. 모두 먹으면 목숨을 잃을 수 있는 독버섯 종류였다. 어머니는 식물과 동물에 대해 많은 걸 알려 주셨다. 늘 다정했고 때리는 법도 없었지만 어머니의 이야기는 늘 호기심을 자극해서 한 번만 들어도 빠짐없이 기억해 낼 수 있었다.

파린은 입을 꼭 다물고 게룬다의 정원을 살펴보았다. 세상에나! 이게 다 노파가 한 거라고? 사탄에게 빠진 여자들이나 키운다는 독버섯, 이 또한 그녀가 마녀라는 증거였다. 파린은 벌린 입을 다물지 못한 채 마당의 검은 흙을 바라보았다.

"지금 당장 여길 떠나야 해. 아무도 우릴 못 보게 숲 쪽 길로 가자." 파린은 서둘러 제안하고는 뒤로 돌았다. 하지만 한 걸음을 떼려는 순간 뾰족뾰족한 잎사귀에 희미한 누런빛 꽃이 시야에 들어왔다. 그는 돌이 된 듯 그 자리에 멈춰 섰다. 어쩌면 아직 이렇게 살아서 두려움을 느끼고 있다는 사실에 안도해야 할 지경이었다.

블로삭이 파린의 시선을 따르며 물었다. "잡초 따위를 왜 그렇게 뚫어져라 보고 있어?"

"이, 이건 알라우네맨드레이크야."

블로삭의 얼굴이 금세 오늘 아침 작업대에 누워 있던 게룬다만큼이나 창백해졌다. "뭐, 뭐라고? 정말 확실해?"

"그래! 누가 알라우네 이야기를 농담이라고 하겠어."

어디에서 명령이 떨어지기라도 한 듯 둘의 시선이 동시에 위쪽을 두리번거렸다. 지붕을 가로지르는 들보가 그들의 머리 위까지 뻗어 있었다.

"게, 게룬다 그 노파가 여기에 누군가를 매단 게 분명해." 블로삭이 말을 더듬었다. "그, 그거 말고 어떻게 설명할 수가 있겠어. 여기… 이 교수대에 사람을 매달았을 거고 그가 죽으면서 여기에 체액이 뿌려졌을 거야."

파린이 겁에 질려 고개를 끄덕였다. 알라우네가 교수형 당한 사람의 소변과 체액으로 적셔진 땅에서만 자란다는 건 세 살 먹은 어린아이도 아는 이야기였다. 그러니까 게룬다는 검은 마녀일 뿐만 아니라 살인자이기까지 했던 것이다.

두 청년은 알라우네를 멍하니 바라보며 홀린 듯, 역겨운 듯 복잡한 감정에 사로잡혔다. 그들의 손가락은 떨리고 있었다. 알라우네를 뽑는 사람은 죽음을 면치 못한다고 했다. 알라우네의 비명이 귀를 통과해 머릿속까지 들어가 모든 것을 파괴해 버린다는 것이다.

"이건 엄청나게 귀한 거잖아." 블로삭이 속삭였다.

"그런데 집을 샅샅이 뒤져 놓고 왜 이걸 가져가지 않았을까?"

"시간이 여의치 않았던 거겠지. 알라우네를 뽑기가 얼마나 어려운지 너도 알잖아. 어쩌면 그가 다시 여기에 나타날지도 몰라."

모든 식물 가운데 가장 신비롭다는 알라우네. 전해 내려오는 이야기에 따르면 그것을 채취하려면 일단 귓구멍을 밀랍이나 송진으로 막아야 하며 반드시 일요일 해가 진 이후나 금요일 해뜨기 전을 택해야 했다. 일요일에는 검은 개가, 금요일엔 흰 개가 필요했는데 몸에 다른 색 점박이가 있는 개는 소용이 없었다. 알라우네를 개의 꼬리에 줄로 묶은 뒤 개를 달려가게 해 땅에서 뽑아낼 수 있는데 알라우네의 비명을 들은 개는 불쌍하게도 죽고 만다고 했다.

드디어 블로삭도 자신이 너무 큰일을 저질렀다는 사실을 깨달은 모양이었다. "빨리 여기에서 도망치자. 나는… 아니에타를 꼬실 다른 방법을 좀 생각해 봐야겠어."

순간 파린의 온몸이 뜨겁게 달아올랐다. 부슬비 때문도 독버섯 때문도 아니었고, 오두막집에서 본 끔찍한 광경 때문도, 알라우네 때문도 아니었다. 방금 내가 잘못 들은 건 아닐까? 블로삭이 방금 정말로 아니에타라고 말한 건가? 왜 하필이면! 아무런 대답도 할 수 없었다. 머릿속에 온갖 생각들이 소용돌이치고 있었다.

"왜 그래? 이제 정말로 여길 떠나야 해!" 블로삭은 그렇게 말하고 뒤쪽 울타리를 빠져나가 숲속으로 사라졌다.

잠시 돌처럼 굳었던 몸에 다시 감각이 돌아오자 파린도 이를 악물고 따라 뛰었다.

이성

"이런 게으름뱅이 같으니!" 아버지의 부드러운 목소리가 잠을 깨웠다. "삽이랑 곡괭이는 대체 어디에 둔 거냐? 빌어먹을 멍청한 놈!"

아버지의 큼지막한 얼굴이 잠자는 파린을 내려다보고 있었다. 주름진 얼굴, 면도를 안 해 희끗희끗한 수염, 불그레한 코, 흐리멍덩한 눈빛. 그리고 익숙한 미적지근한 맥주 냄새와 땀 냄새.

아버지는 아침마다 '게으름뱅이'라는 말로 파린을 깨웠다. 그런데… 삽과 곡괭이라고?

파린은 자리에서 벌떡 일어났다. 아차, 게룬다의 오두막 문 뒤에 세워 뒀었지. 공포가 엄습했다. 피로 그려진 십자가, 독버섯, 알라우네, 그리고 블로삭의 고백에 놀라 파린은 아버지가 애지중지하는 삽과 곡괭이를 까맣게 잊고 만 것이다.

대체 무슨 멍청한 짓을 한 거야.

"어제 마을로 내려가는 것 같더니 여태 게오리히네 가게에 다녀오지 않은 게냐? 네 월급에서 제해야겠구나." 아버지는 잔소리를 늘어놓았다.

아하, 그렇구나!

월급에서 제한다니 참으로 참신한 계산법이었다. 어차피 월급 따위는 받아 본 적도 없는 데다가, 처음부터 연장을 두고 온 사람이 누구였더라?

아버지는 부엌칼로 면도를 하기 시작했다. 말이 좋아 면도지 아버지에겐 해도 안 한 듯 보이게 면도를 하는 신기한 능력이 있었다.

"차라리 그냥 묘지에 두고 다니면 안 돼요? 그러면 필요할 때 바로 찾아 쓸 수 있잖아요." 파린이 물었다.

"지금 제정신으로 하는 소리냐? 세상에 나쁜 놈들이 얼마나 많은지 몰라? 대장장이한테 10페니씩이나 주고 산 건데 아마 하루도 안 되어 도둑맞고 말 게다."

게오리히 아저씨네 가게에서 딱 두 번 퍼마시는 술값만큼이군. 하지만 파린은 더 대꾸하는 대신 "제가 가서 가져올게요."라고 말하고 집을 나섰다.

다시 마녀의 집에 발을 들여야 한다니 정말로 내키지 않는 일이었지만 마을 사람 가운데 누군가가 거기에서 아버지의 삽과 곡괭이를 발견할지도 모른다는 생각을 하니 아찔했다. 하우펜 마을에 청년들의 객기 따위를 너그러이 이해해 줄 사람은 아무도 없었고 파린은 보나 마나 도둑으로 몰릴 게 뻔했다.

그런 일이 생긴다면 블로삭은 아무 도움도 안 될 것이다. 그가 얼마나 비겁한 녀석인지 파린은 잘 알고 있었다. 심지어는 거기에 같이 갔었다는 사실 자체를 부인하겠지. 그런 녀석의 입에서 아니에타의 이름이 나오다니. 또다시 화가 치밀어 올랐다.

떨리는 마음으로 마을 방향으로 달리다가 어느덧 게룬다의 오두막 쪽으로 가는 길로 접어들었다. 손수레를 끌고 오던 뚱뚱한 방앗

간 주인 여자가 기이한 눈초리로 파린의 모습을 쫓았다. 불편한 생각에 달리는 속도는 점점 더 빨라졌다.

다음 순간, 파린은 갑자기 무언가에 발이 걸려 넘어지고 말았다. 울퉁불퉁한 자갈이 깔린 길이었지만 다행히 재빨리 손을 짚어 얼굴을 바닥에 처박는 건 피할 수 있었다. 손바닥이 쓰려 오기 시작했다.

바로 그때 웃음소리가 들렸다.

"어이, 무덤 파는 나으리! 어쩌다가 묘지가 아니고 여기에 자빠져 계신가?"

익숙한 목소리. 이장 아들 토르프와 그의 세 친구였다. 녀석들 이름이 뭐였더라? 슈툼프, 둠프 아니면 툼브…였던가? 나이는 파린보다 두세 살쯤 많았고 하우펜 마을의 건달들로 통했다. 마음이 급한 나머지 길가에 그들이 숨어 있는 것도 알아채지 못했는데, 한 녀석이 발을 내민 것이다. 아마도 꺽다리 녀석이었겠지. 키가 2미터 가까이 되는 말라깽이. 이들 넷은 항상 싸울 구실을 찾아 마을을 어슬렁댔다.

파린은 간신히 일어나 상처 난 손을 비볐다.

"이 녀석이 가만히 있는 내 다리를 발로 찼어." 말라깽이가 툴툴댔다.

그러자 다른 녀석들이 웃어 대며 파린의 길을 막아섰다.

"내 친구를 다치게 했다고?" 건달들의 대장 격인 토르프가 험상궂게 말했다. "지금 당장 카알한테 사과해!"

48

큰 키만큼이나 멍청한 말라깽이 녀석 이름이 카알이었군.

파린이 간신히 입을 열었다. "아, 미안해. 못 봤어. 일부러 그런 건 아니야." 그는 이를 꽉 물고 피가 흐르는 자신의 무릎을 보았다.

제길, 이럴 시간이 없는데.

토르프는 뒤를 돌아보며 건달 친구들을 향해 말했다. "생각보다 사과가 너무 빠른데. 그런데 내 생각엔 진심이 좀 부족한 것 같아. 니들 생각은 어때?"

나머지 셋은 일제히 고개를 흔들었다.

"마지못해 사과하는 것같이 들려. 진전성이 결부되었단 말이지."

"진정성이 결여되었다는 말이겠지." 파린이 되물었다.

"그래 이 멍청아. 지금 네가 네 입으로 말했지? 그게 바로 증거야."

다시 웃음소리. 낄낄거리고 있었지만 협박의 수위는 점점 높아지고 있었다. 이젠 어떻게 해야 하지? 여기서 온종일 사과한다고 순순히 보내 줄 녀석들이 아니었다. 도망칠까, 아니면 차라리 두드려 맞는 편이 나을까? 물론 그것도 좋은 생각이 아니야. 그야말로 진퇴양난의 상황이었다. 그의 인생은 진퇴양난의 연속이었다. 유일무이한 진퇴양난, 엄청난 진퇴양난, 황당한 진퇴양난…. 아마 평생을 진짜 전쟁터에서 싸운 장수라 해도 파린만큼 자주 진퇴양난의 순간을 경험하진 못했을 것이다. 그에게 선택이라는 건 늘 꽤 나쁘거나, 특히 나쁘거나, 몹시 나쁜 것 중에서 고를 수 있는 기회를 의미했다.

뭐가 진퇴양난이라는 거야? 간단하잖아. 당장 뒤를 돌아 도망쳐

버려. 그리고 멍청이들이 사라질 때까지 잠시 기다렸다가 게룬다의 집으로 가는 거야.

아니, 지금은 아니야. 다음 생에서나 한번 시도해 보자. 물론 다음 생에 또다시 이런 일이 일어난다면.

또 다른 방법이 아주 없는 건 아니었다. 수백 년 동안 하우펜 마을에서는 한 번도 사용되지 않았을 법한 아주 오래된 방법, 바로 이성적인 접근이었다. "지금은 내가 시간이 없어. 너희도 아마 게룬다가 죽었단 얘길 들었을 거야. 네 아빠가 노파를 우리 집에 데려왔으니까."

괜찮은 생각인걸. 토르프의 아버지인 이장을 언급하면 녀석들도 움찔하겠지.

"응 들었어, 매장꾼 아드님. 그리고 분명히 네가 그 노파 옷을 벗겼겠지? 어때, 재미 좋았어?" 토르프가 물었다.

다른 셋은 무릎을 치며 큰소리로 웃어 댔다.

역시 이 하우펜 마을에서 예의와 이성이란 예나 지금이나 주목받지 못하는 가치였다.

파린은 냉정해지려고 애썼다.

자극하면 안 돼. 저들은 넷이고, 분별력이라고는 없으며, 뻔뻔한 데다가, 주먹질에 이골이 난 녀석들이니까. 솔직히 저들 중 단 한 명과 붙는다 해도 승산이 있을까 말까였다.

손을 주머니에 넣은 채 주먹을 쥐고 기회를 엿보는 방법도 있었다. 하지만 그의 바지에는 주머니가 없다는 게 결정적인 문제였다. 일단 주먹을 쥐었으니, 그다음은? 좋아! 그렇다면… 그는 한 발 앞으로 다가가 토르프의 얼굴 한가운데로 주먹을 날렸다.

하지만 토르프는 잠시 비틀거릴 뿐이었다. 그리고 바로 다음 순간, 녀석들 넷이 동시에 파린에게로 달려들었다. 사방에서 주먹이 날아와 온몸을 강타했다. 코가 깨지고 뜨끈한 피가 입술을 적셨다. 마침내 파린은 바닥에 쓰러졌다. 주먹세례 대신 이번엔 발길질이 시작됐다. 아랫배를 보호하려고 몸을 구부리고 두 손으로 얼굴을 감싸 쥐었다. 고통스러운 발길질은 영원처럼 계속됐다. 몸 전체가 만신창이가 되었을 때쯤 파린은 이대로 맞아 죽는구나, 라는 생각이 들기 시작했다.

얼마가 지났을까? 드디어 발길질이 멈췄다.

"이만하면 됐어!" 카알이 흡족한 듯 말했다.

"얼른 진흙 구덩이로 기어들어 가라, 매장꾼 아드님. 나중에 또 보자." 토르프가 말했다.

이제 파린은 혼자 남겨졌다. 먼저 자신의 몸 상태부터 확인해야 했다. 갈비뼈는 몇 개나 부러졌는지, 어디에 가장 심한 통증이 느껴지는지. 앓는 소리가 저절로 새어 나왔다. 이제는 어떻게 해야 하지? 이대로 여기 누운 채 죽어 버릴까? 아니, 그 정도까지는 아니야. 죽는 것마저도 마음대로 할 수 없는 신세라니.

한참 후에야 간신히 몸을 일으킬 수 있었다. 하지만 무릎을 굽힐 때마다 통증이 몰려와 똑바로 걸을 수가 없었다. 다리를 질질 끌며 조심스럽게 갈비뼈를 만져 보았다. 대체 뭘 위해서? 이 모든 상황이 갑자기 부질없게 느껴졌다. 파린은 오랫동안 그 자리에 서서 스펀지가 더러운 물을 빨아들이듯 고통을 온몸으로 빨아들였다.

다시 게룬다의 집 쪽으로 향했다. 그러면서도 왜 그래야만 하는지 당최 이해할 수 없었다. 이런 걸 순종, 습관, 아니면 관습이라 불러야 할까? 마녀의 오두막에서 삽과 곡괭이를 가져오는 것이 인생의 목표라도 된단 말인가? 웃음이 났다. 그게 아니라면? 더 적절한 설명은 떠오르지 않았다.

아버지의 연장을 가져와 파린, 그리고 최대한 빨리 집으로 가자.

파린은 고통에 신음하며 블랙베리 덤불 사이로 난 구멍을 통해 안으로 들어갔다. 모든 것은 어제 그대로였고, 대문만 반쯤 열린 채였다. 어제 문 닫는 걸 잊었던 걸까? 힘들게 다리를 절며 집 안으로 들어가 문 뒤를 보았다. 삽과 곡괭이, 매장꾼의 연장, 파린의 운명을 상징하는 그것들이 가만히 놓여 있었다. 안도 대신 화가 치밀어 올랐다. 부당함에 대한 분노이자, 알면서도 어쩌지 못하는 무기력한 자신에 대한 분노였다. 벌써 몇 번인가 마을을 떠나는 상상을 해본 적도 있었다. 하지만 그다음엔? 무얼 해서 먹고 살 수 있지? 배운 거라곤 매장꾼의 기술뿐인데. 결국 세상 어디에서도 자신의 직업으로는 멸시와 혐오를 피할 수 없다는 냉정한 현실에 부딪혀 한 번도 실행에 옮기지는 못했다. 얼마나 더 사람들의 오만함을 견뎌

낼 수 있을까?

어제 크나큰 공포를 불러일으켰던 오두막의 광경도 막상 대낮에 보니 평범해 보이기까지 했다. 파린은 난장판을 다시 한번 차분히 둘러보았다. 벽에 피로 그린 십자가, 천장의 마늘. 노파는 흡혈귀를 두려워했던 걸까? 그녀는 현실과 완전히 동떨어진 세계에서 살고 있었던 것 같았다. 파린은 흡혈귀 따위는 믿지 않았다. 마찬가지로 늑대인간이나 변신술을 부리는 요괴들도 믿지 않았다. 모두 터무니없는 소리였다. 자기 자신보다 더 악하고, 더 잔혹하고, 더 피에 굶주린 무언가를 찾아내지 못해 안달이 난 인간의 망상일 뿐!

분노로 희석되었는지 몸의 통증은 한결 덜해진 것 같았다. 바로 그때, 그의 시선이 한쪽 구석에 고정되었다. 누군가의 차가운 손이 목덜미를 움켜쥐기라도 한 듯 등골이 오싹했다. 가루가 담겨 있던 도가니, 유리병과 플라스크가 있던 선반이 비어 있었다. 거미, 애벌레, 딱정벌레들이 들어 있던 병들은 바닥에 산산조각이 난 채였다. 블로삭과 그가 왔다 간 후 누군가가 이 집을 뒤진 게 틀림없었다. 그리고 분명히 문 뒤에 놓인 삽과 곡괭이를 보고 파린을 의심했겠지.

처음엔 여기에서 빨리 나가야겠다는 생각뿐이었다. 하지만 다시 분노가 스멀스멀 올라왔다. 다만 그 분노가 무엇에 기인한 것인지는 알 수 없었다. 토르프? 자기 자신? 무엇 때문에 두려워해야 하는가? 무엇을 두려워해야 하나? 여기서 더 잃을 것이 있는가?

고개를 저으며 파린은 작은 뒷문을 통해 밖으로 나왔다. 그의 시선이 알라우네를 향했다. 그것은 신비로움과 독성과 위험으로 가득한 뿌리를 가진 마법의 식물이었다.

분노와 적개심이 끓어오르며 미신의 실체가 궁금해졌다.

문제는 마을 사람들이 당연하게 믿고 있는 무시무시한 전설이 아니라 허리를 굽히는 동작이었다. 신음이 저절로 나왔다. 하지만 파린은 고통을 모른 척하고 땅속 깊이 손가락을 넣어 단번에 알라우네를 뽑아냈다. 예상과는 다르게 데이지를 뽑는 것처럼 쉽고 간단하게 뽑히는 게 아닌가?

어라! 비명도 울음소리도 없었다. 그 밖에 다른 어떤 소리도 들리지 않았다. 그럴 줄 알았어! 식물이 비명을 지르다니! 비명은 인간만이 지른다. 흡혈귀는 없다. 늑대인간도, 마술도, 울부짖는 꽃도 없다. 사탄도, 천사도…. 그는 그만 소스라치게 놀라 생각을 멈췄다. 그리고 하느님도 없다? 거기까지는 생각하고 싶지 않았다. 아직은…. 전지전능한 그분을 의심했다는 죄책감이 마치 쐐기풀밭에 맨몸을 뒹군 것처럼 온몸을 찔러 댔다.

알라우네는 인제 어쩌지?

그는 뿌리에 붙은 흙을 털어 버리고 둘로 갈라진, 작은 인간처럼 생긴 뿌리를 살살 꺾어 보았다. 툭 하는 소리 이외에 다른 소리는 들리지 않았다. 뿌리는 허리춤에 찬 주머니에 집어넣고, 별 모양의 잎사귀는 울타리 쪽 엉겅퀴 수풀 뒤로 던져 버렸다.

그리고 어제와 마찬가지로 뒷문으로 계룬다의 집을 빠져나왔다.

길 가까이에 개울이 흐르고 있었다. 파린은 그곳에서 얼굴에 묻은 피를 닦아 내고 부어오른 상처 부위를 식혔다. 그리고 자신의 감정도 함께 씻어 냈다.

종이 울렸다. 작고 느린 종소리였다. 독을 섞는 노파, 게룬다가 마지막 길을 떠나고 있다.

그를 부르는, 자신이 속한 장인 길드의 종소리. 이제 어떻게 해야 할까? 소리를 따라 묘지로 가야 할까? 아니면 무거운 몸을 끌고 집으로 돌아가 일주일 내내 자리에 누워 있어야 할까? 몸은 고통스러웠고 정신은 휴식을 갈구했으며 의무감은 일을 하라고 외치고 있었다. 무덤을 흙으로 덮는 게 그의 일이었다. 평소 같으면 흙을 퍼 옮기는 일 따위는 아무것도 아니지만…. 바로 그때 게룬다의 유족에게 돌려주려 했던 펜던트 생각이 났다. 누군가 유족이라는 사람이 나타나지 않을까? 다친 다리로 제시간에 묘지까지 갈 수는 있을까? 다른 방법도 없었고, 또다시 자기 연민에 빠지고 싶지도 않았기 때문에 그는 묘지로 향했다. 더욱이 삽도 그의 손에 들려 있었다. 그가 가지 않는다면 아버지는 아무 일도 할 수 없을 것이다. 곡괭이를 비스듬히 어깨에 얹고 삽을 목발처럼 사용하며 그는 성당 방향으로 걸음을 옮겼다. 종소리가 멈췄다. 간신히 성당을 지나 뒤편의 묘지에 다다랐을 때 무릎은 더는 구부릴 수도 없을 지경이었다. 게룬다의 무덤 앞에 네 사람이 서 있는 게 보였다. 이장 하막, 신부, 하우펜 마을의 매장꾼으로 존경받는 그의 아버지 외에 다른 한 명은 파린이 모르는, 검은 망토를 두른 사내였다.

장례식은 이미 시작되었다. 흰색 로만 칼라와 어두운 사제복이 잘 어울리는 마을 신부를 사람들은 아멘이라고 불렀다. 아멘 신부가 파린 쪽을 바라보며 말했다. "따뜻하고 선량했던 마을의 구성원한 분이 이렇게 또 우리 곁을 떠나갔습니다."

게룬다 말고 또 누가 죽었던가, 생각하는 순간 곧바로 자신의 순진함이 부끄러워졌다.

바보, 당연히 노파 얘기지. 그녀가 살아서 들을 수 있다면 신부는 절대 그런 표현을 쓰지 않았을 것이다. 죽음 후에 저세상으로 떠난 사람을 성스럽게 부르는 것은 전통이었다.

"어디서 꾸물거리다 이제야 나타난 게야, 쓸모없는 녀석 같으니." 아버지가 작은 목소리로 나름의 방식으로 인사하고는 파린의 얼굴을 살피며 인상을 찌푸렸다. "싸움질을 한 게냐?"

하지만 파린의 시선은 온통 낯선 사내에게 쏠려 있었다. 그는 왠지 모를 위험한 기운을 뿜어냈고, 몸에서는 불탄 흙의 냄새가 풍겼다. 무덤을 응시하고 있던 사내도 자신을 향한 노골적인 시선을 느꼈는지 천천히 고개를 돌렸다. 둘의 시선이 마주쳤다. 마치 두 개의 검이 허공에서 마주치듯. 낯선 사내의 눈은 세상의 모든 빛을 빨아들일 것만 같았다. 커다란 동공은 석탄 덩어리처럼 검었고, 머리카락은 한 올도 모자 밖으로 나오지 않았으며, 심한 매부리코의 끝은 마치 얇은 윗입술을 둘로 가르는 것처럼 보였다.

파린의 머릿속에 갖가지 의문들이 쏟아져 내렸다. 이 낯선 사내는 어디에서 왔을까? 무얼 하러 왔을까? 게룬다와 친척 관계일까? 주위를 에워싼 이 섬뜩한 차가움의 정체는 무엇일까?

"왜 이제야 온 거지?" 검은 망토가 파린의 손에 들린 삽과 곡괭이를 씹어 먹을 듯 노려보며 쉰 목소리로 물었다. 그리고는 똑같이 파괴적인 눈빛으로 파린을 머리끝에서 발끝까지 훑어보았다.

신부는 잠시 말을 멈추고 자신의 두 턱을 가볍게 쓰다듬었다. 신부 역할 이외에 마을 재판관도 겸하고 있는 그는 두 개의 직책을 맡아서인지 턱도 두 개였다. 그는 강론 또는 판결문이 중단되는 것을 참지 못했다. 성당에서건 법정에서건 그의 '아멘'은 오로지 하느님만 반박할 수 있었다. 그리고 하느님은 그의 말에 반박하는 법이 없었다. 마을에서 그 지위는 그 누구도, 아멘 신부 자신조차도 범접할 수 없는 고귀한 것이었다. 그것은 강력하고, 강력하고 또 강력한 자부심을 그에게 선사했다. 부유함과 탐욕은 덤이었다. 파린은 잠시 생각해 보았다. 두 턱 중 어느 쪽이 재판관의 턱일까, 아마도 하늘의 계명은 위턱이 따르고 이 땅의 법은 아래턱이 관장하겠지.

"우리는 이제 작별을 고하고 주님이 만드신 피조물의 유일성을 칭송합니다." 아멘 신부는 다시 건조하게 주님을 찾다가 파린을 물끄러미 바라보며 비난하는 어조로 덧붙였다. "이제 매장꾼의 아들도 조문객으로 이 자리에 함께하게 되었습니다."

낯선 남자의 검은 눈동자가 커졌다. "네 녀석이었구나! 시신을 손
질한 게…." 그 목소리마저도 검은빛이었다. 음울한 속삭임이었지
만 큰 외침만큼이나 또렷하게 전해지는 음성이었다.

"우리는 존경하는 게룬다에게 우리의 마지막 경의를 보이고자 합
니다. 그러므로 저의 미사가 끝날 때까지 기다려 주시기를 바랍니
다." 신부가 자신의 미사 중간에 방해받는 것보다 더 싫어하는 건
바로 두 번째로 방해받는 것이었다.

"그럼 어서 끝내시지, 신부 영감. 그렇지 않으면 내가 도울 테니."
낯선 남자는 검은 이 몇 개를 드러내 보이더니 망토를 살짝 뒤로 젖
히고 왼손을 허리에 찬 장검으로 가져갔다. 눈에서는 검은 불꽃이
튀었다.

"지금 날 협박하는 거요?" 놀란 신부의 턱이 흔들렸다.

"당연히 협박하는 거지, 신부. 어서 서둘러야 할걸. 당신과 당신
이 사랑하는 하느님 사이에는 나뿐이니까." 낯선 남자가 입술을 꾹
다물고 야비하게 웃었다. "지금 당신은 그 어느 때보다 주님 가까이
에 있다는 걸 명심해."

신부는 잠시 사내의 무례함에 어떻게 대처해야 할지 생각하는 것
같았다. 한편으로 누군가가, 그것도 마을 사람들 앞에서 이런 식으
로 말하는 상황을 참을 수 없었지만, 다른 한편으로는 버럭 화를 내
기엔 너무 늦어 버렸다는 생각이 들자 신부는 능숙하게 위기를 넘
기는 방법을 택했다. 바로 기도를 마저 바치되 들릴 듯 말 듯 한 목

소리로 최대한 빠르게 끝마치는 것이었다. 바퀴벌레 한 마리 때문에 자신이 향유하는 너무나 아름답고 너무나 편안하고 너무나 풍족한 삶을 도박판에 걸 수는 없었다.

그래서 그는 오로지 기도에만 전념키로 한 모양이었다. 다만 그의 목소리는 동정심을 불러일으키려는 노력이 빠진 듯 건성으로 들렸다. "씨앗이 뿌려지고 사라지고 그리고 다시 부활하며 영원한 삶을 누리니, 이것으로 게룬다의 육신은 흙으로 돌아가고 그 영혼은 자비로운 주님께로 돌아갑니다. 아멘."

파린은 그제야 처음으로 게룬다에게 시선을 돌렸다. 시신을 덮고 있던 천이 반쯤 걷혀 그녀의 얼굴이 보였다. 맙소사! 어젯밤 내린 비로 눈썹과 속눈썹에 칠한 숯이 시커멓게 눈 주위로 번져 있었다. 덕분에 게룬다의 눈은 한층 더 깊고 어둡고 커 보였다. 뺨의 색깔도 마찬가지로 얼룩덜룩했다. 죽은 자의 얼굴이 무덤 안에서 원망의 시선으로 산 자들의 얼굴을 바라보고 있었다. 경멸과 반항, 불쾌함과 비통함에 아주 조금은 승리의 감격이 서려 있는 시선이었다. 죽을 운명인 자들아. 너희들은 끝내지 못한 걸 나는 끝냈어. 그때 낯선 사내가 무덤 주위를 돌아와 파린 바로 옆에 섰다. 파린은 게룬다에게서 사내 쪽으로 시선을 돌렸다. 매부리코가 섬뜩하게 그의 얼굴을 향해 다가왔다. 파린의 눈을 파내기라도 하려는 듯. 그의 눈은 최소한 성당의 종탑만큼 무거워 보였다. 철사처럼 가느다란 손가락이 파린의 팔꿈치를 붙들자 차디찬 얼음물이 핏줄을 따라 흐르는 것 같았다.

그의 목소리는 토하듯 왈칵 터져 나왔다. "그거 내놔!"

시간이 느리게 흐르고 심장이 멎는 것 같았다. 누구에게나 공평한 사망 원인. 하지만 웬일인지 그는 바닥을 디딘 채 그대로 서 있었다. 자신의 힘으로 서 있다는 것은 그가 아직 살아 있음을 의미했다. 나는 아직 살아 있구나.

낯선 사내의 손길은 진드기가 피를 빨 듯이 계속해서 파린의 몸에서 온기를 빨아들이고 있었다.

"뭐, 뭘요?"

"빌어먹을, 네가 그 저주받은 마녀의 집에서 찾아낸 물건 말이다."

그가 방금 마녀라고 말했나? 저주를 받았다고?

그의 목에 매달린 부적이 작열하고 있었다. 그의 가슴을 파고들며 쥐어뜯고 있었다. 부적을 매단 노끈이 교수대의 밧줄처럼 파린의 목을 조여 왔다. 곧 파린을 짓눌러 터트릴 것처럼 위협적이고 강력한 힘으로.

'아, 이것 말이군요.'라고 말하고 펜던트를 끄집어내려는 찰나, 이 방인의 왼쪽 뺨에 화장으로 덮은 깊은 상처가 눈에 들어왔다. 파린은 아랫입술을 꽉 깨물었다. 하지만 그의 몸은 이미 차가움에 마비되어 통증조차 느끼지 못했다. 그때 땅속에 누운 계룬다의 시신보다 더 차갑게 식어 버린 파린의 몸속에 마지막 남아 있던 작은 불씨가 폭동을 일으켰다. 검은 눈의 사내는 광기로 가득 차 있었다. 전설이나 동화 속에서 막 튀쳐나온 악인 그 자체였다. 검은 주술사, 사악한 마법사를 눈앞에서 만나다니. 하지만 그는 현실의 인물이라고 하기엔 너무나 기이했다.

주눅 들지 말자. 난 방금 알라우네를 땄어. 그것도 맨손으로. 나는 매장꾼의 아들이야. 그러니 자부심을 가져 봐. 그리고 난 당신이 한 일을 알고 있어. 나를 속일 생각은 하지 않는 게 좋을걸.

"무슨 말씀이시죠? 저에겐 드릴 게 아무것도 없는데요. 이장 나리가 게룬다를 실어 왔고 그녀가 걸친 거라곤 원피스뿐이었어요." 파린은 결백을 증명하려는 듯 양손을 펴 보이는 척하며 차가운 손길을 슬쩍 뿌리쳤다.

"사실입니다." 하막도 거들었다. "게룬다는 원피스 하나만 달랑 입고 있었어요. 가방이나 보석 같은 건 지니고 있지 않았고요. 머리핀 같은 것도 하나 없었지요. 이제 마지막 인사를 나눌 시간이 된 것 같군요."

검은 눈 사내의 얇은 입술이 한층 더 얇아졌다. 아니 완전히 소멸해 버렸다고 말하는 편이 맞을 것 같았다. 그는 게룬다의 추한 얼굴을 마음껏 보았는지 더는 무덤 쪽으로 시선을 돌리지 않았다. 흙을 세 번 뿌리는 예식도 관심 밖이었다. 대신 검은 눈동자를 파린에게서 떼지 않았다.

파린은 사내의 분노와 불신이 자신에게 쏟아져 내리는 걸 느꼈다.

내 말을 믿지 않는 게 분명해.

"누가 시신을 발견했지?" 가까스로 화를 참으며 사내가 입을 열었다.

"내가 발견했소." 신부가 대답했다. "그때 계룬다는 아무것도 지니고 있지 않았소."

낯선 남자의 입술이 실룩거리다가 다시 나타났지만 이번에는 입을 꾹 다물고 있었다. 침묵마저도 위협적이었다.

"더 궁금한 게 있으신지요?" 신부의 질문은 마치 비난처럼 들렸고 사실 의도한 것이기도 했다. 그로서는 낯선 남자에 대한 혐오를 굳이 숨길 필요가 없었다.

하지만 사내는 아랑곳하지 않았다. "계룬다가 죽은 뒤에 누가 또 그녀를 보았지?"

"이장, 매장꾼 아들, 그리고 나, 그 외엔 없었소." 신부가 설명했다.

파린은 낯선 사내의 매부리코가 허공을 향해 세 번 실룩거리는 것을 보았다.

아버지가 물었다. "이제 무덤을 덮을까요, 신부님?"

파린은 검은 눈동자의 사내를 바라보았다. 전혀 동의하지 않는 얼굴이었다. 그의 눈에서는 점점 더 강한 살기가 뿜어져 나오고 있었다. 파린은 두려움을 느꼈다. 느린 동작으로 사내의 손이 허리로 망토로, 그리고 단검으로 향했다. 바로 그 순간, 파이프 담배를 흠 숭하는 사내들의 무리가 시끌벅적하게 성당을 돌아 묘지 쪽으로 왔다. 그들의 숫자는 대략 열다섯 명쯤 되었다. 보통 장례식이 끝나면 문상객들을 위해 식사 또는 최소한 망자에게 경의를 표하는 술자리가 마련되곤 했다. 그리고 중요한 건 신부가 그 비용을 부담한다는 사실이었다. 그들은 왁자지껄 쾌활한 그들 나름의 방법으로 조의를 표하러 오는 길이었다.

검은 사내가 아직도 무언가에 골몰하고 있다는 걸 간파한 신부는 이 마을의 가장 힘 있는 자가 누구인지 보여 줘야겠다고 생각했다. 승자의 근엄한 어조로, 지체 높은 이의 손짓으로 그가 명령했다. "무덤을 덮게."

낯선 사내는 아무 말도 하지 않았다. 다만 그의 아래턱이 위턱을 힘주어 누를 뿐이었다. 그의 입술은 다시 사라지고 없었다. 발치에 뉜 죽은 이와 놀랍도록 닮은 얼굴이었다.

아버지는 무덤 속으로 들어가 게룬다의 얼굴에 리넨 보자기를 덮었다. 노파의 몸이 인생에서 마지막으로 덮였다. 아버지가 힘겹게 무덤 밖으로 다시 올라와 파린에게 신부만큼이나 고압적인 손짓을 했다. 이제 명령은 사슬의 맨 아래에까지 도달했다. 파린이 삽으로 검은 흙을 퍼서 무덤을 덮기 시작했다. 천천히 독을 섞는 노파의 몸이 컴컴한 땅 아래로 사라져 갔다. 파린은 어색하고 뻣뻣한 동작으로 부지런히 움직였다. 펜던트가 리넨 셔츠 밖으로 보일까 봐 허리를 제대로 굽힐 수가 없었기 때문이었다. 게다가 얻어맞은 허리가 아프기도 했다.

아니나 다를까 아버지가 물었다. "무슨 일이냐? 무슨 삽질을 그

따위로 해?”

“오는 길에 발을 헛디뎌 넘어졌어요.” 파린은 상처 난 무릎과 얼굴을 가리켰다.

동정심이라고는 눈곱만큼도 찾아볼 수 없는 멸시뿐인 얼굴로 서 있는 자들이 삽질하는 자를 바라보고 있었다.

“거짓말!” 낯선 남자의 갈라진 목소리가 들렸다.

술 생각에 들뜬 파이프 담배 모임 회원들이 벌써 신부의 어깨를 두드리며 야단법석을 떨고 있었기 때문에 그의 목소리는 파린에게 만 들렸다.

파린은 삽질에 집중하느라 못 들은 척을 했다. 무슨 말이지? 펜던트 이야기와 넘어져 다친 것 중 어느 쪽을 말하는 걸까? 순진한 어린 양 떼에 둘러싸여 자신의 안전을 확인한 아멘 신부는 손을 들고 입을 열었다. “여러분, 계룬다를 위해 잔을 들기 전에, 그리고 그녀의 살아생전 모습을 아름답게 기억 속에 새기기 전에 공식적인 절차를 마무리해야 합니다.”

그러자 누군가가 외쳤다. “얼른 해 주세요. 얼마나 슬픈지 목구멍에서 먼지가 날 지경이에요.” 그러자 비통한 다른 사내들도 떠들썩하게 거들었다.

아멘 신부는 양팔을 벌리며 말했다. “유언이 없는 관계로 토지와 건물은 오늘부로 마을 소유가 될 겁니다. 속세의 재물은 공공의 이익을 위해 가장 올바르게 사용할 수 있는 교회의 손에 맡겨집니다.

아멘." 아멘 신부는 자기 자신의 위선적 후광에 눈이 부시다는 듯 만족스러운 표정으로 눈을 감았다.

파린은 존경과 경탄의 얼굴로 아멘 신부가 신부이자 재판관이라는 이중의 책임을 어떻게 완수하는지 똑똑히 지켜보았다.

검은 눈의 낯선 사내도 파린과 같은 심정이었던 것 같았다. "돼지 같은 신부, 당신은 나만큼이나 파렴치한 잡놈이군. 하지만 그래도 나를 이기지는 못할걸. 당신을 결코 잊지 않을 것이오!"

비는 이제 조금씩 잦아들고 있었다. 그 대신 파린의 등에는 땀 줄기가 점점 더 세차게 흘러내렸다. 파린이 작업을 마치자 그들은 이제 무덤가에 옹기종기 모여 섰다. 하막, 아멘 신부, 아버지, 파린, 그리고 검은 눈동자의 낯선 남자.

신부는 사내 쪽으로 몸을 돌려 말했다. "벌써 장례식 전에 게룬다와 어떤 관계인지 물었고 당신은 그녀와 친족 관계가 아니라고 분명히 밝혔소. 그러니 당신에겐 아무런 권한도 없지. 당신의 요구 사항이 구체적으로 무엇인지 물어도 되겠소?"

"물론 물어볼 수는 있지." 사내의 목소리는 아까보다 훨씬 더 낮게 깔려 있었고, 그의 얼굴은 아멘 신부가 그의 호사스러운 남은 삶이 끝날 때까지 대답을 듣지 못할 것이라고 똑똑히 말하고 있었다.

갈라진 목소리로 사내가 말을 이었다. "매장꾼이 노파의 오두막에 갔어!" 파린은 마치 그의 단도에 찔리기라도 한 것 같은 아찔함을 느꼈다. 이토록 조용하고 차가우면서 동시에 분노를 담아 비난할 수 있다니! 차라리 계룬다 옆에 누워 아버지에게 얼른 무덤을 덮어 달라고 빌고픈 심정이었다.

아멘 신부는 아버지 쪽으로 몸을 돌렸다. "자네, 노파의 오두막에 뭐라도 흘리고 왔는가?"

"예?" 아버지는 뒤통수를 긁적이며 무슨 소리냐는 듯 신부의 얼굴만 빤히 바라보았다.

제발 아무 말도 하지 마세요, 아버지. 파린은 속으로 빌었다.

아버지는 벌써 따뜻한 맥주 몇 잔에 취기가 돌았는지 대답을 할 만한 상태로 보이지 않았다.

"그쪽이 아니라 저자!" 검은 눈동자의 사내가 앙상한 손가락으로 파린을 가리켰다.

신부의 노여움도 파린을 향했다. "대체 어떻게 된 일이냐?" 천둥 번개라도 치면 좋으련만. 그나마 다행히도 비가 다시 내리기 시작했다.

파린은 멈춰 서서 삽자루에 몸을 기댔다. 긴장하지 말고 아무렇지도 않다는 듯 설명해야 해. 그럴듯하면서 명확한 해명이 뭐가 있을까? 멍청이가 아닌 이상 분명히 좋은 생각이 떠오를 거야. 아무 말이나 꺼내고 봐야 한다는 생각에 파린은 일단 입부터 벌렸다. "아! 예…" 얼른! "저, 저는…" 하지만 거기서 말문이 막혀 버렸다. 그의 머릿속에는 진실만이 소용돌이쳤다. '사랑의 묘약을 훔치려고 했어요. 블로삭이랑 제가 또다시 어리석은 불장난을 한 거죠. 저는 이제 겨우 열여덟 살인걸요.'

아차!

바로 그때, 어디선가 구원의 목소리가 들려왔다. "제가 보냈어요. 계룬다에게 입힐 깨끗하고 단정한 원피스를 찾아오라고요. 이장 나리가 노파를 신고 왔을 때 입고 있던 옷이 얼마나 초라했는지 장례식에 그대로 입힐 수가 없어서요."

이토록 천재적이고 명료한 설명이 아버지의 입에서 나오다니. 깜짝 놀라 고개를 돌려보니 아버지는 당당한 얼굴로 낯선 사내의 검은 눈동자를 뚫어지게 바라보고 있었다. 처음으로 어렴풋하게나마 어머니가 아버지와 결혼한 이유를 알 것 같았다.

하막도 거들었다. "대소변으로 범벅이 되어 옷에서 냄새가 너무 심하게 나긴 했어요." 얼마나 실감 나게 인상을 찌푸리던지 누구의 얼굴인지 알아보지 못할 정도였다.

신부가 거드름을 피우며 말했다. "이제 해명은 끝난 것 같군! 매장꾼의 아들은 바른 청년이오. 약간 덜 떨어지긴 했지만 자기가 맡은 일은 훌륭히 해낸다오." 아멘 신부도 하느님의 명을 받아 파린을 구원하는 데 힘을 보탰다. "그 밖에 더 도와드릴 일이라도 있소?" 물론 신부의 얼굴은 정반대로 앞으로도 평생 그 사내를 위해서라면 아무것도 하고 싶지 않다고 말하고 있었다.

"그녀가 그걸 지니고 있었다는 걸 알아." 사내가 씩씩거리며 말했다. 눈에서 또다시 살기가 뿜어져 나왔다. 하우펜 마을의 파이프 담배 모임은 빗줄기에 점점 물에 빠진 생쥐 꼴이 되어가고 있었다.

"이제 어떻게 하실 거예요, 아멘 신부님?" 쥐를 닮은 남자가 재촉했다.

"이제 안으로 들어갑시다. 석 잔까지는 내가 계산하지." 신부가 큰 소리로 말했다.

"나머지 열 잔은요?" 한 남자가 물었다.

검은 눈동자의 사내는 가까스로 분노를 누르며 말했다 "우린 아직 할 말이 남았소, 신부." 그리고 파린 쪽으로 몸을 돌려 속삭였다. "어제 네가 그녀의 몸을 닦을 때 내가 널 지켜보고 있었다. 뭣 때문에 그렇게 놀란 거지?"

"아, 그러셨군요. 안 그래도 누가 날 지켜보는 것 같다고 생각했는데."

사내는 눈도 깜빡하지 않고 파린을 노려보고 있었다. 그제야 비로소 장례식 내내 사내가 단 한 번도 눈을 깜빡이지 않은 것 같다는 생각이 들었다.

"그리고 옷을 찾으려고 게룬다의 오두막을 뒤졌다는 말은 믿지 않아. 네놈에게서 뭔가 구린 냄새가 나거든. 뭔가 숨기는 게 있지?" 낮고 거친 목소리가 거침없이 단어들을 내뱉었다.

"무슨 말씀이신지 모르겠어요." 파린은 결백한 사람처럼 보이려고 애썼다. 목에 걸린 노파의 펜던트가 맷돌보다 더 무겁게 느껴졌다.

사내의 얼굴이 한층 더 가까이 다가와 파린의 귀에 대고 속삭였다. "먼저 뚱뚱한 돼지 신부를 처리하마. 그다음은 이장 차례고. 그러면 그다음은 누가 될지 맞혀 보겠나, 친구?"

온몸에 소름이 끼치며 그대로 얼어붙었다. 검은 사내는 파린을 노려보던 눈길을 거두었다. 그리고 더는 일언반구도 없이 자리를 떴다.

아멘 신부는 심각한 표정으로 검은 사내의 뒷모습을 바라보았다. 그리고 언짢은 목소리로 파린의 아버지를 향해 명령했다. "자네는 마무리를 하게. 그리고 아들에게는 다음부터 장례식에 늦지 말라고 단단히 이르고."

다시 화가 치밀어 오르는 걸 느꼈다. 쓸모없는 놈 취급도 모자라 이제 아예 없는 놈 취급을 받은 것이다. 없는 놈 주제에 무슨 말을 할 수 있으랴.

무심하게 돌아선 아멘 신부가 마을 사람들을 향해 자신의 약속을 다시 한번 확인시켜 주었다. "우리는 이제 추모의 시간을 보내러 갑시다." 그리고는 어린 양들을 한데 모아 '따뜻한 맥주' 쪽으로 사라져 갔다.

아버지와 단둘이 되니 한결 마음이 편해졌다. 토르프 일당에게 얻어맞은 자리는 여전히 욱신거렸지만 한기는 이젠 느껴지지 않았다. 그는 생각에 잠겨 부지런히 삽을 움직였다.

"개자식!" 아버지가 욕설을 내뱉었다.

"누구 말이에요?" 파린이 물었다. 파린이 보기엔 낯선 남자와 아멘 신부가 막상막하였기 때문이었다.

"누구긴 누구, 그 낯선 놈 말이지." 아버지는 게룬다의 무덤 바로 옆에 침을 뱉더니 갑자기 팔을 들어 파린의 뺨을 갈겼다. "너는 내 생각보다도 훨씬 더 멍청한 놈이야."

얻어맞은 뺨뿐만 아니라 얼굴 전체가 붉게 달아올랐다. 오늘은 온종일 두드려 맞는 날이군. 마지막으로 아버지가 주먹을 휘두른 게 2년 전이었던가?

너무 놀라 화도 나지 않았다. "제가 게룬다의 오두막에 갔다고 그러시는 거예요?"

"뭐? 그건 내가 알 바 아니다. 누군가의 눈에 띄었을 때를 대비해 미리 그럴듯한 이유를 생각해 뒀어야 할 거 아니냐!"

삶의 지혜에 관해서라면 아버지는 범접하기 힘든 경지에 이르러 있었다. 파린은 한없이 순진하기만 했던 자기 자신이 부끄러워졌다.

아버지를 존경할 수 있다니, 아니 존경할 수밖에 없다니 얼마나 멋진 일인가!

아버지는 파린을 찬찬히 뜯어보며 말했다. "얼른 움직여라. 흙 덮는 게 끝나면 땅을 다지는 것도 잊지 말고. 일을 마치면 바로 집으로 가거라. 나는 게오리히네에 들르마. 연장 잘 챙기고."

파린은 땅이 꺼져라 한숨을 내쉬었다. 그가 덮어야 할 무덤보다도 더 깊은 한숨이었다.

정말 굉장한 하루군.

두더지

"너도 알지? 나 요새 아니에타한테 완전히 미쳐 있는 거." 블로삭이 말했다.

당연하지, 내가 그걸 어떻게 잊겠어? 널 죽도록 패 주고 싶어 미칠 지경이다. 술집 아들과 마주 앉은 파린이 생각했다.

그래도 블로삭은 천대받는 자들의 테이블로 와서 파린과 이야기하는 유일한 사람이었다. 둘이 '따뜻한 맥주'에 사이좋게 앉아 미지근한 맥주를 마시며 여자 이야기를 하는 동안 저쪽 자리에는 하우펜 마을의 파이프 담배 모임이 자신들의 진지한 예식을 거행하는 중이었다.

파린은 내키지 않았지만 가까스로 마음을 진정시키고 물었다. "응, 그런데 왜?"

"나 좀 도와줘. 아니에타한테 네가 말해 줄 수 있어?"

"뭐, 뭐라고? 내, 내가?" 다른 사람도 아닌 아니에타에게 블로삭의 고백을 전하라고?

바로 그때, 밖에서 무언가 무겁고 강한 것이 부딪치는 소리가 났다. 부서져라 나무 계단을 쿵쿵 밟는 소리였다. 본능적으로 몸을 움츠린 순간, 술집 문이 날아가 벽에 부딪히더니 반대 방향으로 튕기며 바닥에 떨어졌다. 마치 거대한 집광 렌즈가 빛을 빨아들이듯 모든 이들의 시선이 일제히 열린 문으로 쏠렸다. 거기엔 빛이라고는 새어 들어올 틈이 없는 거대한 그림자가 드리워져 있었다. 곧이어 누군가가 고개를 숙이고 몸을 낮춰 안으로 들어왔다. 파린은 숨을 죽이고 의자에 앉은 채 가능한 한 멀리 뒷걸음질 쳤다. 의자 등받이는 벽에, 자신의 허리는 의자 등받이에, 그의 윗입술은 아랫입술에 딱 달라붙어 있었다.

저건, 아니 저 사람은 누구지?

거대한 형체가 발걸음을 뗄 때마다 나무 바닥이 부서질 듯 삐걱거렸다. 금속 갑옷과 잘 어울리는 금속 신발, 금속 정강이 보호대, 금속 장갑, 금속 흉갑, 금속 목 가리개, 금속 투구.

이럴 수가! 그의 눈앞에 기사가, 진짜 기사가 서 있는 게 아닌가?

파린의 눈이 더 커질 수 없을 만큼 휘둥그레졌다. 딱 한 번 기사를 먼발치에서 본 적이 있었다. 그때 그 기사는 말을 타고 달려가고 있었지. 바로 그렇게 생각하는 순간 밖에서 말 울음소리가 크고 생생하게 들렸다. 그도 그럴 것이 이제 이 술집엔 문이 없었으니까.

말을 탄 기사다!

십 년도 더 된 이야기지만 기사가 되어 왕을 모시고 영광스러운 임무를 수행하는 게 파린의 꿈이었던 시절이 있었다. '바람의 검'을 들고 그 어떤 불가능한 상황에서도 아슬아슬하게 아니에타를 구해 내듯, 무시무시하고 잔인한 용의 발톱에 맞서 순결한 처녀들을 구해 내는 상상을 하곤 했었다. 아버지는 그런 파린을 비웃었다. "용을 찾는 건 가능할지 몰라도…" 아버지는 말했었다. "순결한 처녀들이라고?" 그러고 나서 종일 키득거리며 웃어 대는 것이었다. 그땐 이유도 모르고 파린도 따라 웃었었다.

하지만 지금 파린이 목격한 장면은 상상을 초월하는 것이었다. 문을 박차고 선술집 안으로 들어오는 것 역시 기사의 영웅적인 행동에 속한다고는 미처 상상조차 못 했으니까.

문을 박살 낼 때만큼이나 가볍게 기사는 투구의 면갑을 위로 올렸다. 그의 눈이 구석진 자리의 두 청년과 파이프 담배를 피우는 사내들, 그리고 계산대 뒤쪽에 앉은 주인까지 한눈에 둘러보았다. 눈 깜짝할 사이에 일어난 일이었다. 그가 손가락으로 하막을 가리키자 금속 장갑이 철컥 소리를 냈다. 다른 한 손은 허리에 찬 칼자루에 있었다.

파린은 숨 쉬는 것조차 잊을 정도였다. 저 칼 손잡이 좀 봐! 칼자루의 길이가 자그마치 손 다섯 개 너비는 되어 보였다.

"**너!**" 천둥 같은 기사의 목소리가 하막을 불렀다.

나무 선반 위 흙으로 빚어 만든 잔들이 덜거덕 소리를 내며 흔들렸다.

하막은 하얗게 질려 무릎을 꿇고 머리를 조아리고 또 조아렸다. 이마가 거의 땅을 파고들기 직전이었다.

이장도 필요할 땐 저렇게 나긋나긋하게 굽실거릴 줄 아는구나.

"제, 제가 도와드릴 일이 있습니까요?" 하막이 비굴한 말투로 물었다. 곧 그의 입에서 '야옹' 소리가 튀어나오기라도 할 것 같았다.

"그 여자는 어디에 있나?" 낮은 음성과 함께 나무 바닥이 흔들렸다.

혹시 저 기사의 성대는 단련된 금속이 아닐까?

"에… 어떻게? 아니, 그러니까… 누구를 말씀하시는지…." 하막은 기사가 아니라 술집 바닥에 대고 물었다.

어쩜 저렇게 멍청한 질문을 하는 걸까? 당연히 그 노파, 가룬… 기룬… 맙소사, 독을 섞는 노파 이름이 뭐였지?

"게룬다!" 기사의 한 마디가 술집을 울렸다. 파이프 담배의 불도 꺼뜨릴 수 있을 것 같은 큰 소리였다.

맞아, 게룬다였어.

오늘은 파이프 담배 모임의 사내 중 누구도 중요한 순간에 불청객이 끼어들었다며 불만을 터뜨리지 않았다. 불청객의 내면에 명상 중인 애연가의 존재 따위는 없다는 것, 또 비난하는 즉시 화를 면치 못하리라는 것쯤은 그들도 섬세한 본능으로 느끼는 것 같았다.

"아, 게룬다 말씀이시군요 나리. 물론입죠 나리. 암, 그렇고말고요 나리. 제가 아주 품위 있게 장례를 치르도록 일렀습죠 나리. 그녀의 무덤은, 그 아름다운 무덤은 바로 성당 뒤에 있습죠 나리."

파린은 하막의 입에서 나온 다섯 번의 '나리'를 셌다.

하지만 술집 안의 유일한 나리는 별로 감동한 것 같지 않았다. "집행인은 나를 거기로 안내해라."

하막은 '집행인'이라는 달갑지 않은 호칭을 듣고도 마치 기사가 자신을 '폐하'라고 부르기라도 한 것처럼 황송해했다.

기사를 우러러보는 건 어쩌면 당연했다. 기사는 왕을 섬기며 왕의 오른팔 역할을 하고 무력을 행사하는 사람이니까. 그래서일까? 하막은 황홀경에 빠진 사람처럼 연신 고개를 조아리며 말했다. "아이고, 물론입죠, 당장 안내해 드리고 말고요."

너무 흥분한 나머지 그는 그만 '나리'를 외치는 것마저 잊고 말았다. 파린은 기사가 화내지 않기만을 바랐다. 밖에는 비가 내리고 있었지만 하막은 겉옷도 입지 않은 채 재빨리 밖으로 나가 뒤를 돌아보고는 애원하듯 말했다. "송구하오나 저를 따라와 주십시오."

기사는 철컥거리며 문밖으로 나갔다. 하얗게 질린 사내들이 숨죽여 그의 뒷모습을 바라보았다. 그제야 파린은 조금 전 일어난 일을 실감할 수 있었다. 블로삭도 어안이 벙벙한 듯 입을 벌린 채 맞은편에 그대로 얼어붙어 있었다.

그때 기사가 다시 한번 뒤로 돌아 명령했다. "그쪽에서 담배 피우던 너희도 모두 나와!"

사내들은 일제히 자리에서 튀어 올랐고, 그중 한 명이 외쳤다. "물론입죠, 나리!"

게오리히가 물었다. "저는 어떻게 할까요, 나리?"

"분명 '모두'라고 말했는데 더 설명이 필요한가?" 기사가 물었다. 그의 목소리는 마치 전쟁을 알리는 북소리 같았다.

게오리히는 잠시 머뭇거리다가 행진에 합류했다.

블로삭과 함께 밖으로 나온 파린은 마치 유니콘이라도 발견한 듯

경탄의 눈으로 기사가 타고 온 말을 바라보았다. 이렇게 큰 말은 한 번도 본 적이 없었다. 콧구멍에선 뜨거운 김이 뿜어져 나오고, 안장을 고정한 넓은 띠 아래에서 단단한 가슴이 위아래로 움직이고 있었다. 파린은 말 등을 덮은 갑옷과 왕실의 문장이 수놓아진 안장깔개를 번갈아 바라보았다. 양쪽에 매달린 등자는 파린의 머리가 들어갈 만큼 거대했다. 아쉽게도 이미 성당 쪽을 향한 일행을 따르느라 더는 감탄할 시간이 없었다.

"벌써 게룬다가 그리워지네요. 참 좋은 분이었는데." 하막이 슬픈 얼굴로 말했다.

"아무도 그 흉측한 두꺼비를 그리워하지 않아." 기사의 목소리가 쩌렁쩌렁 울렸다.

파린은 기사의 행동이 못마땅했다. 그의 상상 속에 등장하는 기사들은 언제나 예의를 갖추고 여인들에게 공손한 사람들이었다. 아무리 게룬다가 상냥한 여인이라기보다는 못생긴 두꺼비 쪽에 더 가까웠더라도 말이다.

"예예, 사실 사람들이 그렇게 그녀를 좋아하진 않았죠." 하막은 권력 앞에서 한없이 유연했고 자신이 처신할 바를 잘 알고 있었다. 마을의 어른인 이장이라는 자신의 지위에 어울리게 다시 용기를 낸 그가 씩씩하게 앞으로 나아가 말했다. "성당 뒤쪽으로 가셔야 합니다요."

성당을 둘러싼 축축한 풀밭을 모두 함께 무리 지어 걸었다. 빗줄기는 더 굵어지고 있었다. 기사 나리의 발자국은 아이들의 목욕통만큼이나 거대했다.

잠시 후 그들은 독을 섞는 노파의 무덤 앞에 이르렀다. 비뚤어진 나무 표지에 숯으로 서툴게 '게룬다'라는 이름이 쓰여 있었다.

"여기에 게룬다가 묻혀 있습니다요. 아주 멋진 무덤이지요." 하막은 감탄하며 연신 힘차게 고개를 끄덕였다. 얼마나 여러 번 고개를 끄덕였던지 정말로 그 무덤이 더 그럴듯해 보이는 것 같기도 했다.

기사는 마치 거대한 조각상처럼 다리를 벌리고 서 있었다. 그에게선 강렬한 카리스마가 뿜어져 나왔고, 화석처럼 굳은 얼굴은 무덤의 묘비만큼이나 단단해 보였다.

세찬 빗줄기도 모자라 이제 번개까지 치기 시작했다.

기사는 면갑을 아래로 내렸다. "게룬다를 묻은 게 언제지?"

"닷새 전입니다요, 나리."

"그때 누가 그 자리에 있었는가?"

"그러니까 저와… 에…" 이장은 기억을 더듬다가 파린을 손가락으로 가리켰다. "…저자와 또… 에… 물론 아멘 신부님도 계셨었죠."

투구 사이의 틈으로 기사의 부릅뜬 눈이 보였다.

"신부가 시신을 발견했다고 들었다. 사실인가?"

"그럼요, 맹세코 사실입니다요, 나리."

기사의 말은 그냥 옳은 것이 아니라 맹세코 옳은 거구나, 파린은 생각했다.

"누구든 가서 그 신부를 데리고 오라, 지금 당장!"

하막은 더듬거리며 말했다. "그, 그건… 그럴 수가 없습니다요 나리. 신부님은… 사흘 전에 마을을 떠, 떠났거든요."

"그러니까 신부가 사라졌단 말이군." 기사의 목소리엔 노여움과 조급함이 묻어났다.

"저, 저희는, 그러니까 저희들 생각엔, 신부님은 용무가 있어 자리를 비운 것 같습니다만…."

"너희들 생각엔?" 이장의 해명에도 하우펜 마을과 마을 사람들에 대한 인상은 조금도 나아진 것 같지 않았다. 기사의 인내심은 점점 바닥이 나고 있었다.

"**시체를 꺼내라**!" 공동묘지를 뒤흔드는 우렁찬 목소리에 파린은 자라처럼 목을 움츠렸다.

"나리, 무슨 말씀이신지…." 하막은 머리를 비스듬히 기울인 채 자신이 지을 수 있는 가장 비굴한 표정으로 물었다.

"무덤을 파란 말이다. 이 멍청한 놈아!"

모든 이들의 고개가 일제히 한쪽을 향했다.

"시체를… 에… 파내라, 너, 네 녀석 말이다." 이장이 매장꾼의 아들에게 명령했다.

"에…" 파린은 땅을 파려면 삽이 있어야 한다고 말하려고 했지만 도무지 입이 떨어지지 않았다. 그래서 두 손을 어정쩡하게 벌려 보이는 것으로 말을 대신했다.

"이 멍청한 놈!" 이장이 말했다. "그럼 냉큼 가서 삽을 가져와야 할 게 아니냐."

지금 당장 뛰어간다 해도 집까지 가서 삽을 들고 오려면 대략 한 시간은 걸릴 게 뻔했다. 과연 기사 나리가 기쁜 마음으로 그때까지 기다려 줄까?

"우리 집 창고에 삽이 있어." 난생처음으로 블로삭이 재치를 발휘한 순간이었다.

게오리히가 고개를 끄덕였고, 블로삭은 달리기 시작했다.

나는 왜 이렇게 바보처럼 말을 더듬었을까? 블로삭마저도 저런 생각을 해내는데.

파린은 갑자기 그런 자신이 싫어졌다. 고개를 들었다. 새로 생긴 무덤 하나가 이렇게 많은 이들의 주목을 받은 적이 있었던가? 조문객들은 모두 경건하게 한 곳만 바라보고 있었다. 세상이 멈췄다. 움직이는 것이라곤 천둥 번개를 몰고 다니는 구름과 조금씩 잦아드는 비뿐이었다.

이장이 긴 침묵을 참지 못하고 입을 열었다. "기사님께서 보잘것없는 우리 마을에 친히 방문하시는 영광을 허락하신 것에 대해 저희는 그저 몸 둘 바를 모르겠습니다요."

아부하는 능력은 타고난 것 같아, 파린은 생각했다.

"이 별 볼 일 없는 마을에서 내 관심은 단 하나, 게룬다뿐이다."

이 기사에게 한 가지 부족함이 있다면 그건 바로 정제된 언어를 구사하는 능력이었다. 그는 거만함과 냉정함이라는 결점을 명료함과 솔직함으로 보완하고 있었다.

하막이 맞장구쳤다. "여부가 있겠습니까, 나리."

그사이 블로삭이 삽을 들고 뛰어왔다. "여기!" 그는 인상을 쓰며 파린의 손에 삽을 쥐여 주었다. "어서 시작해."

기사 앞에서 마을 내 서열이 다시 한번 명백히 드러나는 순간이었다. 그래도 파린은 개의치 않았다. 그저 미쳐 날뛰는 두더지처럼 정신없이 땅을 파기 시작했다. 흙은 아직 다져지지 않아 부드러웠지만 내린 비에 질척해져 쉽게 파낼 수 없었다. 그럼에도 그는 능숙하게, 우아한 동작으로 삽을 움직였다. 지금껏 단 한 번도 이렇게 많은 사람 앞에서 땅을 파 본 적은 없었다. 모두가 움푹 팬 구덩이가 점점 깊어지는 과정을 말없이 응시하고 있었다. 하우펜 마을이 점점 높아지고 있었다. 1미터쯤 파 들어갔을 때 무언가 부드러운 감촉이 느껴졌다. 이제 파린은 조심스럽게 옆쪽으로 구덩이를 넓혀갔다.

"저놈의 삽질 실력이 정말 일품이지 않습니까?" 하막은 어떻게든 하우펜 마을과 마을 이장인 자신의 격을 높여 보려고 안간힘을 쓰는 중이었다.

파린은 금속 투구 안에서 기사의 화난 눈을 보았다. "고작 땅 파는 일 따위에 실력? 쓸데없이 지껄이는 그 입을 다물라."

아무렴, 그렇담 열심히 할 필요도 없겠네. 아무도 알아주지 않는 이따위 무가치한 일. 뭘 기대했던 거야. 어차피 이 마을 서열에서 내 위치가 가장 아래인 건 기정사실인데. 이미 묘비에 새겨진 것이나 다름없잖아? 어느덧 시신을 덮은 천이 드러났다. 파린은 천천히 끄트머리 쪽 흙을 파냈다.

"더 빨리!" 기사가 호통을 쳤다.

"이놈아, 어서 서둘러라." 이장이 거들었다.

파린은 대담하게 일을 멈추고 보란 듯이 하품이라도 하고 싶은 충동을 느꼈지만 감히 실행에 옮기는 대신 허리를 구부리고 두 손을 뻗어 남아 있는 흙과 함께 덮개를 걷어 냈다. 파린의 계획대로라면 이제 시체가 모습을 드러낼 차례였다. 그런데 게룬다가 그의 계획을 망쳐 버릴 줄이야! 시신이 사라졌다! 덮개 아래에 있어야 할 시신이 온데간데없었다.

파린은 당황한 얼굴로 위쪽을 올려다보았다. 그와 똑같이 당황한 얼굴들이 그를 내려다보고 있었다.

기사의 목소리가 묘지를 뒤흔들었다. "**늙은 두꺼비의 시체는 대체 어디에 있느냐?** 쓸모없는 것들, 게룬다의 시신을 내 눈앞에 가져오지 않으면 마을을 쑥대밭으로 만들어 버리겠다."

파린은 다시 황급히 땅을 파기 시작했다. 더 깊이, 더 깊이…. 하지만 바닥은 점점 단단해지고 있었다. 차라리 금을 찾는 편이 더 빠를 것 같았다.

기사는 면갑을 들어 올렸다. "대체 그 늙은이에게 무슨 짓을 저지른 거지?" 그의 목소리엔 마치 발사 직전의 투석기처럼 팽팽한 긴장감이 실려 있었다.

"그, 그녀가 가 버렸어요." 쥐를 닮은 사내가 더듬거리며 말했다. 전문가적 지식으로 길들인 파이프를 꼭 쥐느라 기사의 손등이 자신을 향해 날아오는 것을 미처 보지 못했다. 금속 장갑의 돌기들이 그의 오른쪽 뺨과 코에 상처를 냈다. 광대뼈가 부러지는 소리가 났다.

"가 버릴 수 있는 건 산 사람들이고 죽은 사람은 눕혀 놓은 그 자리에 그대로 누워 있어야 할 게 아니냐?" 상황은 점점 심각해지고 있었다. "이 멍청한 놈들. 너희 같은 얼간이들과 같은 공기를 마시는 게 치욕이다. 이제 더는 참을 수가 없다." 기사는 면갑을 내리고 검을 빼 들었다. 검이 칼집에서 미끄러져 나오는 순간 위협적인 윙 소리가 났다. "**거기 너!**" 그는 칼끝으로 게오리히를 가리켰다. "**무슨 일이 일어난 게냐?**"

그렇게 안절부절못하는 선술집 주인의 모습은 처음이었다. 그는 쉰 목소리로 더듬거렸다. "저, 저, 저도 모르겠습니다요."

모두가 알 수 없는 비명을 지르고, 자신의 결백을 맹세하고, 제멋대로 추측하고, 도굴과 도난당한 시체에 대해 말하고, 수도 없이 자신들의 부족함을 용서해 달라고 빌며, 무릎을 꿇거나 바지에 오줌을 싸기도 했다.

파린은 아무 말도 하지 않았다. 그는 무덤에서 기어 나와 야단법석을 물끄러미 보았다. 물론 그에게도 기사에 대한 경외심이 없는 건 아니었다. 다만 바닥을 기어야 한다는 생각까지는 못했을 뿐이었다. 사방에서 아우성치는 사내들의 겁에 질린 얼굴을 보고 나서야 파린도 비로소 사태의 심각함을 인지하기 시작했다. 그제야 의도적으로라도 두려움을 느끼려 했지만 좀처럼 두려운 마음은 생기지 않았다. 오히려 반대로 파린은 비굴하게 아첨하는 마을 사람들 한가운데 혼자 꼿꼿하게 서 있는 이 순간을 즐기고 있었다.

"너!" 칼끝이 이장의 턱 바로 아래로 옮겨가자 마치 붓으로 붉은 물감을 뿌린 듯 피가 뿌려졌다. 기다란 검이었지만 기사는 마치 작은 단도 다루듯이 쉽게 휘둘렀다.

하막의 눈이 마치 한껏 부푼 개구리의 눈처럼 돌출되었다.

"처음부터 다시 묻겠다. 매장할 때 너는 여기에 있었느냐?"

턱이 칼끝에 닿아 있었기 때문에 그는 고개도 끄덕이지 못했다. "네, 네, 네, 나리."

"누가 또 그 자리에 있었지?"

"저와… 그리고…" 하막은 눈을 굴렸다. "…에… 매장꾼과 그 아들이 있었죠." 드디어 기사의 관심을 돌릴 수 있다는 사실에 안도하며 하막이 재빨리 파린을 가리켰다. "저기! 저놈 말입니다요."

기사의 투구는 끼익하는 불길한 소리를 내며 파린 쪽을 향했다. 그 안에서 두 눈이 마치 가득 찬 요강을 바라볼 때와 같은 눈빛으로 파린을 보고 있었다. 더럽고 땀으로 얼룩진 상처 난 얼굴, 검은 흙 범벅인 팔과 다리로 빈 무덤 옆에 삽자루를 딛고 서 있는 파린의 모습을. 거인만큼이나 큰 키의 기사가 파린 쪽으로 한 발짝 다가왔다. 그리고는 검을 똑바로 세워 파린의 코끝으로 가져갔다. 쇠붙이 냄새가 났다. 칼날을 따라 손가락 두 개만큼 굵은 홈이 패여 있는 커다란 검이었다. 하지만 파린은 뒷걸음질 치지 않고 그저 매장꾼다운 표정을 지은 채 그 자리에 서 있을 뿐이었다. 굼뜬 얼굴, 슬픈 얼굴, 고집스러운 얼굴. 그에게 더 잃을 게 있었던가?

불행하게도 기사는 파린의 용기를 우둔함으로 착각한 모양이었다. "**집행인**! 너는 이 마을의 우두머리다. 대체 나보고 이런 얼빠진 두더지와 뭘 하라는 거지?" 기사가 고함을 쳤다.

그랬다. 그럼에도 '얼빠진 두더지'라는 표현은 생각하면 생각할수록 기분이 나빴다.

"하지만… 저놈도 그 자리에 있었습니다요." 하막이 목에 흐르는 피를 소맷자락으로 닦으며 설명했다.

기사는 자신이 타고 온 말처럼 씩씩거리며 콧김을 내뿜고 있었다. "저놈은 지금껏 너희 중에 유일하게 찍소리도 내지 않았다. 저놈이 대체 말을 할 수 있기는 한 게냐?"

기사가 말한 '저놈'이 자신을 뜻한다는 걸 깨닫기까지는 한참이 걸렸다. 물론! 그는 말을 할 수 있을 뿐만 아니라 매장꾼의 아들치고는 말재주가 좋은 편이라고 자부하고 있었다. 다 어머니 덕분이었다. 그런데도 파린이 입을 다물고 있었던 건 그저 두더지라는 말을 곱씹고 있었기 때문이었다. 좋아, 이제 기사에게도 보여 주지.

84

파린은 용기를 내어 입을 열었다. "에, 에엠… 엠…!"

어쨌든 성공이다. 얼빠진 양의 울음소리처럼 들렸을 테지만 최소한 얼빠진 두더지가 아니라는 건 보여 주었으니까. 하지만 깊은 인상까지는 주지 못한 것 같았다. 파린은 온몸의 피가 머리로 솟구치는 느낌이 들었다.

기사는 경멸의 눈초리로 파린을 보다가 그 단순함과 우둔함에 지쳤는지 그만 한숨을 크게 내쉬고는 호통을 쳤다. "너희들의 그 멍청한 파이프를 모두 엉덩이에, 그것도 거꾸로 처박아 버리겠다!"

그 장면을 상상하지 않으려고 애썼지만 허사였다.

"여기서 일어난 일을 똑바로 고하지 않는다면 네놈들의 뇌가 없는 머리를 차례차례 날려 주겠다. **한 놈도 빠짐없이!**"

사내들은 일제히 오싹함을 느꼈다. 처음으로 기사가 소리치지 않았다는 건 이번에야말로 그의 말이 진심이라는 뜻이었으니까. 더욱이 '한 놈도 빠짐없이'라는 말은 다르게 해석할 여지가 없었다.

"맨 먼저 너, 집행인! 무릎을 꿇어라. 겁먹지 마라. 단칼에 처리해 줄 테니."

"아니 됩니다요 나리! 나리께서 시키시는 일이라면 뭐든지 다 하겠습니다." 하막의 하얗게 질린 얼굴이 땀으로 번들거렸다.

"무릎을 꿇어라!" 기사가 칼을 들어 올렸다. 이장은 이제 죽은 목숨이나 다름없었다.

"잠깐만요, 기사님!" 조금 헐떡이긴 했지만 파린의 목소리는 크고 단호했다.

"두더지?"

"장례식에 어떤 낯선 남자가 왔었습니다. 모자가 달린 검은 망토를 두르고 있었어요. 검은 눈에 매부리코였고 허리에 단도를 차고 있었죠. 그 낯선 사내가… 바로 살인범입니다."

하막이 끼어들었다. "맞습니다, 나리, 낯선 사내는 매부리코에…"

"닥치고 두더지의 이야기를 끝까지 들어라."

"하지만 나리, 저 녀석은 그저 매장…"

기사의 쇠 주먹이 하막의 관자놀이로 날아갔다. 끔찍한 소리가 났다. 그는 무릎이 꺾이며 그대로 앞으로 굴러 무덤 안으로 곤두박질쳤다. 파린은 놀라서 구덩이 안을 내려다보았다. 하막의 가슴께가 오르락내리락하는 것을 보자 다소 안심이 되었다.

"말을 할 줄 아는 두더지였군. 더 알고 있는 게 뭐지? 계속하라!"

"그… 사내가 게룬다를 죽였습니다…. 목을 졸라서요."

숨 막히는 정적이 흘렀다. 비로소 공동묘지다운 고요함이 찾아온 가운데 수많은 눈이 매장꾼 아들만 바라보고 있었다.

금속 투구 안에서 위협적인 낮은 목소리가 새어 나왔다. "네가 어떻게 알았지? 직접 보았는가?" 기사의 신경은 온통 파린에게만 집중되어 있었다. 그의 칼이 다시 파린에게 다가왔다.

이제 와 물러나기엔 너무 많이 와 버렸다. "게룬다의 손톱 아래에 살 조각이 붙어 있었어요. 낯선 사내의 얼굴엔 화장으로 덮은 할

퀸 자국이 있었고요." 어느새 깊은 곳에 웅크리고 있던 파린의 자의식이 무덤 밖으로 나오고 있었다. 자신이 무슨 말을 하고 있는지 이제야 알 것 같았다. "그 밖에도 게룬다의 목 왼쪽에 엄지손가락으로 목을 조른 흔적이 있었습니다. 그건 살인자가 왼손잡이라는 뜻이죠. 사내는 단도를 오른쪽에 차고 있었어요. 왼손잡이들은 오른쪽에 칼을 차지요. 그가 한 손으로 게룬다의 후두를 잡고 척추 방향으로 누른 게 분명해요."

정적이 흘렀다. 시간이 멈춰 선 걸까? 나뭇가지에 매달린 잎사귀도, 무덤 주위에 서 있는 사람들도 숨을 죽인 채 미동도 없었다. 심지어는 하늘의 구름마저도. 유일하게 기사만이 아주 천천히 들고 있던 칼을 다시 칼집 안에 넣고 마찬가지로 느린 동작으로 팔을 올려 투구를 벗었다. 짙은 갈색 머리카락, 푸른 눈, 그리고 숱이 많은 눈썹, 반추 동물처럼 넓은 턱. 천국의 천사인지 지옥의 사자인지 분간할 수 없는 표정으로 그는 파린을 바라보았다. 잠시 후 아무도 예상치 못했던 일이 일어났다. 기사가 소리 내 웃기 시작한 것이었다. 그 웃음소리는 마치 빠르게 내달리는 기마 부대처럼 쩌렁쩌렁 울렸다.

"두더지, 네 이름이 무엇이냐?"

하마터면 그는 '매장꾼의 아들입니다.'라고 대답할 뻔했다. "파린입니다."

기사의 밝은 하늘빛 눈이 파린에게 고정되었다. "어디 출신이지?"

"이곳 하우펜이 저의 고향 마을입니다, 나리." 파린은 이장만큼이나 기어들어 가는 목소리로 말하고 있는 자신에게 갑자기 화가 났다.

"그렇군!" 기사는 어느새 한층 차분해졌다. 다행히 머리가 두 동강 날 걱정은 안 해도 될 것 같았다.

파린은 곁눈질로 마을 사람들 쪽을 보았다. 하막은 여전히 게룬다의 무덤 안에 엎드린 채 살며시 눈을 떴다. 관자놀이에서 귓가로 피가 흐르고 있었다. 그는 생명의 은인에 대한 고마움은커녕 자신이 이 꼴이 된 게 다 파린 때문이라는 듯 원망의 눈빛으로 구덩이 안에서 파린을 올려다보고 있었다.

"저기 저놈을 제외하고…" 기사의 손가락이 다시 철커덕 소리를 내며 파린을 가리켰다. "…너희들은 모두 어찌 그리 아둔한 거지?" 그의 얼굴이 혐오로 일그러졌다. "너희가 늙은 두꺼비를 일부러 숨기지 않았다는 말은 믿어 주겠다." 그는 잠시 생각에 잠겼다가 물었다. "누가 시신을 발견했지?"

하막이 무덤에서 앓는 소리를 내며 기어 나와 말했다. "저였습니다. 노파가 오두막에서 이미 죽은 채로 바닥에 누워 있었습니다요."

"그때 혹시 뭔가를 발견했느냐? 노파가 무언가를 몸에 지니고 있었느냐는 말이다. 반지나 팔찌, 아니면 목걸이 같은 것은 없었는지 사실대로 말하라."

"아니요, 결단코 없었습니다요 나리. 그녀는 아주 허름한 원피스를 입고 있었고 그 외엔 가방도, 장신구도, 정말로 아무것도 없었습니다요."

"아무래도 이상하단 말이야." 그의 목소리에 다시 긴장이 감돌았다. "검은 사내가 그녀를 죽였다면, 그리고 그걸 발견했다면 정말 큰일인데."

마을 사람들은 영문을 모르고 서로서로 눈빛만 교환하고 있었다. 그 저주스러운 부적이 다시 파린의 머릿속을 맴돌았다. 말해야 하나, 괜히 이야기를 꺼냈다가 종잡을 수 없는 기사를 다시 자극하면 어쩌지?

그 순간 기사가 뒤를 돌아 풀밭을 지나 자신의 말 쪽으로 갔다. 말은 반가운 듯 주인을 향해 울었다. 파린이 그를 따라갔다.

"기사님, 궁금한 것이 하나 더 있습니다."

능숙한 동작으로 무거운 금속 투구를 안장에 고정하며 기사가 물었다. "또 무엇이냐?" 신경질적인 목소리였다.

"기사님은 그 매부리코의 검은 사내가 누구인지 알고 계시죠?"

기사의 푸른 눈이 그를 빤히 바라보았다. "명심해라. 그 사내에 대해서는 아무것도 모르는 편이 낫다는 걸."

"그가 게룬다의 몸에서, 또 그녀의 오두막에서 무언가를 찾으려고 했습니다. 두 번이나요. 그 사내는 누구입니까?" 파린은 물러서지 않고 집요하게 물었다.

"그리고 아직은 그 물건을 찾지 못했겠지. 그게 아니라면 무덤을 파서 시체를 가져가진 않았을 테니까. 그게 나에게 희망적인 소식이지."

"그는 누구죠?"

금속 장갑으로 무장한 거대한 손이 자신의 머리 쪽으로 다가왔다. 파린은 기사가 곧 자신을 때려죽일지도 모른다고 생각했다.

"당겨라! 장갑 벗는 것을 도와라."

손가락 열 개를 모두 동원해서 오른쪽 장갑의 끝부분을 힘껏 붙잡고 위로 젖혔다. 왼쪽 장갑은 기사가 혼자 벗었다.

"불편하기만 할 뿐 쓸모없는 물건 같으니. 그리고 이 거지 같은 신발." 그는 아래쪽을 내려다보고 투덜거렸다.

"그런데 왜 갑옷을 입으시는 거죠?" 저도 모르게 의도치 않은 질문이 튀어나왔다.

"그건 너희 같은 촌뜨기들한테 효과가 있기 때문이다."

지금껏 단 한 번도 느껴 보지 못한 동경이 샘솟기 시작했다. 이 사내는 파린을 매혹시켰다. 그의 내면에 작은 불꽃을 일으키고, 처음으로 하우펜 마을 너머의 세계를 지각할 수 있게 해 주었다. "나리, 저는… 나리의… 제 생각으로는… 나리께서 저를…?"

"집어치워라. 갈 길이 멀다."

파린은 입을 다물고 실망을 삼켰다. 자신이 기사라는 지위나 고압적인 태도 때문에 물러서거나 굽실거린다고 생각하는 건 참을 수 없었다. 그는 두 팔을 가슴 위에 포개고 단호하게 말했다. "아직 제 질문에 답하지 않으셨습니다. 그 검은 사내는 누구입니까?"

기사는 양손을 옆구리에 얹었다. "넌 내가 지금까지 겪어 본 중에 가장 주제넘은 두더지로구나. 내가 네 질문에 대답하지 않으리라는 걸 모르지 않을 텐데?"

기사에게 파린은 여전히 두더지였다. 멸시의 말투도 여전했다. 파린의 입에서 또다시 의도치 않은 말이 터져 나왔다. "나리는 기사이십니다. 저는 기사가 정의의 편이라고 들었습니다. 저는 나리를 도왔습니다. 그런데 나리는 그 사내가 누구인지조차 말씀해 주시지 않으셨습니다."

다른 마을 사람들은 성당 앞에 모여 의심의 눈길을 보내고 있었지만 감히 아무도 가까이 와 볼 용기를 내지 못했다.

잠시 정적이 흘렀다.

"마누라보다도 귀찮은 놈이군." 기사가 입을 열었다. "어서 물러나거라."

파린은 두 팔을 교차한 채 꼼짝도 하지 않았다. 그의 눈빛에 원망이 가득했다. 기사는 파린을 무시한 채 떠날 채비를 계속했다. 그의 이마에 주름이 잡혔다. 하지만 둘 사이에는 아무 말도 오가지 않았다.

갑자기 기사가 엄지와 검지로 파린의 턱을 쥐었다. "잘 들어라 매장꾼, 네 행동이 몹시 거슬리는구나." 그의 목소리가 점점 더 위협적으로 변하고 있었다. "혹시 계룬다의 몸에서 무언가를 발견하지 않았나? 반지나 팔찌, 목걸이 장식 같은 장신구 말이다."

파린은 또다시 노끈에 걸린 펜던트가 뜨거운 불처럼 달아오르는 것을 느꼈다. 살갗이 타는 냄새가 나는 것도 같았다. 사실대로 다

털어놓고 그에게 목걸이를 줘 버릴까 하는 생각이 잠깐 그의 머리를 스쳤다. 하지만 어디선가 그래선 안 된다는 아우성이 들렸다. 고마워할 줄 모르는 기사에 대한 노여움일까? 아니면 어떤 직감? 그것도 아니면 고집이나 아집, 또는 적개심?

"아닙니다. 저는 그런 것은 보지 못했습니다." 그의 대답은 심지어 단호하게 들리기까지 했다.

기사는 파린을 근엄하게 바라보다가 고개를 흔들며 금속 장갑을 안장에 고정했다. 그리고 정강이 보호대도 풀어 말 위에 얹었다.

"잘 있거라 두더지." 말안장 위로 뛰어오른 기사가 파린을 내려다보며 말했다. "검은 사내에 관심이 있단 말이지. 좋아, 너는 까마귀, 즉 네코르Nekor인의 수장 가운데 한 명을 만나는 영광을 누렸다. 그는 파렴치한 살인마지. 그 말은 곧 다음번에 그를 만난다면 찍소리도 하지 말고 살기 위해 도망치라는 뜻이다. 아무튼 그가 너희를 가만히 놓아둔 것이 다행인 줄 알아라. 너무 명백한 흔적을 남기지 않으려는 의도였겠지만."

"그 네코르인이라는 사람들이 원하는 건 뭐죠?" 파린이 물었다.

"네놈의 호기심을 이길 수 있는 건 너의 뻔뻔함뿐이구나." 기사는 불평하면서도 말을 이었다. "그들은 죽음에 광적으로 몰두하는 조직이야. 그 광신도들은 이미 신을 부정한다는 맹세를 거부했다는 이유로 제국의 남쪽 마을 몇 개를 초토화했지. 남자와 여자, 아이들을 가리지 않고 교회로 몰아넣은 뒤 문을 봉쇄하고 하느님의 성전을 잿더미로 만들어 버렸다."

"그 배후엔 분명 무언가가 있겠지요." 파린이 덧붙였다.

"나도 그렇게 생각한다. 얼른 잊어라. 네가 감당하기엔 너무 큰 일이니까."

기사는 자신의 거대한 말에 박차를 가하고는 뒤도 돌아보지 않고 남쪽으로 달려갔다.

파린은 입을 다물지 못하고 그의 뒷모습을 멍하니 바라만 보았다. 까마귀? 살인마? 기사의 말은 사실임이 분명했다. 그 사내는 파린을 위협하기도 했었다. 아직도 정확히 기억하고 있었다. '먼저 뚱뚱한 돼지 신부를 처리하마. 그다음은 이장 차례고. 그러면 그다음은 누가 될지 맞혀 보겠나, 친구?'

사흘 전부터 아멘 신부가 보이지 않았다. 우연일까? 파린은 남몰래 신부가 정말로 볼일 때문에 마을을 떠난 것이길 기도하고 있었다. 가끔이긴 해도 실제로 하우펜 마을에 단 하나뿐인 마차를 타고 근처의 큰 도시로 나가기도 했으니까.

기사의 뒷모습이 완전히 사라지자 하우펜 마을 파이프 담배 모임에 속한 사내들은 다시 술집으로 향했다. 파린에게 눈길 한 번 주지 않은 채 의기양양하게 그의 곁을 지나, 문이 떨어져 나간 출입구를 통과하여 마치 아무 일도 없었다는 듯이 '따뜻한 맥주' 안으로 갔다.

남은 사람은 파린과 아버지, 그리고 하막뿐이었다. 하막은 피가 흐르는 관자놀이에 손을 댄 채 쏘아붙였다. "네놈은 다 알고 있으면서도 우리를 바보로 만들려고 일부러 모른 척했던 거야." 물론 감사의 인사도 잊지 않았다. "내 결코 오늘 일을 잊지 않으마."

감사 대신 협박이라니, 대체 얼마나 옹졸한 인간인가. 겨우 이 정도의 사람이 마을에서 아멘 신부 다음으로 중요한 인물이라는 사실이 새삼 놀랍기까지 했다.

이장도 다른 사람들을 따라 선술집으로 들어갔다.

아버지는 지친 얼굴로 고개를 흔들 뿐 아무 말도 없었다.

아버지의 침묵은 그 어떤 고함보다 두려웠고, 그 어떤 매질보다 아팠다.

알아요, 아버지. 죽음은 죽음이죠. 질문은 장사를 망쳐요. 사람들은 언제나 심정지로 죽고요. 저는 매장꾼의 원칙을 어기고 저만 알고 있어야 하는 사실을 입 밖에 내고 말았어요.

아버지도, 하막도 파린에게 단단히 화가 나 있었다. 심지어 하막은 파린 덕분에 목숨을 구했는데도 말이다.

파린은 깊은 한숨을 내쉬었다.

헛간 다락

"아로스ㅇㅇㅇ!"

귀리죽이 끓어 넘칠 때 나는 스으으으 소리. 마찬가지로 고아원 원장의 분노도 끓어 넘치는 중이었다. "잡히기만 해 봐라. 두 귀가 찢어지도록 잡아당겨 줄 테다!"

어이쿠, 무서워라! 아로스는 여우보다도 재빠르게 부엌 뒷문을 빠져나가 안뜰로 줄행랑을 쳤다. 꼬락서니가 말이 아니었다. 짧게 깎은 머리에 둥근 얼굴. 귀만 없었다면 딱 검붉은 빛깔의 늙은 호박처럼 보이겠지. 그것도 잘 씻었을 땐. 하긴 귀는 편리한 신체 일부이긴 하지. 귀가 없다면 낡은 펠트 모자는 아래로 흘러내려 눈까지 덮어 버릴 거고. 그것 말고도 귀의 쓰임이 또 있었나? 오늘 저녁이면 원장은 화를 가라앉히고 자신이 가장 좋아하는 일, 바로 회초리로 아로스의 손 때리기에 열중할 것이다. 지난번 맞았을 때 생긴 푸르스름한 멍 자국이 오른쪽 손등에 아직 희미하게 남아 있었다.

"멈춰, 빌어먹을 쥐새끼 같으니라고!"

"어디 한번 잡아 봐라, 빌어먹을 마귀할멈 같으니라고." 더는 원장을 자극하고 싶지 않았던 아로스는 혼자만 들을 수 있는 목소리로 중얼거렸다.

고아원 맞은편에는 쓰러져 가는 헛간이 있었다. 지금은 닭장으로 쓰이고 있었지만 몇 달 전까지만 해도 당나귀 한 마리와 염소 두 마리도 이곳에 살고 있었다. 그녀가 놀라운 속도로 달려와 헛간으로 뛰어들어 가 광기의 여신인 푸리아처럼 먼지를 일으키며 오른쪽에 쌓인 건초 더미를 지나 오래된 사다리로 펄쩍 뛰어 올라가자 닭들이 화가 나서 울어 댔다. 마치 네발로 기는 짐승처럼 재빨리, 그녀는 위층으로 올라가 다락으로 통하는 문을 힘껏 위로 밀쳐 열었다. 저 안으로 들어가기만 하면 안전해. 다락 높이는 대략 4미터, 다 썩어 빠진 사다리는 고아원 원장의 무게를 지탱할 수 없었다. 그건 뚱보 원장이 자초한 일이었다.

"오늘 저녁은 아무것도 없을 줄 알아! 이 쓸모없는 계집애 같으니라고. 내 방에서 손등 스무 대를 때려 주지." 원장은 씩씩거리며 아로스를 뒤따라왔지만, 자신의 목적을 이루지 못하고 문 앞에서 발길을 돌려 다시 부엌으로 사라졌다. 이제 하녀 두 명에게 한바탕 잔소리를 늘어놓을 차례겠지.

"휴!" 아로스가 무릎을 꿇고 앉아 큰 소리로 한숨을 쉬었다. 다락 천장은 어린 소녀조차 일어설 수 없을 만큼 낮았다. 아로스는 그대로 대들보에 기대어 앉아 맨발을 밀짚 안으로 쑥 집어넣었다.

아로스의 기억 속에 집이라고는 바로 이곳 나벤슈타인의 고아원뿐이었다. 원장의 상습적인 체벌도 이미 기억 이전부터 시작됐다.

이 모든 일은 지금으로부터 거의 14년 전 고아원 하녀가 고아원 문 앞 계단에 놓인 상자 하나를 발견하면서 시작됐다. 반쯤 썩어 빠진 상자 안에는 반쯤 굶주리고 반쯤 추위에 얼어붙은 갓난아기가 누더기를 반쯤 덮고 누워 있었다. 평범한 듯 보였지만 결코 평범하지 않은 아기였다. 모든 아기의 주특기인 울음, 이 아기에겐 바로 그 울음이 빠져 있었다. 작은 여자아이는 옹알이도 한 번 하지 않고 눈을 동그랗게 뜬 채 하늘만 바라볼 뿐이었다. 아기를 담은 상자에는 **'아로ㅅ'**라는 희미한 글씨가 찍혀 있었다. 그때부터 사람들은 그녀를 아로스라 부르기 시작했다.

그래서 아로스는 자신의 생일이 언제인지도, 정확한 나이도 몰랐다. 어차피 그게 그리 중요한 건 아니니까. 그것보다 그녀에겐 앞으로 얼마나 더 살게 될 것인가가 훨씬 더 중요한 문제였다. 열네 살 소녀에게 좀처럼 어울리지 않는 생각이었지만 요즘 들어 그녀의 하루는 매일매일 격렬해져 가는 전쟁터 같았고 몸도 마음도 서서히 지쳐 갔다. 일상은 늘 두 가지 경우의 수만 반복되었다. 하루가 엉망이 되거나 그녀가 엉망이 되거나. 결국 어린 소녀는 자신이 과연 언제까지 버틸 수 있을지를 생각하기에 이르렀다. 오늘은 아침 일찍부터 일찌감치 회초리 스무 대를 벌었다. 그깟 빵 한 조각 때문에. 그걸 훔친 게 문제가 아니라 원장에게 들킨 게 문제였다. 하지만 오늘도 절대로 울지 않을 것이다. 고아원에서 끼니때마다 먹는 음식이라고는 어차피 겨우 쥐똥 무더기만큼이니 저녁밥이야 아무래도 상관없었다. 아, 그리고 맛도 쥐똥보다 낫지 않았다. 아침엔 물을 섞은 귀리죽이, 저녁엔 귀리죽을 섞은 물이 식사로 나왔다. 값도 싸고 만들기 쉽다는 게 그 이유였다. 하마터면 점심에도 묽은 귀리죽을 먹을 뻔했지만 다행히 원장은 그보다 더 싸고 간단한 레시피를 찾아냈다. 바로 굶기기였다.

그래서 아로스는 늘 스스로 먹을 걸 구해야만 했다. 그렇지 않았으면 진즉에 이 오래된 고아원에서 굶어 죽었을지도 모를 일이었다. 여기 헛간 다락에도 약간의 비축 식량이 숨겨져 있었다. 말라비틀어져 쭈글쭈글한 사과 하나가 여기 어디 있을 텐데…. 박공지붕 위를 여기저기 훑어보고 있는데 갑자기 아래쪽에서 무슨 소리가 들렸다. 아로스는 재빨리 엎드려 나무판자 사이의 틈새에 눈을 대고 아래를 살펴보았다. 하지만 닭들 말고 눈에 들어오는 건 늘 같은 자리에 편안하게 엎드려 있는 늙은 사냥개 볼프뿐이었다. 이미 사냥개로서의 전성기를 오래전에 뒤로한 볼프는 이제 엉덩이가 무거울 대로 무거워져 움직이는 것조차 버거워 보였다.

"어이, 아로스! 이번엔 무슨 사고를 친 거야? 또 먹을 걸 훔친 거야? 아니면 또 원장님 포도주에 오줌을 넣어?" 사내아이 하나가 사다리 아래에서 모습을 드러냈다. 하필이면 원장의 총애를 받는 그람이라니. 원숭이 귀에 갈색 곱슬머리를 한 소년은 위로 올라올 엄두는 내지 못하고 아래에서 엉거주춤하게 서서 아로스를 올려다보고 있었다. 아로스가 고아원 전체를 통틀어 가장 싫어하는 사람이 바로 그람이었다. 그는 원장에게 단 한 번도 맞아 본 적이 없는 유일한 아이기도 했다. 끔찍한 녀석!

"그게 너랑 무슨 상관이야, 그람. 어서 꺼져, 지금 당장!" 그녀는 단호하게 경고했다. 만약 경고했는데도 감히 자신의 왕국을 침범한다면 문짝으로 머리통을 내리쳐 버리거나 사다리에서 밀쳐 버릴 작정이었다. 사실 전에도 한 번 그런 적이 있었다. 그 대가는 회초리 스무 대였다. 그람은 그녀보다 적어도 두 살은 많았고 키도 머리 두 개만큼 더 컸다. 하지만 아로스는 눈곱만큼도 두려워하지 않았다. 울음 말고도 아로스에게는 없는 것이 몇 가지 있었는데, 신발이나 두려움도 그중 하나였다.

"그래 봐야 넌 이제 끝장이야."

그녀는 자신의 귀를 의심했다. 어느새 그람은 원장처럼, 그것도 지금보다 백 살은 더 늙은 원장처럼 말하고 있었다. 푸하, 가소로운 녀석.

"쓸데없는 소리는 그만 집어치우고 빨리 들어가서 잘못했다고 빌어. 그리고 그 발도 좀 씻지그래." 그람의 발은 언제나 신생아 발처럼 발갛고 깨끗했다. 그건 전적으로 사슴 가죽으로 만든 신발 덕분이었는데, 그가 어떻게 그런 신발을 가지게 되었는지는 알 수 없었다.

그는 아로스를 올려다보며 계속했다. "넌 사악하고… 쓸모없는 계집애야."

그는 늘 어디서 배웠는지, 아로스가 좀처럼 들어보지 못한 괴상한 단어들만 내뱉곤 했다. "너는 똥만도 못한 거지 같은 놈이야, 그람. 꺼져!"

"원장님이 너를 아주 제대로 때려 주시길 바란다."

"내가 원장 손에 잡힐 것 같아? 이 멍청아."

"널 잡아서 데리고 가야겠구나. 그러면 나한테 상을 주실지도 모르니까."

"내가 네 손에 잡힐 것 같아? 이 멍청아."

"오호, 하긴. 넌 어차피 오늘 저녁에 제 발로 기어들어 가서 벌을 받게 될 텐데. 안 그러면 침실에 널 들여보내지 않으실걸? 그럼 어디 가서 잘 수 있나 한번 보자."

안타깝게도 그의 말이 옳았다. 아로스는 작은 주먹을 불끈 쥐었다. 육탄전을 벌인다면 그람이 결코 만만치 않은 상대임을 그녀도 알고 있었다. 양심이라고는 코딱지만큼도 없는 놈. 하지만 넓은 어깨와 단련된 팔, 그리고 바이스처럼 억센 손을 가진 그에게 붙잡힌다면 절대로 빠져나오지 못할 것이다. 저 역겨운 녀석은 언제나 힘이 넘쳐났다. 그도 그럴 것이 그람은 고아원에서 유일하게 배불리 먹을 수 있는 아이였으니까. 그게 그를 싫어하는 또 다른 이유였다.

무슨 꿍꿍이인지 그람의 얼굴이 사악하게 일그러졌다. "너를 아래로 내려오게 할 방법이 이제야 생각났어."

그람은 피곤한 듯 주둥이를 두 앞발 사이에 파묻고 있는 늙은 사냥개에게 가서 부츠를 신은 발로 냅다 긴 주둥이를 차 버렸다. 볼프는 놀라움과 고통스러움에 깨갱거렸다. 몸을 잔뜩 움츠리고 꼬리를 마구 흔들며 마치 자신이 뭔가 잘못하기라도 한 것처럼 그람 앞에서 피가 흐르는 코를 핥아 댔다. 아로스는 엉덩이 끝까지 전달된 극

심한 고통에 괴로워하는 볼프를 보았다.

이 녀석은 정말 그람보다도 멍청한 게 확실해.

그때 그람이 또다시 오른발을 들었다. "내려와, 안 그러면 이 녀석은 내 발에 차여 죽을지도 몰라."

굳이 증오에 찬 목소리로 말할 필요도 없었다. 아로스는 벌써 날카롭게 비명을 지르며 문을 열고 미끄러져 내려와 사다리의 맨 위 칸을 밟더니 그대로 그람 쪽으로 뛰어내리는 중이었다. 전에도 가끔 거대한 건초 더미 위로 몸을 날리는 장난을 친 적이 있었다. 하지만 오늘처럼 분노를 참지 못하고 누군가를 향해 달려들기는 처음이었다. 두 팔을 앞으로 뻗어 손가락을 새 발톱처럼 구부리고 눈과 입은 화가 나서 크게 벌린 채 그녀는 그대로 그람 위로 떨어졌다. 날아오는 아로스의 힘을 이기지 못하고 그람은 쓰러지고 말았다. 그녀의 무릎이 그람의 턱을 세차게 들이받았다. 아래턱이 부드득 소리를 내며 이가 부러졌고 눈이 돌아갔다.

2미터도 넘는 높이에서 날아드는 아로스의 공격에 목이 부러질 수도 있다는 생각은 미처 못한 게 분명했다. 아로스는 작은 주먹으로 그람의 얼굴을 사정없이 내리쳤다. 주먹질은 그의 입과 코에서 시뻘건 피가 흘러내릴 때까지 계속됐다. 기습 공격은 언제나 순식간에 이루어져야 한다는 걸 아로스는 알고 있었다. 그녀는 재빨리 다시 사다리를 타고 위로 올라갔다. 무릎이 조금 아프긴 했지만 저 역겨운 녀석을 혼내 주었다는 생각에 그 정도 고통은 오히려 달콤하기까지 했다.

아무것도 달라진 건 없었다. 그녀는 위에 있고 그는 아래에 있었다. 다만 지금은 그람이 고통스러운 신음을 내며 피가 흐르는 채 누워 있었을 뿐. 볼프는 겁에 질려 구석에 있는 대로 몸을 웅크리고 숨어 있었다.

아로스가 아무 일 없었다는 듯 상냥하게 말했다. "잘 들어 그람. 다시 한번 볼프를 아프게 하면 그때는 너를 죽여 버릴 거야."

볼프는 자기 이름을 듣고는 반가운 듯 꼬리로 바닥을 쳤다.

"너는 미쳤어, 완전히 미쳤다고!" 고통에 떨며 그람이 말했다. 그리고 천천히 몸을 일으켜 소맷자락으로 얼굴에 흐르는 피를 닦았다.

아로스는 그가 원장에게도, 다른 누구에게도 고자질하지 않을 걸 알고 있었다. 작고 비쩍 마른 보잘것없는 여자아이에게 맞아 이 지경이 되었다는 말은 차마 창피해서 할 수 없을 테니까. 피범벅이 된 얼굴이 그녀를 올려다보았다. 그의 눈엔 증오가 어른거렸다. 하지만 아로스는 그의 얼굴에서 증오보다 더 큰 감정을 읽을 수 있었다. 그건 바로 두려움이었다. 천하에 무서울 게 없는 그람이! 그건 아로스에 대한 두려움이 아니라 아로스의 예측할 수 없는 자기희생에 대한 두려움이었다. 정말로 그람을 죽일 수 있을지는 아로스도 알 수 없었다. 지금까지 한 번도 누군가를 죽여 본 적도, 죽이고 싶다는 생각도 해 본 적이 없었으니까. 아로스는 단도나 검 같은 무기들을 혐오했다. 하지만 그람은 그런 사실을 몰랐고, 그 점이 중요했다. 멍청이는 앓는 소리를 내며 일어나면서 아랫입술을 내밀고 있는 아로스를 노려보았다. 그리고 마지막 남은 자존심을 잃지 않으려는 듯 천천히 옷을 털어내고는 한마디도 더 하지 않은 채 헛간을 떠났다.

그람이 보이지 않게 되자 아로스는 문밖으로 상체를 내밀었다. "잘 들어 볼프. 다음번엔 가만히 있지 말고 저 더러운 녀석의 다리를 물어 버리란 말이야."

볼프는 이해했다는 듯이 다시 꼬리를 흔들며 회색 주둥이를 핥았다.

아로스는 여전히 미덥지 못하다는 듯 다시 설명했다. "내 말 듣고 있는 거지? 꼬리를 치는 것만으로는 아무것도 못 한다고. 물어야 해. 물어. 물어." 그녀는 볼프를 나무랐다. 가느다란 소녀의 목소리였지만 깊고 단호한 확신에 차 있었다. 볼프도 이번엔 꽤나 감명을 받은 듯 앞발 위로 머리를 숙였다.

그람과의 싸움에서 이겼다는 기쁨을 만끽하며 아로스는 건초 더미 위에서 길게 기지개를 켰다. 여기서 평생 살 수 있다면! 하지만 언젠가는 화장실에도 가야 하고, 먹을 것도 구하러 가야 한다는 걸 그녀도 경험상 알고 있었다. 게다가 원장이 아예 헛간에 불을 질러 버리겠다고 협박한 적도 있었다. 대들보 사이에 거미줄을 치고 살고 있는 커다란 거미 두 마리도 그녀를 반길 것 같지 않았다. 아로스는 여덟 개의 긴 다리로 쉴 새 없이 움직이는 거미들에게 팁과 탑이라는 이름을 지어 주었다.

짚대를 입안에 넣고 한쪽 끝이 두 눈 사이로 기울어지게 했다가 다시 턱에 닿게 해 보았다. 원장이 보았다면 트집 잡히기 딱 좋은 장난이었다. '여자는 짚대를 물어뜯으면 안 돼!' 아로스는 진저리를 치며 혀를 내밀었다. 짚대는 신기하게도 그녀의 혀에 달라붙어 있었다. 여자들은 재미없는 일만 해야 한다니. 여자들은 헛간 다락에도 올라가지 말아야 한다. 쥐들도 하는 일을. 바로 그때 그녀의 생각을 실제로 확인시켜 주기라도 하려는 듯 뒤쪽 지푸라기 어딘가에서 사각거리는 소리가 났다. 뾰족한 주둥이, 반짝이는 동그란 눈, 기다란 꼬리가 나타나기를 기다렸지만 안타깝게도 아무것도 발견하지 못했다. 백 년이 지난다 해도 아로스는 뚱보 원장을 만족시키지 못할 것이다. 게다가 그녀를 체벌하는 건 원장의 낙이었으니까!

이젠 어떻게 하지? 항구에 가서 생선 쓰레기를 훔칠까? 게다가 마틸다가 이제 4번 방파제에서 일한다는 소식도 들었었다. 마틸다와 아로스는 친구 비슷한 사이였다. 일 년 전쯤 원장이 마틸다와 예니라는 이름의 또 다른 여자아이 하나를 사창가에 팔아넘기기 전까지 둘은 고아원에서 함께 자랐었다. 한 사내가 뚱뚱한 배에 뚱뚱한 지갑을 차고 고아원에 왔다가 뚱뚱한 배에 얇은 지갑을 차고 돌아갔다. 두 소녀는 마치 두 마리 닭처럼 끌려갔다. 예니와 마틸다는 아로스보다 나이가 한두 살쯤 많았다. 따라서 아로스는 늦어도 내

년쯤이면 자신도 그들과 같은 운명에 처할 거라고 짐작했다. 언젠가 목돈을 벌 기회와 더불어 시에서 고아원 아이들에게 두당 지급하는 지원금, 바로 이 두 가지가 원장이 아로스를 때려죽이거나 내쫓지 않는 이유였다.

흙투성이 발

아로스는 항구 쪽을 살펴보기로 했다. 우선 대들보에 올라가 낡을 대로 낡은 널빤지 지붕에 난 구멍 안으로 간신히 몸을 끼워 밖으로 빠져나왔다. 그리고 처마를 지나 오래된 너도밤나무 가지 위로 비틀거리며 건너갔다. 그녀가 체중을 싣자 기다란 나뭇가지가 바닥으로 휘면서 가볍게 바닥에 내려 주었다. 아로스는 달리기 시작했다. 쥐들이 항상 그렇듯이 그녀도 그냥 걷는 법이 없었다. 그녀는 나벤슈타인의 모든 골목과 도랑을 꿰고 있었다. 더 좁을수록, 더 지저분할수록, 더 방탕할수록 익숙했다. 시립 고아원은 나벤슈타인 구시가지에 있었다. 뭣 모르는 이방인이라면 구시가지라는 말에 맨 먼저 전통과 고전 같은 단어들을 떠올리겠지만 현실은 달랐다. 거기엔 쓰레기와 오물, 그리고 동물의 배설물이 가득했다. 길거리는 거대한 요강과 다름없었다. 하수구든 해자든 개울이든 똑같이 쓰레기가 넘쳐났다. 악취 나는 실개천을 건널 때는 곰팡이 낀 나무판자를 밟고 다니면 그만이었다. 더러움은 더러움을 끌어들이는 법. 지난 몇 년 사이 무두장이와 염색공, 박피공 등이 구시가지에 정착하기 시작했다. 낯선 이들에게는 야만적인 이 냄새가 아로스에게는 익숙한 고향의 냄새였다. 오물과 쓰레기의 한복판인 이곳에서 아로스의 키는 어느새 150센티미터쯤까지 자랐다. 그녀는 늘 맨발이었다. 하긴 신발 신은 쥐가 어디 있으랴만. 그녀의 발은 늘 복사뼈 언저리까지 시커멨다. 불결함은 최고의 보호 수단이었다. 흙투성이 발 아로스, 쥐들의 여왕, 누군가 그녀에게 붙여 준 이름이었다. 처음에 그녀는 그걸 칭찬이라고 생각했다. 실제로도 도시를 지배하는 건 왕이 아닌 쥐들이었으니까. 쥐들은 도랑, 지하실, 하수구, 해자… 어디든 가리지 않고 기어 다녔다. 사람 한 명당 쥐가 백 마리쯤은 되었고 이 끔찍한 짐승의 생명력은 이루 말할 수 없을 만큼 강했다. 쥐 한 마리를 죽이려면 열세 대를 내리쳐야 한다고 사람들은 말했다. 자신의 배설물 때문에 비참하게 죽어 나가는 인간과 달리 쥐들에게는 불결한 하수구가 아무런 문제가 되지 않았다. 아로스는 구시가지의 이런 위생 상태가 얼마나 많은 사람의 목숨을 앗아갔는지 몰랐지만 그 숫자가 꽤 많다는 것만큼은 확실했다. 고아원에 사는 아이들은 수시로 설사나 구토 증세를 보였다. 독하게 한 번 앓고 난 뒤 그녀는 시내의 우물물을 마시면 안 된다는 사실을 일찌감치 알게 되었다. 분뇨 구덩이에서 퍼 올린 물이 깨끗할 리가 없었다. 원장이 우물물엔 입도 대지 않는다는 사실을 알게 되자 의심은 확신이 되었다. 그런 이유로 아로스는 헛간 다락 한구석에 2년 전쯤 시장에서 훔친 물주머니를 보관하고 있었다. 그 안에는 수공업자들의 구역 바로 옆 구역인 깨끗한 오버슈타트 우물에서 길어 온 물이 들어 있었다.

부두까지는 그리 오래 걸리지 않았다. 높은 성의 담장 옆엔 시장이 열리고 있었다. 각목과 밀랍을 바른 범포로 만들어진 직사각형 모양의 천막 구조물이었다. 벌써 어선들이 정박해 있었고, 잡아 올린 생선들을 팔고 있었다. 아로스는 상인들이 귀가 멍하도록 질러 대는 소리가 좋았다. 지금이 바로 하루 중 가장 저렴한 가격에 살이 오르고 신선한 생선을 살 수 있는 시간이었다. 아로스는 낡은 펠트 모자를 푹 눌러쓰고 걸어갔다. 그렇게 해야 한 살이라도 나이가 더 들어 보였기 때문이다. 가녀리지만 다부진 팔꿈치를 좌우로 밀치며 사람들 무리 사이를 헤쳐 나갔다. 자신보다 두 배나 키가 큰 사람들이 앞을 가로막고 있어도 개의치 않았다. 체구가 아니라 강한 의지와 기술, 즉 얼마나 반동을 잘 이용하느냐가 관건이었다.

"이런 망나니 같은 계집애!" 한 여자가 등 뒤에서 욕을 했다.

그랬다. 망나니처럼 구는 것도 방법의 하나였다.

"북해에서 온 기름진 장어!" 어느 가판대에서 어부가 잡은 물고기를 자랑하고 있었다. 그의 뒤에는 장어를 잡는 녹슨 통발이 쌓여 있었다. "거기 아가씨, 특별히 네 마리에 단돈 5페니."

화려한 깃털 모자를 쓴 여자가 판매대의 생선을 보고 있었다. 한눈에 봐도 귀족임이 분명했다. 무슨 이유에서인지 하인을 시키지 않고 몸소 여기까지 나온 귀족. 생선을 사 본 경험도 결정할 능력도 없어 보이는 그녀는 노련한 장사꾼에겐 속이기 딱 좋은 전형적인 호구였다.

"친절한 아저씨, 제 생각엔 아저씨의 가격이 그리 적절하지 않은 것 같네요."

아로스는 눈을 부릅떴다. 그녀가 정말로 '친절한 아저씨'라고 말했나? 시장에선 아무도 쓰지 않는 언어였다. 그리고 적절하다는 건 또 뭘까?

이런 생각을 하면서 그녀는 까치발을 하고 귀부인의 귀에 대고 속삭였다. "저한테 1쿠퍼를 주세요. 그러면 제가 생선을 2쿠퍼로 깎아 드릴게요."

여자는 몸을 돌려 아로스를 보았다. 그리고는 코와 눈을 동시에 찡그렸다.

그녀는 아마 지금까지 단 한 번도 짚대를 입에 물거나 헛간 다락에서 건초 더미로 뛰어내려 본 적이 없는 게 분명했다. 그래도 상관없었다. 아로스는 지금이야말로 정직하게 돈을 벌 수 있는 기회라고 생각했다. "약속하신 거죠? 잘 보세요!"

여자는 놀라움과 혐오의 눈빛으로 위에서 아래로, 그리고 다시 아래에서 위로 아로스를 쳐다보더니 얼른 고개를 끄덕였다.

"네 마리에 단돈 5페니." 상인은 다시 외쳤다.

바로 지금이다! 아로스는 크게 외쳤다. **"뭐라고?** 정말 터무니없네. 이 장어들은 아저씨 거시기보다도 작은데! 아이고, 이 비실비실한 것들 다섯 마리에 2쿠퍼면 되겠죠?"

아로스의 흥정하는 재주에 놀란 걸까? 여자는 얼굴을 찌푸렸다. 장어를 먹고 싶은 마음이 싹 사라진 것 같은 표정이었다. 그리고는 얼굴이 새빨갛게 달아올라 사람들 사이로 사라졌다. 잠시 침묵이 흘렀다. 아깝게도 돈을 벌 기회가 사라졌다.

생선 장수도 마찬가지였다. "당장 꺼지지 못해? 다시 한번 내 가게 앞에 얼씬거렸다간 두드려 맞을 줄 알아라." 그는 무서운 얼굴로 말했다.

겨우 그 정도 협박에 주눅 들 아로스가 아니었다. "비쩍 마른 미꾸라지에 걸맞은 값을 불렀어야지? 그러면 한 마리라도 팔 수 있었을 텐데." 그녀는 생선 장수에게 혀를 내밀어 보이고 자리를 떴다. 그녀가 막 어느 덩치 큰 사내를 밀치고 지나가려 할 때 그녀의 이름을 부르는 낯선 목소리가 들렸다. "아로스!"

아로스는 뒤를 돌아보았다. 자신의 이름을 아는 사람은 그리 많지 않았다. 성벽 바로 앞에 웬 노파가 책상다리를 한 채 바닥에 앉아 있었다. 치즈 껍질이 담긴 작은 그릇이 노파의 비쩍 마른 손에서 흔들렸다. 그녀는 두건을 쓰고 빛이 바랜 옷을 입고, 발에는 맞지 않는 커다란 샌들을 신고 있었다. 둘의 눈빛이 마주치는 순간 서로 매듭처럼 얽혀들었다. 노파는 이젠 손을 떨지 않았고, 허리를 양초처럼 꼿꼿하게 폈다. 아로스는 마치 소용돌이처럼 그녀 쪽으로 빨려 들어가는 듯한 착각이 들었다. 노파는 아로스의 눈을 뚫어져라 바라보며 오른손 검지를 구부려 자신의 옆에 앉으라는 손짓을 했다.

"이리로 오거라." 노파의 주름진 얼굴은 편안해 보였다. 흘러내린 머리카락을 뒤로 넘기며 노파가 말을 이었다. "고아원에 살고 있지? 네 이름은 아로스고."

굉장한데! 이건 또 무슨 일이야? 지금 나한테 인사하는 거야, 아니면 날 비난하는 거야? 흠, 어느 쪽도 아닌 것처럼 들리는데. 무언가가 아로스를 망설이게 했다. 그녀는 의심 가득한 눈초리로 물었다. "그렇다 쳐요. 그만 걸 누가 궁금해하죠?"

"바로 깨달은 사람이."

이건 또 무슨 말장난이야? 말장난은 아로스가 끔찍하게 싫어하는 것 중 하나였다. "당신이 그렇게 잘 안다면 지금 땅바닥에 앉아서 빈둥거리며 치즈 껍질이나 구걸하고 있지는 않을 텐데. 그건 아는 게 없고, 돈도 한 푼 없고, 가진 게 아무것도 없는 사람들, 그런데 머릿속에 쓸데없는 것만 든 사람들이 하는 일이니까."

이야, 괜찮았어, 아로스는 제가 뱉은 말에 스스로 감탄했다. '깨달은' 노파가 뭐라고 하는지 한번 들어볼까?

그런데 노파는 화를 내기는커녕 미소를 지었다. "내가 기대했던 것만큼 강인하구나. 나를 믿어라. 네가 깨달음을 얻는 데 꼭 필요한 게 나한테 있단다."

"아하, 그렇군요! 그런데 그게 대체 뭘까?"

한 사내가 거칠게 말을 끊었다. "비켜, 꼬맹아!" 거칠게 밀쳐 내는 손길에 아로스는 그만 중심을 잃고 말았다.

결국 그녀는 '깨달은' 노파 옆에 주저앉을 수밖에 없었다. 쥐들은 호기심을 참지 못하는 법이다. 이제 둘은 시장의 소음 한복판에서 아무도 엿듣지 못하는 둘만의 대화를 나눌 수 있게 되었다. 사실 아로스 내면의 무언가가 노파로 인해 움직이고 있었다. 절대로 변할 수 없이 고정된 것이라 지금까지 믿어 의심치 않았던 그 무엇이. 그것은 그녀의 미래와 관련된 일이었다.

"그러니까, 내게 필요한 게 뭔데?" 호기심 많은 쥐처럼 아로스가 코와 입술과 귀를 쫑긋했다.

"얘야! 너를 찾기까지 5년이란 시간이 걸렸구나. 이제부터 잘 들어라. 그리고 내가 하는 말을 꼭 기억하렴. 너는 너 자신이 누구인지 모른단다." 노파의 목소리는 분명하고 단호했다. 떨리거나 자기 연민을 풍기지도 않았다. 눈동자는 초록빛 생동감으로 빛나고 있었다.

아로스는 큰소리로 외치고 싶었다. '나는 흙투성이 발 아로스야. 쥐들의 여왕이지. 그런 나를 5년이나 찾아다녔다고? 게다가 나는 구시가지 고아원에 살고 있어. 그런데 나를 찾기가 힘들었다니?'

"처음엔 네가 누구이고 어디에 있는지 알아내는 게 문제였어. 이제 우리는 너의 정체가 무엇인지를 알아내려고 골몰하는 중이지."

자기도 모르게 아로스의 눈이 동그래졌다. "그건 아주 간단해. 난 내가 뭔지 확실히 알고 있어. 배고픔! 난 항상 배가 고파. 그리고 그 따위 쓸모없는 말들은 내 배를 불려 주지 않아!"

"미래가 바로 그 열쇠야!"

아로스가 곧바로 쏘아붙였다. "내 현재는 똥 무더기야!"

"현재가 없으면 미래도 없는 법이란다."

노파는 알 수 없는 대답만 늘어놓았다.

"아로스! 아주 작은 것 하나가 부족해. 그게 없어서 지금 네가 보지 못하는 게다." 노파의 초록 눈에는 붉은 불꽃이 튀고 있었다. "불타는 밤에 나에게서 그걸 가져가. 그런 다음에야 알게 될 거야! 두려워하지도 부끄러워하지도 말아라. 괜찮으니까."

"도대체 뭘 말하는 거지? 작은 것 하나가 뭔데?" 아로스의 인내심이 바닥나고 있었다. 이런 식의 시시껄렁한 말장난은 조금도 마음에 들지 않았다.

"얘야, 그때가 오면 시간의 이빨이 너에게 알려 줄 거다."

노파는 여전히 다정한 미소를 짓고 있었다. 어른들의 세계에서 좀처럼 보기 힘든 상냥한 미소였다. 입으로는 미소를 지으면서도 그들의 눈은 대부분 다른 이야기를 하고 있었다. 그래서 아로스는 누군가가 미소를 지으면 왠지 의심이 들곤 했다.

항상 쥐처럼 내달리던 그녀는 지금 제자리에서 맴도는 대화가 답답하기만 했다. "그때가 왔다는 걸 내가 언제 알게 되지?" 목소리에 조바심이 묻어났다.

노파의 목소리가 조금 작아졌다. "마녀의 종소리에 귀를 기울여."

아로스의 인내심은 드디어 한계에 이르렀다. 나이에 어울리지 않게 산전수전을 다 겪은 그녀였지만 이런 괴상하고 기분 나쁜 이야기는 들어본 적이 없었다. 노파에겐 아로스를 묘하게 흥분시키는 신비로운 기운이 있었지만 그녀의 이야기는 도무지 이해할 수가 없었다. 시간의 이빨과 마녀의 종소리라니…. 너무 혼란스럽고, 너무

모호하고, 너무 비상식적이었다.

그녀는 앞쪽으로 기어 나와 자리에서 일어섰다. "인제 그만 돌아가야 해."

노파는 다시 미소를 지었다. "때가 오면 너도 이해하게 될 거야. 내가 너무 은유적으로 말해서 미안하구나."

"맞아! 당신의 으…뉴, 그걸로는 배고픔이 사라지지 않는다고! 그러니까 그따위 수수께끼는 집어치워. 내가 궁금한 건 어디에 가면 먹을 걸 구할 수 있는지, 그것뿐이야."

"앞으로 먹을 게 부족할 일은 없을 거야. 대신 다른 도전들이 널 기다리고 있지." 그녀는 손가락으로 은화 하나를 굴리더니 아로스에게 튕겨 보냈다.

아로스는 한 손으로 동전을 받아 꼭 쥐었다. 그 어떤 굉장한 말백 마디보다 쓸모 있는 그것! 아로스와 그녀의 배를 채워 줄 음식을 파는 모든 상인이 쉽게 이해하는 그것!

그나저나, 이 더러운 곳에 앉아 치즈 껍질이나 구걸하면서 돈을 그냥 내팽개치는 이유가 뭐지?

무슨 함정이 있는 건 아닐까? 아니면 일종의 거래? 이제 돈을 받았으니 노파의 가르침 따위를 따라야 하는 건가? 예를 들어 '네가 생각한 것을 모두 다 믿지는 마.' 아니면 '항상 네 마음의 소리를 들어라, 얘야.' 뭐 이런 거? 어차피 아로스가 듣고 따르는 것이라곤 위가 보내는 신호뿐이었다. 그렇지 않았다면 그녀는 이 어두운 도시에서 진작 굶어 죽었을 것이다. 그녀의 세상은 더러움으로 가득 찬 곳이었다. 향기로 치장한 헛소리 따위는 저기 꼭대기의 성안에 사는 귀족들에게나 어울렸다.

그녀는 고민에 빠졌다. 은화 한 닢이라면 실제로 많은 것을 참아낼 수 있었다. "당신을 위한 으뉴도 있어. 나는 꼬리 치지 않아. 나는 물고, 물고, 물어. 그리고 끝까지 놓지 않아!" 아로스가 큰소리로 외쳤다.

노파의 얼굴에 미소가 사라졌다. "나도 알아. 너에겐 상어보다 많은 수천 개의 이빨이 있지, 아로스. 넌 내 뒤를 이어야 해. 내 말을 잊지 마. 내 죽음이 헛되어서는 안 돼."

노파의 뜬금없는 말에 아로스는 더 할 말을 잃었다.

"네가 감당하기에 너무 큰 일인 걸 알아." 이마의 주름들이 더 가깝게 모이며 깊어졌다. "흙투성이 발 아로스, 쥐들의 여왕이라고 했지? 물고, 물고 또 문다고. 그렇다면 내가 언젠가 한 번은 너를 도와주마. 네가 엄청난 위험에 처할 그 날, 수천 번의 깨물림이 일어나는 날, 나를 기억하게 해 줄게. 하지만 너를 도울 수 있는 건 딱 한 번뿐이야. 그러고 나면 스스로 해내는 거야. 우리의 이야기를 반드시 기억해야 한다."

그녀는 잠시 손을 뻗어 아로스의 가슴께에 댔다. 아로스는 신체 접촉을 싫어했다. 간지러웠지만 그래도 노파의 손을 떨쳐 내지 않고 참았다. 노파는 앙상한 검지를 들었다. "중요한 게 하나 더 있어.

뼈 보는 사람을 찾거라."

와아. 꽤 큰돈을 받긴 했지만, 그래도 이젠 제발 그만했으면. 다리가 근질거렸다. 얼른 여기서 벗어나 노파를 머릿속에서 지우고 싶은 생각뿐이었다. "은화를 줘서 고마워. 난 이제 가야겠어."

노파의 표정이 잠시 변했다. 그녀가 눈을 감자 얼굴 위로 그늘이 드리웠다. 그리고 무아지경과 황홀의 표정이 교차했다. 노파는 다시 눈을 떴다. 아로스가 눈을 깜빡였다. 천막 여기저기에 빛이 반사되어서일까? 잠깐 눈앞에 온통 노란 빛이, 그러고 나서 다시 초록빛이 어른거렸다. 노파는 이제 기쁨의 미소를 지었다. 마치 누군가가 어깨에 진 무거운 짐을 덜어 주기라도 한 듯. 그러고 나서 손을 뻗치고 작은 소리로 말했다. "난 이제 준비가 됐어."

얼른 이 미치광이한테서 벗어나야지, 아로스는 생각했다. 은화를 꼭 쥔 채 그녀는 네발로 기어 몇몇 행인들의 다리 사이를 지났다. 등 뒤에서 욕설이 들렸지만 모두 무시한 채 시장을 빠져나왔다. 많은 사람이 부두를 따라 밀려오고 밀려가는 중이었다. 이 시간이면 항구는 늘 사람들로 붐볐다. 빼곡히 정박해 있는 돛단배들이 파도에 흔들리고, 갈매기들이 돛대 사이로 이리저리 날아다니며 쉴 새 없이 먹이를 찾고 있었다.

나랑 똑같네. 아로스는 동경의 눈으로 갈매기들을 바라보았다. 커다란 날갯짓으로 우아한 곡선을 그리며 비행하는 갈매기들을. 날아다니는 쥐들을.

생선 냄새, 자욱한 연기 냄새, 땀 냄새, 찝찌름한 바다 냄새. 아로스는 이런 것들이 좋았다. 고아원을 둘러싼 하수구의 냄새에 비하면 이런 냄새들은 생기 있고, 낯설고, 먼 곳을 떠올리게 했다.

1실링이면 일주일 내내 먹을 음식을 살 수 있었다. 기분이 좋아져서 무작정 걷다가 문득 이곳에 온 이유가 마틸다를 찾기 위해서였다는 사실이 떠올랐다. 가을바람이 쌀쌀했지만 창녀들은 자신들의 신성한 노동을 위해 얇은 옷 하나만 걸치고 화물을 싣고 내리는 4번 부두에 서 있었다. 아로스는 여기에서 무슨 일이 일어나는지 꽤 자세히 알고 있었다. 조금도 알고 싶지 않았었는데도 말이다. 그녀는 목을 길게 빼고 두리번거리며 마틸다를 찾았다.

뺨에 긴 흉터가 있는 뚱뚱한 여자가 아로스를 향해 으르렁댔다. "여기서 뭘 하는 거야? 4번 부두는 수확꾼들의 구역이야. 너처럼 지저분하고 앙상한 말라깽이는 어차피 아무도 건드리지 않는다고."

이런 뚱뚱한 족제비 같은 여자한테 시간과 에너지를 쏟을 필요가 있을까? 아니지, 그냥 무시하는 게 상책이야. 이런 말똥구리 따위가 무슨 말을 한들 쥐들의 여왕은 상관할 필요 없지. 드디어 마틸다를 찾아내자 시시한 여자 따위는 금세 잊어버렸다.

"마틸다, 이 거지 같은 꼴이 대체 뭐야?" 아로스가 인사를 건넸다.

마틸다의 작은 얼굴이 밝아졌다. 그녀의 오른쪽 눈가엔 퍼런 멍이 들어 있었다. 한때 쾌활했던 소녀의 눈은 이제 구시가지 우물물만큼이나 흐릿했다. 팔다리 곳곳에는 길게 부어오른 피멍과 무언가에 눌린 상처가 나 있었다.

둘은 반갑게 포옹했다.

"잘 있었어, 아로스?" 마틸다가 속삭였다. "얼른 여길 떠나, 안 그러면 우리 둘 다 큰일 날 거야."

"대체 누가 널 이 꼴로 만들었어?" 아로스가 못 들은 척 물었다.

"포주. 날 관리하는 사람이야. 너도 알잖아, 여긴 포주들이 꽉 잡고 있어! 돈도 그들이 차지하지."

아로스가 이마를 찌푸리며 마틸다 얼굴을 살펴보았다. 그녀는 고작 몇 달 사이에 몇 년은 더 늙어 보였다. 어색한 거짓 미소가 그녀의 얼굴을 더 심하게 망가뜨려 놓았다. 지난번 만났을 때 마틸다는 아로스에게 남자들이 저를 데리고 가게 하려면 항상 상냥한 얼굴을 해야 한다고 말했었다.

"그럼 포주들에게선 누가 널 보호해 주는데?"

마틸다는 슬픈 얼굴로 아로스를 보았다. "아로스, 될 수 있는 대로 멀리 도망쳐. 미치광이 고아원 원장이 널 이 소굴에 팔아넘기기 전에 무조건 거길 떠나. 이 도시 밖으로 도망쳐! 포주들의 손아귀에 들어가는 순간 모든 게 끝이야. 차라리 죽는 게 나아." 마틸다의 마지막 말은 흐느낌에 묻혀 거의 들리지 않았다.

별로 놀랍지는 않았다. 구시가지의 법칙과 항구의 사악함에 관해서라면 아로스도 이미 잘 알고 있었으니까. 하지만 마틸다의 처참한 꼴과 노골적인 말은 필요 이상으로 더 실감 나게 다가왔다.

"나한테 돈이 조금 있어. 너한테 조금 나누어 줄까?" 아로스가 물었다.

그 말을 들은 마틸다 눈엔 더 많은 눈물이 고였다. 그리고 단 한 번도 들어보지 못한 목소리로 그녀가 속삭였다. "너한테는 그럴 만큼 큰돈이 없어. 이건 피를 흘리는 거인 이야기랑 비슷해. 충분한 건 없고 늘 부족하기만 하지." 그녀가 눈물을 훔치자 눈가의 짙은 화장이 번지며 얼룩을 만들어 냈다. "거인 이야기처럼 말이야. 난 피가 부족해…. 충분하지 않아."

철컹거리는 쇠사슬을 두른 건장한 사내가 이쪽으로 성큼성큼 걸어오는 게 보였다. 마치 무릎 깊이의 물속을 걷는 사람처럼 허세를 부리는 걸음걸이였다.

마틸다의 눈동자가 갑자기 공포로 커졌다. "이제 날 내버려 둬, 아로스! 얼른 돌아가! 저기 포주가 오고 있어, 쇠사슬을 두른 개 말이야."

긴 검과 곤봉, 그리고 채찍이 그의 허리띠에 매달린 채 흔들거렸다. "거기 너. 쓸데없는 수다는 그만 떨고 일을 하란 말이야."

예고도 없이 억센 손바닥이 마틸다에게 날아들었다. 마틸다의 입에서 고통스러운 비명이 터져 나왔다.

쇠사슬을 두른 개는 아로스에게 고개를 돌리고 말했다. "거기 너 뼈다귀, 꺼져. 넌 너무 어리고… 못생기기까지 했네. 너 같은 게 여기서 어슬렁대면 욕만 먹는다고." 그가 오른발로 발길질을 했지만 아로스는 재빨리 몸을 피했다. 그러자 사내는 허리춤에서 채찍을 빼 들었다. 아로스는 할 수 없이 그곳에서 뛰어 도망쳤다. 이 순간에 마틸다를 위해 그녀가 할 수 있는 일은 아무것도 없었다. 하지만 아로스는 언젠가를 위해 쇠사슬을 두른 개를 가슴에 가둬 두고 절대 내보내지 않기로 했다. 그가 죗값을 치를 때까지.

'피 흘리는 거인'. 마틸다의 무시무시한 속삭임은 헛간 다락의 거미줄처럼 아로스의 마음에 끈적끈적하게 달라붙어 있었다. 거인 이야기를 떠올리자 앙상한 등에 소름이 돋으며 몸이 떨려 왔다. 해마다 원장은 고아원 아이들에게 피 흘리는 거인의 이야기를 들려주었다. 옛날 옛적 그로헨슈피체 산꼭대기에 거인이 살고 있었어. 아로스는 그로헨슈피체가 어디에 있는지 몰랐지만 그건 그다지 중요하지 않았다. 그다음 원장은 거인이 어떻게 생겼는지 설명했다. 거인은 당연히 몸집이 거대했지. 키가 6미터나 되고 곰 스물한 마리만큼이나 힘이 셌어. 왜 하필 곰 스물한 마리였는지는 알 수 없었다. 하지만 그건 그다지 중요하지 않았다. 거인은 산속 동굴에서 평화롭게 살고 있었단다. 워낙 성격이 유순해서 아무도 털끝 하나 건드리지 않았고 누구에게나 상냥했어.

이 이야기를 처음 들었을 때 아로스는 '아주 착한 거인이구나, 휴… 다행이야.'라고 생각했었다.

하지만 여기서부터 이야기는 점점 이상한 방향으로 흘러갔다. 그러던 어느 날, 공주가 마차를 타고 산골짜기를 지나는 걸 거인이 보게 되었어. 때마침 공주가 마차 안에서 창문 밖을 바라보고 있었는데, 그때 그만 거인이 공주를 보고 첫눈에 반한 거야.

어떻게 마차를 타고 있는 누군가를 보자마자 사랑에 빠질 수 있는지 아로스는 도저히 이해할 수가 없었다. 하지만 그건 그다지 중요하지 않았다.

그때부터 거인 머릿속엔 온종일 공주 생각뿐이었어. 공주와 함께 있고, 그녀를 바라보고, 사랑을 고백하고 싶었지. 그리고… 그녀와 반드시 결혼하고 싶었어. 그래서 결국 왕에게 자신의 마음을 고백했단다. 왕은 거인을 사위로 삼고 싶지 않았지만 그를 화나게 하고 싶지도 않았어. 분노에 휩싸인 거인이 얼마나 위험할지 모르는 사람은 없었으니까. 그래서 왕은 거래를 제안했어. "탑의 맨 꼭대기 방을 창틀 위까지 너의 피로 채워라. 그러면 내 딸을 네 아내로 삼게 해 주마."

거인은 어리둥절해서 왕을 한 번 보고 탑을 한 번 보았어. 탑은 자신의 키보다 높지 않았고 자신의 허벅지보다도 폭이 좁았거든. 그리고 그 꼭대기의 방은 코웃음을 칠 만큼 작았고. "그렇게 하죠!" 거인은 곧바로 커다란 칼을 들어 손목을 긋고, 자신의 피가 흘러 들어가도록 꼭대기 방 창문에 가져다 댔어. 그러면서 다른 눈으로는 반대쪽 창문을 통해 피가 차오르는 것을 확인했고. 천천히, 천천히… 이제 거의 다 되어 간다고 생각했어. 하지만 어찌 된 일인지

피가 차오른 높이는 창문 바로 아래에서 더 올라가지 않았어. 거인
은 열심히 방안을 지켜보다가 왕이 문을 열어 두었다는 사실을 알
게 되었어. '오, 왕이 나를 속였구나. 내 피가 아래층으로 흘러내리
고 있었어. 그러면 그 방도 채워야겠군.' 거인은 자신의 손을 더 깊
이 창문으로 밀어 넣고 아름다운 공주를 생각했어. 마침내 탑 전체
가 그의 피로 채워지고 피 높이는 점점 높아져 갔지. 그걸 본 왕이
깜짝 놀라 지하 감옥의 문을 열라고 명령했어. 이제 이야기는 정점
에 다다랐다.

문이 열린 걸 보지 못한 거인은 피를 흘리고, 또 흘렸어. 현기증
을 느끼며 방안을 둘러보았지. 이제 조금만 더 하면 끝이 보였어.
마침내 해자가 그의 피로 가득 찼어. 이틀 뒤 거인이 쓰러져 죽자
작은 지진이 일어났단다.

얼마나 불쾌하고 끔찍한 이야기인가! 지난 몇 년간 아로스는 이
이야기를 다섯 번이나 들어야 했다. 매번 이번만큼은 거인이 성공
하기를 바랐지만, 그는 항상 마지막에 쓰러져 죽고 말았다. 마지막
으로 그 이야기를 들었을 때 아로스는 원장이 아이들의 놀란 얼굴
을 즐긴다는 사실을 깨달았다. 아이들을 학대하면서 쾌감을 느끼는
것이었다.

아로스가 이 이야기에서 배운 점은 무엇이었을까? 첫째, 거인은
멍청하다. 둘째, 왕은 못된 거짓말쟁이다. 셋째, 너를 한 번 속이는

사람은 다음에도 또 너를 속인다.

절대 잊어서는 안 되는 건 바로 네 번째 교훈, 그건 고아원 원장이 나쁜 사람이라는 사실이었다.

마틸다가 걱정됐다. 쇠사슬을 두른 개는 거인 이야기 속에 등장하는 왕보다도 훨씬 더 끔찍했다. 그리고 이 도시엔 그처럼 악한 사람들이 많이 살고 있었다. 벨텐 제국의 수도 나벤슈타인은 큰 항구와 웅장한 대성당, 그리고 제국에서 가장 큰 건축물들을 자랑하는 도시라고 했다. 그 말이 맞는지 확인할 길은 없었다. 다만 확실한 건 벨텐 제국에서 가장 나쁜 놈들이 바로 나벤슈타인에 살고 있다는 사실이었다.

항구가 있는 구시가지는 선반공과 수확꾼, 두 패거리가 지배했다. 두 장인 길드의 조직원들은 돈벌이가 되는 모든 사업을 나눠 가졌다. 물론 그 과정은 평화롭지 않았다. 늘 사창가와 항구의 유곽, 노름판, 협박으로 갈취하는 돈이나 상납금을 두고 싸움이 일어났다. 선반공들의 주특기는 피해자의 뒤쪽에서 목에 올가미를 걸어 막대기로 당기기였다. 될 수 있는 한 천천히. 반면 수확꾼 패거리는 전통적인 방식, 즉 칼과 단도로 완전 무장을 하고 지나가는 희생양을 급습하는 방식을 선호했다. 지난해에는 12주간이나 이들의 싸움이 이어져 30명이 목숨을 잃었다. 그들이 한 명도 빠짐없이 다 죽지 않은 게 안타까울 뿐이었다.

아로스는 어느 상점에서 달팽이처럼 돌돌 말린 생선 절임을 사고 은화를 내민 뒤 14페니를 돌려받았다. 그런 다음 2번 방파제에서 과자를 사서 순식간에 다 먹어치워 버렸다. 며칠 만에 느껴 보는 포만감이었다. 배가 든든하니 나벤슈타인이 조금 더 괜찮은 도시처럼 보였다.

오늘 항구에서의 경험은 이걸로 충분했다. 강한 자만이 권리를 행사할 수 있는 이곳, 그리고 강하다는 말이 폭력과 파렴치함의 동의어인 이곳. 그녀는 다시 고아원으로 돌아가야 했다. 그리고 원장의 방으로 갈 것이다. 그녀 말고도 열다섯 명의 소녀들이 함께 사용하는 공동 침실로 들어가는 방법은 그것뿐이었으니까. 별로 손등 스무 대를 맞을 테지만, 그녀는 움츠러들지도, 울지도 않을 것이다.

그녀의 발이 더러운 골목골목을 스치고 지나갔다. 그녀의 머릿속엔 기이한 단어들이 스치고 지나갔다. 쇠사슬을 두른 개, 마녀의 종소리, 뼈를 보는 사람. 이 무슨 기이한 세상인가. 아로스는 오늘 경험한 말도 안 되는 일들을 잊기로 했다.

고아원에 도착하자마자 곧장 원장의 방으로 향했다. 그녀는 흔들 의자에 앉아 투박하고 커다란 책을 읽고 있었다. 아마 멍청한 거인이 등장하는 또 다른 이야기를 읽고 있는 거겠지. 원장은 고개를 들고 미소를 지었다. 시장에서 만난 노파의 따뜻한 미소와는 정반대인 전형적인 어른의 미소. 세상에서 가장 가증스러운 저 거짓 미소!

"못된 새끼 쥐가 고양이한테 제 발로 걸어오는 건 그나마 다행스러운 일이야. 스무 대를 때릴 테니 손을 내거라." 원장은 자리에서 일어났다.

이를 꽉 물었지만 조금도 망설이지 않고 아로스는 왼손을 내밀었다.

원장은 고개를 흔들더니 안타깝다는 듯이 말했다. "다른 손을 내거라, 우리 아가."

그 입이 저를 '우리 아가'라고 부르는 걸 아로스는 얼마나 증오했던가. 오른손엔 아직 부기가 남아 있었고, 푸른색과 녹색의 멍이 가시지 않은 채였다. 아로스는 눈도 깜빡하지 않고 오른손을 내밀었다. 원장에겐 아주 특별한 체벌용 도구가 있었다. 책상에 작은 통나무를 나사로 고정하고 거기에 가죽끈을 매달아 매를 맞는 아이가 손을 피하지 못하게 만드는 장치였다.

그녀는 선반으로 가서 길이와 두께가 모두 다른 회초리 다섯 개를 가져왔다. 아로스는 곁눈질을 했다. 다섯 개? 지금까지는 항상 네 개가 걸려 있었는데.

아로스의 마음을 읽었는지 친절한 설명이 뒤따랐다. "새 보물을 개시하는 영광이 특별히 너한테 돌아갔구나." 원장은 환한 얼굴로 5번 회초리를 집어 들었다.

"최고로 질 좋은 버드나무로 만든 거란다." 그녀는 혀를 차며 자랑스러워했다.

아로스는 이를 더 꽉 물었다. 5번 회초리는 다른 것들보다 더 길었고 보는 것만으로도 통증이 느껴질 정도로 위협적이었다. 못된 원장은 팔을 들더니 아로스의 손등 바로 옆 책상 위를 쳤다. 회초리가 휘익 하고 허공을 가르더니 책상에 부딪혔다. 다른 아이들 같았으면 울면서 잘못했다고 빌었겠지만 아로스는 그저 조용히, 미동도 없이 그 자리에 서 있었다. 그녀의 이런 행동이 원장을 더더욱 자극한다는 사실은 그녀도 알고 있었다. 기어이 매질이 시작됐다. 다시 한번 원장이 팔을 들었고 회초리는 가혹하게도 어제 맞았던 바로 그 자리를 강타했다. 통증에 거의 정신을 잃을 뻔했지만 아로스는 잠시 비틀거릴 뿐 신음조차 내지 않았다.

"애야, 너는 나를 특히 즐겁게 만드는구나. 너한테는 뭔가 아주 특별한 점이 있어. 다음번에는 너를 아예 부러뜨려 주마. 믿어도 좋아. 먼저 손가락부터 시작해야겠다."

한 대를 더 맞고 이번에는 핏줄이 터졌다. 아로스의 피가 원장의 얼굴에 흩뿌려졌다. 그녀의 눈과 뺨은 워낙에 핑크빛이어서 핏자국은 눈에 잘 띄지 않았다. 숨소리는 점차 가빠지고, 매 순간 기쁨을 만끽하는 얼굴이었다. 하지만 소녀의 입에서는 그 어떤 소리도 흘러나오지 않았다. 아직 열여덟 대가 남아 있었다. 원장은 오늘 아로스의 손을 완전히 짓이겨 버릴 작정이었다. 손등도, 손가락도, 뼈까지도 남김없이. 눈물이 흘러내렸다. 고통과 무기력함, 그리고 분노의 눈물이었다. 찝찌름한 눈물이 입술을 타고 입안으로 흘러들어 갔다. 소리 내어 울어야 할까? 이젠 울어도 소용이 없을까? 소리 내어 울면 뭔가 달라질지도 몰라.

　아니! 난 짖지 않아, 나는 물어.

　네 대인가 다섯 대를 맞고 나서 아로스는 그 자리에 쓰러졌다. 고통이 그녀를 까마득한 구덩이 속으로 밀어 넣어 버린 것이다. 빛도 없고 감각도 없는, 그리고 고통도 없는 곳으로. 그녀는 마지막으로 책상에 묶인 자신의 팔이 탈골되는 걸 느꼈다. 그리고 구덩이는 닫혀 버렸다.

용사

"용맹하신 기사님! 어서 가서 폐하의 명을 받드셔야 합니다."

"내가 가야 한다고? 그렇군." 피고는 서두르지 않았다.

왕의 신하가 발을 동동 굴렸다. "적군이 코앞에 이르렀습니다. 성 바깥쪽 도시는 벌써 함락되었습니다. 남쪽 야만족이 성안으로 들어오는 건 이제 시간문제입니다." 여전히 태연하기만 한 기사에게 그가 덧붙였다. "그렇게 되면 용사님의 침실도 안전하지 않을 겁니다."

정말 고약한 자를 내게 보냈군. "그게 전부인가?" 피고가 물었다.

"폐, 폐하께서는… 그러니까… 기사님께 도움을 청하셨습니다. 생사를 건 결투가 될 겁니다."

침대 위엔 발가벗은 여인이 머리는 기사의 가슴 위에, 다리는 그의 다리를 휘감고 누워 있었다. 그녀가 알몸을 가릴 생각도 않고 관능적인 목소리로 물었다. "내가 그만 가 줘야 하는 거예요?"

"어딜 간다는 거야, 오렐리아. 이제 막 시작하려던 참인데." 그가 미소를 지으며 말했다. "여기서 잠깐만 기다려, 금방 돌아올게."

피고는 침대에서 뛰어내렸다. 그는 자신이 나서야 하는 타이밍을 잘 알고 있었다. 그가 호화로운 삶을 영위할 수 있는 건 결국 합의 때문이었다. 그에게 책임감이나 충성심 따위는 결코 미덕이 아니었다. 육감적인 여인의 뾰로통한 입도 그의 마음을 돌리지는 못했다.

"왕을 기다리게 하는 건 위험해. 더 무례한 건 생사를 건 싸움 앞에서 적을 기다리게 하는 거고. 대장부가 그런 무례를 범할 순 없지." 그가 여자에게 말했다.

피고는 서두르지 않고 '당신은 정말 멋져요.'라고 감탄하는 오렐리아의 눈빛을 즐기며 바지를 입었다.

왕의 신하는 여전히 안절부절못하고 입구에 서 있었다. 허락도 구하지 않고 황급히 침실로 뛰어든 그의 목에 피고의 칼이 들어오지 않은 게 천만다행이었다. 그는 재빨리 구실을 댔다. "송구하옵니다. 제가 기사님을 모시고 가지 못했다면 폐하께서는 제 목을 치셨을 겁니다."

"그렇다면 나를 데려가지 않는 대신 잽싸게 도망치면 되겠군."

신하는 잠시 생각에 잠겼다가 대답했다. "그보다는 기사님과 함께 폐하께 돌아가는 게 더 좋은 방법이지요. 기다리겠습니다."

피고는 피식 웃으며 갑옷을 입었다. 그의 흉갑은 세 겹의 질긴 가죽으로 만들어진 것이었다. 허리에 칼이 든 칼집을 차고 벽에 걸린 커다란 크리스털 거울을 바라보았다. 수려한 용모의 소유자. 거울 속에 비친 모습과 달리 사실 그는 굉장히 위험한 사람이었다. 이렇게 아름답고 위험한 기사 피고는 적들에게 언제나 만만치 않은 상대였다. 그는 결연하게 가죽 투구를 집어 들어 머리에 거꾸로 쓴 뒤 두 손을 허공에 휘저으며 장난스럽게 외쳤다. "아… 내 눈! 아무것도 안 보여. 눈앞이 캄캄해."

여자가 낄낄대며 웃었다. "당신은 왕의 기사인가요 아니면 왕궁의 광대인가요?"

"좋은 질문이야! 과연 그 둘 사이에 무슨 차이가 있을까?"

피고의 철학적인 물음에 그녀는 고개만 끄덕였다. "조심해요, 왕궁 최고의 광대님."

피고가 본관에서 나와 성의 중심부를 지나자 그를 본 군중들이 환호했다. 군인, 수공업자, 가신, 평범한 시민, 너나 할 것 없이 피고를 사랑했다. 피고는 그들의 왕 에카리우스 5세에 충성하는 노르트 왕국의 제1기사, 만인의 영웅이었다.

그가 세운 업적은 대단했다. 저 자신이 평범한 시민이었다 해도 피고 같은 영웅을 사랑하지 않을 수 없었을 것이다. 이미 다섯 번이나 결투에서 이겨 성과 도시 전체를 지켜 냈으니까. 그가 이기지 못했더라면 적에게 포위당하거나, 도시가 파괴되거나 아니면 그보다 더 심한 위험에 빠졌을 터였다. 생사를 건 일대일 결투가 이 모든 것을 결정했다. 피고는 결투를 위해 살고, 결투를 위해 왕에게 고용된 기사였다. 그리고 그 대가로 원하는 모든 것을 얻었다. 노르트 왕국의 수도는 지난 몇 년간 적의 침략을 받은 적이 거의 없었다. 피고의 무술 실력에 대한 소문이 멀리까지 퍼졌기 때문이었다. 그가 다섯 번이나 압도적인 승리를 거두자 이 성을 노리던 적들은 이제 자신들에게 벌어질 일을 예견할 수 있게 되었다. 기사의 대결에서 가능성이 희박한 승리를 거두기 위해 만반의 준비를 하거나, 아니면 수년간 성을 포위하고 많은 것을 잃은 후 껍데기만 남은 도시를 정복하는 것. 그렇게 정복한 도시는 지금의 모습과는 딴판일 것이다. 비축 식량은 바닥나 사람들은 모두 죽거나 아사 직전일 테고. 우물물은 독이 퍼져 마실 수가 없고 도시의 재화는 모두 어딘가에 숨겨 버린 뒤일 것이다. 이 모든 불편함을 감수하지 않아도 되는 방법이 바로 일대일 결투를 신청하여 이기는 쪽이 도시를 차지하는 것이었다. 물론 여기에는 도시를 방어하는 나라의 동의가 필요했다. 공격하는 국가의 기사가 패하면 그들은 물러갔다. 반면 승리하면 더 이상의 전쟁 없이 도시를 손에 넣을 수 있었다.

승자는 성의 열쇠와 함께 도시에 대한 지배권을 획득했다. 도시는 대부분 영주 또는 여기 노르트 왕국처럼 왕이 지배했는데, 그들은 자신들이 고용한 기사의 패배와 함께 모든 권력을 잃고 물러났다. 그러면 정복자는 불필요한 희생을 치르지 않고 모든 자원을 포함한 도시의 지배권을 얻을 수 있었다. 보통은 도시의 시민들도 전리품에 속했다. 그들은 결투가 끝나면 순순히 새 지배자를 받아들이거나, 또는 저항 끝에 결국 굴복했다. 물론 정복자가 전통을 따르지 않고 도시로 입성한 뒤 먼저 패배한 나라의 왕을, 그러고 나서 시민들 모두를 처형할 위험도 있긴 했지만 실제로 그런 일은 거의 일어나지 않았다.

피고는 총안이 있는 통로를 힘차게 걸으며 눈을 부릅뜨고 적군의 왕을 노려보았다. 군집해 있는 군사들은 대략 7천에서 8천 명쯤 되어 보였다. 검은색과 황색 바탕에 매와 그라쿠스 왕의 문장이 그려진 깃발이 사방에 나부끼고 있었다. 그들은 이미 제국의 남쪽을 손에 넣은 위험한 상대였다. 그들의 본거지는 나벤슈타인이었다. 나벤슈타인은 벨텐 제국의 가장 중요한 항구 도시로 제국에 막대한 부와 권력을 안겨 주었다. 수년 전부터 그라쿠스는 북쪽으로도 손길을 뻗쳤다. 그는 벨텐 제국 전체를 집어삼킨 후에야 전쟁을 멈출 것 같았다. 그라쿠스의 권력을 향한 끝없는 집착을 피고는 이해할 수 없었다.

적의 군대는 첫 번째 장애물을 손쉽게 넘었다. 도시의 바깥쪽 성벽은 허망하게 무너져 있었고, 뒤쪽으로는 시커먼 연기를 뿜으며 타오르는 집들이 보였다. 그라쿠스의 군대가 기름 적신 천을 함께 태우고 있는 게 분명했다. 기사의 결투만이 유일한 선택지라는 걸 시각적으로 보여 주는 무언의 압력을 에카리우스 왕은 거절할 수가 없었을 것이다.

허세가 심한 에카리우스는 금빛과 은빛이 어우러진 갑옷을 입고 성탑 바로 위 난간 앞에 서 있었다. 사실 금은 무르고 무거워서 갑옷에는 전혀 어울리지 않은 재질이었다. 그 옆에는 대재상, 왕의 최측근 자문 타리안 바인지히트가 서 있었다. 그가 온종일 무슨 일을 하는지는 아무도 몰랐다. 왕의 자문이니 왕에게 자문을 하겠지. 피고는 지금까지 상황이 어떻게 전개되었을지 상상해 보았다. 먼저 에카리우스 왕이 "적군이 성문 앞까지 와 있소. 나의 충직한 조언자 바인지히트여, 이제 어찌해야 하는가?"라고 물었을 것이다. 그러자 바인지히트가 심각한 얼굴로 고개를 좌우로 흔드는 모습이 생생히 그려졌다. "잠시 생각할 시간을 주십시오, 폐하. 잠깐만 시간을 주시면 제가 조언을 올리겠습니다." 그리고 그는 여전히 머리를 흔들며 이렇게 말했겠지. "방법이 생각났사옵니다. 제1기사인 피고를 내보내십시오."

"아주 좋은 제안이군, 바인지히트." 왕은 아마도 칭찬을 아끼지 않았을 것이다.

직무를 성공적으로 수행한 영리한 조언자는 조금 지친 얼굴로, 하지만 자랑스러워하며 벽에 몸을 기댔겠지.

생각이 여기까지 이르자 피고는 고개를 절레절레 흔들고 왕에게 나아갔다. "폐하!"

"피고, 그대가 왔구나."

대재상은 그에게 눈길도 주지 않았다. 피고는 무례함을 싫어했다. "대재상 바이스니히트^{무식쟁이}여, 인사드립니다."

"그대의 어리석은 행실로는 남쪽의 적을 물리치지 못할 것이오." 바인지히트가 곧바로 맞받아쳤다.

"다툼을 거두라." 에카리우스가 왕다운 근엄한 어조로 다툼을 말렸다. "피고, 그대의 실력을 보여 주게. 그라쿠스 왕이 다시 내 머리를 원하네."

"아뢰옵기 황공하오나 폐하의 머리 이전에 저의 머리가 먼저일

133

겁니다."

"그대에게 기꺼이 내 앞자리를 넘기노라." 에카리우스는 이렇게 마음이 넓은 왕이었다.

"분위기 전환을 위해 이번엔 제가 아니라 최고 자문을 결투장에 내보내시는 것이 어떨까 합니다." 피고가 바인지히트에게 격려의 눈빛을 보내며 제안했다.

바인지히트는 눈도 깜짝하지 않았다. "바로 그 임무를 위해서 그대가 있는 것이오, 피고."

피고는 비겁하면서도 도도한 바인지히트를 혐오했다. 게다가 바인지히트는 피고가 사랑하는 오렐리아를 호시탐탐 노리고 있었다.

"그대들의 말다툼은 뒤로 미루고 이제 우리의 적에 집중할 수 없겠는가?" 에카리우스 왕이 물었다.

"우리 모두가 잘 알고 있는 그라쿠스 왕이 다시 찾아왔군요. 지난번 방문이 채 일 년도 지나지 않았습니다." 피고가 말했다. "그는 당시 퇴각하면서 불같이 화를 냈습니다. 이참에 본때를 보이려고 그는 분명 전통을 따르지 않고 도시를 초토화하려 할 겁니다."

왕의 이마에 보일 듯 말 듯 땀방울이 맺혔다. 피고의 추측이 틀리지 않다는 증거였다.

"그라쿠스의 제1기사는 처음 상대하는 인물이네. 실력이 출중하고, 역사상 가장 위험한 결투사라고 하더군. 그라쿠스는 그를 총애하여 사령관으로 임명했네."

"겁주지 마십시오. 그런 말은 저의 가치를 높일 뿐입니다." 피고는 눈썹을 실룩거리며 승리를 확신한다는 듯 미소를 지었다. 그의 삶에 두려움이 끼어들 자리는 없었다. "그리고 역사상 가장 위험한 결투사는 바로 지금 폐하의 앞에 있습니다."

적군이 움직이기 시작했다. 한 무리의 사내들이 의기양양하게 그들 쪽으로 오고 있었다. 무리의 맨 앞에 선 자가 바로 그라쿠스 왕이었다. 두 갈래의 긴 수염은 그의 트레이드 마크였다. 그 옆에는 거인 같은 사내가 으스대고 있었다. 키가 얼마나 컸던지 발뒤꿈치만 들면 성벽 너머를 볼 수 있을 것 같았다. 그는 다가오며 수비대를 향해 도발적인 몸짓을 했다.

"저건 또 무슨 덜떨어진 아이 같은 짓이죠?" 피고가 우습다는 듯이 말했다.

"윗물이 맑아야 아랫물도 맑은 법인데. 아무튼 저자가 그대의 상대네. 얕보지 말게. 그와 시 쓰기 대결을 하는 게 아니니까. 이건 생사가 걸린 검투사의 대결이야."

피고는 놀란 척하며 왕에게 말했다. "오, 제가 깜빡하고 있던 사실을 상기시켜 주시다니 황송할 따름입니다."

왕은 한숨을 쉬었다. "내가 그대를 이토록 아끼지만 않는다면…."

"폐하께서 이토록 제 능력을 필요로 하지 않으셨다면…. 폐하, 폐하의 운명과 저의 운명은 서로 연결되어 있습니다. 저 거인에 대해 무얼 알고 계십니까?"

"저자는 지금까지 두 번의 결투에서 이겼네. 그 결과 락타르돔과 제틀란트가 그라쿠스의 손에 넘어갔어." 왕이 설명했다. "그 두 상대는 모두 한마디 비명도 지르지 못하고 쓰러졌네. 그 후로 저자는 결코 이길 수 없는 상대로 여겨지게 되었고."

"물에 두 번 몸을 담가 봤다고 해서 수영을 잘할 수 있게 되는 건 아닙니다." 피고는 에카리우스의 말에 동의하지 않았다. "그는 규율대로 패배한 영주와 시민을 내버려 두었습니까?"

에카리우스는 고개를 끄덕였다. "그렇다네. 하지만 이제 그라쿠스는 벌써 두 번째로 나의 도시를 넘보고 있네. 그는 신뢰할 수 있는 자가 아니야."

자신의 금과 시민들과 왕국을 뺏으려는 자라면 어차피 누구라도 신뢰할 수 없을 거라고 피고는 생각했다.

마침내 그라쿠스와 그의 호위병들이 성문 앞에 도달했다. 멀리서 볼 때보다 그라쿠스의 기사는 키도 덩치도 더 컸다.

"성문으로 들어오지도 못할 만큼 거대하네요." 피고는 상대를 자세히 관찰했다. 그는 가죽과 판금을 섞어 만든 갑옷을 입고 있었다. 움직임에 제약이 적고 보호 기능도 좋을 것이 분명했다. 양손 검은 대각선으로 등에 매달려 있었다. 허리에 차면 바닥에 닿을 만큼 거대한 검이었다.

"우리의 적은 늘 어디서 저런 거인을 구한단 말인가?" 왕이 한숨을 쉬며 중얼거렸다.

"폐하의 적입니다, 폐하. 다른 때 같았으면 저 거인에게 맛좋은 맥주 한잔을 대접하고 세상에서 가장 위대한 왕을 위해 건배를 나눌 만도 하겠지만 지금은 그럴 때가 아니군요."

에카리우스가 대꾸할 새도 없이 우렁찬 목소리가 들려왔다. "**여기에 그라쿠스가 왔노라.**"

"오셨군!" 피고는 친한 척 대답했다.

"쉬! 이제 조용히…." 에카리우스가 몸을 구부려 성벽 난간 밖으로 목을 길게 뺐다. 뚱뚱한 배와 짤막한 목 때문에 무척이나 힘겨워 보였다. 그가 또렷한 목소리로 말했다. "어서 오시오 그라쿠스. 이렇게 좋은 날 우리 성문 앞에서 무얼 하시려고?"

"내가 무엇을 하기 위해 온 것처럼 보이시오?"

그라쿠스를 둘러싼 사내들이 낄낄대며 웃었다. 딱 한 사람, 거인만 빼고. 그의 호전적인 얼굴은 미동조차 없었다.

"짐은 그대의 입을 통해 듣고 싶소, 그라쿠스. 그대가 벨텐 제국의 소중한 전통을 지키리라는 것을."

"물론이지, 친애하는 에카리우스… 3세였나? 4세였나? …기억이 잘 나지 않는군."

피고는 속으로 웃었다. 그라쿠스는 능수능란하게 에카리우스 5세를 자극하고 있었다.

하지만 에카리우스는 침착했다. "그 이상을 셀 능력은 되는가, 그라쿠스? 그러니 한 번은 봐주겠네. 자, 이제 그대가 원하는 바를 똑똑히 말하게."

꽤나 괜찮은 대처였다.

그라쿠스가 다시 큰 소리로 외쳤다. "내가 원하는 건 그대의 지위, 그대의 도시, 그대의 왕국이지. 그러니 벨텐 제국의 오랜 전통에 따라 제1기사끼리의 결투를 신청하네. 나의 용사를 잃는다면 후퇴를 명령하겠네. 하지만 그가 승리한다면 이 도시를 내놓고 그대의 자리에서 물러나게."

아니면 이 세상에서 물러나거나. 피고는 굳이 속뜻까지 까발려 해석해 주고 싶진 않았다.

이제 결투를 허락할지 말지를 결정하는 것은 오롯이 방어자의 몫이었다. 만일 결투에 응하지 않으면 일요일마다 저들이 성문을 두드릴 것이다. 그라쿠스 왕의 등 뒤에 선 수천 명의 군사가 도전에 응하라고 기세등등하게 압박하고 있었다.

"그러기로 하지!" 에카리우스가 대답했다.

귀를 찢는 함성이 울렸다. 공격하는 자와 방어하는 자 사이의 인사는 이렇게 이루어졌다. 결국 양쪽 모두 별다른 피해 없이 싸움을 끝낼 것이다. 결투에 나서는 기사들만이 전혀 다른 최후를 맞이하겠지.

"누가 그대의 슈타인드라헨 성을 위해 싸울 것인가?" 그라쿠스가 물었다. 물론 그는 이미 대답을 알고 있었다. 지난번 대결에서 이미 피고를 보았으니까.

그렇다. 전통은 인간에게 항상 같은 일을 되풀이하라고 말한다. 그래서 전통인 것이다. 인간은 쳇바퀴에 한 번 들어서면 수만 년이 지나도 빠져나올 줄을 몰랐다.

왕은 가볍게 피고의 어깨를 두드렸다. 오, 하마터면 피고가 나가야 하는 걸 깜빡할 뻔했군! "그라쿠스, 물론 우리의 제1기사 피고를 내보내겠네." 왕은 친절하게 아래를 향해 손까지 흔들며 말했다.

시민들은 격려의 함성을 보냈다. 그러는 동안 상대측 용사는 험상궂은 표정으로 고개를 쳐들고 피고를 노려보았다.

"그대의 나라에서는 누가 결투장에 오르는가?" 에카리우스가 물었다.

거인이 소리쳤다. "아아! 나는 토레에에엠이다, 나는… 에…"

그라쿠스가 그의 귀에 대고 속삭이자 그가 다시 자신감을 얻어 외쳤다.

"…반더팔켄 성 제1기사이다!"

"이렇게 하도록 하지." 에카리우스가 말했다. "내일 열 번째 종이 울리는 시간에 성문 앞에서 반더팔켄 성과 슈타인드라헨 성의 제1기사들이 만나 이 도시와 백성들의 운명을 결정할 것이다."

다시 함성이 울려 퍼졌다. 대체 저들은 무엇에 이토록 열광하는 것일까? 자신들의 생선에서 가시를 빼내 줄 멍청이라도 나타난 것일까?

피고는 이것 말고도 한 가지가 더 궁금했다. "저쪽의 제1기사에 대해 제가 알아야 할 게 더 있습니까? 저자가 어떻게 싸우는지 알려진 게 있는지요."

에카리우스는 총애하는 자문에게 고개를 돌렸다. "그대가 친히 크로이츠푸르트에 가서 그의 결투를 목격하였지. 우리의 용사에게 그곳에서 본 대로 알려 주게."

바인지히트가 한껏 뽐내며 입을 열었다. "반더팔켄 성 제1기사는 범상치 않은 상대요. 그는 주로 양손 검을 쓰기 때문에 방패는 사용하지 않지요. 그 대신 보호용으로 사슬 갑옷만 착용합니다. 싸움의 방식은 고전적이고, 특별한 기술은 쓰지 않소. 그대가 상대하지 못할 특이 사항은 없다고 할 수 있겠지요."

그 정도라면 피고도 상대를 처음 보는 순간 이미 파악했었다. 그런데도 왕은 바인지히트의 분석에 매우 흡족해하는 것 같았다.

에카리우스는 바인지히트, 피고와 함께 유유히 궁으로 돌아왔다. 안뜰에서 왕의 아내가 그들을 맞이했다.

피고는 우아한 동작으로 몸을 굽혀 경의를 표하며 그녀의 손등에 입을 맞추었다. "왕비님은 뵐 때마다 더욱 아름다워지십니다."

"제1기사님, 그대를 만날 때마다 나는 점점 뚱뚱해지고 있어요."

왕비는 곧 출산을 앞두고 있었다. 며칠만 있으면 슈타인드라헨 성에 왕자나 공주가 새로 태어날 예정이었다.

왕비는 마치 피고의 생각을 읽기라도 한 듯 말을 이었다. "우리도 물론 왕위를 계승할 아들이기를 바라지요. 아이의 이름이 무엇일지 맞춰 보시렵니까?"

"왕비님, 미천한 기사에게 그런 질문을 내리시다니 황송합니다." 그는 진지하게 고민했다. "제… 생각에는 에카리우스 6세가 아닐까 합니다."

왕비는 놀라며 남편 쪽으로 고개를 돌렸다. "폐하께서 혹시 벌써 말씀하신 건가요?"

피고가 먼저 대답했다. "그냥 운 좋게 맞춘 것뿐입니다."

그러자 그녀가 만족스러운 미소를 지었다.

피고는 이 우스운 연극을 인제 그만 끝내야겠다고 생각했다. "허락해 주신다면 그만 물러나겠습니다, 폐하!" 물론 그건 허락을 구하는 질문이 아니었다.

"어디로 가려 하는가?" 그의 폐하가 물었다.

"잠이나 청해 볼까 합니다! 내일 결투에 대비하여 휴식을 취해야 할 것 같습니다."

아마도 둘은 같은 생각을 하고 있었을 것이다. 피고는 그의 눈에서 그가 어떻게 명할지를 읽었다. 이제 즉시 격상된 보호 조치, 또는 격상된 감시 조치가 취해질 것이다. 제1기사가 열 번째 종이 치는 시각에 나타나지 않고 홀연히 사라져 버리는 일이 가끔 일어나곤 했다. 그러면 기사는 파문당하고 죽을 때까지 쫓기는 신세가 되겠지만 더 큰 문제는 왕이 성과 명예를 모두 잃게 된다는 데 있었다. 결투는 해 보지도 못하고 패한 것으로 간주되었으니까.

그러니 피고가 추방당해 쫓길 운명에 처하는 것을 막기 위한 에카리우스 5세의 배려에 감사할 일이었다. '토레에에엠' 따위가 두려워 도망치다니, 쓸데없는 걱정이었다. 상대가 누구이건, 무엇이 기다리고 있건 그는 도망치지 않을 것이다.

그는 기분 좋게 침실로 돌아왔다.

연인은 뾰로통한 입으로 그를 맞았다. 혼자 있는 동안에도 내내 저렇게 입을 내밀고 있었을까? "왜 이렇게 오래 걸린 거예요, 피고?"

그는 그녀에게 입을 맞추었다. "내 사랑, 이제 내일 열 번째 종이 울릴 때까지 시간이 있어." 그는 재빨리 갑옷과 옷들을 벗었다.

문밖에서 병사들이 집결하는 소리가 들렸다.

내일 오전까지는 이곳이 벨텐 제국에서 가장 안전한 장소임이 분명했다.

모루 바위

가을 회색빛 구름같이 끄느름한 며칠이 지났다. 날짜를 세기조차 힘든, 항상 똑같은 하루하루. 매일 똑같은 회색을 보며 눈을 뜨고 똑같은 무료한 일상을 곱씹으며 잠이 들었다. 검은 사내와 기사는 천천히 마을 사람들의 이야기 속에서 사라져 갔고, 동시에 그들의 기억 속에서도 점차 희미해져 갔다. 대신 아멘 신부에 대한 걱정이 빈자리를 차지했다. 하인들조차도 그의 행방을 몰랐다. 파린의 찝찝한 느낌은 남달랐다. 그는 계속해서 게룬다에 대해 생각하고 또 생각했다. 매일 아침 세수를 할 때마다 그의 목에 걸린 기이한 부적 때문에 더더욱 그럴 수밖에 없었다. 이 보잘것없는 물건은 늘 그의 신경을 건드렸다. 혹시 아버지나 다른 사람이 발견하고 캐묻는다면 뭐라고 해야 하지? 그를 더 괴롭히는 건 기사가 까마귀라고 부르던 살인마, 검은 사내에 대한 생각이었다. 그 낯선 사내와 기사는 정말로 사라진 펜던트를 찾으러 왔던 걸까? 파린의 머릿속에 꼬리에 꼬리를 물며 맴도는 생각들의 중심엔 항상 그 펜던트가 있었다. 엄지와 검지 사이에 두고 표면을 문질러 보았지만 아무리 봐도 요철이 없는 밋밋한 동전처럼 보일 뿐, 그저 평범한 금속 조각에 불과했다. 그는 다시 셔츠 안으로 펜던트를 집어넣었다.

오후에 아버지가 '따뜻한 맥주'에 가고 없을 때 집 뒤에 몰래 묻어버려야지, 파린은 생각했다.

오늘의 클라이맥스는 아버지가 또다시 삽을 게오리히네 가게에
두고 온 뒤 칠칠치 못한 파린에게 그걸 가져오라고 시킨 일이었다.
역시 아버지는 전통을 중요시하는 분이었다. 하는 수 없이 매장꾼
의 아들 파린은 술집으로 향했다.

평소와 다르게 가을 햇살이 유난히 눈에 부신 날이었다. 우중충
한 겨울이 다가오기 전 태양이 마지막으로 온 힘을 다하는 듯했다.
파린은 이 계절의 밀밭을 특히 좋아했다. 잘 여문 이삭이 바람에 부
드럽게 흔들리면 평화로운 황금빛 바다를 보는 것 같은 착각이 들
곤 했다. 그는 다시 꿈을 꾸었다. 어쩌면 그건 먼 곳을 향한 동경이
었을까?

도중에 그는 개와 함께 걸어오는 사내를 만났다. 밧줄공인 그는
파이프 담배 모임 일원이 아니었고, 그 사실만으로도 파린은 그에
게 호감을 느꼈다. 밧줄공의 나이는 쉰 살 정도 되었고 친근한 눈
매에 머리가 한 올도 없었다. 파린은 그의 직업이 조금은 부러웠다.
그는 마을에서 재주가 뛰어난 수공업자로 평가받고 있었다. 말 꼬
리털이나 돼지 털로, 또는 아마나 대마 실로 농사용 밧줄이나 물고
기를 잡는 그물, 빨랫줄 따위를 만들었다. 파린이 시체의 턱을 묶어
올리거나 수상한 펜던트를 매다는 데 썼던 노끈도 그의 손을 거쳐
탄생한 것이었다.

이 사내의 이름이 뭐였더라?

주인과 달리 그의 개는 덥수룩한 털 때문에 안 그래도 큰 덩치가

실제보다도 훨씬 더 커 보였다. 커다란 털북숭이가 파린을 보고 짖으며 달려들었다.

"그롤하이머, 요 털 뭉치." 파린은 반갑게 인사하며 넘어지지 않도록 무릎을 꿇고 앉았다.

거대한 빗자루처럼 보이는 개는 신이 나서 길고 거칠거칠한 혀로 파린의 얼굴을 마구 핥았다. 털북숭이 꼬리가 흔들리며 파린의 다리를 간질였다. 그롤하이머는 파린의 직업 따위는 상관하지 않고 그를 좋아했다. 그롤하이머에게 파린의 위치는 최소한 이장과 동급이었다.

"안녕하세요, 밧줄공 아저씨." 파린은 사내에게 인사하며 미소를 지었다. 개는 아직도 그의 손을 핥느라 정신이 없었다. 마을에서는 누구나 상대방의 직업을 호칭 대신 사용할 수 있었다.

"그래, 매장꾼 아들이구나." 밧줄공 아저씨는 미소를 짓지는 않았지만 그래도 상냥하게 인사했다.

파린이 양손으로 장난스럽게 털을 헝클어뜨리자 개는 엉덩이를 흔들어 대며 좋아했다.

"그런데 신부님은 다시 돌아오셨나요?"

"내가 듣기로는 아직도 아무 소식이 없다는데." 밧줄공은 개를 향해 손짓했다. "그롤, 이리 와. 인제 그만 가야지."

"물고기 많이 잡으세요." 파린이 긴 낚싯대를 메고 호수 쪽으로 걸어가는 사내를 보며 말했다.

작별 인사로 파린은 개의 두 귀 사이를 쓰다듬었다. 그롤하이머는 파린의 얼굴을 몇 번 핥고는 쏜살같이 주인을 따라갔다.

파린은 성큼성큼 마을을 향해 걸어갔다. 작은 나무다리를 건널 때 누군가의 목소리가 들렸다. 하지만 물길이 휘어 있어 사람의 모습은 보이지 않았다. 빨래나 목욕을 하기에 그다지 좋은 자리가 아니었기 때문에 파린은 호기심이 생겼다. 그래서 다리를 건너자마자 물가 나무들을 따라 소리가 들리는 쪽으로 갔다. 나무 덤불 사이로 앉아 있는 두 사람이 보였다. 그들은 등을 돌리고 있었지만 파린은 곧바로 알아볼 수 있었다. 블로삭과 아니에타! 파린은 자신도 모르게 눈을 질끈 감았다.

분노가 솟구쳐 올랐다. 안 그래도 바닥인 파린의 자존감을 질투가 더욱더 괴롭혔다. 마음의 상처에 그들이 소금과 후추를 마구 뿌려 대는 것만 같았다. 블로삭은 아니에타에 대한 파린의 마음을 전혀 몰랐기 때문에 그에게 화를 낼 일은 아니었다. 하지만 지금 이 순간 이성의 목소리가 들릴 리 없었다.

천만에! 그런 사실 따위가 주체할 수 없는 감정의 걸림돌이 될 턱이 없지 않은가? 아니에타와 블로삭의 경쾌한 웃음소리가 울려 퍼지고 그럴 때마다 파린은 비수에 찔리는 것 같은 고통을 느꼈다. 블로삭에게서 유머 감각이라고는 찾아볼 수 없었다. 그는 따분하고 못생겼다. 어떻게 내가 사랑하는 여자가 저런 녀석과 사귈 수 있지?

파린은 비탈을 따라 둘에게 점점 더 가까이 다가갔다. 둘은 서로에게 푹 빠져 파린이 가까이 오는지도 몰랐다. 이제 그들의 대화 내용을 알아들을 수 있을 만큼 가까이 다가갔다.

"생각해 봐, 기사가 계룬다의 무덤을 파라고 명령한 거야. 그런데 매장꾼 둘 다 삽이 없었어. 다행히 내가 아버지 창고에 삽이 있다는 걸 생각해 낸 거지."

아니에타는 조용히 침을 삼켰다.

그들이 지금 '멍청이 매장꾼' 이야기를 하며 웃고 있는 걸까? 그의 심장이 터져 버릴 것 같았다. 더는 둘의 이야기를 듣고 싶지 않았지만 이미 생각까지 마비되어 버린 파린은 그 자리에 멈춰 서서 멍하니 바라보고만 있었다. 잠시 후 다시 블로삭의 목소리가 들렸다.

"아니에타, 생각해 봐. 정말 위험했다니까. 기사가 이장의 목을 베려고 했을 때 그것 말고는 다른 방법이 없었어."

그리고 나서 오줌을 싸서 바지가 다 젖어 버렸었잖아. 발이 완전히 깨끗해질 때까지 말이야. 문제는 바지에서 지린내가 진동했다는 거였지. 파린은 기억 속에 남아 있는 그 날의 일을 떠올렸다.

하지만 블로삭은 평소와 다르게 목소리를 깔고 아무렇지도 않게 상상의 나래를 펼쳤다. "내가 끼어들 수밖에 없었어. 나는 큰 소리로 말했지. '멈추세요, 기사님. 기사님이 원하시는 걸 알고 있어요.'" 긴장감이 최고조에 이르렀을 때 그가 잠시 뜸을 들였다.

"그래서 어떻게 됐는데, 블로삭?"

"모두 놀라서 나를 봤지. 그리고 내가 이야기했어. '기사님! 장례식에 낯선 사내가 왔었어요. 모자가 달린 검은 망토를 두른 사내였어요. 검은 눈에 매부리코였지요. 그리고 허리에 비수를 차고 있었고요.' 내가 아니었다면 아마 기사는 하막을 가만두지 않았을 거야."

"정말? 정말로 그렇게 된 거란 말이야?"

"그럼, 내가 아니었더라면 어떻게 되었겠어?"

"네가 생명의 은인이네." 아니에타는 순진하게도 블로삭의 말을 믿는 눈치였다.

"이장의 목이 날아가는 걸 내가 어떻게 보고만 있을 수 있겠어." 그의 허풍이 이어졌다. "그게 끝이 아니야. 기사의 관심은 그때부터 온통 나한테만 쏠리는 것 같더라고. 그래서 설명했어. '그 사내가 게룬다를 죽인 살인범이에요. 그가 한 손으로 게룬다의 목을 졸랐어요.'"

"어떡해… 너무 끔찍해." 아니에타가 손으로 입을 가렸다. "그런데 네가 그걸 어떻게 알았어?"

"그건 다 나의 관찰력과 추리력 덕분이야. 게룬다에겐 목 졸린 흔적이 있었어. 그게 오른쪽이었던가 아님… 왼쪽이었나? 잠깐만, 생각 좀 해 볼게." 영웅담은 이 대목에서 삐걱대기 시작했다. "음… 검은 눈의 사내는 칼을… 그러니까… 자국은…"

"넌 정말 똑똑하고 용감해, 블로삭."

아하. 머릿속이 멍해졌다. 동시에 어떤 충동이 솟구쳐 올랐다. 분노 때문에 손바닥이 땀으로 축축해졌다. 머릿속에서 화가 요란한 소리를 내며 끓어올랐다. 자신도 한 손으로 누군가의 목을 조를 수 있을까? 만약 그럴 수 있다면 블로삭이 바로 그 상대가 될 것이었다. 차라리 그들의 대화를 엿듣지 않았더라면!

아니에타는 똑똑하고 용감한 블로삭에게 가까이 가더니 그의 뺨에 입을 맞추었다.

파린은 아찔함을 느꼈다. 이제 불공평함에 대한 분노마저도 느껴지지 않았다. 그는 마지막 힘을 추슬러 그곳을 떠났다. 둘은 달콤한 사랑에 푹 빠져 아무것도 눈치채지 못한 듯했다.

'넌 정말 똑똑하고 용감해.' 그건 바로 아무짝에도 쓸모없는 거짓말쟁이 블로삭이 아닌 파린을 향한 말이어야 했다. 아니에타의 찬사를 도둑맞은 것이다. 그녀는 오해하고 있었다. 블로삭에게 당한 것이다. 여러 감정이 교차했다. 선술집 아들은 파린의 말과 행동을 자신을 미화하는 데 써먹었다. 한참이 지난 후에야 다시 정신이 들었다. 이대로 다시 돌아가 블로삭에게 따질까? 그런다고 아니에타가 내 말을 믿어 줄까? 믿어 주려고 할까? 이런 생각들이 무겁게 그를 짓눌렀다. 파린은 수양버들 가지처럼 고개를 떨어뜨렸다. 대장장이의 딸은 어차피 믿지 않을 것이었다. 매장꾼의 아들인 그를 절대로 남자로 보지 않을 것이다. 지금 이 순간만큼 자신의 존재가 무가치하게 느껴진 적은 없었다. 도대체 왜 마을로 향했지? 아하, 삽을 가지러 가는 길이었지. 삽은 대체 무엇 때문에? 그깟 삽 따위는 차라리 도둑이라도 맞았으면. 더는 아무도, 그 누구와도 마주치고 싶지 않았다. 영원히.

　파린은 길을 벗어났다. 키가 큰 덤불과 돌 비탈을 지나 모루 바위로 갔다. 멀리에서 보면 모루처럼 생겼다고 해서 그런 이름이 붙여진 큰 바위는 근방에서 유일한 산이었다. 비탈로 오르는 길은 중간쯤에서 끊기고 거기에서부터는 튼튼하게 땅속에 박힌 바위나 풀들을 잘 골라서 붙잡고 매달리며 올라가야 바위 정상에 오를 수 있었다. 어린 시절에 그는 수도 없이 이 길을 올랐었다. 몸이 그걸 모두 기억하고 있었는지 파린은 별로 큰 힘을 들이지 않고도 모루 바위 정상에 오를 수 있었다. 아래에서 보는 것과 달리 산 정상은 평평했고 발아래로는 탁 트인 장관이 펼쳐져 있었다. 정상에 오르는 수고를 잊게 해 줄 만큼 멋진 경치였지만 파린은 아무것도 생각할 수 없었다. 산 정상에서 그는 깊은 자기연민에 빠져 허우적대고 있었다. 수영이라면 어머니에게 배워 자신 있는데….

　"어머니!" 이미 청년이 된 지 오래였지만 파린은 어머니에 대한 그리움에 사무쳐 허공에 대고 흐느꼈다. 어머니가 그의 곁을 떠나고 벌써 7년이란 세월이 흘렀다.

　지금 같은 우울한 상황에서 어머니 생각까지 나면 어쩌란 말인가!

　파린은 천천히 '틈새' 쪽으로 걸어갔다. 30미터 높이의 절벽을 이루는 협곡을 사람들은 그렇게 불렀다. 그곳엔 전해져 내려오는 이야기가 있었다. 아주 오랜 옛날 한 거인이 아내와 싸우던 중 화를 참지 못하고 도끼로 내려쳐 바위에 깊은 골짜기가 생겨났다는 것이다. 그 거인은 아내에게 단단히 화가 났었나 보다.

파린의 발에 챈 작은 돌멩이들이 달그락 소리를 내며 절벽으로 떨어졌다. 파린은 무심한 시선으로 그 돌들이 눈앞에서 사라질 때까지 바라보고 있었다. 한 걸음만 더 앞으로 가면 그 돌들을 따라갈 수 있으리라. 그러면 모든 것이 영원히 끝이다. 최소한 나의 이번 생은. 모든 삶이 영원히 끝나는 것일지는 알 수 없었지만.

그는 허리를 굽히고 아래를 보았다. 그의 자아가 협곡의 심연으로 점점 멀어지다가 사라져 버렸다. 저 아래에는 바위뿐이었다. 누구든 여기에서 떨어지는 사람의 죽음을 확실히 책임져 줄 바위. 저 바닥에 부딪히는 순간 살아남을 자는 없을 것이다. 아니면 바닥에 닿기도 전에?

한 걸음만 더. 그러면 허공이고… 그다음은 바위라는 생각이 그의 머릿속을 스쳤다.

그는 지금 여기에서 뭘 하는 걸까? 갑자기 현기증이 느껴졌다. 어떤 나무든지 꼭대기까지 기어 올라갈 수 있었던 그가. 계곡의 끄트머리 모루 바위 위에 셀 수도 없을 만큼 여러 번 섰던 그가. 방금 그에게 무슨 일이 일어난 걸까? 그의 마음속 두려움이나 유혹이었을까? 한 걸음 더? 아니 물러서! 현기증이 그를 덮쳤다. 그래도 그는 고집스럽게 낭떠러지를 향해 조금씩 앞으로 나아갔다.

아래가 완전히 보일 때까지만 가 보자.

그때 다시 어머니 생각이 났다. 그리고 아직 어린 소년이었던 그가 어머니와 했던 약속을 떠올렸다. 아니면 어머니는 벌써 미리 먼 미래를 예견하고 그런 약속을 받아내셨던 걸까?

"약속해라, 절대로 포기하지 않는다고." 어머니는 말씀하셨다. "너한테 어떤 일이 닥치더라도."

"당연하죠, 엄마. 절대로 포기하지 않을게요." 그는 어머니가 그런 말을 하는 의도는 생각해 보지도 않고 당연하다는 듯 대답했었다.

그리고 바로 지금, 그는 죽음의 문턱에 서 있었다.

바람은 더 거세졌다. 파린은 허수아비처럼 두 팔을 벌렸다.

"물론이에요, 엄마. 저는 포기하지 않아요. 그리고 언젠가는 꼭 바다를 보고 싶어요."

인제 그만 뛰어내려!

뒤에서 한 사내의 날카로운 목소리가 들렸다. 파린은 깜짝 놀라 펄쩍 뛰어올랐다. 절벽 아래가 아니라 뒤로. 넘어지면서 허공에서 몸이 빙그르르 돌았다. 정신을 차려 보니 그는 죽음의 절벽에서 불과 1미터 앞에 무릎을 굽힌 채 주저앉아 있었다. 그는 몸을 일으켜 세우고 주변을 돌아보았다. 하지만 그곳엔 정신이 온전치 못한 매장꾼의 아들 말고는 아무도 없었다.

너는 실패자야. 너는 벌써 네 영혼을 놓아 버렸어. 이제 그걸 나에게 줘! 목소리가 다시 말했다.

모루 바위 정상에서는 사방이 다 내려다보였다. 나무도, 굴도, 숲을 곳도 없었다. 대체 누가 그에게 말을 거는 걸까?

뛰어내려, 그리고 너의 저주받은 영혼을 나에게 넘겨줘, 넌 쓸모없는 벌레만도 못한 존재니까!

파린은 두 손을 관자놀이로 가져갔다. 혹시 이 목소리는 내 머릿속에서 나는 걸까?

하하하!

둔탁하게 울리는 웃음소리에 그는 비틀거리다가 대자로 뻗고 말았다. 다시 일어나 앉아 무릎으로 두 귀를 막고 두 다리를 두 팔로 끌어안았다. 그리고 두려움에 휩싸여 자신의 내면에서 나는 소리에 귀를 기울였다. 성당 앞에 있는 커다란 항아리가 떠올랐다. 어릴 때 그는 항상 그 항아리 안에 머리를 넣고 큰 소리로 웃곤 했다. 지금 이 목소리는 그때만큼이나 크고 묵직했다.

너무 늦어 버린 걸까? 광기가 그를 사로잡아 버린 것이다. 그나마 다행인 건, 그래 봤자 아무도 신경 쓰지 않을 거란 사실이었다. 시간이 흘렀다. 파린은 모루 바위 정상에 웅크리고 앉아 천천히 마음을 가라앉혔다. 침을 꿀꺽 삼키자 쓴맛이 났다. 조금 전에 일어난 설명할 수 없는 일을 어떻게든 설명해 보려고 애썼다. 광기에 휘말려 환청을 들은 걸까? 깊은 좌절 때문에 끔찍한 백일몽을 꾼 것일까?

말도 안 되는 걸 알면서 그렇게라도 마음을 진정시키려는 찰나 다시 목소리가 들렸다.

어서 뛰어내려! 패배자! 한 번이라도 제대로 해 보라고. 단 한 번만

이라도!

목에서 경동맥이 뛰듯 그의 머릿속이 펄떡거리기 시작했다. 아무런 소용도 없는 걸 알면서도 그는 다시 귀를 막았다. 눈물이 쏟아지는 걸 억지로 참아냈다.

그냥 울어! 그리고… 뛰어내려! 너의 보잘것없는 영혼은 내 손바닥 안에 있어. 네 영혼은 너를 증오해. 너에게서 벗어나고 싶어 해. 저기 틈새가 널 부르고 있어!

귀를 막는 건 역시나 아무 소용도 없었다. 이 끔찍한 목소리는 정말로 그의 머릿속에서 들려오는 것이었다. 목소리는 그를 비난하고 있었다. 아니면 그 자신이 그를 비난하고 있는 걸까?

아주 멀리에서 속삭임이 들렸다. "대체 나한테 무슨 일이 일어난거지?" 깨달음은 그를 전율케 했다. 가늘게 떨리는 자기 연민에 빠진 목소리는 바로 그의 것이었다. 누구에게 묻는 걸까? 자기 자신에게?

그는 온몸이 얼어붙은 사람처럼 벌벌 떨면서 턱을 무릎에 파묻고 정상에 한참을 앉아 있었다. 조금이라도 움직이면 또다시 그 목소리가 들릴 것 같은 두려움에 사로잡힌 채. 잠시 고요가 찾아왔다. 파린은 다시 마음을 추스르고 용기를 냈다. 끔찍한 목소리는 그를 실패자라고 불렀다. 받아들일 수 없었다. 하느님, 내가 실패자가 아니라는 걸 보여 줄 힘을 주세요.

하느님?

그의 머릿속에서 또다시 큰 소리가 울려 퍼졌다.

오, 하느님. 오, 주여. 아까는 큰 소리로 엄마를 찾더니 이젠 대단하신 주님을 찾는군. 푸하! 식탁에 떨어진 빵부스러기만도 못한!

"넌 누구지?" 파린은 허공에 대고 큰소리로 외쳤다.

하찮은 벌레 따위에게 내가 누구인지 말해 줄 이유가 없지. 내 이름으로 말할 것 같으면 권력과 마법과 신비로움을 아우르는 엄청난 것이지. 내 이름을 알려거든 그만한 대가를 치러야 할걸.

파린은 깜짝 놀라 몸을 움츠렸다. 그는 어느새 목소리와 대화를 하고 있었다. "나한테 원하는 게 뭐지?"

너의 영혼이지, 하찮은 벌레 씨. 너의 보잘것없는 영혼.

"하지만… 내 영혼은 내 거야." 파린이 신음했다.

어떻게 아니에타가 허풍쟁이 사기꾼 블로삭의 거짓말에 넘어가는 것을 본 날, 심지어 그에게 입을 맞추는 걸 본 재수 없는 날에 그보다 더 재수 없는 일이 일어날 수가 있지?

그는 마지막 용기를 냈다. "너에게 내 영혼을 주는 일은 일어나지 않아. 내 머릿속에서 사라져."

울먹이는 목소리만 아니었다면 조금은 자랑스러웠을 법한 단호한 선언이었다.

그것참 안됐구나! 하지만 결국은 시간의 문제일 뿐인걸. 너는 이미 아주 가까이 갔거든. 이 응석받이!

"왜 자꾸만 나를 비난하는 거지?"

너는 내가 들어갈 수밖에 없었던 하찮은 벌레 같은 존재니까.

"뭐라고? 그 말은… 네가 내 안에 들어올 수밖에 없었다고?" 파린은 '들어올 수밖에 없었다'는 부분에 힘을 주어 말했다.

그래, 설마 내가 너 같은 겁쟁이를 일부러 골랐다고 생각하는 건 아니겠지?

"나는… 무슨 말인지 도통 모르겠어."

그래, 넌 이해력이 달려. 그게 너의 아주 근본적인 문제 중 하나지.

파린의 감은 눈앞에 여러 가지 생각들이 시계추처럼 바삐 오고 갔다.

난 완전히 미쳐 버린 걸까? 누가 나를 이렇게 미치게 만든 걸까?

작지만 단호한 목소리로 그는 말했다. "누군가의 강요로 나 같은 패배자의 내면으로 들어와야 했다면 너도 그리 대단한 상대는 아닐 거야."

하하, 제법인데. 당돌한 벌레구나.

"넌 누구지? 어디에서 온 거야?"

곰곰이 생각해 봐. 내가 매번 일일이 설명해야만 한다니 그건 너무 끔찍한 일이야. 인간들이란 항상 설명해 달라고 졸라대거든. 왜? 무엇 때문에? 이유가 뭐지? 아, 정말 지긋지긋해. 설명 따위는 필요 없다는 듯이 행동하는 녀석은 어디 없나?

마치 꼭두각시 인형처럼 파린의 오른손이 가슴으로 올라갔다. 그리고 두 손가락으로 펜던트를 꺼내 눈앞에 대고 그것을 노려보았다. 분명 무슨 관련이 있어. 기이한 생각이었지만 그것 말고는 도저히 설명할 방법이 없었다. 이 마법에 걸린 펜던트가 어디에서 온 것인지 누가 알겠는가.

오호, 드디어 눈치챘군.

비웃음 소리가 그걸 이제 알았냐고 말하는 듯했다.

파린은 아주 작은 목소리로 물었다. "너는 이 미친 부적 속에 있는 거야. 그리고 네 말대로라면 너는 인간이 아니지."

거의 맞았어. 그리고 칭찬 고마워.

어디에서 힘이 솟았는지 파린은 갑자기 벌떡 일어섰다. 그리고 목에 걸린 노끈을 힘껏 낚아채 저주받은 펜던트를 손에 들고 낭떠러지 쪽으로 다가갔다. 그의 입은 단호하게 꾹 다문 채였다.

요 귀여운 녀석, 뛰어내리려고?

"매번 일일이 설명해야만 한다니 그건 정말 끔찍한 일이야. 그게 누구든지 말이야. 좋아. 말해 주마. 이 볼품없는 물건이 여기서 뛰어내리겠대."

잠시 침묵이 흘렀다. **안 돼, 그러지 마.**

멸시를 보내던 교만한 목소리가 처음으로 불안에 떨고 있는 것 같았다. 심지어는 간절하게 들리기까지 했다.

"아니, 그럴 거야! 지금 누가 겁쟁이라는 거지? 너 같은 건 필요 없어. 네가 누구든, 무엇이든 간에."

펜던트를 놓아 버릴 기회를 이미 여러 번 놓쳐 버린 그였다. 신부에게, 이장에게, 기사에게 그냥 줘 버렸더라면, 하지만 내면의 목소리가 자꾸만 그러지 말라고 외쳤던 것이었다. 이런 물건 따위는 최대한 빨리 버려야 했다.

네가 어차피 틈새 쪽으로 갈 거라면, 우리 같이 뛰어내리는 건 어때?

"아니! 어림없어!"

딱 한 번만 폴짝하고 뛰면 돼. 정말로 그게 다라니까.

펜던트를 꼭 쥔 채 파린은 다시 절벽 쪽으로 한 걸음을 내디뎠다.

"다시는 만나지 말자, 역겨운 물건 같으니라고." 파린이 팔을 들어 올렸다.

던지지 마. 제발!

처절한 외침이 머릿속을 울렸다.

"이제 다른 사람을 찾아봐, 네가 누구이든 무엇이든지 간에." 파린은 온 힘을 다해 펜던트를 계곡으로 던져 버렸다.

안 돼에에에….

귀를 찢는 듯한 비명은 점점 작아지며 발아래로 사라져 갔다.

이제 모든 것이 명백해지고 기분도 훨씬 나아진 것 같았다. 아무도 그가 방금 겪은 일을 믿지 않겠지. 하긴 누구한테 이런 이야기를 하겠어? 무거운 짐을 내려놓자 다시 그의 머릿속에도 해방감이 찾아왔다. 그 부적이 어떻게 게룬다의 가슴 위에 올라가 있었던 걸까? 검은 사내와 기사는 왜 그렇게 그것을 찾으려고 혈안이 되어 있었던 걸까? 어쨌든 쉽게 떼어 버릴 수 있어서 다행이다. 그는 다시 한번 깊은 계곡 아래를 내려다보았다. 저기 어딘가에 떨어졌겠지. 그리고 언젠간 썩어 없어질 거야.

뛰어내려, 벌레 같은 녀석!

그의 뒤에서 또다시 날카로운 목소리가 들렸다.

하하하하!

하마터면 웃음소리에 놀라 절벽 아래로 떨어질 뻔했다.

설마 그걸 던져 버리면 나를 떼어 낼 수 있다고 생각한 거야, 이 멍청아?

"하, 하지만…" 울부짖던 그 목소리가 너무나 생생했다. 이제야 깨달았다. "날 속였구나."

내가 제일 좋아하는 일이 바로 그거야. 인간들을 골려 먹기.

목소리는 아주 만족한 것 같았다.

"꺼져 버려, 이제 날 내버려 둬!"

계곡은 사방에서 음산한 '내버려 둬어어어어어' 하는 메아리를 돌려보냈다.

그보다 더 재미난 일은 없지, 벌레. 너는 늙은 두꺼비보다도 더 쓸모가 없는 벌레야. 그래. 우리는 계속 제자리를 맴돌고만 있군. 맘 같아서는 정말로 네 목을 잘라 버리고 싶다. 하지만 지금은 내 손이 네 손이라서. 그리고 아무래도 너는 나를 위해서 그렇게 할 것 같지가 않아. 그렇지? 그게 뛰어내리는 것보다 훨씬 나은데 말이야. 난 너를 내버려 둘 수가 없어. 만에 하나 내가 그러길 원한다 해도.

파린은 틈새를 앞에 두고 자신의 정신 상태를 의심하며 이러지도

저러지도 못하고 서 있었다.

어쩌다 보니 이 멋진 낭떠러지에 가까이 와 있네, 이왕 이렇게 된 거 혹시…. 목소리는 뻔뻔스럽게도 희망에 들떠 있었다.

"아니! 이 나쁜 자식!"

'시익시익시익…' 다시 메아리가 울렸다.

목소리는 안타깝다는 듯이 속삭였다. 심지어는 틈새마저도 너를 조롱하는군. 우리 둘이 함께 이 좋은 전망을 즐기고 있는 지금, 동쪽을 한번 보라 하네. 왼쪽 저 아래. 자작나무 세 그루가 두 개의 바위 사이에 서 있는 저기 저쪽 말이야.

파린은 자기도 모르게 그쪽으로 시선을 돌렸다 "아무것도 안 보이는데? 뭐가 있다는…" 갑자기 말문이 막혀 버렸다. 더 가까이 가면 보일까? 그는 틈새를 따라 좀 더 내려가 목소리가 가리키는 쪽을 내려다보았다. 거기엔 두 사람이 누워 있었다. 위에서 보니 대략 엄지손가락만큼 작게 보였다. 하지만 이렇게 먼 거리에서도 분명히 알아볼 수 있었다. 그것이 시체라는 사실을. 형태가 없는 어두운 그림자가 주위를 감싸고 있었다. 그게 누구인지는 알아볼 수 없었다. 더 아래쪽으로 내려간다면 그들은 파린만큼 커지겠지만 그래도 여전히 시체일 뿐이겠지.

벌써 시체 두 구가 저기 누워 있어, 벌레. 저기에 하나가 더해진다고 크게 달라지는 게 있을까? 죽음은 공평한 친구야. 아무도 차별하지 않거든.

목소리는 다시 희망에 들떠서 물었다. 그런데 네 생각엔 저게 누구의 시체인 것 같아?

파린의 머릿속엔 마치 힘겹게 작동하는 기계가 움직이는 것 같았다. "게룬다와 아멘 신부."

오, 내가 친절을 베푼 보람이 있네. 네가 처음으로 지능이라는 걸 가진 생명체 비슷한 대답을 하는구나. 수천 년쯤 걸리긴 하겠지만 그래도 언젠간 혼자 화장실 갈 정도는 되겠군.

"어떻게 하면 네가 날 떠나게 할 수 있지?" 파린이 물었다.

뛰어내려.

"절대 그럴 일은 없어."

그냥 눈 한 번 질끈 감으면 된다니까.

반발심에 오히려 힘이 솟는 것 같았다. 파린의 얼굴이 일그러졌다. 아무리 끈질기게 날 괴롭힌다 해도 그냥 무시해 버려야지. 쉽지 않겠지만.

파린이 큰소리로 외쳤다. "**이런 거지 같은 놈!** 날 그만 내버려 둘 수는 없어? 그렇게 지겨우면 그냥 꺼져 버려. 나한테 더는 말 시키지도 마. 너 같은 떠돌이는 붙잡지 않을 테니."

아무런 대답도 들리지 않았다. 파린은 찡그린 표정으로 고개를 똑바로 들고 부는 바람을 맞았다. 머릿속에서 낯선 존재의 목소리가 다시 울려 퍼지기를 기다렸다. 한참 동안 정적이 흘렀다. 천천히 다시 몸을 움직여 보았다. 그래도 아무 소리도 들리지 않았다. 미쳐 버린 게 분명해. 여전히 정적만이 흘렀다.

몇 분이 흘렀을까? 그는 다시 산 아래로 향했다. 마을로 내려가려면 다시 험한 길을 지나야 했다. 배고픔과 목마름이 그를 괴롭혔다. 그도 그럴 것이 시간은 벌써 오후로 접어들고 있었다. 저 멀리에 붉은 벽돌의 성당 종탑이 보이자 조금은 안도감이 몰려왔다. 어쩌면 그건 친숙함일 수도 있었다. 파린은 친숙함을 좋아했다. 그리고 머릿속에서 들려오는 목소리에 미쳐 버릴 것 같은 혼란을 경험하고 난 지금, 그 어떤 때보다도 절실히 친숙한 무언가가 그리웠다. 이장에게 방금 일어난 일을 말해야 할까? 자기도 모르게 그는 내면의 목소리에 귀를 기울였다. 하지만 매장꾼 아들의 목소리 말고는 아무 소리도 들리지 않았다. 안도감이 온몸을 타고 퍼져 나갔다.

나는 매장꾼의 아들이야. 그리고 절대로 포기하지 않아.

무게

계곡의 누워 있던 시신 두 구를 떠올리며 파린은 하우펜 마을로 접어들었다. 검은 사내가 게룬다뿐만 아니라 아멘 신부도 살해한 게 분명해. 어린 시절 파린은 마을 아이들과 종종 틈새에서 놀곤 했다. 틈새는 길도 없이 외진 곳이어서 인적이 드물었다. 그러니 아직 아무도 시신을 발견하지 못했을 것이다. 그나마 다행이라고 말해야 할까? 게룬다는 이미 한참 전에 죽었다. 반면에 신부는 무척 건강했고 자신의 직업에도 만족했었다. 게룬다 옆의 시신은 정말로 아멘 신부였을까? 워낙 먼 거리여서 확신할 수는 없었다.

서늘한 가을바람이 부는데도 땀이 났다. 이장의 집은 시장이 서는 광장 근처, 성당에서 그리 멀지 않은 곳에 있었다. 이장 집 대문에는 주철 고리가 달려 있었다. 파린은 노크를 하려다가 잠시 망설였다. 이장에게 아까 발견한 시신에 관해 이야기할 것이다. 그러면 그들은 마차에 들것을 싣고 협곡에 최대한 가까이 가겠지. 하지만 아멘 신부와 게룬다의 시신을 거두려면 거기서부터는 걸어가는 수밖에 없었다.

만약 그 끔찍한 목소리가 다시 들리면 어떻게 해야 할까?

문득 목소리가 했던 말이 떠올랐다. 기사도 목소리도 게룬다를 똑같이 늙은 두꺼비라고 불렀었다. 그냥 우연이었을까? 그래도 모루 바위 정상에서 내려온 이후로는 그 목소리를 다시 듣지 못했다.

어쩌면 그냥 사라져 버린 걸지도 모르지. 아니면 전설에 둘러싸인 모루 바위 위에서만 들을 수 있는 소리일지도. 그것도 아니라면 펜던트를 계곡에 던져 버린 덕분일지도 몰랐다. 파린은 절대로 내면의 소리에 귀를 기울이거나 묻지 않을 것이다. 곤히 잠들어 있는 파렴치한 개를 깨워서는 안 된다고 그는 생각했다. 중요한 건 머릿속이 조용해지는 것.

내가 미쳐 버린 걸까? 좀 더 기다려 봐야 하나? 아니, 이장에게 알려야 한다.

결심을 굳힌 듯, 파린은 고리를 잡고 문을 두드렸다.

하필 토르프가 문을 열고 나오더니 파린을 힐끗 쳐다보고 중얼거렸다. "누가 문을 두드린 거지? 여긴 아무도 없는데." 녀석은 재미도 없는 농담을 해 놓고는 혼자 키득거렸다.

"밖에 누가 왔니?" 안쪽에서 무뚝뚝한 여자 목소리가 들렸다.

"매장꾼 아들이에요." 토르프가 대답했다.

"매장꾼 아들이 무슨 일로 여길 왔는데? 어서 가라고 해, 재수 없게!" 큰 몸집에 팔다리가 퉁퉁한 토르프의 엄마가 큰 소리로 말했다.

"이장님께 드릴 말씀이 있습니다." 파린이 말했다.

"아버지!" 토르프가 뒤를 돌아 큰 소리로 하막을 불렀다. "매장꾼 아들이 찾아왔어요. 지난번 기사가 왔었을 때 이놈 때문에 아버지 꼴이 말이 아니었잖아요. 지금 제가 손 좀 봐 줄까요?"

"너는 저리로 가 있어!" 이장이 다가와 토르프를 한쪽으로 밀어 냈다.

"네 녀석이 무슨 일로 날 찾아온 게냐?" 하막이 퉁명스럽게 물었다. "그 마녀의 장례비는 벌써 네 아비가 다 받아갔는데."

"틈새 쪽에 시신 두 구가 놓여 있었어요. 아무래도 게룬다와 아멘 신부님 같아요."

"도대체 무슨 소리냐?" 하막의 눈이 휘둥그레졌다. "어디인지 안내해라. 지금 당장. 어두워지기 전에 가 보자. 토르프, 너도 따라오너라."

그들은 최대한 협곡 가까이 마차를 끌고 갔다. 거기서부터 이장은 파린을 뒤따랐다. 그리고 토르프가 들것을 들고 이장을 뒤따랐다. 들것이라고 해 봐야 물푸레나무 가지 두 개 사이에 질긴 리넨 천을 묶은 간단한 도구에 불과했다. 게룬다 때문이었다면 하막이 그렇게 야단법석을 떨지 않았을 것이다. 하지만 아멘 신부는 하우펜 마을의 상징 같은 인물이었고 하느님의 사절이자 재판관이었으며 마을 최고의 부자이기도 했다.

"이런 건 매장꾼 아들이 들면 안 돼요?" 토르프가 들것을 가리키며 투덜댔다.

파린은 그 말에 전혀 동의하지 않았지만 그의 생각 따윈 중요치 않았다.

"이제 네가 들거라!" 하막이 명령하듯 말했다.

토르프가 입을 비죽이며 웃었다.

파린은 하는 수 없이 기다란 막대기를 어깨에 걸쳤다. 사실은 처음부터 파린을 시키지 않은 게 더 신기한 일이긴 했다. 부지런히 움직이면 어둠이 내리기 전까지 협곡에 갔다 돌아올 수 있을 것이다. 벽처럼 솟은 바위들 사이의 간격이 점점 더 좁아졌다. 어느 지점에 이르자 바위 사이의 폭이 너무 좁아 거의 몸이 낄 지경이었다. 거기만 지나면 길은 다시 넓어졌고 길 가운데에 나무 몇 그루가 자라고 있었다. 비쩍 마른 자작나무 세 그루가 뿌리를 암벽 사이에 박아 버티고 있었고 몇 개 남지 않은 낙엽이 힘겹게 가지에 매달려 있었다. 이윽고 세 남자에게 평생 잊지 못할 장면이 보이기 시작했다. 멀리서도 확실히 알아볼 수 있었다. 감히 아무도 입을 열 생각도 못 했다. 그 순간의 공포를 표현할 말을 찾을 수가 없었기 때문이다. 아까 절벽 위에서 바라보았을 때 시체를 에워싸고 있던 형체 없는 어두운 그림자의 실체가 드러났다. 피. 그것은 바로 피였다.

독을 섞는 노파 계룬다의 시체는 솟아오른 바위 위에 놓여 있었다. 자신의 작업대 위에 누워 있던 모습이 떠올랐다. 그녀의 가슴과 배는 세로로 길게 절개된 채였고 심장과 허파와 장의 일부가 시신 주위에 여기저기 흩어져 있었다. 터진 두개골의 이마 부위를 뚫고 덩그러니 매달려 있는 뇌는 마치 노파의 몸에서 기어 나오려 안간힘을 쓰는 것처럼 보였다. 몇 미터쯤 떨어진 곳에는 아멘 신부가 비슷한 상태로 누워 있었다. 마치 한 마리 거위처럼 내장이 다 밖으로 나온 상태였다. 한때 뚱뚱했던 그의 배는 양쪽으로 축 늘어져 있었다. 누군가가 그의 손을 묶었는지 양팔은 등 뒤에 놓인 채였다. 두개골은 무언가에 맞아 깨져 있었고, 그 안에 있던 뇌는 피와 함께 뒤섞여 곤죽이 되어 있었다. 지난 몇 년간 파린은 수없이 많은 시신을 보았고, 그것들을 처리했었다. 그 가운데에는 익사하여 부풀어 오른 시신도, 이미 반쯤은 부패한 백골 상태의 시신도, 으깨진 시신들도 있었다. 하지만 그런 그에게도 이토록 기이한 광경은 완전히 새로운 차원의 경험이었다. 인간에게 이런 짓을 할 수 있는 건 오직 인간뿐이었다. 이장은 초점을 잃은 눈으로 시신을 똑바로 바라보지 않으려고 애썼다. 주름진 코를 보니 필사적으로 입으로만 숨을 쉬고 있었다. 토르프의 얼굴은 계룬다의 뇌처럼 푸르스름한 흰빛을 띠고 있었다.

그런데 무언가가 묘하게 파린의 심기를 건드렸다. 주위를 둘러보았지만 무엇 때문인지 이해가 되지 않았다.

"귀신에 홀린 것 같아, 이게 무슨 일이지?" 드디어 이장이 입을 열었다. 세 사람은 신부의 시신 바로 앞에 서 있었다. 살아생전에 자신의 앞에서 '귀신'이라는 단어를 쓰는 걸 참지 못했던 신부였지만 이제는 아무 말도 없었다. 파린은 검지를 신부의 턱 아래로 두고 살며시 들어 올렸다. 그의 목은 깊이 베인 채여서 머리가 거의 떨어져 나가기 직전, 다시 말해 두개골과 목등뼈가 아슬아슬하게 붙어 있는 상태였다. 칼자국은 목의 오른쪽 아래에서 왼쪽 위로 향해 있었다. 상처의 형태와 깊이가 분명한 사실을 알려 주고 있었다. 왼손 잡이. 단검. 네코르인의 지배 계층이라던 살인마. 그리고 또 기사가 무슨 이야기를 했더라. '만약 다시 그를 만나게 된다면, 죽을힘을 다 해 도망쳐라.' 검은 사내는 완전히 미친 작자임이 분명했다.

파린은 다시 사방을 둘러보았다. 시신과 악취와 끔찍한 범죄 말고 또 뭐가 이렇게 그의 신경을 건드리는 것일까? 이 찝찝한 느낌은 어디서 오는 걸까? 손에 잡힐 듯 말 듯 한 그 무언가의 실체. 반대로 생각해 보자. 여기에서 거슬리지 않는 게 뭐지? 기사가 그 검은 사내를 뭐라고 불렀었지? 까마귀. 그랬다. 이 피비린내 나는 장소에는 까마귀가 없었다. 시체가 있는 곳에 까마귀가 날지 않는다? 새들이나 벌레들에게조차 너무 끔찍해서였을까? 파린은 추측에 불과한, 확실하지 않은 생각을 입 밖으로 내는 것을 삼갔다. 어차피 하막과 그의 아들 토르프는 둘 다 아주 영리하니 자신들만의 천재적인 결론을 내릴 것이 분명했다.

바로 그때 하막이 결론을 내렸다. "토할 것 같아!"

그러자 토르프가 기다렸다는 듯 황급히 뒤를 돌아 어느 바위 위로 몸을 숙였다. 토하는 소리, 기침 소리, 게워내는 소리를 배경으로 토사물이 바위에 떨어져 부딪히는 소리가 철썩하고 들렸다. 그러고 나서 그는 소매로 입을 닦으며 중얼거렸다. "냄새 때문이에요. 냄새가 너무 지독해서요."

"아멘 신부님의 시신을 마차가 있는 곳까지 옮겨서 마을로 돌아가자." 하막이 대답했다.

"계룬다는 어쩌고요?" 파린이 물으며 들것을 신부의 시신 옆에 내려놓았다.

"계룬다는 내일 옮겨야지. 이제 곧 어두워질 게다."

셋은 신부의 시체를 들것 위로 굴렸다.

"네가 앞을 들어라. 우리가 뒤를 맡을 테니." 하막이 파린에게 명령하고 오른쪽 막대기를 붙잡았다.

당연히 그럴 줄 알았다고 생각하면서 파린은 몸을 구부려 양쪽 막대기를 잡았다.

아버지와 아들은 뒤쪽 손잡이를 한쪽씩 나누어 잡았다. 아멘 신부의 몸속엔 몇 리터나 되는 피도, 내장 일부도 사라지고 없었지만 말 한 마리만큼이나 무거웠다. 잠시 후 파린의 팔과 허리가 아파져 오기 시작했다.

토르프가 물었다. "이제 자리를 바꿔 줄까요?"

이 자식이 대체 웬일이지? 인간 내면의 선한 본성? 파린은 깜짝 놀라 힘든 것도 잊어버릴 뻔했다.

"그렇게 하지." 하막이 대답했다.

그들은 가쁜 숨을 몰아쉬며 들것을 내려놓았다. 하지만 아무도 파린 대신 앞으로 오는 이는 없었다. 대신 토르프와 하막은 서로 자리를 바꿨다.

"어서 출발해라!" 이장이 매장꾼 아들에게 퉁명스럽게 재촉했다.

그럼 그렇지. 내가 무슨 기대를 한 걸까. 파린이 몸을 굽혀 양손으로 들것을 들어 올리며 생각했다. 그의 세상은 다시 한 치의 오차도 없이 제자리를 찾았다.

"더럽게 무겁네." 토르프가 불평했다.

"검은 사내 혼자서는 절대로 게룬다와 아멘 신부를 동시에 옮길 수 없어. 그러니까 범인은 여럿이라는 뜻이지." 하막이 자기 생각을 말했다.

파린은 하마터면 들것을 놓칠 뻔했다. 완전히 잊고 있던 까마귀의 경고가 갑자기 떠올랐기 때문이다. '먼저 돼지 신부를 처리하지. 그러고 나면 이장 차례고. 맞혀 봐 친구, 그다음이 누구일지.'

다음은 하막일까? 그다음은….

그의 무료한 삶이 살인마와 기이한 목소리 때문에 이상한 방향으로 가고 있었다. 이를 꽉 물었다. 이런 생각 따위에 힘을 낭비할 때가 아니었다. 들것의 무게 때문에 벌써 팔이 아파져 오고 있었다. 그들은 힘겹게 마차가 있는 곳까지 와서 신부의 시신을 짐수레에 올렸다.

마을에서 신부를 모르는 사람은 없었다. 그의 장례식엔 많은 사람이 올 것이다. 피할 길은 없었다. 시신은 그의 작업대에 누울 것이고, 너덜너덜해진 시신의 상태는 손이 아주 많이 가는 작업이 기다리고 있음을 뜻했다. 그제야 어떻게든 머리 부분의 잘려 나간 살점을 찾아서 가져왔어야 했다는 데 생각이 미쳤다. 하우펜 마을 사람 중 누구도 신부의 장례식 도중 시신의 머릿속으로 비가 들이치는 걸 보고 싶진 않을 테니까.

사라진 머리 윗부분은 모자로 감춰야지, 파린이 생각했다. 그리고 갈라진 배는 톱밥으로 채우고, 질긴 실을 사용해 꿰매야겠어.

하막은 마부석에, 파린과 토르프는 마차 뒤에 서 있었다. "오늘일 나중에 갚아 줄게, 매장꾼 아들놈." 토르프가 작은 목소리로 속삭였다.

"무슨 소리야?"

"네가 나를 이 끔찍한 일에 끌어들인 거 말이야."

정말이지 믿을 수가 없었다. 이 마을 사람들은 불운과 분노의 원인을 언제나 파린에게서 찾아야 한다는 듯 행동했다. "너는 그냥 먹은 거나 다 게워내. 멍청아. 그게 네가 잘하는 일이잖아." 파린도 맞받아쳤다.

하막이 뒤를 돌아보며 외쳤다. "앞으로 타거라 토르프. 네놈은 뒤로 가고."

토르프는 파린에게 경멸과 혐오의 시선을 보내고 제 아버지 옆으로 가서 앉았다. 협곡에서의 사건도 그들의 관계를 변화시키진 못했다. 차라리 짐칸에 앉아 아멘 신부의 말동무나 해야지. 어느새 마차는 매장꾼인 그의 집을 향해 가고 있었다.

결투장

결전의 날이 밝았다. 피고는 가죽으로 만든 갑옷을 입었다. 딱딱한 가죽으로 만든 조각들이 자리를 찾아가자 마치 그의 몸에 맞춘 듯했다. 이런 방식으로 만든 갑옷은 움직임을 제약하지 않으면서도 몸을 보호했다. 토렘의 무시무시한 무기가 적중한다면 어차피 금속 갑옷도 소용이 없기는 마찬가지였다. 가죽으로 만든 투구는 주먹질이나 박치기 정도의 공격을 받았을 때나 보호 효과가 있었다. 따라서 토렘 같은 상대에 맞설 때는 민첩성과 노련미가 가장 중요했다. 공격을 허용하지 않는 게 이번 결투에서 피고의 전략이었다. 무엇보다도 치명적인 양손 검 공격은 무조건 피해야 했다.

제1기사의 결투에서는 제약이 거의 없었다. 눈에 모래를 뿌리거나, 아랫도리를 걷어차거나 귀를 물어뜯는 것도 허용됐다. 단 몇 가지 규칙이 있었는데 그중에서도 가장 중요한 건 무기는 하나만, 그리고 검을 사용하는 것이었다. 상대방이 검 이외에 투검 같은 다른 무기를 빼 들면 경기를 감독하는 궁수의 활에 죽임을 당하고 그것으로 결투에서 패하게 되었다. 검은 결투 시작 전에 미리 점검을 받고 깨끗이 닦아야 했다. 어느 용감한 제1기사들이 약속을 어기고 열다섯 종류나 되는 독을 칼날에 묻히는 일이 발각되면서 도입된 규정이었다. 결투에 이기기 위해서라면 별의별 방법들을 다 찾아내는 게 인간이었다. 공격을 막고 몸을 보호하기 위해서 갑옷이나 방패는 마음대로 사용할 수 있었다.

피고는 토렘이 사슬 갑옷을 입고 양손 검을 들 것으로 예측했다. 그리고 피고 자신은 바스타드 검과 가운데에 철을 댄 떡갈나무 방패를 쓸 것이다.

상대의 공격을 막아 낼 기회는 딱 한 번뿐일 테지. 그것도 공격이 완전히 적중하지 않는다는 걸 전제로. 세 번에 걸쳐 강화된 목재로 만든 방패지만 토렘의 칼에 맞는다면 곧바로 갈라지고 말 게 뻔했다. 그러니 무슨 수를 써서라도 공격을 허락해서는 안 된다.

연인은 그 모습을 지켜보고 있었다. "난 당신이 옷을 벗었을 때가 더 좋던데."

"난 당신의 옷을 벗길 때가 더 좋아." 피고는 눈을 찡긋하며 대답했다.

"나는 농담이 아니에요, 나의 용감한 제1기사님. 제1과부가 되는 건 생각만 해도 정말 끔찍하다고." 오렐리아가 말했다.

"그러려면 일단 결혼부터 해야겠는걸."

"벌써 했잖아요. 최소한 마음으로는."

남자라면 적절하게 화제를 돌릴 줄 알아야 했다.

"결투를 보러 오겠어?"

"그럴 수 없다는 걸 알잖아요. 나는… 차마 볼 수 없다는 걸."

"그럼 내가 어땠는지 나중에 얘기해 줄게. 어제보다는 시간이 좀 더 걸릴 거야."

오렐리아는 젖은 눈으로 말했다. "서두를 필요는 없어요. 하지만 꼭 돌아와야 해요."

"돌아올 땐 좀 지저분하고 피투성이가 되어 있을 거야."

"당신 피만 아니라면…."

바로 그때 문밖에서 크게 외치는 소리가 들렸다. "기사님! 이제 출발하셔야 합니다!"

"다녀올게, 내 사랑!" 피고는 어깨를 앞뒤로, 목을 좌우로 돌렸다. 그의 목뼈가 우두둑 소리를 내며 준비가 끝났음을 알렸다. 피고는 문밖으로 성큼성큼 걸어나갔다. 그리고 다시 뒤를 돌아보지 않았다.

작별의 아쉬움은 순식간에 함성에 묻혀 버렸다. 수천, 아니 수만 명의 군중이 영웅을 맞이하고 있었다. 다섯 번의 확실한 승리 후 그는 이미 전설이 되어 있었고, 사람들은 그를 향해 무조건적인 신뢰를 보냈다.

도취하지 말자. 오직 너 스스로에 대한 믿음만이 중요하니까. 저기 기쁨과 환호에 들뜬 사람 중 그 누구도 너를 도울 수는 없어. 수만 명에 둘러싸여 너는 혼자 외롭게 적국의 제1기사와 마주하게 되는 거야.

그는 격식에 따라 둥근 방패를 높이 들었다. 사람들의 함성은 더 크게 울렸다. 북해의 해일 같은 울림이었다. 성벽의 통로에서도, 담 위에서도, 심지어는 지붕 위에서도 사람들이 그를 향해 소리를 지르며 손을 흔들고 있었다.

"슈타인드라헨을 위해 싸워라, 피고!"

"왕을 위하여!"

"우리의 영웅! 이겨라!"

피고는 내려진 도개교를 통해 성 앞의 경기장으로 향했다. 사람들은 벌 떼처럼 밀고 밀리며 그의 뒤를 따랐다. 군중은 자신들이 사랑하는 제1기사인 그를 조금이라도 가까이서 보고 싶어 안달이었다.

드디어 경기장이 눈에 들어왔다. 들판의 한가운데 타원형 모양으로 움푹 팬 그곳은 층계 모양의 돌로 된 관중석이 있어 약 만 명의 관중을 수용할 수 있었다. 관중석은 두 구역으로 나뉘어 있었다. 두 나라 군중은 관중석에서 적국을 마주 보면서도 단 한 가지 이유 때문에 서로 난투극을 벌이지 않았다. 싸움은 제1기사들의 몫이었기 때문이다.

가죽 투구는 그의 고막을 보호해 주는 고마운 존재였다. 관중석을 가득 메운 사람들의 함성은 천둥소리보다도 시끄러웠다. 관중석은 수용할 수 있는 것보다 훨씬 많은 사람으로 가득 차 있었다. 남쪽과 북쪽엔 각각 최고급 목재를 사용한 특별 관람석이 있었다. 고급 관료와 귀족들, 그리고 물론 왕과 그의 가족들이 편안하게 결투를 지켜볼 수 있는 자리였다. 그의 왕 에카리우스 5세의 모습이 보였다. 그가 들고 있는 건 적포도주가 든 잔일까? 왼쪽에는 최고 자문이자 총리인 타리안 바인지히트가, 오른쪽에는 왕비가 왕의 곁을 지키고 있었다.

북쪽 관람석, 그중에서도 그라쿠스의 자리 바로 아래에 피고의 상대가 기다리고 있었다. 토렘은 다리를 넓게 벌리고 무표정한 얼굴로 피할 수 없는 한판 대결을 기다리고 있었다. 어제와 마찬가지로 등 뒤는 양손 검을 차고 있었다.

야유와 휘파람, 함성과 고함치는 소리는 점점 더 커져만 갔다. 특별한 경기가 곧 시작될 것이다. 두 왕도 다른 관중들만큼이나 흥분한 것처럼 보였다.

에카리우스 5세가 자리에서 일어났다. 일순간 남쪽 관중석에 정적이 흘렀다. 그러자 그라쿠스가 북쪽 귀빈석에서 일어났다. 대부분 군인으로 채워진 북쪽 관중석도 조용해졌다.

에카리우스 5세는 왕다운 세련된 손짓으로 피고에게 인사했다. 그리고 힘찬 목소리로 예식의 시작을 선포했다. "나의 제1기사 피고는 들으라. 적이 우리의 도시를, 우리의 성을, 우리의 고향을 탐하고 있다. 이 대결에서 나는 나의 왕위를, 나의 명예를, 나의 권력을 그대의 손에 맡긴다. 그대의 백성을 지키고 우리 슈타인드라헨성의 명예를 드높이라. 나의 제1기사 피고여, 오늘은 내가 그대를 섬기노라!"

벌써 몇 세대에 걸쳐 방어하는 쪽의 왕은 늘 같은 선언으로 결투의 시작을 알렸다. 이제 도전자인 그라쿠스가 한마디 할 차례였다. "나의 제1기사 토렘이여. 적이 나의 분명한 뜻을 거스르고 있다. 이 대결에서 나는 나의 왕위를, 나의 명예를, 나의 권력을 그대의 손에 맡긴다. 저들을 이기고 우리 반더팔켄 성의 명예를 드높이라. 나의 제1기사 토렘이여, 오늘은 내가 그대를 섬기노라!" 그의 눈은 불타 오르는 것 같았다.

이 정도 투지라면 기사를 섬기는 대신 두 왕이 직접 싸워도 될 것을.

반더팔켄 성에서 온 제1기사는 미동도 없었고 아무 말도 없었다. 싸움을 시작하기 전에 최대한 집중하는 것이 그의 준비인 듯했다.

긴장은 점점 고조되고 있었다. 피고는 적에게서 대략 10미터쯤 떨어져 있었다. 천천히 거인에게 살의가 피어오르기 시작했다. 그 는 어깨 위로 손을 뻗어 양손 검을 칼집에서 빼내더니 몸을 흔들어 칼집을 바닥에 팽개쳤다. 두 손은 칼자루를 움켜쥐고 있었다. 그의 몸은 특이한 사슬 갑옷을 두르고 있었다. 각 부분이 서로 하나도 맞지 않는 괴상한 갑옷. 대체 몇 종류의 갑옷을 뜯어다 만든 걸까? 허영심 때문일까. 하긴 그렇다 하더라도 토렘을 욕할 일은 아니겠지. 그의 투구에 연결된 사슬 목 가리개는 어깨까지 드리워져 장발처럼 보였다. 상체의 사슬 갑옷은 수천 개의 강철 고리를 엮어 만든 것이어서 그걸 뚫으려면 검 끝을 세로 방향으로 향한 채 명중시켜야 했다. 그보다 더 인상적인 건 그의 무기였다. 토렘의 검은 수수했다. 푸른빛이 도는 매끈한 강철 검이었고, 홈 하나도 없었고, 글자도 새겨지지 않았으며, 아무런 장식도 없었다. 두 손은 여전히 칼자루를 움켜쥐고 가슴 앞쪽으로 세로로 세워 들고 있었다. 그런데 저건 또 뭘까? 토렘은 왼손에는 사슬 장갑을, 오른손에는 강철로 만든 육중한 판금 장갑을 끼고 있었다.

열 명의 연주자가 팡파르를 울리며 대결의 시작을 알렸다. 둘 중한 명만이 산 채로 이 경기장에서 걸어나갈 수 있었다. 잠시의 정적은 다시 깨지고 관중석의 고함과 휘파람 소리가 경기장을 뒤흔들었다. 토렘의 기세가 살아났다. 그는 긴 팔을 뻗어 칼끝을 피고에게로 향했다. 산처럼 솟은 상박 근육이 긴장하기 시작했다. 피고는 신중하게 칼집에서 칼을 뽑았다. 그의 칼은 토렘의 것과 비교하면 무게가 삼분의 일도 되지 않을 것 같았다. 칼을 내밀 때마다 두 검이 부딪치는 각도까지 신경을 써야 한다는 걸 뜻했다. 칼날이 부러지는 것은 곧 패배이니까.

피고는 왼손으로 둥근 방패를 가슴높이까지 치켜들었다. 오른손으로는 산책용 지팡이처럼 검을 들고 있었다. 적군의 제1기사는 서론이 긴 것을 좋아하지 않는 듯 곧바로 피고를 향해 돌진했다. 오른손에 든 토렘의 칼이 피고의 목 높이로 날아들었다. 피고는 간신히목을 숙여 칼끝을 피했다. 그의 속눈썹이 가늘게 떨렸다. 피고는 다시 몸을 세워 반격을 노렸다. 하지만 한발 늦었다. 토렘의 무시무시한 칼끝이 다시 그를 겨누고 있었기 때문이다.

평범한 사람에겐 그저 실패한 공격에 불과했겠지만 피고는 단숨에 간파했다. 상대는 덩치가 컸지만 순발력이 있었고, 사슬 갑옷을 입었지만 동작에 큰 제약이 없었다. 하지만 그것보다 더 놀라운 사실이 있었다. 토렘은 양손 검을 한 손으로만 다뤘던 것이다. 그것도 왼손으로. 다른 손은 완전히 자유로웠다. 팔과 손의 힘이 굉장할 뿐만 아니라 칼을 다루는 기술도 뛰어났다. 지금껏 한 번도 직접 경험한 적 없는 기술이었다. 육중한 판금 장갑 덕분에 토렘에겐 방패도 필요 없었다. 결국 그는 두 개의 무기를 사용하는 셈이었다. 강철로 무장한 주먹은 곤봉만큼 큰 위력을 발휘할 게 분명했다.

바인지히트는 분명 토렘의 기술에 특별한 점이 없다고 말했었다. 분노가 치밀어 올랐다. 좋은 신호가 아니었다. 지금은 고도의 집중력이 필요한 때였다. 심지어 그가 왼손잡이라는 사실조차 알려 주지 않다니. 정말로 그는 이런 기본적인 사실조차 파악하지 못한 걸까?

싸움에서 이겨 돌아가면 가만히 두지 않겠다고 피고는 생각했다.

그에게 따져 물을 기회를 얻으려면 이제 어떻게 해야 할까? 이길 방법을 찾지 못하면 아무 소용도 없을 테니.

피고는 재빨리 짧은 보폭으로 경기장의 한가운데를 향해 세 걸음을 물러났다. 양손 검에도 강철 주먹에도 기회를 줘선 안 된다. 순발력을 발휘하지 않으면 결투도, 그의 삶도 끝나고 말 것이다.

적은 다시 공격해 오기 시작했다. 하지만 그는 마구 날뛰는 성난 황소 같은 상대가 아니었다. 그의 공격엔 어느 정도 예측 가능한 패턴이 있었다. 거인 토렘은 항상 왼손으로 무기를 들고 몸을 돌렸다. 이번에 피고는 그 자리에 서서 칼끝으로 그의 공격을 막아 냈고, 토렘의 칼은 피고의 옆을 스치고 지나갔다. 재빨리 상대를 찌르려는 순간 상대의 오른 주먹이 자신의 관자놀이를 향해 날아드는 것이 보였다. 피고는 순식간에 피했지만 한발 늦었다. 강철 주먹은 광대뼈를 스치고 지나갔다. 그의 머릿속에서 큰 소리가 울렸다. 귀 언저리의 뼈가 부러지면서 나는 소리였다. 결투가 끝나도 오랫동안 통증에 시달리게 될 것이다. 토렘의 한 방 덕에 피고의 반격은 다시 좌절되었다. 언제까지 상대의 공격에 대항만 할 수는 없었다. 다시 몇 걸음 뒤로 물러섰다. 토렘이 다시 달려들게 할 계획이었다. 하지만 그는 5미터쯤 간격을 두고 가만히 서 있었다.

관중들은 큰소리로 외치고 있었다. 이제 아무 소리도 들리지 않았지만 그들의 얼굴을 보면 알 수 있었다. 크게 뜬 눈과 벌린 입, 걱정과 희망과 살의가 교차하는 얼굴들이었다. 피고는 상대의 눈에 모든 정신을 집중했다. 거기에 모든 것이 달려 있었다. 정확한 시점에 정확한 공격. 목표는 결국 죽이는 것이었다. 이제 슈타인드라헨 성의 제1기사가 움직일 때이다. 피고는 반원을 그리며 토렘의 오른편으로 다가갔다. 백핸드 공격을 유도하기 위해서였다. 그런데 그의 상대는 의도대로 움직이지 않았다. 오히려 몸을 돌려 피고의 허리 쪽으로 검을 휘둘렀다. 피고의 검이 거인을 찌르기도 전에 사정거리가 더 먼 토렘의 공격이 성공할 것이다. 이제 방법은 두 가지였다. 하나는 공격을 포기하고 검이 서로 부딪치는 걸 피하는 것, 즉, 또다시 뒤로 물러나는 것. 또 다른 하나는 방패로 적의 칼을 비스듬히 비껴 막아 내고 재빨리 찌르는 것. 고민할 시간은 없었다. 1초도 안 되는 짧은 순간에 결정을 내려야 했다. 피고의 선택은 후자였다.

그는 팔을 뻗어 작은 방패를 앞으로 비스듬히 내밀었다. 칼날의 넓은 면이 방패의 가운데에 맞도록 하기 위해서였다. 하지만 토렘은 피고의 움직임을 이미 예상하고 방패에 닿기 직전에 검을 살짝 기울였다. 칼은 그대로 방패의 나무 부분을 내리쳤고 방패는 정확히 한가운데가 부러지며 두 동강이 났다. 그러면서 피고의 왼쪽 손가락이 두 개쯤 부러진 것 같았다. 엄청난 파괴력이었다. 감각을 잃은 손가락이 이제 쓸모없어진 방패를 놓쳐 버렸다. 결투는 지금까지 계획대로 흘러가지도, 그에게 유리하게 흘러가지도 않았다. 공격에 대응하기에도 바빴다.

토렘은 양손으로 칼을 쥐고 머리 위로 들어 올렸다. 안 그래도 큰 덩치가 더 크게 보였다. 피고는 상대가 단순하게 위에서 아래로 그를 공격하지 않으리라는 걸 직관적으로 알아차렸다. 그는 상대의 사정거리 안에 있었다. 토렘은 거대한 칼을 다시 한 손에 들고 위에서 아래로 떨어뜨리더니 몸을 뱅그르르 돌렸다. 죽음의 회전이었다. 피고는 즉시 아래쪽으로 몸을 날렸다. 토렘의 칼이 자신의 몸을 두 동강 내 버리기 전에. 질퍽한 바닥이 느껴졌다. 그는 몸을 굴려 토렘의 오른쪽 다리를 향해 검을 휘둘렀다. 성공이다! 하지만 그의 몸을 보호하는 사슬 장비 덕분에 상처는 그리 깊지 않았다. 피고는 다시 일어서서 재빨리 한 발을 앞으로 크게 내디디며 찌르기 동작을 했다. 하지만 거인은 이것을 정확히 예측하고 몸을 돌렸다. 그러면서 강철 주먹으로 피고의 어깨를 후려쳤다. 다시 한번 부서지는 소리가 났다. 통증에 눈물이 저절로 흘렀다. 피고에겐 이 모든 일이 마치 물속에서 일어나는 것처럼 느껴졌다. 먹먹한 귀에서는 굉음이 들렸고 시야는 부옇게 흐려졌다. 토렘은 그의 어깨를 거머쥐었다. 피고는 검을 든 팔을 움직일 수조차 없었다. 뼈도, 근육도, 관절도 무기력했다. 이 상황에서 피고의 승리를 점칠 자는 아무도 없었다.

정신을 잃으면 안 된다. 엄청난 고통을 느꼈지만 그는 아직 오른손에 검을 쥐고 있었다. 그는 어린 시절부터 절대로 검을 떨어뜨려서는 안 된다고 배웠었다. 절대로! 통증을 느끼며 그는 왼손으로 뻣뻣해진 오른손 손가락을 벌렸다. 오른손에 들린 검은 이제 아무 소용도 없었다. 왼손 가운뎃손가락은 이미 부러졌지만 이제 왼손으로 싸우는 수밖에.

처음으로 토렘이 입을 열었다. "우린 부패한 곡예사의 손에서 놀아나는 공에 불과해, 이 철부지 꼬맹아. 이제 곡예사가 너를 바닥에 내던져 버리고 말 거야. 진짜 권력은 강한 것만 취하면 그뿐이지. 우리 둘이 백 년 동안 싸운다고 얻을 수 있는 게 아니야."

피고는 어리둥절한 얼굴로 토렘을 보았다. 이제 기적이 필요했다. 그에게 유리한 상황이 결코 아니었다. 다시 양손 검이 엄청난 무게를 싣고 무서운 속도로 날아들었다. 피고는 최대한 빨리 오른쪽으로 몸을 돌렸다. 고통에 몸이 움츠러들었다. 아주 어린 아이였을 때부터 고통을 잊는 법을, 무시하는 법을 배웠지만 이런 끔찍한

182

고통은 처음이었다. 그의 몸이 아우성치고 있었다. 온몸의 근육과 힘줄이 더는 움직일 수 없다고 호소하고 있었다. 한쪽 다리가 꺾이며 그는 진흙 바닥에 고꾸라졌다. 토렘은 그를 내려다보며 최후의 일격을 위해 칼을 높이 들었다.

피고, 지금껏 이렇게 엉망진창인 대결은 처음이구나. 이보다 더 나쁜 일은 이제 더는 없을 거라는 사실이 작은 위안이었다. 이젠 끝났다. 내려쳐라!

누구일까

"게으른 녀석!" 아버지의 부드러운 목소리가 잠을 깨웠다. "삽은 어디에 두고 온 게냐? 이 멍청한 녀석!"

푸근한 인상의 얼굴이 그를 내려다보고 있었다. 깊은 주름, 희끗희끗하고 지저분하게 자란 짧은 수염과 불그레한 코, 흐리멍덩한 눈빛. 그리고 무엇보다도 익숙한 미적지근한 맥주 냄새와 땀 냄새.

익숙한 장면, 익숙한 냄새, 익숙한 아버지의 목소리가 오늘처럼 반가웠던 적은 없었다. 끔찍한 꿈을 꿨구나. 피, 살인, 머릿속의 목소리, 그리고 인간이 떠올릴 수 있는 가장 우울한 생각들. 아직 잠이 덜 깬 채로 짚이 깔린 잠자리에서 일어났다. 허리와 팔이 심한 근육통을 호소했다.

꿈속에서 무거운 짐을 드느라 그랬을까?

어느새 그의 오른손이 목 주위를 더듬고 있었다. 손끝이 거친 노끈을 따라가다가 펜던트의 둥근 모양과 매끈한 감촉을 느꼈다. 안도감이 몰려왔다. 모루 바위에서 계곡 아래로 펜던트를 던져 버린 건 역시 꿈이었구나. 하하. 이런 바보 같은 꿈을 꾸다니! 꿈속에서 있었던 일들이 차츰 떠올랐다. 게룬다와 아멘 신부의 시체를 계곡 아래에서 발견했었다. 아니, 스스로 발견한 게 아니라 머릿속에서 들리는 끔찍한 음성이 알려 준 것이었지만. 떠올리고 싶지 않은 오싹한 꿈.

"아멘이 작업대 누워 있어."

"뭐라고요?" 파린은 깜짝 놀라 벌떡 일어섰다. "아멘 신부가 죽었다고요?"

아버지는 못마땅한 얼굴로 그를 쳐다보았다. "아직 잠이 덜 깬 게냐? 너희가 직접 계곡에서 시신을 싣고 왔잖아. 이장과 이장 아들 놈, 그리고 너."

젠장! 어디까지가 꿈이고 어디서부터가 현실일까? 그는 한숨을 쉬며 자신의 이마를 짚어 보았다. 생각하면 생각할수록 그는 악몽과 자신의 삶 중에 무엇이 더 나쁘고, 무엇이 더 진짜 같은지 알 수가 없었다. 리넨 바지를 제대로 입을 정신도 없었다. 셔츠에선 땀 냄새가 진동했다. 하는 수 없이 새 셔츠로 갈아입었다. 정확히 말하자면 여기저기가 헤진 너덜너덜한 셔츠였다. 그에겐 윗옷이 딱 두 개뿐이었다. 새 셔츠 한 벌과 헌 셔츠 한 벌. 집 밖으로 나오기가 무섭게 악취가 코를 찔렀다. 작업대 위에 놓인 신부의 시체가 부패하는 냄새였다. 희고 축 늘어진 죽은 고깃덩어리. 그 오른쪽 팔은 마치 바닥을 잡기라도 하려는 듯 비틀린 채 아래로 늘어져 있었다. 손가락에는 두 개의 반지가 반짝이고 있었다.

파린은 매일 아침 눈을 뜨면 곧바로 개울로 향했다. 늘 같은 덤불 아래에서 소변을 누고, 몸과 얼굴을 씻고, 셔츠를 빨고, 이를 닦았다.

대체 이는 뭐 하러 닦는 거지? 어제는 온종일 음식이라고는 구경도 못 했는데.

어서 생각을 정리해 보자. 어제 하루, 정말로 일어난 일은 무엇이고 상상한 것은 무엇이며 꿈을 꾼 것은 무엇일까? 그는 물속에 비친 자신의 얼굴을 자세히 들여다보았다. 둥근 눈에 날카로운 이. 광대뼈가 도드라진 청년의 얼굴이 진지한 표정으로 그를 바라보고 있었다. 한번 웃어 주기라도 할까? 아니, 그러지 않는 편이 좋겠어. 물속의 얼굴이 자신을 보고 웃어 주지 않는다면 감당할 수 없을 것만 같았다. 하지만 말을 걸어 볼 수는 있겠지. 그는 용기를 내서 입을 열었다. "정체 모를 요망한 것아, 아직 내 머릿속에 있는 거야?"

물속의 얼굴은 아무 말도 없었다. 그보다 좋은 대답이 있을까? 머릿속의 목소리는 그의 상상이었던 게 틀림없었다. 펜던트가 계곡 깊은 곳이 아니라 자신의 목에 그대로 걸려 있다는 사실만 봐도.

파린은 한결 편안해진 마음으로 다시 집으로 향했다. 다만 약간의 의심이 여전히 그를 괴롭히고 있었다. 정상에서 있었던 일은 그저 공상일 뿐이었을까? 만약 그렇다 해도 그건 그의 정신이 멀쩡하지 않음을 의미했다.

아멘 신부의 장례 준비를 제대로 마치려면 꼬박 하루가 걸릴 테지. 일을 시작하기 전에 아침을 먹기로 했다. 아침이라고 해 봐야 굳은 빵 두 조각과 손가락만 한 소시지 한 줄이 전부였다. 빵을 우물거리면서 그는 지금부터 해야 할 일을 머릿속에 그렸다. 잘려 나간 머리 부분이 가장 큰 문제였다. 자신을 빙 둘러싼 사람들에게 머릿속을 보여 주고 싶은 사람은 없을 테니.

아버지는 언제나처럼 술이 덜 깬 채로 문을 열고 나오다가 아침 햇살에 눈이 부신 듯, 한 손으로 눈을 가렸다. 그리고는 작업대 앞에 서 있는 파린 곁으로 다가와서 전문가답게 시신의 상태를 평했다. "완전히 너덜너덜하군."

"머리를 덮을 게 필요하겠어요." 파린이 말했다.

"음…" 아버지는 파린 옆으로 갔다. "이따가 아멘이 설교할 때 자주 썼던 술 달린 모자를 가져오마."

이렇게 좋은 생각을 해내다니. 어쩐지 오늘 같은 날엔 아버지에게 자신의 마음을 털어놓아도 될 것 같다는 생각이 들었다. "간밤에 끔찍한 꿈을 꿨어요. 어제 모루 바위 꼭대기에 갔는데… 제 머릿속에서 이상한 목소리가 들렸어요. 아주 끔찍하고 무시무시한…."

"삽을 가져오랬더니 산에는 왜 올라간 게냐? 거기 뭐 볼 일이 있다고. 시키는 대로 하면 그런 일도 안 당하지." 조금 부드러워진 말투로 아버지가 말을 이어 갔다. "신경 쓰지 않아도 돼. 나는 매일 게오리히네 가게에서 돌아올 때마다 겪는 일이니까." 아버지는 가쁜 숨소리를 내면서 웃었다. "인제 그만 입 다물고 일이나 시작하는 게 좋겠어. 가슴을 꿰맬 때는 두꺼운 아마 실을 쓰거라. 다른 건 너무 약해서 안 돼. 살갗이 벌어지지 않게 잡고 있을 사람이 필요하니 우리 둘이서 해야겠구나."

"네, 아버지. 칼에 베인 목 부분을 꿰매기 전에 목이랑 얼굴을 먼저 튼튼하게 고정해야겠어요."

"그렇지. 장례식을 치르다가 머리가 달아나 버리면 큰일이니까."

아버지는 땔감 안쪽을 뒤지다가 거의 1미터나 되는 나뭇가지를 끄집어냈다. "이걸 목구멍에 박아 넣고 못으로 위쪽을 고정하자꾸나."

"어쩌다 이렇게 처참하게 살해당했을까요?"

"그런 건 생각하지 마라. 신부는 심정지로 죽었다. 그걸로 끝이야. 그 밖의 일은 우리 일을 하는 사람들에겐 관심 밖의 일이야. 누군가가 진실을 밝혀내려고 한다면? 그래 좋아. 하지만 우리는 절대로 그걸 밝혀내선 안 돼. 덮어서 땅속에 같이 묻어 버리는 것, 그게 바로 우리 일이니까." 그의 짧은 웃음소리가 긴 기침 소리에 묻혀 버렸다. 물을 한 잔 마시자 기침이 잦아들었다. "어차피 나중에 게 오리히네 들릴 거니까 내가 삽을 가져오마."

아버지의 익숙지 않은 배려와 이해심에 파린은 어쩐지 불안해졌다. 살다 보니 오늘 같은 날도 다 있구나.

"이제 시작하자. 씻기기 전에 먼저 바느질부터 해야겠다." 아버지는 필요한 물건들을 찾기 시작했다.

오전 내내 아버지와 아들은 신부의 시체가 장례식을 치를 만한 상태가 되도록 작업을 계속했다. 이토록 참혹한 시신을 어느 정도 봐 줄 만하게 만드는 일엔 장인의 숙련된 기술이 필요했다. 아버지는 심지어 이따금 휘파람을 불기까지 했다. 정오 무렵이 되자 대강의 큰 작업은 끝나고 씻기고 화장시키는 일만 남아 있었다. 아멘 신부는 이제 평화로운 모습으로 작업대에 누워 있었다. 두 턱 덕분에 입은 별도로 손보지 않아도 다물어져 있었고, 양손은 가슴 위에서 기도하듯 포개져 있었다. 금반지 하나가 밝게 빛났다. 한 개? 파린은 윗입술을 문 채로 생각했다. 다른 하나는? 그는 여전히 유쾌해 보이는 아버지 쪽으로 눈을 돌렸다.

"다른 반지는 어디에 있어요?" 파린이 당돌하게 물었다.

아버지가 모르는 척할 거라 생각했다면 그건 그의 착각이었다. "아무것도 모르는 놈처럼 굴지 마라. 이거 하나면 적어도 6주 동안은 걱정 없이 살 수 있으니까."

6주 동안 걱정 없이 퍼마실 수 있겠지요, 파린은 생각했다. 처음 있는 일도 아닌데 파린은 오늘따라 이상하게도 아버지의 행동이 실망스러웠다.

"어차피 아무도 모를 테니 걱정하지 마라." 아버지는 숨을 몰아쉬며 말했다.

"마을 이장도 2까지 셀 줄 안다는 사실은 그렇다 쳐요, 그걸 누가 알아채고 말고가 중요한 게 아니잖아요. 이건… 그러니까… 옳지 않아요, 도둑질이라고요. 잡혀갈지도 모르는 일이에요 아버지."

"고귀하신 양반 납셨네. 어디서 그렇게 버릇없이 따박따박 따지는 게냐? 너한테 어울리게 행동해라. 너는 떨거지 인생이야. 내가 그렇듯이."

"그 반지 다시 손가락에 끼워 두세요, 아버지."

"언제부터 네가 나한테 이래라저래라 했지? 먹고 살려면 돈이 필요해. 옷을 입고 밥을 먹으려면. 벌써 늦가을이다. 그리고 너는 아직도 맨발로 돌아다니고 있지. 내일 시장에 가서 네 신발을 사면? 그럼 수중에 남은 돈이라고는 한 푼도 없어. 그다음엔 어쩔 게냐? 너 같은 새대가리도 그 정도는 알고 있겠지?"

소용없는 논쟁이었다. 물론 그도 곧 겨울을 날 신발이 필요하긴 했다. 털이 달린 외투도. 하지만 그렇다고 도둑질을 하긴 싫었다.

파린은 한숨을 쉬며 고개를 돌렸다. 그런 그의 행동이 아버지의 화를 돋우고 말았다. "너는 네가 나보다 더 나은 놈이라고 생각하는구나, 그런데 어쩌냐? 다시 말해 주마. 너는 매장꾼일 뿐 절대 그 이상이 될 수 없어. 사람들은 나에게 그러듯 너에게도 눈길 한 번 주지 않지. 이제 다 집어치우고 할 일이나 똑바로 해라." 아버지는 붉힌 얼굴로 아멘 신부를 가리키더니 오두막 안으로 들어갔다. 그리고 잠시 후 밖으로 나오며 말했다. "마을로 가련다. 오후 늦게 이장의 마차를 끌고 시신을 옮기러 오마. 그때까지 살아 있는 사람처럼, 아니 살아 있는 것보다 더 나아 보이게 만들어 두거라."

파린은 아무런 대꾸도 할 수 없었다.

"이제 씻기기만 하면 되니까." 생색내듯 말하고 집을 나선 아버지는 잠시 후 길이 꺾이는 곳에서 사라져 버렸다.

암, 그렇고말고. 씻기기만 하면 되지.

파린은 미간을 찌푸린 채 시신을 바라보았다. 얼굴은 피딱지와 터진 뇌의 일부, 그리고 때로 뒤덮여 거의 알아볼 수 없을 지경이었다. 팔다리 어디도 사람의 살갗처럼 보이지 않았다. 하는 수 없이 물통으로 두어 번 물을 길어오기로 하고 개울 쪽으로 내키지 않는 발걸음을 옮겼다. 그가 가장 좋아하는 장소이긴 했지만 오늘만큼은 왠지 발걸음이 떨어지지 않았다. 무릎을 꿇고 앉아 물통에 물을 담은 뒤 조심스럽게 집 쪽으로 돌아왔다.

인생은 결국 무거운 짐을 지고 걸음을 옮기는 것, 그 이상도 이하도 아니었다.

반쯤 왔을 때 그는 한숨을 몰아쉬며 바닥에 물통을 내려놓았다. 더는 한 발자국도 내디딜 힘이 없었다.

안 되겠어. 그는 자신을 원망했다. 아니, 모든 건 생각하기 나름이야. 파린은 마음을 다잡고 어제의 중노동으로 여전히 쑤시는 허리를 곧게 폈다.

질질 끌지 말고 번쩍 들고 가는 거야. 그러자 힘이 났다. 먼저 아멘 신부를 완벽하게 끝내고, 그다음엔 좀 쉬어야겠다.

파린은 물통을 들기 위해 몸을 굽혔다. 놀랍게도 아까보다 한결 가벼워진 느낌이었다.

그리고 근육도 좀 더 단단해지겠지. 그는 어떻게든 좋은 방향으로 생각하려고 애썼다.

드디어 헛간에 도착하자 파린은 작업대 앞에 물통을 내려놓았다. 멀리서 말발굽 소리가 들렸다. 아버지가 벌써 이장과 함께 수레를 끌고 오는 건가? 아니었다. 여러 마리의 말이 질주하는 소리가 가까워져 오고 있었다. 지난 며칠간의 경험과 그의 내면에 잠자고 있던 공포심에 깊이 생각할 겨를도 없이 그의 몸이 움직였다. 재빨리 몸을 숙이고 네발로 기어서 작업대 아래 몸을 숨겼다. 그 자리에서는 마당이 훤히 보였다. 적어도 무릎 높이까지는. 말들이 멈춰 서자 말을 탄 사내 셋이 시야에 들어왔다. 그중 두 명은 말에서 뛰어내려 다리를 길게 늘이기도 하고 가볍게 털기도 했다. 아주 먼 길을 달려온 모양이었다.

"거기 누구 없소?" 외치는 소리가 들렸다.

대체 우리 집 마당에서 뭘 하려는 거지? 그냥 처리해야 할 시신이 있어서 온 걸지도 몰라.

갈색 가죽 바지 차림의 두 남자가 헛간 쪽으로 다가왔다.

"**어이!** 매장꾼!"

처음 듣는 목소리였다. 이제 어떻게 하지?

남자답게 행동해. 작업대 밑에서 기어 나와 무슨 용건으로 왔는지 물어.

하지만 작업대 밑에서… 두더지처럼 기어 나온 건 어떻게 설명해야 하지?

세 번째 남자가 말에서 내렸다. 이제 검은 가죽 바지를 입은 사내의 두 다리가 보였다. 검은 망토는 다리를 반쯤 덮고 있었다.

파린의 눈앞이 캄캄해졌다. 제발! 설마 까마귀는 아니겠지? 공포가 그의 온몸을 파고들었다. 만약 그렇다면 왜 그 살인마가 우리 집까지 달려왔을까? 아멘 신부한테 그랬던 것처럼 나를 데리러 온 것이다.

침착하자, 파린. 검은 바지는 흔하니까. 까마귀가 아닐지도 몰라.

그는 희망을 놓지 않으려고 애썼다.

검은 다리는 곧바로 파린에게 다가왔다. 단검이 꽂힌 칼집이 작업대 모서리에 부딪혔다.

"여기 뚱보 신부가 있군. 우리가 생각했던 것보다 훨씬 빨리 찾았는걸."

모든 희망이 사라졌다. 이제 순진한 희망 같은 건 버려. 그는 자신을 원망했다.

불에 탄 흙냄새가 풍겨 왔다. 팔을 뻗으면 사내의 발에 손이 닿을 것 같았다.

"신부는 아무것도 모르고 있었고, 아무것도 가지고 있지 않았어. 그 욕망의 물건은 이장 아니면 그 애송이 매장꾼 손에 있는 게 분명해." 그는 가쁘게 숨을 몰아쉬며 말을 이었다. "매개체 안에 있든지 아니면 벌써 몸속에 들어 있겠지."

도대체 '욕망의 물건'이 뭐지?

"어떻게 그렇게 확신하는 거야? 다른 데에 있을 수도 있잖아?" 한 사내가 물었다.

"계룬다가 죽은 뒤 몇 시간 이내에 그녀의 시신과 접촉한 사람은 단 세 명뿐이다. 신부, 이장, 그리고 매장꾼의 아들."

"그럼 너는?"

까마귀 사내는 기쁨이라고는 눈곱만큼도 담겨 있지 않은 웃음소리를 냈다. "그래, 나도 있군, 내가 목을 졸랐으니." 그의 쉰 목소리는 잔인함 그 자체였다. "하지만 나는 아니지, 멍청한 녀석! 만약 그게 나라면 우리가 벌써 그걸 가진 거고, 그럼 지금처럼 찾아다니느라 애쓸 필요도 없을 테니까."

멍청한 녀석은 이제야 비로소 이해한 것 같았다.

손바닥을 문지르는 소리가 들렸다. "그러니까 우린 이장과 매장꾼 아들을 탈탈 털어야 한다는 거지."

"물론이야." 까마귀가 대답했다. "특히 바깥보다는 안에서 찾아야겠지."

파린의 이마에서 땀방울이 흘러내렸다. 온몸이 근질거렸다. 저들의 손에 잡힌다면 머리와 가슴과 배가 모두 열릴 것이다. 그것도 산 채로. 벌써 온몸이 고통에 몸부림치고 있었다.

하느님, 제발 저들이 얼른 사라지게 해 주세요. 작업대 아래로 눈을 돌리지 않고 그냥 이대로 사라지게요.

하느님이라고? 또 그 하느님? 우는소리, 죽는소리. 벌레 같은 네가 뛰어내렸다면.

파린은 너무 놀라 하마터면 작업대 아래에 머리를 부딪칠 뻔했다. 그의 머릿속은 실제로 큰 충격에 울리고 있었다. 이제 들켰구나.

하지만 여섯 개의 다리는 아무 소리도 못 들은 것 같았다.

저들에겐 들리지 않았어! 그건 파린의 머릿속에서만 들리는 소리임이 분명했다. 목소리! 안 돼! 다시 목소리가 들리기 시작했어! 그것도 하필 지금 이 순간에. 선택지는 두 가지뿐. 미치거나 죽거나.

"이 집을 뒤져! 이 시간에 늙은 매장꾼은 혼자 마을에 술을 퍼마시러 간다. 그 아들 녀석은 여기 어디 숨어 있는 게 분명해." 까마귀가 말했다.

다리 두 개가 오두막 쪽으로 사라졌다.

저들이 나를 토막 낼 거야. 나를 토막 내 버릴 거야. 파린의 머릿속이 방망이질 쳤다.

푸하! 너무 신경 쓰지는 마! 저 허풍쟁이는 나를 찾으력고 그러는 거니까.

아하, 그렇구나. 그렇다면….

혹시 목소리가 내 생각을 읽는 걸까?

산 정상에선 미처 눈치채지 못했었다.

네가 흥분했을 때, 그리고 생각 없이 큰 소리로 지껄여 댈 때만. 그러니까 뭐 거의 항상이라고 해도 되겠네. 목소리가 비아냥거렸다.

죽음의 위협 앞에선 조금 흥분할 수도 있는 거지 뭐, 파린은 마음속으로 자신을 다독였다.

"마녀 게룬다를 찾아내는 데 2년이 걸렸다. 이번에는 반드시 그걸 반드시 손에 넣어야만 해. 그렇게만 된다면 우리의 분노를 한없이 펼칠 수 있을 테고 우리의 교단은 천하무적이 될 것이다. 너희도 감히 부를 수 없는 존재의 능력을 직접 경험했지? 두 악령이 한데 모였을 때 어떤 일이 일어날지 상상해 봐."

저자가 방금 정말로 '감히 부를 수 없는 존재'라고 말했어?

목소리야, 제발 조용히 해 줘! 파린은 작업대에 등을 붙인 채 벌벌 떨고 있었다. 그들에게 들킬지도 모른다는 공포가 마치 사과를 갉아 먹는 벌레처럼 그의 몸속 곳곳을 파고들었다. 벌레라는 말 자체를 아예 머릿속에서 지워 버리고 싶은 심정이었다.

세 번째 사내가 오두막에서 걸어 나왔다. "저 안은 완전히 돼지우리인데 돼지는 없군. 변소 쪽을 한번 볼게." 다시 다리 두 개가 사라졌다. "여기도 없어!" 이번엔 멀리서 외치는 소리가 들렸다.

까마귀 사내가 말했다. "왠지 그 매장꾼 아들놈이 자기 입으로 지껄인 것보다 더 많이 알고 있는 것 같은 냄새가 나. 우린 그놈이 뭘 알고 있는지를 반드시 캐내야 해."

정말? 감히 부를 수 없는 존재가 저들을 보낸 건가? 목소리가 다시 머릿속에서 울리고 있었다.

조용히 해, 파린이 생각했다. 그에게는 머릿속의 목소리가 십 리 밖에서도 들릴 정도로 크게 느껴졌다.

"이장을 먼저 처리하는 게 어때?" 세 번째 사내가 제안했다.

"내 생각엔 먼저 매장꾼 아들을 찾는 게 좋겠어. 아쉽지만 그를 놓친 것 같군. 너희도 알다시피 지금은 너무 눈에 띄게 행동하지 않는 게 좋아. 에미코가 불과 며칠 전 여기에 불쑥 나타났었으니까."

"그게 뭘 어쨌다는 거야? 에미코 그자가 뭐가 그리 대단하다고."

까마귀 사내는 신경질적으로 대꾸했다. "아무 특별한 점이 없다는 것, 그게 그의 특별한 점이야. 그런 정도의 능력이라면 벌써 제1

기사가 되고도 남았지. 그런데 그는 그렇게 되지 않았어. 그게 바로 그가 위험한 이유다."

"무슨 소리야?"

까마귀 사내는 어느새 예의 쉰 소리가 아니라 채찍 같은 목소리로 말하고 있었다. "그러니까 내가 너희들을 대신해 이해하고 생각해 주지. 이제 며칠간 철수한다. 스승님을 만나기 위해서라도. 매장꾼 아들 녀석쯤이야 머지않아 찾을 수 있을 테지. 그땐 곧바로 소시지를 만들어 줄 테다. 자, 나벤슈타인으로 출발!"

검은 가죽 바지가 발굽 달린 네 다리 쪽으로 걸어갔다. 다른 두 남자도 말 위에 올랐고 말들은 이내 멀리 사라졌다.

이제 아무 소리도 들리지 않았지만 파린은 한참 동안 그 자리에 꼼짝 않고 있었다.

평생 여기서 이러고 있으려고?

파린의 맥박이 조금씩 제자리를 찾아가고 있었다. 사내들은 욕망의 물건을 좇고 있었다. 그런데 그것이 그의 머릿속에 들어 있다니. 도대체 왜?

"내가 그냥 펜던트를 줘 버리면 어떻게 되지? 그러면 날 가만히 내버려 둘까?" 그가 속삭였다.

어림없지. 그들이 원하는 건 나야. 펜던트는 그저 매개체에 불과하니까. 확실히 하기 위해 네 안을 살펴보겠지.

"난 정말 한 마디도 이해가 안 돼. 대체 왜?"

그건 아주 간단해. 내가 네 안에 있으니까. 너무 겁먹지는 마. 네 머리를 열기 전에 먼저 다른 데부터 샅샅이 뒤질 거야.

"내가 그들에게 이 지긋지긋한 펜던트를 줘 버리면 나는 아무것도 가진 게 없는데, 대체 뭘 찾겠다는 거야?"

도대체 이해할 생각이 있긴 한 거야? 그들은 네 머리랑 네 몸속을 뒤진다고. 그러고 나면 너는 지금 우리 위에 누워 있는 저 뚱보 신세가 되는 거지. 너랑 네 아버지가 꿰매기 전, 바로 그 상태 말이야. 목소리는 아주 기분이 좋은 듯 꿀럭꿀럭 소리를 내며 웃었다.

"난 네가 가 버린 줄 알았어. 나는 이제 완전히 미쳐 버린 거구나."

파린은 정말이지 목소리의 말대로 여생을 여기 누운 채 보내고 싶었다. 시궁창 같은 세상으로 다시 들어가야 할 이유가 뭐지?

벌레들은 결국 언젠가는 구멍에서 기어 나오지.

어제 그랬던 것처럼 파린은 펜던트를 잡아채 손에 넣고 주먹을 꽉 쥐었다. 그리고 침착하게 작업대 밑에서 기어 나왔다. 이번엔 정말로 떼어 놓고 말겠어. 아멘 신부의 시신을 처리하는 건 나중 문제였다. 자신의 영혼을 구제하는 일이 훨씬 더 시급했으니까. 영혼을 구제한다고? 어제 목소리가 나에게 영혼을 내놓으라고 했었나?

"내 영혼을 가지려는 거야? 그런 거 아니었어?" 파린은 빠른 걸음으로 마당을 벗어나 계속 걸었다. 마을 쪽이 아니라 큰 호수를 향해.

네가 뭘 하려는지 알아. 암, 다 알고 있지. 머릿속의 목소리가 비웃었다.

하지만 파린은 입을 꾹 다문 채 걸음을 재촉할 뿐이었다.

아휘! 놀라는 척하는 것도 피곤해. 어제 벌써 한 번 보여 줬잖아. 그런 대로 재미있지 않았어?

걸음은 점점 빨라져 이제 그는 전속력으로 달리고 있었다. 저 멀리 반짝이는 수면이 보이기 시작했다.

들어봐 벌레. 네가 하려는 거, 그거 아무 소용도 없어. 내일이면 다시 네 목에 걸려 있을걸.

"난 눈에 보이지 않는 건 아무것도 믿지 않아."

그렇지만 넌 너의 하느님을 믿잖아?

"하느님은 나랑 대화를 나눈 적이 없으니까."

내 그럴 줄 알았어.

호숫가에 다다랐을 때는 숨이 턱까지 차올랐다. 큰 호수라는 이름은 심한 과장이었다. 실제로 호수는 전혀 크지도 않았고, 깊고 더러울 뿐이었다. 파린은 먼저 노끈을 빼내 바닥에 던졌다. 그리고는 찬 물 속으로 한 발을 내밀고 상체를 뒤로 젖혔다가 있는 힘을 다해 호수 한가운데로 저주받은 부적을 던져 버렸다. 저 멀리서 들릴 듯 말 듯 한 첨벙 소리가 났다. 그리고… 펜던트는 그대로 물속으로 가라앉았다.

이제 기분이 좀 나아졌어?

"이제 날 좀 내버려 둬." 검은 사내 일당에 대한 두려움, 그에게 일어난 일과 미래에 대한 걱정, 그리고 심지어는 이장에 대한 염려까지 그를 괴롭히고 있었다. 그것도 모자라 뻔뻔하기 그지없는 머릿속 유령이라니! 아니면 그건 그저 망상일 뿐일까? 그는 힘없이 집으로 향했다.

어떻게 이런 불행이 닥칠 수 있지? 이제 어디로 가야 하나. 다시 집으로 돌아가서 아멘 신부의 장례식을 위해 시체를 닦아야 할까, 아니면 마을로 가서 이장에게 모든 걸 이야기해야 할까? 아니, 그 건 좋은 생각이 아니었다. 자기 자신이 위험에 처해 있다는 걸 알게 된다면 하막은 분명 파린을 검은 사내에게 넘겨 버릴 것이다. 그 역 시 제 몸이 토막 나길 바라지는 않을 테니까. 사내들은 나벤슈타인 으로 간다고 했다. 스승이라는 자를 만나러. 벨텐 제국의 수도 나벤 슈타인은 영토의 가장 남쪽에 있었다. 어머니가 이야기해 주셨던 바로 그 도시. 왕이 사는 성과 항구와 바다에 관한 이야기는 아무리 들어도 질리지 않았다. 만 명이나 되는 사람들이 살고 있다는 그곳 은 얼마나 큰 도시일지 그는 상상도 할 수 없었다. 파린도 언젠가는 벨텐 제국의 수도 나벤슈타인을 보게 될 거라고 어머니가 말할 때 면 아버지는 퉁명스럽게 나무라곤 했다. "얘 머릿속에 그런 허튼 생 각은 뭐 하러 심어 주는 거야? 그곳까지는 걸어서 꼬박 20일이 걸 린다고. 말을 달려도 거의 열흘 가까이 걸리는 곳이야."

그 말은 곧 빨라도 3주가 지나야 사내들이 돌아올 수 있다는 걸 뜻했다. 다시 쫓기고, 붙잡히고 배가 갈리기 전까지 파린에겐 딱 그 만큼의 시간이 남아 있었다.

백 년

오후에 파린은 시신을 닦고 화장을 시켰다. 조심스럽게 물로 신부의 몸 구석구석을 깨끗이 닦는 일부터 시작했다. 일에 집중하다 보니 마음도 어느 정도 진정이 되는 것 같았고 잠시나마 생각을 정리할 수 있었다. 일을 마치고 나면 그다음은 어떻게 될까? 검은 사내와 그 일당의 경고를 무시할 수는 없었다. 도망쳐야 할까? 어디로? 대체 그가 인생에서 이루고자 하는 건 뭘까? 그저 살아남는 것? 하지만 무얼 위해서?

마을 사람들에게 조금이라도 존중받고 싶다. 아니에타와 입을 맞추고 싶다. 바다를 꼭 한번 보고 싶다. 어쩌면 그보다는 조금 더 현실성 있는 걸 바라야 할지도 모른다. 이를테면 '나는 매를 쏘아 맞히고 싶다.' 같은.

머릿속의 끔찍한 목소리는 들리지 않았지만 파린은 그 목소리가 여전히 거기에 있다는 걸 느낄 수 있었다. 난처한 순간에 불쑥 나타나 그를 조롱하려고 숨어 있다는 사실을. 목소리는 대체 어떤 순간에 거들먹거리며 들이댔었더라? 맞아. 흥분하거나 격한 생각에 사로잡힐 때. 그러니까 흥분하지 말고 차분히 생각해야겠군. 게룬다가 죽고 나서부터는 차분하게 생각하기가 말처럼 쉽지 않았다. 자신을 죽이려는 남자들로부터 불과 몇 센티미터 앞에 숨어서 어떻게 흥분하지 않을 수 있겠는가? 살면서 약간의 위험에 부닥치는 건

201

때로는 삶에 자극이 되기도 했지만… 이젠 어딘가에 도사리고 있는 목소리를 깨우는 역할도 했다. 목소리는 파린이 죽기를 바란다고 했다. 아니면 그의 영혼을 가지려는 걸까? 어떤 악한 존재가 그의 내면에 숨어들어 온 것이었다. 젠장! 젠장! 저주받은 펜던트를 발견 하지만 않았더라면. 파린은 육신과 정신과 영혼에 대해 잘 알지 못 했지만 이제 더 많은 것을 알아내기로 결심했다.

신부의 발을 씻기다가 그는 길고 지저분한 발톱을 보고 놀랐다. 하느님은 정말로 발을 보시지 않나 보다. 누구에게 이 이야기를 털 어놓아도 될까? 마을에는 그의 말을 귀담아들을 만한 사람을 찾기 힘들었다.

파린이 양동이에 담긴 깨끗한 물로 아멘 신부의 손을 씻기고 있 을 무렵 태양은 벌써 숲의 꼭대기에 닿아 있었다. 그때 이장이 마차 를 타고 마당으로 들어왔다. 그의 옆자리에 탄 아버지는 평소보다 덜 취한 얼굴이었다. 마부석에서 뛰어내리며 그는 술 달린 모자를 파린에게 던졌다. 파린은 모자를 들고 얼른 아멘 신부 머리에 눌러 씌웠다.

하막은 거만한 자세로 다리를 넓게 벌리고 작업대 앞에 섰다. 파 린과 아버지가 손을 대기 전 시신의 참혹한 상태를 알고 있기에 둘 의 기술에 적잖이 놀란 것처럼 보였다. "아주 훌륭해!"

하막의 눈길은 신부의 몸을 따라갔다. 파린은 잠시 숨을 멈췄다.

아버지는 팔짱을 낀 채 조용히 그의 옆에 서 있었다.

반지가 없어진 걸 알아차리기라도 한다면 어쩐다.

불편한 침묵 끝에 이장이 드디어 시신에서 눈을 떼고 입을 열었다. "이제 마차에 옮겨 싣지."

세 남자는 힘을 합쳐 시신을 마차에 실었다. 이제 아멘 신부는 지상의 마지막 길을 떠나려 하고 있었다. "내일 열한 번째 종이 울릴 때 장례식을 거행할 테니 늦지 말고 도착하게!" 하막은 다른 인사 없이 고삐를 당겼다가 던지듯 풀었다. 마차가 움직이기 시작했다.

아버지의 만족스러운 웃음에 화가 치밀었다. 욕심과 악의로 일그러진 아버지의 얼굴이 추하게 느껴졌다. 서투른 도둑질도 모자라 저렇게 당당하기까지. 더 생각하지 않으려고 파린은 헛간을 청소하기 시작했다. 아버지에게 머릿속의 목소리에 대해 다시 한번 얘기해 보려던 계획은 없던 일로 하는 편이 나을 것 같았다.

이날 밤 파린은 몇 시간 동안 뒤척였다. 그동안 일어난 너무 많은 기이한 일들과 앞으로 일어날 일들에 대한 생각들로 잠을 청할 수가 없었다. 깜빡 잠이 들었다가 화들짝 놀라 깨기를 수차례 반복했다. 복잡한 감정이 뒤섞인 와중에 하필 아버지의 코 고는 소리가 그에게 심리적인 안정을 준다는 사실을 깨닫게 되었다. 그는 아버지의 코 고는 소리에 맞춰 124까지 세고는 다시 잠이 들었다.

경첩이 접히듯 상체를 꺾으며 파린이 자리에서 벌떡 일어났다. 그러자 가슴에 얹혀 있던 무언가가 무릎 위로 떨어졌다. 자신도 모르게 손으로 더듬었다. 둥근 금속이었다. 이번엔 노끈 없이 펜던트만 손에 잡혔다.

젠장, 대체 어떻게 이런 일이 있을 수 있지? 그러니까 던져 버리는 건 소용없다는 뜻이군. 아예 망가뜨려 버려야겠어.

대장장이에게 모루 위에 얹어 망치로 부숴 달라고 말해야겠다. 대장간에 가면 아니에타를 만날 수 있을지도 몰라. 하지만 분명 대장장이가 궁금해할 텐데. 이 펜던트를 어디에서 발견했는지, 그리고 왜 망가뜨리려고 하는지 묻는다면 뭐라고 대답해야 하지?

다른 방법은 뭐가 있을까? 물속에 던져 버리는 건 아무 소용도 없었다. 그럼 불 속에 던진다면? 그래. 불길에 던져 버리자. 그때까지 허리춤에 찬 주머니에 알라우네랑 같이 보관하는 거야.

저주받은, 마법에 걸린 펜던트. 사교를 숭배하는 네코르인들과 에미코라는 이름의 기사가 애타게 찾고 있는 바로 그 펜던트를 내가 가지고 있는 거야. 그리고 벨텐 제국에서 가장 신비롭다는 식물의 뿌리도. 매장꾼 아들 파린, 너는 아주 특별해.

비록 까마귀 사내에게 쫓기는 반쯤 죽은 목숨이지만, 머릿속의 목소리 때문에 반쯤 미친 상태지만, 그렇다고 최악은 아니다. 이런 일이 일어나지 않았다면 인생은 오히려 지루했겠지. 그는 결심을 굳혔다. 펜던트를 태워 버리리라.

인제 그만 일어나자. 아침의 회색빛 그림자가 창문을 밀고 들어왔다. 아버지는 여전히 코를 골며 자고 있었다. '닭이 운 게 언제인데 아직도 주무시고 계세요?'라고 말하면서 깨워야 할까?

물론 그건 좋은 생각이 아니었다. 아버지는 다른 사람이 자신을 놀리는 걸 참지 못했다. 아니, 아버지에게는 도무지 유머 감각이라는 것이 존재하지 않았다. 어쩌면 마지막으로 웃은 게 할머니 뱃속이었을지도 모른다고 파린은 생각했다. 파린의 시선을 느꼈는지 아버지는 갑자기 눈을 뜨더니 "벌써 일어난 게야?"라고 중얼거리며 간신히 몸을 일으켰다.

그 순간 파린은 언젠가는 아버지가 다시는 자리에서 일어나지 못하게 되리라는 당연한 사실을 실감했다. 평생 삽질만 한 남자, 술과 자신의 삶에 굴복한 남자. 이미 수년째 삶의 가치 따위는 생각하지 않는 남자.

"더 주무세요, 아버지. 열한 번째 종이 치려면 아직 멀었어요."

파린은 아버지의 묘한 시선을 피했다.

아버지는 아무 말도 하지 않고 힘없이 다시 누웠다. "그럼 난 조금 더 눈을 붙여야겠다." 아버지의 웅얼거리는 소리가 들렸다.

장례식은 별다른 사건 없이 거행되고 있었다. 온종일 비도 한 번 내리지 않았다. 사정이 있는 몇 명을 제외하고는 거의 모든 하우펜 주민이 아멘 신부의 마지막을 배웅하기 위해 성당 뒤 작은 공동묘지에 모였다.

이장의 추도사는 기록적이었다. 여덟 문장을 말하는 데 이미 오전 시간의 반이 흘렀기 때문이었다. "그리고… 그래서, 그러니까… 에… 우리의 신부… 우리에게… 그리고…" 하막은 말을 잇지 못했다. 연신 말을 더듬어대거나 말문이 막혔다. "에엠…."

에엠이 아니라 아멘이라고 말해야 해요, 파린은 생각했다.

그는 세 번째 줄에 서서 허리춤에 찬 주머니 속 펜던트를 만지작거리고 있었다. 독을 섞는 노파에게서 검은 마법이 옮은 것일까? 7년 전 흑사병이 이 사람에게서 저 사람으로 옮아갔듯이? 장례식이 끝나는 대로 이걸 처리해야겠다. 그는 바로 앞줄에 서 있는 아니에타에게 시선을 돌렸다. 그녀의 옆으로 가고 싶은 욕구가 서서히 고개를 들었다. 그다음엔? 그 순간 뒤쪽에서 누군가가 그를 밀치며 앞줄로 갔다. 블로삭이었다. 그가 아니에타 옆에 섰다. 그래, 이 상황에서 녀석이 빠질 리가 없지. 술집 아들의 손이 몰래 아니에타의 손가락을 쓰다듬자 그녀도 부드러운 손길로 답하고 있었다. 파린은 더는 눈앞의 광경을 보고 있을 수가 없었다. 다시 불덩이 같은 질투가 그를 집어삼키려 했다.

내가 술집 아들이었다면!

이제 마을 사람들이 차례로 신부의 시신 위에 흙을 뿌리기 시작했다. 마을에서 가장 부유하고 가장 영향력 있던 그였지만 땅속에 묻히는 데는 긴 시간이 필요치 않았다. 이제 하우펜 마을에는 새로운 신부, 새로운 재판관이 올 것이다.

이른 오후 무렵에 아버지와 아들은 무덤을 덮었다. 며칠 뒤에야 석수장이가 완성된 묘비를 가져오기로 했기 때문에 한쪽에 다져지지 않은 검은 흙더미를 남겨 두었다. 파린은 조심스럽게 흙을 밟아 다졌다. 무덤을 마구 밟는 건 예의가 아니었다.

"서두르거라!" 아버지가 삽을 딛고 옆에 서서 재촉했다. "어차피 보는 사람도 없으니."

"아니요, 제가 보고 있잖아요." 파린은 짧게 대답했다.

아버지는 아무 말도 없이 파린 쪽을 힐끔 바라볼 뿐이었다.

일을 마치기 무섭게 아버지는 게오리히의 술집으로 갔다. 파린은 삽을 들고 집으로 향했다. 그의 발걸음은 점점 빨라지고 있었다. 이 맷돌만큼이나 무거운 짐을, 마녀의 저주가 담긴 물건을 영원히 벗어 버리리라. 집에 도착하자마자 난로에 잔가지를 채워 넣었다. 난로라고 해 봤자 나무와 석탄을 넣을 수 있도록 철을 주조해서 만든 큰 대야에 연통이 달린 조악한 물건일 뿐이었다. 파린은 부싯돌을 사용해 불씨를 만들어 먼저 해면버섯에 불을 붙였다. 불길은 금세 일어났다. 파린은 장작 두 개를 더 올리고 붉은 혀를 날름거리는 불꽃을 가만히 바라보았다.

그래, 너의 욕심이 마음에 들어. 이제 이 저주받은 펜던트를 삼켜 버리렴.

그는 허리에 찬 주머니에서 펜던트를 꺼내어 손에 쥔 채 다시 한

번 돌려보았다. 이 모든 사건의 발단이라고는 도무지 생각할 수 없는 볼품없는 금속 조각, 문양 하나 새겨지지 않은 단순한 모양에 얼룩도 흠도 없는 펜던트 하나. 하지만 그 순간, 놀라운 일이 일어났다. 불빛을 받은 표면에 오각형 별 모양이 나타난 것이었다. 얼마나 놀랐던지 하마터면 파린은 그것을 놓칠 뻔했다. 이번엔 뒷면을 보았다. 뒷면에도 어떤 형상이 나타나고 있었다. 자세히 보니… 그것은 바로 불꽃, 불의 형상이었다. 파린은 다시 햇볕 아래로 펜던트를 가져가 보았다. 양면 모두 그림은 사라져 버렸다. 이번엔 다시 불가로. 그림은 다시 나타났다.

아하, 이게 바로 힌트구나! 불이 이 수수께끼의 열쇠임이 분명했다. 불에 태워 버리면 드디어 이 지긋지긋한 물건을 떼어 내 버릴수 있을 거란 생각에 파린은 마음속으로 환호했다.

아니, 그러지 마! 그러면 되돌릴 수가 없어. 난로에 던져서는 안 돼.

아하, 둘 중 하나겠지. 모루 바위에서처럼 자신을 놀리고 있거나, 아니면 정말로 두렵거나. 그건 중요치 않았다. 어떤 경우라 해도 파린의 결심은 더 굳어질 뿐이었다. 조금의 망설임도 없이 그는 펜던트를 불길에 던졌다. 뜨거운 화로에 물을 뿌릴 때처럼 '치익' 하는 소리가 났다. 난로 안에서 별의 형상은 불빛보다도 더 밝게 빛났다. 마치 최면에 걸리기라도 한 듯 파린은 불꽃을 바라보고 있었다. 바로 그때, 머리가 터질 듯이 팽창하는 느낌이 들었다. 열기가 그의 눈을 불길 속으로 빨아들였다. 눈과 머리가 뜨거워지면서 그는 곧 정신을 잃을 것 같은 현기증을 느꼈다. 액체로 녹아내린 금속이 그의 핏줄을 타고 돌고, 그의 심장이 불타오르는 것 같았다.

안돼에에에! 이 징징거리기나 하는 쓸모없는 벌레 같으니!

목소리는 괴로워하는 것처럼 들렸다. 하지만 인간을 속이는 게 가장 신나는 일이라고 제 입으로 말하지 않았던가? 파린은 난로 반대쪽으로 엉금엉금 기어갔다. 뜨거운 열기를 참기 힘들었다. 간신히 마당으로 나온 그는 땅바닥에 그대로 엎어져 버렸다.

드디어 성공이야! 펜던트를 불 속에 던진 건 잘한 선택이겠지.

이런, 인간아! 네가 그걸 봉인해 버렸어. 그걸 불 속에 던지면 안 되는 거였다고.

파린은 양 손바닥으로 관자놀이를 힘껏 눌렀다. 팔이 아플 때까지.

"뭐라고! 제발 나를 좀 내버려 둬!" 그가 숨을 헐떡이며 말했다.

목소리는 조금 흥분을 가라앉힌 모양이었다. **그러기엔 너무 늦어 버렸어. 불꽃이 촉매 역할을 했거든. 왜 펜던트 표면에 불의 형상이 있었다고 생각해? 불의 도움으로 그게 네 몸속으로 들어간 거야. 이제 우린 죽을 때까지 하나가 됐어. 축하해.**

모루 바위 아래 동굴 속에 있는 것처럼 메아리가 울려 퍼졌다. 바닥에 납작 엎드려 있는데도 땅이 빙그르르 돌고 눈앞이 캄캄해졌다.

축축한 땅 냄새를 맡자 다시 정신을 차릴 수 있었다. 그는 헛간과 오두막 사이에 널브러져 있었다. 대체 무슨 일이 일어난 걸까?

그건 네가 벌인 일이야, 벌레! 게룬다는 그 멍청한 생각을 해내기까지 25년이라는 시간이 걸렸는데 말이지. 머릿속의 목소리는 침착하게 말했다. 인간아, 넌 아마 후회하게 될 거야.

목소리가 내뱉는 '인간'이라는 단어는 마치 심한 욕처럼 들렸다.

'인간'은 내가 아는 가장 형편없고, 불쾌하고 모욕적인 말이야. 그보다 더 심한 욕은 없지.

그나마 자아도취에 빠진 듯한 말투는 조금 수그러들었다. 파린은 말문이 막혔다. 다시 무슨 말이든 할 수 있게 되기까지는 시간이 필요했다. "네가 누구인지, 그리고 뭘 하려는지 말해 봐."

목소리는 아무런 대답도 없었다.

"너는 사탄이야?"

사탄? 멍청한 인간들은 선과 악을, 하느님과 사탄을, 천국과 지옥 따위를 믿지. 목소리는 갑자기 노여워하고 있었다. **물론 아니지. 네 편협한 이해력으로는 내가 누구인지 이해할 수 없을걸. 망상이나… 악령 쯤으로 해 두자.**

"개자식은 어때?" 파린이 점점 열이 받아 말했다.

오, 그래. 한번 싸워 보자는 거지? 나는 불화를 먹고 살지. 싸움에서 기쁨을 얻고, 전쟁을 갈망해. 난 그런 부류의 인간들하고 우열을 다투며 즐기지. 시작도 하기 전에 경쟁에서 벌써 나가떨어진 벌레는 내 상대가 아니라고.

"무슨 말도 안 되는 소리야? 경쟁이라니?"

경쟁도 몰라?

"이제 불 얘기를 다시 해 봐. 촉… 뭐라고 했더라?"

머릿속에서 한숨 소리가 들렸다. 불이 촉매가 된다. 난로를 봐. 펜던트가 사라졌지? 왜일까? 이제 네가 그걸 네 몸속에 품게 된 거야. 네가 죽어야 다시 형상이 있는 물질로 변할 수 있다는 뜻이기도 하지. 모루 바위로 가서 뛰어내리는 방법에 대해서는 어떻게 생각해?

"그 얘긴 집어치워! 그런 일은 일어나지 않을 테니까!"

이제 3주나 4주쯤 지나면 까마귀가 다시 널 찾아올 거야. 그럼 네가 어떤 꼴을 당할지 한번 보자고.

지금 목소리는 내 머릿속에서 기대에 부풀어 낄낄대며 웃고 있는 걸까? 타인의 고통을 즐기며 기뻐하다니!

"그럼 그때까지라도 날 좀 가만히 내버려 두면 안 될까?"

너 때문에 가만히 있지 못하는 거야. 마치 시체가 파리를 꾀듯이 네가 불행을 끌어들이고 있어. 네 삶은 한탄의 골짜기야. 하지만 검은 사내가 네가 그곳에서 빠져나오도록 도와주겠지.

"난 아무 짓도 하지 않았어. 너와 너의 멍청한 펜던트가 날 불행하게 만든 거야."

틀렸어, 벌레. 네 삶에 대한 책임을 밖으로 돌리지 마. 아무도 너에게 그 펜던트를 목에 걸라고, 숨기라고, 그리고 결정적으로 불 속에 던지라고 말하지 않았어. 네가 네 발로 게룬다의 오두막에 몰래 들어갔고, 네 발로 아니에타 뒤꽁무니를 쫓았어. 그리고…

최후의 일격이 뒤따를 게 분명했다. 파린은 목소리가 얼마나 기쁨에 들떠 있는지 느낄 수 있었다.

…너는 너의 뜻에 따라, 스스로 무덤을 파고 시체를 닦는 거야.

"누군가는 해야 할 일이야! 그리고 내가 잘할 수 있는 일이라고!" 절망이 그를 덮쳤다.

그건 네 말이 맞아. 그게 잘못된 것도 아니지. 그렇다면 그 일을 하되 만족하란 말이야. 불평 따위는 그만하고!

더는 들어줄 수가 없었다. 파린은 억울했다. 모두가 너무 쉽게 그를 비웃었다.

"널 떼어 내려면 난 이제 어떻게 해야 하지?" 그가 간신히 화를 참으며 물었다.

뛰어내려!

"그런 일은 일어나지 않아."

죽어!

"그런 일은 일어나지 않아."

에이, 한 번만 눈 딱 감으면 되는데.

"넌 그렇게 되길 바라겠지. 이왕 이렇게 된 거 너를 화나게 하기 위해서라도 난 오래오래 살 거야."

뭣 때문에? 네 가련한 인생을 봐. 만약에 내가 공감이라는 걸 할 수 있다면 아마 온종일 엉엉 울어도 모자랄걸. 넌 누구지? 삽질 실력이 일품인 놈.

파린은 오두막 앞에 앉아 계속 혼잣말을 웅얼거리고 있었다. 또는 내면의 무언가와 대화하는 중이었다. 이장이 했던 말을 따라 하는 걸 보니 지난 며칠 동안 내 안에 잠자코 숨어서 다 보고 들은 거야. 이런 생각이 들자 참을 수 없이 화가 났다. "**난 네가 필요 없다고!** 네가 사라지게 하려면, 지금 바로 내 눈앞에서 사라지게 하려면 어떻게 해야 하지?"

잘 들으라고 했잖아! 나는 네 영혼 속에 있어. 네 머릿속, 네 몸속에. 굉장한 힘이 벌레 안에 갇혀 있다고. 너에게서 사라질 방법을 찾고 싶은 건 나야. 그때까진 이게 내 운명이야. 희생양은 네가 아니라고!

"말도 안 돼!" 파린이 벌떡 일어섰다. 그리고 분노를 참지 못해 겅중겅중 뛰었다. "넌 누구야. 뭘 하려는 거야?"

그의 양쪽 귀 사이에 웃음소리가 울려 퍼졌다. 그리고 어느 순간 갑자기 정적이 흘렀다. 파린도 입을 닫았다. 더 말하고 싶지 않았다. 모욕도 훈계도 듣고 싶지 않았다. 빠른 걸음으로 오두막에 가서 난로를 뒤져 보았다. 불 속에 펜던트의 흔적은 없었다. 녹아 버린 걸까? 쇳조각도 발견할 수 없었다. 정말로 그의 몸속으로 들어가 버린 걸까? 목소리의 설명은 그럴싸했다. 드디어 독을 섞는 노파의 가슴 위에 갑자기 펜던트가 나타난 이유를 알 것 같았다. 어떤 방식인지는 몰라도 그것은 게룬다의 몸속에 있었던 거였다. 그걸 찾기 위해서 까마귀와 그를 따르는 사내들이 게룬다와 신부의 몸을 가른 것이다.

이제 앞으로 어떤 일이 일어나게 될까? 파린은 주먹을 꼭 쥐었다. 포기하지 않을 것이다. 그래, 백 년이라도 좋아! 내 몸에 들어온 망상에 대해 알아내고 말겠어. 악령, 사악한 영혼, 검은 마법에 대해서.

바다

아로스는 엎드린 채로 부드러운 파도 소리에 귀 기울이고 있었다. 나벤슈타인의 늦은 오후는 여느 때에 비해 조용했다. 특히 나룻배와 작은 돛단배들만 정박하는 항구의 뒤쪽은 혼자서 깊은 생각에 잠기기 더없이 좋은 장소였다. 그녀는 오른손을 물속에 담그고 부드럽게 쓰다듬듯이 가볍게 손가락을 움직였다. 짠 바닷물 덕에 상처는 덧나지 않고 붓기도 가라앉았다. 다행히 뼈가 부러진 것 같진 않았다. 원장은 아로스가 정신을 잃자 매질을 멈춘 듯했다. 그렇지 않았더라면 그녀의 손은 지금보다 훨씬 더 엉망진창이 되어 있을 게 뻔했다. 정신을 잃은 여자아이를 때리는 건 별 재미가 없었을 테지.

아로스는 5번 회초리로 스무 대를 맞아 너덜너덜해질 위기를 모면한 작은 손을 물속에서 이리저리 움직여 보았다. 특히 집게손가락이 몹시 아팠고, 아직 제대로 구부릴 수조차 없었다.

나의 하루야, 오늘 하루만큼은 제발 평화롭게 지나가 주겠니?

최근 아로스는 더는 매를 맞지 않으려고 몇 가지 노력을 기울이는 중이었다. 음식을 훔치지도 않았고, 원장의 말에 토를 달지 않았으며, 해야 할 일도 제대로 끝냈다. 그뿐만 아니라 다른 아이들과 다투지도 싸움질을 하지도 않았다. 그러니 당연히 지루해 죽을 지경이었다.

고아원 원장의 눈에 서린 욕망을 알아챈 뒤부터 온전히 살아야 한다는 본능이 그녀의 행동을 통제하고 있었다. 언젠가는 그녀를 때려죽일지도 모른다. 지저분한 계집애 하나가 세상에서 한 명 더 줄어든다 한들 누구도 관심을 기울이지 않을 것이다. 그런 생각이 들자 너무나도 끔찍하고 우울했다. 그렇게 예니와 마틸다도 사라졌다. 아로스는 매일매일 항구에 나와 특히 4번 부두 근처를 샅샅이 뒤졌지만 허사였다.

그녀는 한숨을 쉬며 손을 물 밖으로 꺼내 리넨 치마에 닦았다. 이제 고아원으로 돌아가야 할 시간이었다. 오늘 저녁은 그녀가 식탁을 차리는 당번이었다. 늦지 않게 돌아가야 한다.

멀리서 보기에도 무채색의 실루엣은 심상치 않은 기운을 내뿜고 있었다. 아로스는 본능적으로 뭔가 잘못되었음을 느꼈다. 물론 빛나는 봄의 햇살 아래에서도 그림자는 늘 회색빛이었지만, 오늘은 거대한 무채색이 모든 걸 다 삼켜 버리고 있었다. 먹잇감을 발견한 한 마리의 독사가 숨을 죽이고 공격의 순간을 노리듯. 아로스는 조심스럽게 가까이 다가갔다. 그리고 사방과 위와 아래를 두리번거렸다. 갑갑함이 사방에서 그녀의 마음을 짓눌러 왔기 때문이다.

뭐가 잘못된 걸까?

태양은 벌써 수평선 너머로 사라지는 중이었다. 그래서 그림자가 유난히 끝없이 길게 느껴지는 걸까? 마치 밧줄에 끌려가듯 그녀의 발길은 먼저 헛간으로 향했다. 높은 곳에서 보면 뭔가 보이겠지. 하지만 헛간에 들어서는 순간, 후각과 청각이 먼저 상황을 파악했다. 그녀의 시야가 눈물로 흐려졌다. 눈앞에 보이는 장면을 그녀의 머리가 받아들이기까지는 한참 시간이 흘렀다.

볼프는 언제나처럼 구석에 앉아 있었다. 하지만 반대쪽 벽에 늘 걸려 있던 녹슨 쇠스랑이 몸을 완전히 관통한 채였다. 볼프의 혀는 주둥이 밖으로 길게 늘어져 있었고 눈알은 튀어나와 있었다. 몸에는 파리 떼가 시꺼멓게 덮여 있었다. 피와 사악함의 냄새가 진동했다.

아로스는 현기증에 비틀거렸다. 누가 이런 짓을 한 거지? 그럴 사람은 단 한 명, 그람밖에 없었다.

아로스는 조용히 소매로 눈물을 훔치며 생각했다. 이렇게 울어 봐야 무슨 소용이 있는 거지? 울고불고해서 해결되는 문제는 아무것도 없었다.

그녀는 마지막으로 볼프를 쓰다듬었다. 볼프, 왜 물지 않았어? 이젠 꼬리 한 번 못 치게 되었잖아.

바로 그때 헛간 밖에서 웅성거리는 소리가 들렸다.

"저기 있어요! 저 아이가 불쌍한 개를 찔렀어요."

누군가의 외침이 사방으로 울렸다. 정확히 무슨 뜻인지는 이해할 수 없었지만 그람의 목소리 같았다. 분노와 고통에 그녀는 아무 생각도 할 수가 없었다. 그녀의 머릿속이 고아원의 귀리죽처럼 끈적끈적하게 부풀어 오르는 것만 같았다.

먼저 그람이 헛간으로 뛰어 들어왔고 원장이 그를 뒤따랐다. "불쌍한 볼프는 아무도 괴롭히지 않았어!" 그람은 어설프게 울먹이며 억지로 눈물을 쥐어짜고 있었다. "왜 죽였어, 아로스?" 그가 흐느꼈다.

"대가를 치러야겠지, 이 쥐새끼야!" 원장은 해명 따위를 들을 생각이 없었다. 미친 여자처럼 다짜고짜 매질부터 시작했다. 5번 회초리였다.

아로스는 흐느끼며 두 손으로 머리를 감싸 쥐고 큰소리로 외쳤다. "**내가 아니야!** 난 볼프에게 절대로 아무 짓도 하지 않아!"

"저 아이가 이젠 거짓말까지 하고 있어요!" 그람이 분개했다. "내가 봤어요. 저 아이가 분명… 쇠스랑으로….” 이제 정말로 동그란 눈물방울이 그의 둥근 볼을 타고 흘러내렸다.

아로스는 당황한 가운데 자신이 졌다는 걸 깨달았지만 믿고 싶지 않았다. 완전한 패배였다.

"차라리 사실대로 말해, 아로스." 그람은 아로스를 내려다보며 말했다. 아로스만 볼 수 있게 옅은 미소를 띠고 한쪽 눈을 찡긋하며 아로스의 패배를 다시 한번 확인시켜 주었다.

원장은 자신이 믿고 싶은 걸 믿는 사람이었고, 그람이 바로 그 믿음의 토대를 마련해 주었다. 회초리는 공기를 가르며 그녀의 목과 귀와 관자놀이를 마구 때리기 시작했다.

오늘 드디어 원장이 죽을 때까지 나를 때리겠구나. 나를 구할 사람은 나 자신뿐이야. 여기서 도망쳐야 해!

아로스는 사다리를 향해 돌진했다. 위층으로 올라가 지붕으로, 그리고 너도밤나무를 타고 도망칠 생각이었다. 고아원에서 그녀를 기다리는 건 이제 죽음뿐이었다. 어떻게든 위로 올라가야 한다. 사다리까지는 딱 두 걸음. 하지만 빌어먹을 그람이 그녀의 계획을 눈치채고 있었다. 거짓 눈물은 쉽게 마르는 법. 그녀가 사다리를 잡으려는 순간 그람이 그녀의 오른쪽 손목을 움켜잡았다. "그렇게 쉽게 도망치진 못할걸. 먼저 네가 한 일에 대한 벌을 받아야지. 넌 가여운 동물을 죽였어."

대체 어떻게 이런 상황에 이른 걸까? 대답은 간단했다. 멍청하고 순진하기 짝이 없는 그녀의 실수였다. 그람을 너무 만만하게 봤다. 그녀에 대한 그람의 두려움이 그를 더 위험하고 파렴치하고 음흉한 인간으로 만든 것이다. 그는 이제 다시는 아로스가 반격할 수 없도록 가혹하고 철저하게, 그녀를 완전히 제거할 수 있는 방법으로 복수를 하고 있었다.

원장이 눈을 반짝이며 아로스에게 매질을 퍼붓는 동안 그람은 마치 거대한 집게처럼 그녀를 움켜쥐고 놓지 않았다. 원장의 입가에는 쾌락의 미소가 번졌다. 아로스는 사다리 아래에 쓰러진 채 몸을 동그랗게 웅크렸다. 그람이 드디어 아로스를 놓아주었다. 더 그녀를 붙잡고 있을 필요가 없어진 후, 더는 그녀가 도망치지 못할 만큼 두드려 맞은 후였다. 그녀는 양팔로 얼굴을 감싸고 있었다. 하지만 무슨 소용이 있단 말인가? 이미 그녀의 몸은 구석구석 성한 곳이

한 군데도 없었다.

그녀는 소리 지르지 않았다. 이를 악물고 입을 꾹 다문 채 버렸다. 찍소리도 내지 않았다.

시야에 시뻘겋게 번쩍이는 회초리가 들어왔다. 온몸이 쑤셨다. 하지만 며칠 전 원장의 방에서만큼 심하지는 않았다. 아로스가 다시 정신을 잃으면 쾌감도 사라져 버리니 오랫동안 즐기기 위해 적당히 때리고 있는 게 분명했다. 그게 아니라면 아로스의 삶이 지금막 끝나고 있기 때문일지도 몰랐다.

축하해, 하루야. 오늘은 네가 이겼어. 그것도 완벽히.

기다란 회초리는 계속해서 아로스를 때렸다. 그녀의 팔꿈치 아래쪽은 거의 뼈가 으스러질 지경이었다.

그래도 그녀는 비명을 지르지 않았다!

"더 세게요!" 그람이 신이 나서 외쳤다.

쥐 한 마리를 죽이는 데 필요한 건 몽둥이 열세 대. 그렇다면 여왕 쥐를 죽이는 데는 몇 대가 필요할까?

갑자기 날카로운 비명이 들렸다. 귀청을 찢을 듯한 고성이었다.

아로스에게는 놀랄 힘도 남아 있지 않았다. 혹시 방금 내가 소리를 지른 걸까? 소리를 질러 원장을 기쁘게 한 걸까? 아니, 그건 아로스가 아니었다. 서서히 이해가 되기 시작했다.

소리를 지른 쪽은 고아원 원장이었다. 그리고 그 비명은 점점 짐승의 울부짖음으로 변해 갔다. 구타는 끝났다. 아로스의 한쪽 눈은 피가 철철 흘러 다른 한쪽 눈으로만 앞을 볼 수 있었다. 그래도 느낄 수 있었다. 수천 개의 발이 그녀의 몸을 타고, 바닥을, 그리고 건초 위를 기어 다녔다. 누런 이가 사방에서 원장을 향해 돌진했다. 쥐들, 그건 바로 수없이 많은 쥐들이었다. 쥐 떼는 원장의 긴 치마 속으로, 그리고 다리를 타고 기어 올라가 배와 어깨를 점령했다. 어디선가 더 많은 쥐 떼가 나타났다. 한 마리는 건초 더미 위에서 원장의 머리 위로 곧바로 떨어지기도 했다.

"저리 가! 그만하라고 해, 아로스!"

쥐들은 물고, 물고, 또 물었다! 그건 바로 쥐들이 잘해 낼 수 있는 일이었다. 나무도, 돌도, 심지어는 금속도 문제없었다. 그리고 쥐들은 또 인간과 달리 자신들의 이가 자란다는 사실을 알고 있었다. 그래서 쥐들은 무언가를 무는 데 거침이 없고, 무자비하고, 가혹했다. 그런 쥐들에게 무른 원장의 살점쯤이야 누워서 식은 죽 먹기였을 것이다.

"아로스! 내가 지금껏 너를 키워 줬잖아! 너를 아껴서 그랬어! 제발 살려 줘!"

와우! 놀라운걸.

지금껏 한 번도 들어 본 적이 없는 소리가 들렸다. 사방에서 딱, 빠드득, 사각사각 소리가 났다. 그녀는 눈을 돌리지 않았다. 태연하게 시선을 고정하고 그 광경을 바라보았다. 원장의 비명은 점점 커지고 높아져 갔다.

"안돼에에에에에!" 그리고 비명은 다시 그르렁대는 소리로 변하며 잦아들었다.

그녀는 쥐를 때리기 위해 괴기스럽게도 5번 회초리로 자신의 머리와 팔과 가슴을 마구 때렸다. 붉은 피가 얼굴과 팔을 타고 내려 치마를 적셨다. 쥐들은 아로스의 몸 위에서도 기어 다니고 있었지만, 그녀는 한 군데도 물리지 않았다. 아로스는 가쁜 숨을 몰아쉬며 사다리에 몸을 기대고 앉았다. 그람은 얼어붙은 사람처럼 꼼짝 않고 그녀 옆에 서 있었다. 놀라움에 얼굴은 일그러지고, 눈알은 곧 튀어나오기라도 할 것 같았다. 그리고 마침내 바닥에 나동그라졌다. 아로스가 원장의 방에서 최후의 일격을 맞고 그랬듯이. 쥐들은 그람도 공격하지 않았다. 오직 고아원 원장만 노릴 뿐이었다. 원장은 이제 반항을 멈추고 두 손으로 사다리를 잠시 움켜쥐었다. 두 다리가 꺾이고 무릎은 땅에, 이마는 사다리에 부딪혔다. 그리고 마침내 쥐들의 바다가 원장을 덮어 버렸다. 핑크빛 작은 발과 긴 꼬리와 누런 이빨이 대홍수를 이루고 있었다. 바다는 점차 붉게 물들었다. 발도 꼬리도 그리고 바닥도 붉게 물들었다. 원장의 핏물로 생겨난 구덩이는 볼프가 흘린 피와 하나가 되었다. 수천 개의 이빨이 그녀의 몸을 갈기갈기 찢으며 갉아먹었다.

몇 분쯤 지났을 때 모든 것은 끝이 났고, 쥐들은 나타났을 때처럼 빠르게 사라져 버렸다. 아로스는 여전히 신음하며 사다리에 기댄 채로 눈앞에 쌓인 무더기를 바라보았다. 천 조각과 인간의 살점이 완전히 뒤섞여 구별할 수 없었고, 피범벅이 된 뼈들은 사방으로 불거져 나와 있었다. 원장의 얼굴은 완전히 사라지고 팔에는 큰 구멍이 나 있었다. 5번 회초리는 오른손 옆에 떨어져 있었는데 오른손 손가락은 두 개가 사라진 채였다.

아로스는 원장보다 오래 살아남았다. 설령 잠시뿐일지라도. 그녀는 아주 천천히 일어서서 사다리를 타고 한 칸 한 칸 힘겹게 올라갔다. 그람은 미동도 없이 바닥에 누워 있었다.

이 모든 잘못은 저 돼지 같은 놈에게 있어. 이제 저 자식을 죽여 버리고 말겠어, 아로스는 생각했다.

그녀는 볼프의 몸에 박힌 삼지창 모양의 갈퀴를 흘끗 보았다. 그리고는 힘없이 고개를 저었다. 거짓말쟁이에 비겁한 돼지인 그람을 증오하는 건 사실이었지만 그렇다고 그를 정말로 찌를 수는 없었다. 발바닥이 끈적거리고 발가락 사이사이로 피가 차올랐다.

"무슨 일이죠? 원장님?" 고아원의 다른 아이가 원장을 부르는 소리가 들렸다.

인제 어쩌지? 이젠 여기에 머무를 수가 없었다. 두드려 맞은 몸의 곳곳을 확인했다. 부러진 곳은 없었다. 피부는 온통 터져 있고, 머리는 여기저기 상처가 나 피가 흐르고 있었지만 다리는 멀쩡했다. 서 있는 것도 문제없었다. 그녀는 바다로 가고 싶었다. 손의 상처를 치유해 준 바다가 몸의 다른 상처도 낫게 해 줄 것만 같았다. 힘겹게 절룩거리며 그녀는 헛간 밖으로 나왔다. 원장의 비명을 들은 아이 몇 명이 고아원 건물 앞에 나와 서 있었다.

하녀 두 명 중 하나가 외쳤다. "아로스, 대체 무슨 일이야?"

쥐들의 여왕은 들은 체도 하지 않고 고아원 마당을 나섰다. 아무도 그녀를 붙잡지 않았다. 그녀는 뛰고 싶었다. 쥐들은 항상 재빨리 뛰어다니니까. 하지만 녹초가 된 그녀의 몸이 허락하지 않았다. 한 걸음 한 걸음 절뚝거리는 것도 힘들어 몸을 질질 끌면서 그녀는 항구를 향해 움직였다. 어슴푸레한 어둠이 내려앉은 거리에서 몇몇 사람이 인상을 찌푸리며 고개를 돌렸다. 구시가지에서는 아무도 타인의 고민 따위에 신경 쓰지 않았다. 어쩌면 그들은 아로스가 포주의 구타를 '부추긴' 창녀라고 생각했을 것이다. 그런 일에 괜히 휘말려 들고픈 사람은 없었다. 이곳에선 선반공 조합과도 수확꾼 조합과도 관계하지 않는 게 상책이었다.

이번만큼은 빙 돌아가는 길 대신 가장 가까운 길을 택했지만, 바다에 도착하기까지는 오랜 시간이 걸렸다. 아로스는 온몸에 통증을 느끼며 긴 리넨 원피스를 머리 위로 올려서 벗은 뒤 바위 위에 올려 두고 무릎 깊이까지 물속으로 걸어 들어갔다. 방파제에 부딪혀 작아진 파도들이 몰려왔다. 한 걸음씩 점점 더 깊이 물속으로 걸어 들어가자 온몸에 타오르는 듯한 고통을 느꼈다. 그녀는 자신이 지금 엄청난 치유의 힘을 지닌 마법의 욕조에 몸을 담그는 중이라고 상상했다. 그녀의 몸은 불 속에 있었다. 바닷물은 차가웠지만 그녀의 몸에는 그 어느 때보다 많은 땀이 흐르고 있었다. 잠시 후 통증이 사라지자 얼굴과 팔, 다리에서 흐르는 피를 조심스럽게 닦아 냈다. 어슴푸레한 어둠 속에서 상처는 거의 눈에 띄지 않았다. 그럼에도 그녀는 어렴풋이 운이 좋았다는 것을 깨달았다.

운이 좋았다는 표현이 적절한 걸까? 행운? 내 삶이 중단되지 않는 행운?

"그래, 난 운이 좋았어!" 그녀는 파도를 향해 소리치며 작은 주먹을 쥐고 검지에서 전해지는 통증을 애써 무시했다. 바로 그때 오랫동안 잊고 있던 어떤 기억이 떠올랐다. 그녀는 계속 그 자리에 서 있었다. 파도처럼 노파의 말이 밀려왔다. '너는 묻고 또 물어. 수천 번 물리는 날, 네가 엄청난 위험에 처할 그 날에 나를 기억하게 해 줄게. 하지만 내가 널 도울 수 있는 건 단 한 번뿐이야. 그때가 되면 우리가 한 이야기를 기억하거라.'

그녀는 그저 미친 노파가 아니었어. 어떻게 알았을까? 그리고 무슨 말도 안 되는 마법을 부린 걸까? 원장은 죽고 아로스는 여전히 살아 있다니. 그녀는 힘겹게 기억 속을 더듬었다. 노파가 또 무슨 말을 했었던가? 아로스는 천천히 물 밖으로 걸어 나와 바위 위에 앉았다. 그리고 두 팔로 다리를 감싸 안았다. 노파의 아리송한 이야기를 곱씹는 데 열중한 나머지 한기와 통증은 더 느껴지지 않았다.

'마녀의 종소리에 귀를 기울여, 그러면 때가 되었다는 걸 알게 될 거야.'라는 말이 떠올랐다. 하지만 도대체 그게 지금 이 일과 무슨 관계가 있는 거지? 그리고 또 무슨 이빨이 어쩌고 하지 않았던가?

225

맞아, 뼈를 보는 사람 이야기도 있었지!

한숨을 내쉬며 아로스는 다시 회색 원피스를 입었다. 말이 좋아 원피스지 사실 그건 낡은 리넨 천 조각일 뿐이었다. 하지만 그녀에게 옷이라곤 이것뿐이었다.

"바다야, 도와줘서 고마워!" 그녀는 큰소리로 외쳤다. 여전히 피부는 따끔거렸지만 한결 나아진 기분이었다. 옷에 묻은 핏자국은 내일 빨아야지. 쥐들의 여왕에겐 분명 또 한 번의 아침이 있을 테니까. 그녀가 마주하고 싸워야 할 새로운 하루가. 먼저 잠잘 곳이 필요했다. 고아원으로 돌아갈 수는 없었다. 정찰병들이 찾아와 조사하고 있을 것이다. 고아원 원장은 이름 모를 누군가가 아니었고, 그녀의 죽음은 기이한 사건일 테니까. 그람은 어떻게 이야기할까? 아로스가 원장 수녀에게 대항하기 위해 수천 마리 쥐 떼를 불렀다는 말은 어차피 아무도 믿지 않을 것이다.

아로스는 나벤슈타인에서 가장 많은 노숙자들이 몰려들어 잠을 청하는 다리 아래가 어디인지 알고 있었다. 그곳으로 가서 앞으로 어떻게 해야 할지 조용히 생각해 봐야겠다, 아로스는 생각했다.

흰색과 붉은색

그의 하루는 자리에서 일어나 옷을 입고 개울로 가서 몸을 씻는 것으로 시작됐다. 그때까지는 아무것도 새로울 게 없었다. 그를 괴롭히는 목소리도 들리지 않았다. 하지만 파린은 혼자 전전긍긍해야만 했다.

흥분하지 말고, 조용히 생각하자, 그는 조용히 생각했다. 잠자는 영혼을 깨우지 말아야 해. 오늘 하루 또 무슨 일이 일어날지 묵묵히 기다리자. 그래, 이것을 오늘의 좌우명으로 삼자.

그래서 그는 긴장 속에서도 마음을 가라앉히고 식탁 앞에 아버지와 마주 앉아 오래된 빵조각을 우물거리고 있었다. "이 빵은 대장장이에게 보내 칼을 만들어도 되겠어요."

아버지는 고개를 들고 말했다. "에둘러 말하지 말고 그냥 새 빵을 사자고 말해라."

빵 껍질을 부드럽게 하려고 입안에 침을 가득 문 채 파린은 아무 말도 하지 않았다. 이를 부러뜨리지 않고 입안의 빵조각을 목구멍으로 넘기기까지는 한참이 걸렸다. 그때 갑자기 좋은 생각이 떠올랐다.

"아버지, 제일 가까운 도서관이 어디예요?"

"뭐?"

"책이 가득 쌓인 방이요."

"까불지 마라 이놈아! 도서관이 뭔지는 나도 알아. 내 말은 거기서 뭘 하려는 거냐고?"

"책을 읽으려고요."

"그런 아무짝에도 쓸모없는 물건을 가지고 뭘 하려는 거야. 날 좀 봐라."

아하, 그렇구나. 대꾸하지 않는 게 좋겠어, 파린.

"나는 까막눈이다." 아버지는 그런 말도 당당하게 하는 재주가 있었다.

"아무튼 어디 있는지 알고 계세요?"

아버지가 수염 난 턱을 긁자 제재소에서나 들릴 법한 소리가 났다. "나벤슈타인에 가면 큰 도서관이 있다지. 너희 엄마가 언젠가 말한 적이 있어."

"아버지는 아직 나벤슈타인에 한 번도 못 가 보셨어요?"

"거긴 뭐하러? 남쪽 끝, 그 먼 곳까지. 여기만 해도 얼마나 살기가 좋으냐."

아하, 그렇구나. 이쯤에서 더는 말하지 않는 게 좋겠어.

"그 얘긴 이제 됐다. 우린 빵이랑 치즈랑 염소젖을 사와야 해. 돼지고기도 괜찮겠구나." 아버지가 말했다.

그것참 반가운 소리네. 듣는 것만으로도 입안에 한가득 침이 고여 딱딱한 빵을 우물거리기가 한결 쉬워졌다.

아버지는 허리춤에 찬 닳아빠진 돈주머니에 손을 넣어 뒤적였다.

"여기 6페니다. 이거면 충분할 거야."

파린은 손을 뻗어 동전을 받아들었다. "지금 바로 다녀올게요."
하지만 파린은 잠시 머뭇거리다가 다시 물었다. "그런데 아버지, 혹
시 망상이 뭔지 아세요?"

아버지는 피곤한 듯 고개를 저었다. "그건 또 무슨 소리냐?" 그는
오른손 검지를 들었다. "아, 멍석 말이냐? 그럼 알고말고. 지금 마당
에 내다 까는 물건을 몰라서 묻는 게냐?"

"알겠어요, 아버지." 내가 오늘 늙으신 아버지를 너무 힘들게 했
구나. "다녀올게요." 그는 벌떡 일어서서 동전과 함께 낡은 바구니
와 옹기항아리를 챙겨 오두막을 나섰다.

우선 빵 가게부터 들를 생각이었다. 그러면 집에 올 때까지 내내
갓 구운 신선한 빵 냄새를 맡을 수 있을 테니까. 별다른 이유 없이
도 이렇게 기분이 좋을 수 있다는 사실이 놀라웠다. 파린은 우울한
생각 때문에 하루를 망치지 말아야겠다고 결심했다. 불쑥 나타나
잘난 척이나 하는 망상에게 기회를 주지 말자.

마을을 향해 걸음을 재촉하는데 저 앞에 털북숭이 개를 데리고
시장 쪽으로 걸어가는 밧줄공이 보였다. 그가 어깨에 멘 불룩한 바
구니에는 시장에 내다 팔 물건들이 가득 담겨 있었다.

파린은 조금 더 빨리 걸어 멀리서 그들을 불렀다. "그롤하이머,
친구야!"

파린의 목소리를 들은 개가 달려오기 시작했다. 두 귀가 마치 박

공지붕처럼 쫑긋해졌다가 멍멍 짖으며 뛰어왔다.

"날 넘어뜨리려고. 요 털북숭이." 파린이 웃었다.

그런데 언제나처럼 파린에게 다가와 폴짝 뛰어오르려는 순간, 갑자기 그롤하이머가 앞다리를 땅에 딛고 등의 털을 곤추세우더니 지금껏 한 번도 들어본 적 없는 끔찍한 소리를 냈다. 머리를 뻣뻣하게 치켜세우고, 동그랗게 뜬 눈은 뒤집혀 흰자위가 다 보였다. 파린을 바라보는 개의 눈빛은 아침에 먹은 빵보다 더 딱딱하게 굳어 있었고, 등을 곤추세우고 아래턱을 앞으로 내밀며 화가 난 듯 무시무시한 송곳니를 드러냈다.

놀라기는 파린도 마찬가지여서 잠시 꼼짝 않고 서서 그롤하이머를 바라보았다. 갑자기 왜 그러는 걸까? 개는 공격성을 드러내며 그에게 달려들 태세였다. "그롤하이머, 너 나를 몰라보는 거야?" 그는 그 개를 진정시키려고 했다.

밧줄공은 멈춰 서서 뒤를 돌아보았다. 그리고 뭔가 잘못되었다는 사실을 눈치채고는 큰소리로 개를 불렀다. "그롤, 당장 이리 와."

파린은 개를 자극하고 싶지 않았다. 그래서 인사를 하거나 쓰다듬지 않고 시선을 돌렸다. 개는 다시 한번 파린을 향해 으르렁대고는 다시 주인에게로 달려갔다.

밧줄공은 어깨를 한 번 으쓱하더니 뒤로 돌아서서 가던 걸음을 재촉했다. 파린은 한참 동안 그 자리에 가만히 서 있었다. 어떻게 된 일일까? 조금 전까지 좋았던 기분은 온데간데없이 사라져 버리고 의기소침해져서 무거운 발걸음을 옮겼다. 빠른 걸음으로 밧줄공을 따라잡겠다는 의욕도 사라졌다. 이제는 동물들마저도 그를 피하는 걸까? 마치 마을의 마지막 친구를 잃은 것 같은 기분이 들었고, 그게 사실이기도 했다.

성당과 빵 가게 사이에 위치한 장터에는 상인들이 줄지어 자리를 잡았고, 광장은 사람들로 북적였다. 빵 가게 앞에는 천막을 친 가판이 있어 빵 부스러기라도 얻으려는 아이들을 유혹하고 있었다. 파린도 한때는 여기에 서서 동그란 눈으로 빵 조각을 얻으려고 애쓰곤 했었다. 그랬던 그가 오늘은 빵 두 덩어리를 샀다. 그리고 한쪽 귀퉁이를 뜯어서 한 남자아이에게 건넸다. 아이는 얼른 빵 조각을 받아들고는 경쾌한 목소리로 "고맙습니다." 하고 인사했다.

점포 두 개를 지나면 염소젖을 파는 농부가 있었다. 파린은 그곳에서도 값을 치르고 항아리에 우유를 받은 뒤 치즈도 한 덩이 샀다. 알록달록한 색깔, 갖가지 냄새, 시장의 떠들썩한 소리는 잠시나마 오는 길에 일어난 사건을 잊게 해 주었다. 칼, 도끼, 톱날, 그리고 숫돌 등을 팔고 있는 마지막 가게에서 토르프가 패거리와 소란을 피우고 있었다. 토르프 말고 다른 녀석들의 이름은 여전히 머릿속에서 맴돌았다. 슈툼프, 둠프, 툼브…? 뭐였더라. 또다시 그들과 마주치고 싶지 않았기 때문에 파린은 얼른 몸을 돌렸다. 하지만 이미 때는 늦었다. 토르프가 벌써 조롱하는 표정으로 그를 노려보고 있었다. 파린은 얼른 생선 가게 주인과 큰 소리로 가격을 흥정하는 두여자 사이로 끼어들었다. 그들은 엄지손가락으로 청어를 이리저리눌러 보며 생선이 자기 할머니보다도 더 오래된 것 같다고 우겨 댔다. 파린은 그제야 자신이 여태껏 흥정하지 않고 상인이 부르는 대로 값을 치러 왔다는 사실을 알게 되었다. 아마도 아버지가 파린을장에 잘 보내지 않는 건 그 때문일지도 몰랐다. 하지만 우유나 빵가격을 흥정하지 않는 건 큰 문제가 아니었다. 이런 상품들은 가격을 마음대로 높여 부르는 일이 거의 없었기 때문이다.

삼십 분쯤 지났을 때 파린은 가진 돈을 다 쓰고 시장을 떠났다. 가득 찬 바구니를 안고 걸음을 옮기니 진한 빵과 햄과 치즈의 향이풍겨 기분이 좋았다. 파린에겐 이 세상 어떤 좋은 향수보다 더 좋은냄새였다.

절반쯤 왔을까? 청년 넷이 길 한가운데에 나타났다. 이번에도 토르프와 그 일당이었다. 제길, 저놈들이 여기에서 나를 기다리고 있었던 걸까. 인생의 목표가 싸움질인 저 네 놈의 다음 먹잇감이 되어버렸군.

"어이, 우리의 친구, 시체를 능욕하는 자여!" 토르프가 음험하게웃으며 말했다. "그때 아리따운 게룬다를 어떻게 했었는지 마저 들어볼까?"

"히히." 다른 일당들이 명령이라도 떨어진 듯 일제히 낄낄거렸다.

대체 무슨 대답을 바라는 걸까? 파린은 아무런 말도 하지 않았다.

험상궂은 얼굴을 하고 토르프가 말했다. "너 때문에 내가 오후 내내 무거운 시체를 날라야 했다고."

"그건 나도 마찬가지였어." 파린이 간신히 대답했다.

"넌 어차피 그 일밖에 할 줄 모르잖아. 내가 대가를 치르게 해 주겠다고 말하지 않았던가?" 그가 검지를 천천히 들어 올리며 말했다. "그리고 나는 약속을 꼭 지키는 사람이란 걸 모르지 않을 텐데."

무슨 대답이 필요한 거지? 이번에도 넷이 달려들어 두들겨 패기라도 하겠다는 걸까?

"우리 주려고 뭘 많이도 샀네." 토르프가 바구니로 손을 뻗으며 말했다.

"건드리지 마."

"이 구두쇠 좀 봐." 토르프는 느닷없이 팔꿈치로 파린의 명치를 세게 쳤다. 파린의 상체가 꺾였다. 나머지 셋 중 하나가 그 틈을 놓치지 않고 엉덩이를 걷어차자 파린은 중심을 잃고 앞으로 고꾸라졌다. 그러면서 바구니를 놓쳤고 팔을 뻗은 채 엎어졌다. 키가 큰 녀석이 바구니를 빼앗아 뒤지기 시작했다. 그 녀석의 이름이 카알이라는 게 이제야 떠올랐다. 그는 우유 항아리를 토르프에게 내밀며 말했다.

"아이고 귀여워라 요 녀석, 우유가 마시고 싶었구나." 이장 아들이 말했다.

토르프는 항아리를 받아들더니 파린의 머리 위에 쏟아붓고는 보란 듯이 팔을 뻗어 바닥에 떨어뜨렸다. 항아리는 산산조각이 났다. 남아 있던 우유가 돌바닥에 튀었다. "아이쿠, 떨어져 버렸네! 실수로 놓쳐 버렸어."

그들은 그게 재미있는 모양이었다.

"우리를 주려고 빵도 샀나 봐." 카알이 빵 한 덩이를 토르프에게 던졌다. 토르프는 한 입을 크게 베어 물고는 쩝쩝거렸다. "고맙기도 해라. 매장꾼 아들놈."

파린은 바닥에 누운 채, 폭발할 것 같은 화를 억누르며 말했다. 그의 목소리는 이상하리만큼 침착했다. "토르프, 조심조심 천천히 먹어, 안 그러면 또 토할지도 몰라."

토르프는 자기도 모르게 씹는 동작을 멈추고 말했다. "뭐라고?"

며칠 전과 마찬가지로 그는 발길질을 시작했다. "두들겨 패는 거로는 안 되겠어. 오랫동안 잊지 못하게 제대로 한번 혼을 내줘야 한다고." 그가 선언했다.

"저 도도한 녀석의 이를 몇 개 부러뜨려 주는 게 어때? 먼저 앞니가 좋겠네. 평생 오늘을 기억하도록 말이지." 카알이 뽐내듯이 말했다.

발 하나가 파린의 허리를 무겁게 누르자 다른 여러 개의 발도 가세했다. 카알은 허리를 굽히고 파린의 머리카락을 쥔 채 고개를 들어 올렸다. "시작해 볼까? 돌 하나만 줘 봐, 이 녀석의 이를 좀 손봐 줄 테니까." 그는 이를 갈며 말했다.

공포가 몰려왔다. 그들은 정말로 끔찍한 일을 저지를 생각이었다. 이번에는 양 눈에 시퍼런 멍 정도로 끝날 일이 아니었다. 하얀 눈물이 코를 따라 흘러내렸다. 등에 가해진 발길질만큼이나 우유 방울도 그를 괴롭히고 있었다.

언제까지 그렇게 그냥 당하고만 있을 거야, 벌레?

망상, 그래 그게 빠져 있었지.

그의 머릿속에는 분노와 자기 혐오, 네 명의 멍청한 건달들과 자신의 무기력함에 대한 경멸이 아우성치고 있었다.

저들은 도저히 상대할 수가 없어. 그런데 내가 뭘 할 수 있지? 게다가 너까지. 이젠 5대 1로 싸우라는 거야?

멍청하긴, 난 널 해치는 일 따위는 하지 않아. 나는 그저… 이런 위기의 순간에 꼭 필요한 질문을 던지는 것뿐이라고. 왜 지금 같은 상황에서 그냥 체념하는 거야?

상대는 넷이야. 내가 뭘 할 수 있다는 거지? 승산 없는 게임이야.

울면서 잘못했다고 빌어 보는 건 어때? 목소리는 기쁨에 들떠 있는 것 같았지만 곧 분노의 음색으로 바뀌어 있었다. **저것들은 역겨워서 도무지 봐 줄 수가 없어. 나한테 맡겨 봐.**

절대로, 그만 꺼져 줘!

좋아. 그것참 재미있겠네. 이제 곧 저들이 네 이를 부러뜨려 버릴 테니까. 그럼 아침마다 양치질하기도 편해질 테고. 목소리는 무언가를 생각하는 듯 잠시 멈췄다가 말을 이었다. **어쩌면 저들이 네 머리통도 부 쉬 버릴 거야. 그럼 나는 자유다.**

바로 그때 토르프가 주먹 크기의 돌을 길가에서 주워 카알의 손 에 쥐여 주고 있었다.

파린은 마치 한 마리 미친개처럼 그의 손에서 벗어나려고 몸부림 쳤다. 그러다가 얼떨결에 토르프의 다리를 걸었고, 토르프는 바닥 에 나동그라졌다. 파린은 일어서려고 안간힘을 썼다. 둠프가 장화 를 신은 발로 그의 머리를 걷어찼다. 바닥에 엎드려 있는데도 세상 이 빙그르르 돌았다. 현기증과 의식이 사투를 벌이고 있었다. 토르 프는 더욱 화가 나서 날뛰었다. 이제 넷은 한꺼번에 파린에게 몰려 들었다.

"똑바로 눕혀." 카알이 명령했다.

그들은 파린의 몸을 뒤집어 눕히고는 팔과 다리를 바닥에 대고 꽉 눌렀다. 파린의 몸은 이제 사지가 바이스에 물린 것처럼 꼼짝도 할 수 없었다.

그렇게 힘없는 아이처럼 무조건 발버둥만 치지 말고 효과적으로 행동 하란 말이야.

파린의 눈은 불덩이처럼 타오르고 심장은 터질 듯이 요동치고 있 었다. 머리가 옆으로 돌아갔다. 울음이 터져 나오기 직전이었다.

차라리 눈을 감아 줘. 난 차마 못 보겠다.

이 구역질 나는 머릿속의 환상은 토르프와 카알을 합친 것보다 더 참기 힘들었다. 다시 머리를 한 대 얻어맞았는지, 갑자기 정신이 몽롱해졌다.

어서! 그냥 딱 한 발짝이라니까. 인제 그만 놓아 버려!

대체 뭘 어쩌라는 걸까? 원하는 게 대체 뭐지? 뭘 놓아 버리라는 거야? 난 아무것도 쥐고 있지 않다고.

"이번엔 위쪽 앞니만 빼는 걸로 하자. 다음번에 만나면 아랫니. 그게 우리답게 예의 바른 행동 아니겠어? 그런데 가만히 있어야 해. 안 그러면 내가 널 어떻게 할지 모르거든." 토르프는 악의를 내뿜으며 손에 든 돌을 파린의 눈앞으로 가져갔다. 그리고 천천히 팔을 들어 올렸다.

그가 팔을 들었어. 이제 정말 시간이 없어. 놓아 버려!

커다란 돌을 든 손이 그의 입을 향해 돌진하고 있었다. 눈 깜짝할 사이보다 길지 않은 시간이었지만 파린에게는 그 순간이 영원처럼 느껴졌다.

놓아 버려!

눈앞은 자욱한 안개, 온통 회색뿐이었다. 정신을 잃은 걸까? 아니면 지금 죽는 걸까?

돌을 든 손이 그의 입으로 날아들고 있었다. 그의 머릿속에서는 벌써 이가 깨지는 소리가 들리고 있었다.

문제는 이만 부러뜨리는 데서 끝나는 게 아니라는 사실이지.

마지막 순간, 파린은 온 힘을 다해 고개를 옆으로 돌렸다. 돌멩이를 쥔 카알의 손이 바닥을 가격하며 파린의 귀를 스쳤다. 그 바람에 카알의 얼굴이 사정거리에 들어왔다. 파린은 머리를 날려 그의 코를 이마로 세게 쳤다. 뼈와 뼈가 부딪치는 둔탁한 소리가 울려 퍼졌다. 통증과 함께 갑작스러운 공격에 당황한 카알은 파린의 오른손을 놓쳤다. 파린은 기회를 놓치지 않고 슈툼프의 목을 후려쳤다. 이제 왼팔도 자유였다. 적들은 포악하게 그의 위로 달려들었다. 그는 바닥에 누운 채로 오른손으로 카알의 머리를 부여잡아 반대쪽 손을 붙잡고 있는 둠프의 머리로 날렸다. 이번에도 같은 소리가 들렸다. 손가락으로 비석을 칠 때와 같은 평범한 소리였지만 효과는 탁월했다. 둘의 눈이 돌아갔고 파린을 잡은 손을 놓쳤다. 주저앉은 둠프의 머리는 찢어져 피가 흐르고 있었고, 카알은 코와 관자놀이를 움켜쥐었다. 핏줄기가 그의 손을 타고 흘러 파린의 얼굴 위로 떨어졌다. 파린이 벌떡 일어났다. 토르프도 거의 동시에 일어났지만 파린은 그 순간을 놓치지 않고 뒤꿈치로 토르프의 오금을 걷어찼다. 토르프는 비명을 지르며 다시 바닥에 나뒹굴었다. 슈툼프는 여전히 양손으로 자신의 목을 움켜쥐고 괴로워하고 있었다. 무릎을 세게 걷어차자 그도 마찬가지로 어깨를 바닥에 부딪치며 쓰러졌다.

"어떻게 이럴 수가 있지?" 코가 주저앉고 관자놀이가 찢어져 피범벅이 된 카알의 얼굴은 마치 시장에 걸린 고깃덩이 같았다. "저놈이 대체 어떻게?"

이제야 우리를 제대로 알게 된 거라고 말해. 사악한 웃음소리가 이어졌다.

　카알은 격분하여 파린을 향해 달려들었다. 그의 눈동자가 증오로 흔들리고 있었다. 파린은 차분하게 움직였다. 그의 오른쪽으로 달려오는 카알을 피해 왼쪽으로 한 걸음 비켜서자 녀석은 그대로 허공을 향해 몸을 허우적거렸다. 파린은 상대의 뒤로 가서 무릎으로 그의 등을 가격했다. 카알은 비명을 지르며 그대로 앞으로 고꾸라졌다. 그때 검은 그림자가 옆쪽에서 그를 덮쳤다. 파린은 재빨리 몸을 돌려 토르프의 주먹을 막아 냈다. 그러자 곧 다른 팔이 날아들어 왔다. 파린은 다시 몸을 피하고 양손으로 그를 붙잡았다. 마치 수백 번 단련한 듯한 능숙한 동작으로 그는 무릎을 구부려 토르프의 꺾인 팔을 세게 찼다. 토르프의 팔은 썩은 나뭇가지처럼 뚝 하고 부러졌지만 그 소리는 이내 그의 비명에 묻혀 버렸다.

　"가만히 있어! 할 얘기가 있으니까!" 파린은 오른손으로 토르프의 목을 움켜쥐었다. 비명은 점점 잦아들었다. 온몸이 마비된 듯 건달의 우두머리가 그를 노려보았다. 하지만 그의 눈은 두려움을 숨기지 못하고 있었다.

　파린은 자신의 목소리를 들었다. "코는 좀 어떠신가? 하늘은 맑고, 나무랄 데 없는 날씨군. 그래서 내가 오늘은 화내지 않고 침착하게 설명해 줄게. 하지만 너희 멍청한 패거리가 다시 한번 내 눈에 띄면 그때는 내가 화가 났을 땐 어떻게 되는지 보여 주지. 그날이 바로 네가 웃을 수 있는 마지막이 될 거야."

파린은 한 번도 그런 표정을 본 적이 없었다. 겁에 질려 벌벌 떨며 징징대는 피투성이의 가련한 모습들이라니. 토르프의 눈알은 마치 겁에 질려 곧 튀어나올 듯 부풀어 올랐다.

파린은 그의 목을 쥔 손에 조금 힘을 빼고 말했다. "그리고 네가 궁금해하는 사실에 답해 주지. 게룬다랑? 아주 즐거웠지. 그런데 너희 엄마가 훨씬 더 죽여 주던걸."

이보다 더 놀란 표정을 지을 수 있을까? 그는 너무 놀라 벌린 입을 다물지 못했다.

"다시 한번만 나를 귀찮게 하면 한 명씩 차례로 죽여 주마. 너를 맨먼저 처리해 주지. 약속할게." 파린은 검지를 들어 올렸다. "그리고 나는 약속은 꼭 지킨다는 사실도 잊지 마." 그는 토르프의 턱을 잡았다. "그다음에 무슨 일이 일어나든 나는 상관하지 않아. 난 더 잃을 게 없거든. 나는 그저 매장꾼의 아들이라는 거 잘 알고 있겠지."

토르프의 입술이 떨렸다.

"나한테 우유랑 빵 살 돈을 빚진 것 같은데."

그는 손을 내밀었다. 팔을 움직일 수도 없어 토르프는 눈으로 자신의 허리띠를 가리켰다. 파린은 재빨리 허리띠에 매달린 주머니를 열고 동전 몇 개를 꺼냈다. 그중에는 은화도 있었다. 그는 우유, 항아리, 그리고 빵 한 덩이 값으로 4페니만 가지고 나머지를 다시 주머니에 넣은 다음 토르프의 발밑에 던졌다. 그는 부러진 팔 때문에 끔찍한 통증을 느끼며 아무 말도 못 하고 서 있었다.

파린은 태연하게 바구니를 집어 들고 네 명의 건달에게 경멸의 눈빛을 보냈다. 그들은 하나같이 피와 눈물로 범벅이 되어 있었다. 하우펜 마을에 딱 어울리는 비참한 모습이었다.

이제 파린은 다시 시장으로 걸음을 옮겼다. 밥 한 끼 먹기 참 힘든 날이군.

운명

오른손으로 자신의 귀를 만져 보니 귓불 아래에 딱지가 만져졌다. 카알이 돌멩이로 스친 바로 그 자리였다. 얼굴의 피가 누구의 것인지는 상관없었다. 귀찮아도 시장으로 돌아가기 전 먼저 냇가로 가서 씻어 내야 했다. 무릎을 꿇고 앉아 물에 비친 자신의 모습을 바라보았다. 피범벅이 된 진지한 얼굴은 낯설게만 보였다. 두 손에 물을 가득 모아 얼굴에 끼얹고 양손으로 비비며 얼굴을 씻었다. 한참 동안 찬물로 세수를 했지만 아직도 정신을 차릴 수가 없었다.

제길! 무슨 일이 일어난 거지? 대체 무슨 짓을 한 거야?

하마터면 네 예쁜 앞니 두 개가 사라질 뻔했다는 걸 잊지 마.

망상! 파린은 자신을 제어할 능력을 잃었던 것이다. 머리에 심하게 발길질을 당한 뒤 반쯤 무의식 상태에서… 결국 의식을 놓아 버리고는 머릿속의 무언가에게 다음을 맡겨 버린 것이다.

그 마음씨 좋은 녀석들이 아주 조금 가엾긴 해.

주변엔 커다란 바위가 여러 개 있었다. 파린은 고개를 저으며 그중 하나에 걸터앉았다.

믿을 수가 없었다. 다음번에 그들과 마주친다면 정말로 자신을 죽이려 할 게 분명했다.

멍청하긴. 저런 녀석들은 내가 너무 잘 알아. 상대가 만만해 보일 때만 몰려다니며 강한 척을 하지. 다음번엔 너한테 말도 걸지 못하고 도망

가 버릴 테니 걱정하지 마.

파린은 주먹을 쥐고 소리쳤다. "어떻게 그런 일이 일어날 수 있었던 거지? 나는… 싸움 따위는 할 줄 모른다고. 게다가 상대는 넷이었어."

네 안에 뭐가 있는지 아직도 모르겠냐! 목소리가 낄낄거리며 웃었다.

파린은 자신도 모르게 눈을 부릅떴다. 비웃음? 아니면 유머? 어느 쪽인지 알 수 없었다. 어쩌면 둘 다일지도. "넌 나를 계속해서 비난하고 비웃고 있어. 말해, 그러면서 왜 나를 도와준 거지?"

어이, 지금 무슨 소리를 하는 거야! 난 그냥 날 도왔을 뿐이라고. 네가 앞니도 없이 죽을 때까지 80년 동안이나 씹지도 못하고 우물거리는 꼴을 어떻게 보란 말이야.

"그게 다야?"

난 원래 아무도 나한테 기대하지 않은 그런 일을 하는 걸 좋아해. 목소리는 아주 잠깐 쉬었다가 말을 이었다. 게다가 내가 할 수 있는 일이니까. 그리고 그 일이 재미있기까지 하다면.

"마을 사람들이 놀라서 어떻게 된 건지 물을 거라고."

그러면 뭐? 그놈들이 느닷없이 '매장꾼 아들이 사실은 겁쟁이가 아니에요.'라고 말할 것 같아? 망상은 잠시 쉬었다가 말을 이었다. 걱정하지 마! 그 건달들은 아무 말도 못 할 테니까. 찍소리도 못한다고 내가 장담해. 네가 단번에 자신들을 묵사발로 만들어 버렸다고 걔네들이 말하고 다닌다고? 그것도 4대 1로? 아둔한 매장꾼 아들한테? 이제 좀 남자답

243

게 생각이라는 걸 해 봐. 남자가 되라고.

"내가 남자가 되려면 건달들을 몇 명이나 묵사발을 만들어야 해?"

흠. 그거 아주 좋은 질문인데? 내가 너를 너무 과소평가했나 봐. 처음으로 목소리는 반쯤 상냥하게, 아니 심지어 어느 정도 진지하게까지 들렸다.

"그래, 네가 나를 도와준 것 인정할게. 하지만 내 마음이 편하지 않아."

내가 널 도와주지 않았으면 지금 네 마음은 더 편했을까?

원했건 원하지 않았건 파린은 그의 머릿속 망상이 앞니 두 개 이상을 구해 준 걸 시인하지 않을 수 없었다.

도와줬는데 고맙다는 말도 없는 거야? 일단은 아쉬운 대로 그 정도에 만족할게.

"고마워, 하지만 나도 그 정도면 됐어. 그렇다고 해서 널 그대로 둘 수는 없거든. 이건 내 몸이니까. 어느 누구도 내 몸을 가질 수는 없어. 너는 위험해. 그러니 이제 떠나 줘. 영원히."

밧줄공의 개 사건은 우연이 아니었다. 그롤하이머는 본능적으로 파린의 변화를 느끼고 그토록 공격적으로 행동했던 것이다. "그롤하이머조차 널 좋아하지 않아. 나를, 아니 너를 물 뻔했다고. 너는 정말 끔찍하니까."

원래 개들은 옛날부터 악령을 싫어하지, 물론 지옥을 지키는 머리가 셋 달린 개 케르베로스만 빼고.

"네 말은 언제 진심이고 언제 비꼬는 건지 정말 모르겠어. 하지만 네가 항상 야비하다는 것만큼은 분명해."

오랫동안 둘 중 누구도 말이 없었다. 개울물의 철썩거림이 파린의 마음을 가라앉혔다. 그의 머릿속도 평온해졌다. "이제 말해, 네가 누구인지."

아무런 대답도 없었다. 파린은 망상이 사라지고 없다는 걸 느꼈다. 어느새 그는 목소리가 말없이 자신의 마음속에 있을 때와 아예 사라지고 없을 때를 구별할 수 있게 되었다. 상황은 점점 기묘해져 가고 있었다. 바구니를 집어 들고 몸을 일으켜 시장으로 향했다. 토르프와 그의 건달 친구들이 다시 마을로 돌아오기 전까지 할 일을 끝내고 싶었다.

빵 가게 주인 여자는 파린이 다시 빵을 사서 바구니에 넣는 모습을 보며 고개를 갸우뚱했다. 농부의 가판대에서는 새 항아리를 사서 염소젖을 담고 값을 치렀다. 파린은 집으로 돌아오는 길에 네 명의 얼간이들이 자신을 공격한 바로 그 자리에 잠시 멈춰 섰다. 우유와 피가 바닥에 반짝이고 있었다. 어떻게 네 명을 상대로 그렇게 쉽게 이길 수 있었던 걸까? 어리둥절한 마음으로 무거운 바구니를 안고 다시 집 쪽으로 향했다. 빨리 집으로 돌아가고 싶은 마음이 간절했다. 바람이 불면 날아갈 듯 다 쓰러져 가는 오두막집일 뿐이지만. 그리고 식사 시간이 기다려졌다. 이런 훌륭한 한 끼 식사는 흔치 않앉으니까. 집에 도착하자마자 그는 바구니에서 물건들을 꺼내고 염소젖을 컵에 따라 벌컥벌컥 들이켰다.

아버지가 그런 그를 의심 어린 눈초리로 바라보았다. "귀에 그 상처는 뭐냐? 이마도 그렇고. 또 넘어진 게야?"

"아무것도 아니에요. 괜찮아요."

"흠…." 아버지는 빵 덩어리를 집어 들어 한 귀퉁이를 떼어 냈다. "그런데 왜 그렇게 오래 걸린 게야?"

"토르프 무리를 중간에서 만났어요."

"그 녀석들하고 얽히지 말거라, 그냥 피해 다녀."

"말이야 쉽죠, 걔들은…"

아버지가 갑자기 호통을 쳤다. **"내가 방금 뭐라고 했지?** 그냥 내빼란 말이다! 방법은 그것뿐이야."

"좋은 방법이네요. 그럴게요, 아버지."

"그래!" 아버지는 그제야 마음이 놓인 것 같았다. "게오리히네 다녀오마."

아하, 그렇구나.

"오늘이 게오리히 생일이라 한턱낸다고 해서. 맥주가 석 잔까지 공짜란다." 아버지는 기대에 부풀어 집을 나섰다.

혼자 남았다는 사실을 깨닫기까지는 한참이 걸렸다. 혼자 있고 싶지 않았다. 아버지를 따라가는 게 좋을까? 토르프 무리는 '따뜻한 맥주'에서 시간을 보내는 일이 거의 없으니 안 될 것도 없었다. 하지만 그는 결정을 뒤로 미루고 먼저 진한 향기가 나는 갓 구운 빵부터 한 입 베어 물었다. 빵 맛을 음미하며 씹다 보니 한결 쉽게 결정을 내릴 수 있었다. 술집으로 가 보자. 혼자 멍하니 앉아 망상 아니면 검은 망토를 두른 살인마 생각이나 하고 있을 수는 없어.

술집 앞 간판이 바람에 흔들리며 삐걱거리는 소리로 파린을 반겼다. 아직 이른 오후였지만 왁자지껄한 웃음소리가 문밖에까지 들려왔다. 아버지는 언제나 그렇듯 사내들의 무리에서 떨어져 입구 바로 옆 테이블에 혼자 앉아 있었다. 함께 모여앉아 신이 난 사람들과 늙은 아버지의 외로운 모습이 대조를 이루는 장면은 가슴 저린 한 폭의 그림 같았다. 파린을 발견한 아버지가 아무 말도 없이 고개를 끄덕였다. 그는 아버지 맞은편에 앉았다.

"맥주는 아직 안 나왔어요?"

"넌 네 거나 잘 챙겨라."

파린은 떨떠름한 표정으로 주인을 바라보았다. 그는 다른 손님들과 맥주를 마시느라 매장꾼 손님에겐 조금도 신경 쓰지 않는 눈치였다. 파린이 일어나 한마디 하려는 순간 게오리히가 와서 맥주를 코앞으로 들이밀었다.

"생일 축하하네." 아버지가 말했다.

"저도 생신 축하드려요. 아저씨 맥주가 항상 차갑게 식지 않았으면 좋겠어요." 파린도 축하의 인사를 건넸다.

게오리히는 잠시 생각에 잠겼다가 말했다. "고맙네, 팔 떨어지겠어. 맥주 다시 가져갈까?"

"그러기만 해봐라!" 아버지는 눈짓을 하며 두 손으로 잔을 꽉 쥐었다. 아들을 나무라는 표정도 잊지 않았다. 아버지는 술에 관한 한 농담이 안 통했다. 하긴 마지막 자존감까지 일찌감치 다 말아 드셨을 테니 그럴 만도 했다.

게오리히는 둘에게 고개를 끄덕이고 계산대 뒤로 사라졌다. 어느새 가게는 하나둘씩 몰려드는 마을 사람들로 가득 찼다. 여자들도 몇 명 섞여 있었다. 사람들은 노래를 부르기 시작했다. 신이 난 애연가들의 선율. 가사는 한 귀로 듣자마자 다른 귀로 흘려버려야 할 만큼 멍청하기 그지없었다. 저마다의 음정으로 목이 터져라 사람들은 다음과 같은 노래를 불렀다.

"그리고 파이프를 무는 것 이외에
우리에게 더는 아무것도 필요치 않을 때."

그건 거의 고문에 가까웠다. 누군가 이 고문을 멈춰 준다면! 그는 의자에 기대어 입을 다물듯 귀도 다물 수 있다면, 하고 생각했다. 그때 문이 열리고 아니에타가 안으로 들어왔다. 햇살이 그녀를 환히 비추었다. 그녀는 리넨 천으로 만든 노란색 겉옷을 입고 있었는데, 허리에 끈을 묶어 몸매가 드러났다. 그 아래로는 흰색 옷자락이 발목까지 내려와 있었다. 길게 땋은 머리는 옛날과 똑같았다. 파린이 용에게서 구해 주던 그때 그 소녀. 그녀의 눈은 누군가를 찾고 있었다. 아마도 블로삭을 찾고 있겠지. 파린은 물론 블로삭이 여기에 없다는 걸 알고 있었다. 갑옷 입은 기사가 술집 문을 쾅 하고 내려칠 때처럼 파린의 심장에도 쿵 소리가 났다. 아니에타가 파린 쪽으로 다가왔다. 마침내 그녀의 시야에 아웃사이더들의 테이블이 들어왔다.

"블로삭은 여기 없어, 아니에타." 파린이 얼떨결에 말했다

그녀는 놀란 눈으로 파린을 바라보았다. "내가 블로삭 찾는 걸 어떻게 알았어? 우리가 싸운 걸 그 애가 말했어?"

열 가지 생각과 백 가지 단어와 천 가지 감정, 그리고 그보다 더 큰 당혹감이 찾아왔다.

그녀의 관심을 끌어 보려고 한 것뿐인데. 이젠 어쩌지? 뭐라고 대답해야 하지?

무슨 말이든 시작하려고 그는 일단 입을 열었다. "난… 에… 그러니까…" 남자답고 매력적인 말투 대신 한 마리 쥐처럼 찍찍거리고 있다니. 분명 아니에타는 파린의 횡설수설이 영 달갑지 않을 것이다. 최대한 빨리 아무 말이든 덧붙여야 한다. "아멘 신부의 장례식 이후엔 블로삭을 한 번도 못 봤어."

"그럼 우리 얘길 어떻게 알아?" 그녀는 낮은 목소리로 속삭이며 파린에게 다가왔다. 아니에타에겐 꽃향기와 여자의 향기, 비밀스

럽고도 매혹적인 향기가 났다. 갓 구운 빵보다도 훨씬 더 좋은 향이었다.

굳이 검은 사내가 아니어도 이 여인 때문에 숨이 막혀 죽을 것 같다고 파린은 생각했다.

떨리는 걸 숨기려고 허벅지에 손바닥을 꾹 눌렀다. 그의 뱃속은 마치 나비가 날갯짓하듯 팔락거리고 있었다.

요 벌레 씨가 긴장하셨나 본데? 아님, 흥분인가? 머릿속에서 낄낄거리는 소리가 들렸다. **블로삭과 둘 사이의 비밀인데 어떻게 알았냐고 물어보잖아. 빨리 대답해.**

물론 그는 긴장하고 있었다. 생명의 위협을 느꼈던 순간들과는 다른 종류의 느낌이었지만 불쾌하기 짝이 없는 망상을 불러내기에 충분하고도 남을 만큼 긴장하고 있었다.

파린은 정신을 집중했다. "블로삭이랑 내가… 꽤 친한 사이잖아. 블로삭이 얘기해 줬어."

끝내주는 대답이군. 다음에 저 아이가 블로삭을 만나면 다시 한번 캐묻지 않겠어? 그럼 너는 뭐, 천하의 거짓말쟁이가 되는 거지.

아니에타는 여전히 확신하지 못하는 듯 눈썹을 치켜뜨고 물었다. "정말이야? 확실한 거지?" 그녀의 속눈썹이 한 번 아래로 내려갔다가 다시 위로 올라갔다. 파린은 어찌할 바를 몰랐다.

"에…"

"우리 밖으로 나갈래?" 아니에타가 이렇게 묻고는 눈짓으로 파린의 아버지를 잠깐 가리켰다.

이런 행운이 오다니. 정작 아버지는 둘의 이야기 따위엔 아무 관심도 없었지만 아니에타는 파린의 말문이 막혀 버린 게 아버지 때문이라고 생각한 것이었다.

"우리 둘이서만… 밖으로 나가자고?" 그의 목소리가 떨려 왔다. 정신을 차릴 수가 없을 지경이었다.

그녀는 두 팔을 허리에 얹고서 말했다. "걱정하지 마, 널 해치지 않을 테니까. 그리고 용이 나타나면 내가 지켜 줄게."

이 말을 듣자 마치 명령에 반응하듯 온몸의 피가 일제히 머리로 솟구쳐 올랐다. 이 나이에 아이처럼 얼굴이 빨개지다니.

아이고 귀여워라. 꼭 반딧불이 같네!

하필 이 순간에. 어떻게 하면 망상을 떨쳐 버리고 아니에타에게 적절한 대답을 할 수 있을까?

일단 일어나, 파린.

파린은 못 이기는 척 자리에서 일어났다. 그리고 문을 열고 밖으로 나가는 아니에타의 뒤를 따랐다. 어차피 더는 주점 안의 시끄러운 노랫소리를 들어줄 수 없다고 생각했던 찰나였다.

"그리고 파이프를 무는 것 이외에

우리에게 더는 아무것도 필요치 않을 때."

251

문이 닫히고 노랫소리는 조금 작아졌다.

"그래서 블로삭이 뭐라고 했어?"

"그러니까… 직접적으로 다 이야기한 건 아니야. 내가 아멘 신부의 장례식 때 너희 둘을 봤거든. 그때 알게 된 거야."

아니에타는 술집 안의 노랫소리처럼 어색한 미소를 지었다. "그래? 그런데 그게 너랑 무슨 상관인데?"

지금이야! 그녀에게 관심을 보이라고! 어디서 춤을 배웠는지 물어보라고. 그러고 나서 왜 블로삭 하고 싸웠는지 물어. 그녀의 매력에 빠졌다고 말해.

"미안해, 나랑은 상관없는 일이야." 그의 시선이 땅으로 떨어졌다.

아이구! 목소리가 머릿속에서 꾸르륵 소리를 냈다. 마치 심한 딸꾹질이 나기라도 한 것처럼.

"파린, 너 그것 말고 나한테 또 할 말 없어?"

그녀가 정말로 파린이라고 했나? 이 순간만큼 자신의 이름이 멋지게 들린 적은 없었다.

어서, 그녀가 너한테 두 번째 기회를 줬어.

"언제… 너랑 만나고 싶어."

좀 낫군, 여전히 지옥보다 깊이 기어들어 가고 있지만. 목소리가 한숨을 쉬었다.

아니에타도 같은 생각인 게 분명했다. 그녀는 작은 목소리로 속삭였다. "하지만 너는… 너는 매장꾼의 아들이잖아."

아하, 그렇구나. 목소리가 한 방 먹은 듯 딸꾹질까지 했다.

조금 당황한 아니에타의 모습은 더욱 아름다웠다. 이젠 어떻게 해야 하지? "난… 난…." 다시 피가 머리로 솟구쳤다. 아무 말도 생각나지 않고 그저 숨이 멎을 것 같았다.

그녀의 얼굴이 발산하는 우아함과 섬세함이라면 그 어떤 무서운 용이라도 사로잡힐 것이다. 그녀는 '바람의 검'을 들고 구하러 오는 기사 따위는 필요치 않았다.

그녀도 같은 생각인 것 같았다. "너랑 만날 수는 없어. 너랑 같이 있는 걸 우리 아버지가 보신다면…." 그녀의 목소리는 약간 퉁명스러웠지만 눈길만큼은 온화했다. "너무 오래 밖에 있었네. 이제 가봐야 해, 파린."

아니에타는 우아하게 뒤를 돌아 눈길 한 번 주지 않고 서둘러 사라졌다. 한여름 축제에서 춤추던 그녀의 모습이 떠올랐다.

이제 어렴풋한 향기와 어렴풋한 외로움만이 남아 있었다. '따뜻한 맥주' 간판은 그의 머리 위에서 흥겨운 노랫가락에 맞춰 끼익 끼익 소리를 내며 흔들렸다.

머릿속에서 다시 소리가 났다. 이번에는 손바닥으로 이마를 때리는 것 같은 소리였다. **왜 그런지는 몰라도 그녀가 너를 좋아하는군. 내가 여자를 좀 알아서 하는 말이야, 그런데 네가 그 기회를 발로 찼어.**

"조용히 좀 해!"

태양은 저물고 있었다. 희망도, 이 세상도 함께 저물고 있었다.

온몸에 기운이 빠져 버렸다. 파린은 자기 자신이 원망스러웠다. 그 상황에서 무슨 말을 할 수 있었지? 무슨 말을 하면 안 되었던 걸까? 그녀의 단 한마디 말이 맷돌처럼 무겁게 그를 짓눌렀다. '넌 매장꾼의 아들이잖아!' 그나마 위안이 된 건 그녀가 마지막으로 그의 이름을 불러 주었다는 사실이었다.

주홍 글씨처럼 새겨진 너의 운명을 받아들여, 매장꾼의 아들.

멍청한 소리! 운명은 극복하라고 있는 거야. 그건 끊임없이 싸워야 하는 가장 지독한 적이지. 잘 모르겠다고? 그건 게으른 자들, 융통성 없는 자들, 겁쟁이들의 변명일 뿐이야. 내 말을 들어, 다시는 운명 얘기는 입 밖에 내지도 말란 말이야!

"운명, 운명⋯" 파린이 중얼거렸다.

그래 네 말에 설득당했어, 벌레. 모루 바위에 올라가서 그냥 뛰어내려!

슬픔의 바다 한가운데에서 홀로 헤엄치는 것 같은 기분이었다. 거대한 파도가 끊임없이 그를 삼켜 버릴 것만 같았다. 그는 왜 그 누군가가 아닌 그 무엇으로 불려야만 할까? 다시 술집 문을 열고 들어가 아버지에게 집으로 돌아간다고 말할까 잠시 망설였다. 하지만 그럴 기운도 없었다. 지친 발걸음을 이끌고 집으로 돌아가는 길은 거의 두 시간이나 걸렸다. 망상은 다시 나타나지 않았다. 기이한 하루는 이렇게 저물어 가고 있었다.

파린은 오두막 구석의 짚으로 만든 잠자리에 지친 몸을 뉘었다.

방안으로 새어 들어오는 달빛은 이 세상만큼이나 차갑게 느껴졌다. 한쪽 눈을 감으면 세상은 절반만 끔찍해 보일까? 아니, 아무 소용도 없었다.

얼른 두 눈을 꼭 감아 파린.

무

간밤에 처음으로 서리가 내렸다. 추위는 아무도 모르게 어둠 속에서 존재를 드러내 이른 아침 사람들을 놀라게 했다. 눈을 뜨자마자 나무 타는 냄새가 파린의 코를 간질였다. 정말로 추운 날이 아니면 불을 때지 않는 아버지가 난로에 불을 지피고 있었다.

파린은 겨울이 싫지 않았다. 아니 오히려 좋아했다. 용의 입에서 뿜어져 나오는 불처럼 찬 공기에 하얗게 뿜어져 나오는 입김이, 얼어붙은 호수 위를 미끄러져 가는 것이 좋았다. 겨울을 기다리는 이유는 또 있었다. 시간을 벌 수 있을지도 모른다는 기대감 때문이었다. 추위 때문에 까마귀가 하우펜 마을로 돌아오는 일정을 연기할지도 모른다는 막연한 희망에 막연한 용기가 솟았다.

지난 일주일 동안은 아무도 죽지 않았다. 아무에게도 심정지가 일어나지 않았다. 사람들이 서로서로를 죽이지 않는 이런 시기가 오면 아버지와 파린은 할 일이 별로 없었다. 둘 중 한 명이 매일 두 시간 정도 공동묘지를 관리하는 일만 하고 나면 그걸로 끝이었다. 그 일은 보통 파린의 몫이었다. 물론 이런 시기엔 수입도 거의 또는 아예 없었다. 아멘 신부는 일요일 미사가 끝나고 난 뒤 헌금 바구니에서 동전 몇 닢을 꺼내 아버지에게 주곤 했다. 이제는 신부가 없으니 주일 미사도 없었고, 따라서 동전도 없었다.

파린은 너도밤나무로 만든 갈퀴를 들고 낙엽을 쓰는 중이었다.

성당 뒤 제단과 가까운 무덤이 가장 명당이었다. 그건 물론 그곳이 가장 비싼 자리라는 뜻이었다. 제단에 가까워질수록 자릿세는 비싸졌다. 신앙심이 아닌 돈주머니의 무게가 신과의 거리를 정했다. 아멘 신부의 무덤은 당연히 가장 특별한 자리를 차지하고 있었다. 성당 종탑의 그늘 밑이 그의 편안한 안식처였다. 하지만 나무는 자리 따위는 상관하지 않고, 바람이 불면 묘지 곳곳에 골고루 낙엽을 뿌려 댔다.

자연은 돈으로 매수할 수 없어, 파린은 생각했다. 인간이 자신들의 힘을 이용해 뒤죽박죽으로 만들지만 않는다면.

그는 뒤숭숭한 마음으로 떡갈나무에 달린 낙엽을 바라보았다. 빨갛고, 노랗고, 갈색으로 물든 단풍은 이제 사분의 일 정도만 듬성듬성한 나뭇가지에 매달려 있었다.

며칠 후에 나뭇잎을 모두 갈퀴로 치워야겠다.

오늘 할 일은 다 끝났다. 복잡한 심경으로 그는 게룬다의 무덤 옆을 지났다. 아멘 신부의 시신을 계곡에서 옮기고 이틀이 지나서 이장과 아버지와 파린이 게룬다를 데려오기 위해 떠났었다. 이번엔 별다른 절차 없이 그녀는 다시 무덤 속으로 들어갔고 아버지가 무덤을 덮었다.

파린은 생각에 잠겨 집 쪽으로 향했다. 그날 이후로 아니에타를 본 적도 없었고, 아무런 소식도 듣지 못했다. 그녀와의 거리가 달만큼이나 멀게 느껴졌다. '너는 매장꾼의 아들이잖아.' 하는 속삭임이 그의 귓가에 울렸다. 그 한마디는 모든 걸 말해 주고 있었다. 차라리 그녀가 상기시켜 준 게 다행일지도 몰랐다. 하지만 그녀는 정말로 블로삭과 행복할 수 있을까? 블로삭을 못 본 지도 한참이 지났다. 해는 점점 짧아지고 추위와 어둠이 점점 그 자리를 차지했다. 사람들은 집안에 틀어박혀 좀처럼 밖으로 나오지 않았다. 목소리의 말이 옳았다. 지금껏 마을 사람들 가운데 그 누구도 토르프와 그의 친구들이 두들겨 맞은 사건에 관해 이야기하지 않았다. 무료한 일상이 계속되는 건 차라리 파린에겐 다행이었다. 그의 심리 상태는 매우 안정적이었고, 따라서 목소리가 그를 괴롭히는 일도 없었다. 망상도 고슴도치나 다람쥐처럼 겨울잠을 자는 걸까?

아버지는 약속대로 염소 가죽으로 만든 소박한 신발 두 켤레를 사 오셨다. 아멘 신부의 손가락에서 빼낸 반지를 파셨을까? 아마도 아닐 것이다. 반지를 팔려면 먼 도시까지 다녀와야 했다. 이럴 때마다 그는 딜레마에 빠지곤 했다. 도둑질은 도둑질이므로 도덕적으로 옳지 않았다. 하지만 덕분에 그는 신발을 신을 수 있었다. 차라리 아버지가 무슨 돈으로 신발을 샀는지 모르는 게 나았다.

햇살이 눈부셨지만 윙 소리를 내며 맹위를 떨치는 바람에 귀가 시렸다. 마을 사람들 대부분이 쓰고 다니는 펠트 모자 생각이 간절했다. 그는 먼저 양 손바닥을 문지른 다음 귀에 가져갔다. 집에 가면 따뜻한 난로가 기다리고 있겠지. 파린은 걸음을 재촉했다. 몸을 녹이고 뭘 좀 먹어야겠다⋯. 그리고 나면? 파린은 미래를 떠올릴 수가 없었다. 한 치 앞을 내다볼 수 없는 미래. 그의 삶은 목표 없이 이리저리 흔들리며 나아가는 배 같았다. 아니 인생이란 배 안에 자신이 타고 있기나 한 건지. 어쩌면 그의 옆을 이미 지나쳐 간 것은 아닐지. 해야 할 일들과 지루함 사이에서, 두려움과 희망 사이에서, 아침과 저녁 사이에서 그의 인생은 집 앞에 흐르는 개울처럼 덧없이 흘러가고 있었다.

다른 점이 있다면 개울은 언젠간 바다를 볼 수 있다는 사실이었다.

바로 그때 멀리서 네 사람이 파린 쪽으로 말을 타고 달려오는 게 보였다. 아니, 세 명의 말을 탄 사내와 말 한 마리였다! 난로 앞에서 몸을 녹이려던 기대는 이제 사치였다. 파린의 머리로 또다시 뜨거운 열기가 솟구쳐 올랐다. 말을 타고 나타난 세 사람! 낯선 사내들! 그는 황급히 길가의 나무 덤불 뒤로 몸을 날렸다.

제발 그들이 나를 보지 못했기를.

말은 속도를 줄이지 않고 점점 가까이 달려왔다. 아마도 파린이 덤불 뒤에 숨은 걸 눈치채지 못한 것 같았다.

바로 그때, 기이한 목소리가 울려 퍼졌다. "므으름, 므음, 므으름!"

그러자 한 남자가 손을 들었다. "알겠어, **멈춰라**!" 톤이 높은 목소리였다.

다른 사내들이 즉시 말을 세웠다.

"므으음!" 아이처럼 키가 작은 남자가 파린이 숨은 곳을 가리켰다.

"저기 덤불 속에 누가 쪼그리고 앉아 숨어 있다!" 다른 사내가 말했다. "어서 나와 정체를 밝혀라!"

파린은 다시 한번 더 순진한 기대를 했다. 말도 안 돼! 눈치채지 못했을 거야. 처음엔 보이는 것에 속고, 그다음엔 희망에 속았다. 얼마나 더 속아야 정신을 차리겠니, 파린!

파린은 순식간에 반대편으로 몸을 날린 후 곧바로 들판을 가로질러 바위 골짜기를 향해 내달렸다. 모루 바위 아래 골짜기라면 말을 타고 따라올 수 없을 테고 그곳에서라면 저들을 따돌릴 수 있을 거야.

세 남자는 곧바로 말을 돌려 파린을 추격하기 시작했다.

"저자가 틀림없다!" 외치는 소리가 말발굽 소리와 뒤섞여 들렸다.

그들 중 한 명은 이제 파린의 바로 뒤에 있었다. 곁눈질로 보니 도끼를 머리 위로 치켜들고 있었다. 그를 죽이려는 것이 분명했다.

마침내 바위 하나가 눈에 들어왔다. 파린은 단숨에 돌출부로 뛰어올랐다. 말들이 방향을 돌리느라 주춤한 사이 그는 조금 앞서나갈 수 있었다. 전속력으로 바위들 사이를 뛰어넘으며 앞으로 나아갔다. 추격자들의 화난 목소리가 등 뒤에서 울려 퍼졌다.

골짜기, 골짜기까지 가야 해.

파린은 골짜기의 지형을 손바닥 보듯 알고 있었다. 그곳까지만 가면 도망칠 기회가 충분했다. 일단 적들이 말을 타고 쫓아올 수는 없을 테니까. 골짜기 입구가 마치 자유로 향하는 거대한 문처럼 그를 기다리고 있었다. 숨이 턱까지 차올랐지만 아직은 멈출 수가 없었다. 사내들은 민첩하게 말을 몰아 곧 그를 따라잡았다.

파린의 숨소리와 발걸음이 박자를 맞추고 있었다. 이제 딱 백 미터만. 그러면 추격자들을 말에서 내리게 할 수 있다. 바위는 햇볕에 잘 말라 있었다. 그렇지 않았다면 진작 미끄러워 굴러떨어졌을 것이다. 그는 산에 사는 염소만큼이나 재빨랐다. 드디어 계곡 입구였다. 이제 까마귀의 손아귀에서 벗어날 수 있다. 적어도 오늘은 저들에게 붙잡히지 않을 것이다.

조금만 더 가면 협곡이었다. 협곡에서는 저들도 다른 규칙을 따라야 한다. 파린이 정한 규칙.

내가 너희에게 보여 줄게. 망할 놈들! 너희들에게 깜짝 선물로 자갈 세례 맛을 보여 주마.

병풍처럼 서 있는 바위들 사이로 길이 점점 좁아지고 있었다. 이제 거의 다 왔어! 파린은 구원의 계곡을 향해 달려갔다. 바로 그때 둔탁한 무언가가 날아와 그의 뒤통수를 쳤다. 파린은 입술을 깨물며 아픔을 참았다. 비릿한 쇠 냄새가 입속에 퍼졌다. 그가 또다시 피를 흘리고 있었다. 다른 누군가가 또 그걸 원한다는 이유로. 도대체 다들 나한테 왜 이러는 거지?

딱 열 걸음만 가면 협곡이었건만.

통증은 거의 느껴지지 않았다. 다행히 저들의 무기가 명중하지는 않은 것 같았다. 파린은 계속 달렸다.

이제 딱 다섯 걸음.

거기까지 생각하고 딱 세 걸음을 더 가서 다리가 꺾이며 앞으로 고꾸라졌다. 바위들이 빙빙 돌았다. 어디가 위이고 어디가 아래일까? 바위에 부딪히는 순간에도 통증은 없었다. 그가 넘어진 곳은 정말 바닥이었을까? 눈앞에는 검은 구멍이 하나 있을 뿐이었다.

"이놈이 확실해! 드디어 잡았어!" 바로 위에서 기뻐하는 소리가 들렸다.

그러고 나서 모든 감각이 둔해지며 파린은 무의식의 세계로 빠져들었다.

세상이 흔들리고, 떨리고, 진동하고 있었다! 그를 둘러싼 건 온통 검은색, 그리고 무 냄새뿐이었다. 배와 등 근육이 동시에 깊은 통증을 호소했다. 정신을 잃었던 게 분명했다. 얼마나 시간이 흘렀을까? 몇 분? 아니 몇 주가 흘렀을지도. 그는 엎드린 채 말 등에 매달려 있었다. 머리엔 거친 리넨 포대를 쓰고 있었다. 얼굴에 묻은 흙이 얼굴을 간질였다. 힘겹긴 했지만 숨을 쉴 수는 있었다. 그가 아직 살아 있다는 증거였다. 일부러 살려 둔 것일까, 아니면 놈들의 실수일까? 어차피 곧 죽을 목숨인데 그건 별 상관없을지도 몰랐다. 머리가 열리고, 뱃가죽이 목에서부터 배꼽까지 복부 전체가 창문처럼 열어젖혀지면 인간의 몸은 어떤 고통을 느낄까?

안 그래도 말 타는 걸 배운 적이 없었던 파린은 고문을 당하는 듯

한 고통을 느꼈다. 특히 말이 빠르게 걸을 때가 가장 괴로웠다. 뼈가 불거진 말의 등 위에서 그의 몸이 위아래로 흔들렸다. 마치 배 위로 4두 마차가 지나가는 것 같은 통증이 끝없이 반복됐다.

제발 다시 의식을 잃기를.

물론 그런 일은 일어나지 않았다. 파린은 '희망'이란 단어를 자신의 사전에서 지워 버리기로 했다. 그렇지 않아도 얼마 남지 않은 자신의 인생에서.

희망을 버리자 날것 그대로의 공포가 밀려왔다. 그리고 언제나 그렇듯이 공포 뒤에는 끔찍한 후회와 결심이 뒤따랐다.

왜 진작 도망치지 않았을까? 파렴치한 검은 사내들의 이야기를 몰래 엿들었던 그때, 운명은 단 한 번의 기회를 주지 않았던가. 다음 번에는 그러지 말아야지. 물론 그에게 다음이 존재한다면 말이다. 놈들은 집 쪽에서 달려왔었다. 아버지는 어떻게 되셨을까? 왜 아버지에게 털어놓지 않았을까? 왜 조심하시라고 말하지 않았을까?

말은 빠르게 내달리기 시작했다. 통증은 조금 잦아들었다. 빠르게 걸을 때에 비하면 지금은 차라리 부드러운 살랑거림에 가까웠다.

소리를 질러야 할까? 내가 깨어났다는 걸 알리고 머리에 씌운 포대를 벗겨 달라고 말해야 할까? 무슨 순진한 생각을 하는 거지? 그러면 곧바로 나를 죽여 버릴 텐데.

뒤통수가 아파지기 시작했다. 머리가 아래인 채로 매달려 있으니 온몸의 피가 머리 쪽으로 쏠렸다. 피의 홍수 속에 뇌가 둥둥 떠 있는 건지 토할 것 같이 어지러웠다.

 그는 차가운 땅 위에 길게 누워 있었다. 등 뒤에 손이 묶인 채였다. 누군가가 안장깔개를 그의 몸 위로 던졌다. 왼쪽에선 온기가 느껴졌고, 탁 타닥 소리가 들렸다. 파린은 천천히 고개를 돌렸다. 포대를 쓰고 있었지만 어슴푸레한 빛이 보였다. 세 남자는 따뜻한 불가에 모여 앉은 게 분명했다.

 "난 추운 게 정말 싫어!" 높은 톤의 목소리가 말했다. "이 양반은 왜 하필 겨울에만 이런 임무를 맡기시는 걸까?"

 "여름에는 어디든 직접 가시니까 그렇지. 입 조심해, 이 양반이라고 말하는 걸 들으시면… 무슨 일이 벌어질지 잘 알잖아."

 "암 알고말고. 생각만 해도 끔찍하다. 자네가 일러바치지만 않으면 돼. 슈툼멜도 아무 말 안 할 테니까. 그렇지?"

 "흐르음."

 또 다른 목소리가 말했다 "하느님이 도우신 거야. 천만다행이었다고! 자네가 도끼를 날려 저놈 머리를 떡하니 맞추는 바람에 우린 살았네. 녀석이 어찌나 빠르던지 말을 타고도 쫓아갈 수가 없더라니까." 얼마 동안 정적이 흘렀다. 이따금 나무 타는 소리만 들릴 뿐이었다. 잠시 후 조금 전 그 목소리가 물었다. "그런데 도끼날 쪽에 맞았다면 어떻게 됐을까?"

 "어쩌긴 어째. 죽었겠지." 높은 톤이 답했다.

전율이 파린의 몸을 타고 흘렀다.

"놈을 산 채로 잡아 오라고 했잖아."

"이봐. 둔한 쪽으로 맞추려고 할 때는 도끼를 이렇게 던져. 그러면 이렇게… 둔한 쪽에 맞게 되는 거지."

꽤 그럴듯한 설명이었고, 다행히 결과도 설명대로였다.

"어찌 되었건, 놈을 잡았고 이렇게 살아 있으니까 됐지."

"그러니까 걱정하지 말라고. 아마 우릴 칭찬하실걸?"

"그야 그 양반 변덕이 죽 끓듯 하니까 걱정인 거지…."

사내들에게도 검은 사내는 두려운 존재임이 분명했다. 매부리코, 가느다란 입술, 살기 가득한 눈, 그에겐 선한 구석이라고는 눈곱만큼도 찾아볼 수 없었다.

"이 애송이 매장꾼을 어쩌시려는 거야? 이놈이 뭘 할 줄 안다고…."

"무슨 소리야, 토끼처럼 도망치는 거 봤잖아. 몰이사냥을 할 때 유용하게 쓸 수 있을지도 모른다고."

"헤헤, 괜찮은 미끼겠는데."

잠시 침묵이 흘렀다.

"내일 오후면 다시 성으로 돌아갈 수 있을 거야." 침묵을 깬 쪽은 높은 톤의 목소리였다. "나흘밖에 안 걸렸어, 이 정도면 아마 만족하실 거야."

"무슨 소리! 당신이 직접 왔다면 사흘이면 해치웠을 거라고 말씀하시겠지."

"흠… 그럴지도 모르겠네. 사실 그 말이 맞기는 하지."

"암, 아마도. 그렇게 끈질기고 지독한 사람은 처음 봐. 어떤 때는 아주 무시무시하다니까."

아무려면 파린의 두려움에 비할까.

"분노가 바로 그 힘이야."

"그렇고말고. 화를 내지 않은 적이 있긴 했나 싶어?"

"슈툼멜, 포로가 깨어났는지 한번 봐." 높은 톤의 음성이 말했다. 셋 중에서는 그가 대장인 것 같았다.

파린은 재빨리 호흡을 늦췄다. 자신이 내내 깨어 있었다는 걸 저들이 알아채게 해서는 안 된다. 목 언저리에 차갑고 짧은 손가락의 감촉이 느껴졌다.

"므음…." 설명할 수 없는 소리였다. 마치 누군가가 그의 입을 꿰매 버리기라도 한 걸까.

"아하, 아직 정신이 돌아오지 않은 척을 했다니 영리한데? 가만히 누워서 우리 얘기를 다 엿들었다 이거지. 기절한 사람은 아무것도 먹을 수도 마실 수도 없지. 엎드린 채 말 등에 매달려 있어야 하는 건 물론이고."

"혹시 저 녀석이 뭘 훔쳐서 벌을 주려고 하시는 걸까?"

"그럴지도 모르지. 벌써 몇 달 동안 성에서 교수형이 제대로 열리는 걸 못 봤잖아?"

"어쩌면 저놈의 목을 매달지도 모르지. 이런 추위에 썩은 내를 풍기려면 봄까지 매달려 있어야겠네."

"지금도 벌써 썩은 내가 진동을 하는데 뭘."

한참 동안 아무도, 아무 말도 없었다. 그러고 나서 높은 톤의 목소리가 말했다. "대체 매장꾼을 데려와서 어쩌시려는 걸까?"

"전혀 감도 오지 않아. 하지만 무슨 일이 있어도 데려오라 하셨어. 벌써 무슨 계획이 있으신 거라면…."

"그러면 누가 그걸 막을 수 있겠어? 한번 한다면 세상이 끝난다 해도 하는 분이신데."

"어차피 저놈을 데려다 뭘 하려는지 금방 알게 되겠지. 오늘 밤에 놓치지 않게 잘 지키기나 하자고."

무슨 뜻일까? 잠시 후 옆에서 부스럭거리는 소리가 들리더니 갑자기 주먹이 그의 왼쪽 관자놀이를 때렸다.

영원히 이 고통에서 벗어날 수 없을 것 같았다. 말발굽이 땅을 디딜 때마다 강렬한 통증이 몸을 파고들었다. 그리고 기나긴 행군이 계속되는 동안 말발굽은 끊임없이 땅을 디디고 또 디딜 뿐이었다. 어제와 마찬가지로 파린은 무 냄새가 진동하는 자루를 머리에 쓰고 머리를 아래로 향한 채 말 등에 매달려 있었다. 굶어 죽는 한이 있더라도 다시는, 절대로 무만큼은 먹지 않으리라, 그는 다짐했다. 지옥의 고통이 따르는 지옥의 행군이었다. 그의 정신은 고통을 느낄

만큼 멀쩡했고, 자신에게 일어나는 일이 조금도 이해되지 않을 만큼 몽롱했다.

"거의 다 왔어." 높은 톤의 목소리가 기뻐하며 말했다. "얼른 욕조에 들어가 따뜻한 물에 몸을 푹 담그고 싶어."

목소리는 위에서 들렸다. 쇠사슬이 철컥대는 소리. 무언가 무거운 것이 힘을 받아 부서질 듯 삐걱대는 소리와 끼익 소리가 들렸다. 도개교인가?

말발굽은 나무 바닥을 몇 번 두드리더니 다시 단단한 바닥을 디뎠다. 그리고 멈추어 섰다.

"성주님을 찾아볼 테니 우선 감옥으로 가 있어."

여러 개의 억센 손이 거칠게 움직이며 파린을 말에서 잡아당겨 내렸다. 그들은 파린을 일으켜 세워 보려 애썼지만 그의 무릎은 계속해서 힘없이 꺾일 뿐이었다.

"됐어!" 높은 톤의 대장이 말했다. 두 개의 억센 팔이 파린을 붙잡더니 곡식 단을 둘러메듯이 어깨에 걸쳤다. 그렇게 누군가의 어깨에 둘러메인 채 복도와 계단을 지났다. 자루의 작은 구멍을 통해 들어오던 빛이 점점 사라져 갔다.

다시 햇빛을 볼 수 있는 날이 올까?

그들은 파린을 짐짝처럼 바닥에 내려놓았다. 지푸라기가 깔린 돌바닥이었다.

남자는 한숨을 쉬었다. 높은 톤의 목소리였다. "수퇘지처럼 고약한 냄새가 나는 데다가 소 한 마리만큼이나 무거운 녀석. 이놈의 목을 매달려면 아주 두껍고 튼튼한 나무를 써야겠어."

걱정하지 마, 내 목을 매달 일은 없을 거야. 내 배를 가를 거니까, 파린은 생각했다.

요란한 소리를 내며 문이 닫혔다. 금속과 나무가 마찰하며 내는 소리였다.

이제 감옥이었다. 집에서 아주 멀리 떨어진 곳. 무 냄새가 나는 포대를 머리에 뒤집어쓰고, 두 손이 등 뒤에 묶인 채로. 축축하고 곰팡이 핀 지푸라기에서는 당연하게 습기와 곰팡내가 났다. 물론 아무것도 보이지는 않았다. 언제부터 감옥에 햇빛이 밝게 비쳤던가?

그에게 남은 것이라곤 두려움뿐이었다. 죽고 싶지 않았다. 인제 와서 운다고 해서 무슨 소용이 있을까?

울어 봐야 소용없어.

비참한 것도 모자라 이젠 망상까지.

널 잠시 혼자 놔둔 건 미안해. 하지만 한사코 그걸 바란 건 바로 너야.

"날 영원히 혼자 내버려 둬." 파린이 흐느끼며 말했다.

그건 하나도 어려운 일이 아니야. 지금 네 상황에서 '영원히'라고 해 봐야 남은 시간은 얼마 되지도 않을 테니까. 네가 백 살까지 살게 될 것처럼 보이지는 않거든.

"날 도와주든지 아니면 제발 꺼져 버려."

그 처음 듣는 말투는 또 뭐야? 갑자기 내가 누군가를 막 도와줄 만큼

착해지기라도 했다는 거야? 내 손도 너랑 똑같이 묶여 버렸어. 네 손이 내 손이거든, 그리고 아무것도 보이지 않는다고. 우리 머리에 뒤집어쓴 자루가 영 거슬리네.

"우리 머리? 그건 내 머리야!"

그게 아직도 너한테 큰 차이라면, 그렇게 중요하다면, 그래 네 머리 맞아. 네 손이고, 네 발이고, 네 문제야. 그리고 네 죽음이지.

"너는 항상 나보다 똑똑하고, 나보다 강하고, 나보다 인간관계에 대해 많이 알잖아. 무슨 좋은 생각 같은 게 떠오르지 않아?"

솔직히 말하자면 앞 문장은 나도 완전히 동의해. 뒷부분의 질문은 간단히 대답해 주지. 아니! 왜냐고? 난 널 도와줄 생각이 없으니까.

"엄밀히 말해 검은 사내가 쫓고 있는 건 너잖아. 넌 그게 신경 쓰이지도 않아?"

너만큼은 아니야.

"그렇겠지, 네 배가 갈라지는 게 아니니까." 파린의 좌절감은 커져만 갔다. 그는 중얼거렸다. "오, 하느님, 너무 무서워요."

또 그놈의 신들. 좀 작작 불러 대라니까. 그들도 네 편이 아니야.

"왜 그들이지? 하느님은 한 분뿐이야."

아니, 적어도 둘이지. 당연한 거 아니야?

"나한테는 아니야."

네가 아무리 너의 주님을 불러 대도 너를 돕지 않는 이유를 아직도 모르겠니? 아주 당연한 이치인데도?

"무슨 소릴 하는 거야? 신이 한 명이라는 거야 아님, 두 명이라는 거야?"

둘이 있어야 말이 되지. 한쪽은 다른 한쪽이 알아서 하겠거니 철석같이 믿는 거야. 서로 그러다 보니 결과적으로 아무도 널 돕지 않게 되는 거지.

파린은 망상의 설명에 대꾸하는 대신 큰 한숨만 내쉬었다. 이런 상황에서 머릿속 목소리와 신앙과 속세에 대해 다투고 있는 꼴이라니.

하지만 망상은 파린을 내버려 두지 않았다. **그러니까 이런 상황에선 우선 너를 믿어. 그다음에 신을 믿든지 말든지 그건 상관하지 않을게.**

"여기서 다시 나가게 된다면 그렇게 할게."

흠… 뭐가 먼저였더라? 암탉, 아니면 달걀?

파린의 눈에 눈물이 흘렀다. 몸과 머리의 통증이 마지막 남은 힘까지 앗아 가고 있었다.

다시 한번 말해 줄게. 너 자신을 믿어. 네 능력을.

파린은 그만 울음을 터뜨렸다. "정말 넌덜머리가 나! 제발 그만 좀 놀려. 그 비웃는 버릇 좀 고치라고. 난 아무것도 아니야. 아무것도 할 수 없다고."

단순함, 자기 동정, 자기 연민. 그게 바로 네가 버려야 할 것들이야.

두 손이 묶여 있지만 않았다면 이 지긋지긋한 망상과 함께 자신의 머리를 잡아 뽑아 버렸을 것이다. 그나마 망상의 냉소와 조롱에 대한 분노 덕에 극심한 좌절감은 조금 덜해진 것 같았다. "내 세상엔 무 냄새나는 자루뿐이야."

너한테 어울리는데 뭐. 벌레 한 마리에게 세상이란 사과 한 개뿐이지. 계속해서 파고들어 봐. 그리고 그 너머를 생각해 보라고.

"토르프와 그 일당 사건 때도 넌 나를 도와주려고 그렇게 한 게 아니잖아. 그냥 게네들을 묵사발 만들어 버리는 게 재미있었던 거 아니야? 그런데 왜 지금은 그렇게 손 놓고 가만히 있는 거야?"

밖에서 나는 소리에 그는 소스라치게 놀랐다. 끼익 소리를 내며 문이 열리고 신발 소리가 가까워져 오고 있었다. 아무것도 보이지 않았지만 앞으로 일어날 일이 머릿속으로 그려졌다. 어두컴컴한 바탕에 붉은 핏빛 물감으로 채색된 그림 속에서 단도를 든 검은 사내가 흡족해하며 그를 향해 몸을 구부리고 있었다. 섬뜩한 웃음을 띤 채, 머리를 먼저 가를지, 배를 먼저 가를지 생각하면서. 다음 그림도 곧바로 완성되었다. 이번엔 검은 사내가 까마귀 떼처럼 매부리코로 파린의 내장을 파헤치는 그림이었다.

억센 손이 겨드랑이 아래에 들어오더니 그를 바닥에 앉혔다.

"어서 끝내 줘."라고 말하려 했지만 그의 바싹 마른 목구멍에서는 아무런 소리도 흘러나오지 않았다.

분열

도살장에 끌려온 한 마리 새끼 양처럼 피고는 결투장의 진흙 바닥에 누워 있었다. 반더팔켄 전사는 죄수의 목을 내리치기 직전 화끈 달아오른 사형 집행인처럼 피고를 내려다보고 있었다.

초르그호로차, 보르그헤차! 피고는 정말 멍청이네!

독 안에 든 쥐 꼴이 된 이 절망적인 상황에선 생각을 바꿔야 할 것 아닌가? 끝내 고집을 부려야만 하는 걸까?

살의로 일그러진 토렘의 눈동자가 번쩍였다. 광기 어린 끔찍한 눈빛이 소리 없이 말하고 있었다. 반더팔켄 제1기사는 결코 단 한 번에 만족하지 않을 것이다. 그는 슈타인드라헨 제1기사를 거대한 검으로 난도질하고 얇게 저며 왕의 식탁에 올릴 것이다. 대부분 사람과 마찬가지로 피고도 온 힘을 다해 죽음에 저항했다.

그럴 수밖에. 그들은 죽음 이후에 무슨 일이 일어날지 알 수 없었으니까. 인간이란 원래 확실함을 추구하고 최소한의 변화를 지향하는 법이다. 죽음은 확실하긴 하지만 그 이후에 모든 것을 바꾼다.

'진짜 권력은 잔인하리만치 냉정해. 강한 것만 취하면 그뿐이지. 그건 우리 둘이 백 년 동안 싸운다고 얻을 수 있는 게 아니야.' 토렘은 말했었다. 그는 처음에 1 더하기 1이 2인 줄도 모르는 멍청이처럼 행동했다. 하지만 어느 순간 철학을 논했다. 거인의 오만함이 피고를 자극했다. 그를 죽여야 할 또 하나의 이유였다.

마음대로 조롱해라, 넌 그래 봐야 곧 죽을 운명. 너를 처형할 장작더미에 스스로 기름을 부어라. 나의 한 방이면 한 줌 재로 변하게 될 테니까.

정말로 해야 할까? 마지막으로 딱 한 번만? 그럴 이유가 없었다.

생각하거나 입을 열 시간은 없었다. 오로지 삶과 죽음의 시간만이, 죽이거나 죽임을 당할 시간만이 존재했다. 열정 가득한 절제된 분노는 억제할 수 없는 힘의 근원이었다.

양손 검이 날아왔다. 그는 재빨리 몸을 굴려 피했다. 적의 칼이 흙바닥을 내려치며 둔탁한 소리를 냈다. 왜 피고는 검을 왼손에 들고 있었던 걸까. 그는 검을 오른손으로 옮겨 쥐었다. 어깨가 당겼다. 탈골이었다. 왼손으로 오른쪽 어깨뼈를 다시 맞춰 넣었다. 보통 사람 같으면 고통에 비명을 질렀을 테지만 피고는 눈 하나 깜빡하지 않았다. 피고는 눈을 가늘게 뜨고 적을 노려봤다.

너의 영혼은 시커먼 진흙탕일 뿐이야. 잠시 스쳐 지나가는 얼룩 같은 거지. 방귀만큼 덧없는 것. 바람 속 멧돼지의 숨결처럼 아무 의미 없는 것.

조금 전 칼과 방패가 마주쳤던 것처럼 둘의 시선이 격렬하게 마주쳤다. 토렘의 눈빛에 잠시 당황한 기색이 스쳤다.

당황하면 주저하고, 주저하기 시작하면 의심이 점점 자라나 자신감을 흔든다.

대체 어떻게 이미 죽음을 선고받은 자, 죽음에 내맡겨진 자, 죽음을 믿은 자가 다시 그의 앞에 이글거리는 눈빛으로 서 있을 수 있는 걸까?

토렘은 즉시 두 번째 일격을 가했다. 이번에는 상대적으로 피하기가 수월했다. 한 걸음 물러나서 왼쪽으로 몸을 반쯤 돌렸을 뿐.

나를 치는 것보다 차라리 발로 파리를 잡는 게 빠를걸?

재빨리 칼을 뽑아 상대의 옆구리를 찔렀다.

내가 어떻게 할지는 나도 몰라. 하지만 내가 할 수 있다는 걸 보여 주지.

칼은 한 뼘만큼 갑옷을 뚫고 들어갔다.

에카리우스 왕과 그의 고문 바인지히트의 얼굴에 당혹감이 서렸다. 당혹감이라고? 그들의 영웅이 죽음에서 부활했건만, 그들의 얼굴은 심한 치통이라도 앓고 있는 것처럼 일그러져 보였다. 그제야 알 것 같았다. 그렇게 된 거로구나. 그 둘을 오랫동안 관찰해 왔기 때문에 그들의 사악한 술책에 더 놀랄 것도 없었다. 피고, 어수룩한 영웅. 저들의 허접스러운 위장 전술을 눈치채지 못한 허접스러운 머리라니. 정말 화가 난다.

분노할 자격도 없었다. 어떻게 이런 어릿광대짓에 들러리를 섰단 말인가? 결투? 결투가 아니라 연극이겠지. 각본은 정해져 있고 누가 무대에 오를지만이 중요한 단 한 번뿐인 공연.

너의 주인들을 봐, 피고. 그들이 너를 팔고, 자기들도 팔아먹었지. 그리고 너는 짜인 각본을 연기하는 어릿광대야.

위대한 영웅 피고는 그를 실망하게 했다. 너무 어수룩했고, 너무 교만했으며, 너무 편협했다. 에카리우스 왕과 그의 고문 바인지히트의 얼굴이 피고에게 이제 죽어 줘야 한다고 말하고 있었다. 권력의 계약, 정치의 게임. 바인지히트가 멀리 출장을 떠났던 건 남쪽 제국의 왕 그라쿠스와 각본에 합의하기 위해서였던 게 틀림없었다. 호화로운 삶을 영위하려면? 너의 백성들을 희생시켜라!

토렘을 죽이고 피고를 살려야 할까? 아니면… 교만한 자는 몰락하는 법이라고 했던가? 이렇게 깊고 깊은 최후의 몰락을 맞이하는 건가?

* * *

피고는 적과 마주하고 서 있었다. 그들 사이의 거리는 단 두 발짝. 어깨의 통증은 거의 느껴지지 않았고 오른팔은 다시 움직일 수 있었다. 하지만 어떻게 된 걸까? 그는 분명 놓아 버렸는데….

상대의 기술은 굉장했다. 피고는 상대를 과소평가했다. 거기엔 바인지히트가 잘못된 정보를 준 것도 일조했다. 자신의 안녕을 위해 그를 불행의 구렁텅이에 몰아넣었던 것이다. 그들은 자신의 제1기사를 제물로 바쳤다. 그의 머릿속에는 수만 가지 생각들이 점점 더 빠르게 스치고 지나갔다. 어쩌면 그래서 어지럼증을 느끼는 것일지도 몰랐다. 군중의 함성이 그의 귓전을 스쳤다. 폭풍이 몰아치는 바다 한가운데 떠 있는 배 위에 홀로 서 있는 것 같은 기분이었다. 싸우지도 않고 침몰하진 않을 것이다. 피고는 검을 들었다. 그는 담대하게 폭풍에 맞섰다.

토렘은 옆구리 상처에서는 피가 많이 흘렀지만 상관하지 않는 것처럼 보였다. 그의 양손 검이 다음 공격을 위해 허리 뒤에서 원을 그리며 시동을 걸고 있었다. 놈은 지금까지와 마찬가지로 한 손으로 공격해 올 것이다.

피고는 이를 꽉 문 채 왼쪽으로 몸을 돌리고 체중을 오른발에 실었다. 선택의 여지가 없었다. 무조건 피해야 한다. 공격을 막아 내는 건 불가능했다. 그런 시도를 했다가는 십중팔구 그의 칼이 부러지고 말 것이다. 그는 체중을 한쪽 다리에 싣고 춤을 추듯 빙그르르 돌았다. 상대의 무시무시한 검이 그를 스치고 지나갔다.

분명 놓아 버렸는데… 어떻게 된 걸까?

양손 검이 엉거주춤하게 날아왔다. 속임 동작이었다. 토렘은 잽싸게 다시 공격 태세를 갖췄다. 피고는 비틀거리다가 넘어지지 않으려고 두 발짝 뒤로 물러섰다. 정신을 차릴 새도 없이 양손 검이 다시 그를 향해, 이번에는 수평으로 원을 그리며 날아오고 있었다. 피고는 공중돌기로 공격을 피했다. 그런 후 바닥에 떨어지며 몸을 굴렸다. 언제까지 이렇게 피할 수 있을까?

분명히 놓아 버렸는데.

토렘의 다리를 타고 피가 흘렀다. 하지만 그는 여전히 끄떡없었고 곧바로 다시 공격 자세를 취했다. 그의 동작은 언제나 빠르고 정확했다.

피고는 다시 결투장 바닥에 쓰러져 자신의 삶이 멀어져 가는 순간을 실감하고 있었다. 재빨리 방법을 찾지 않는다면 이제 그에게 남은 삶은 단 몇 초뿐이었다. 하지만 그의 머릿속을 가득 채운 건 이미 때는 늦었다는 생각뿐이었다. 사랑하는 이와 결혼해야 했는데. 오렐리아는 그의 인생에서 가장 중요한 여자였다. 배신자들. 하필 지금 이 순간 그는 관중석으로 고개를 돌렸다. 바인지히트의 야비한 미소가 그 어떤 상처보다 더 큰 고통으로 다가왔다. 최고의 기사 피고는 오늘 최고의 멍청이 피고로 죽음을 맞이할 것이다. 그를 팔아넘긴 건 왕과 고문만이 아니었다. 그 자신 안의 비정하고 더러운 존재마저 그를 나락으로 떨어뜨렸다.

피고는 크게 숨을 들이마시고는 있는 힘을 다해 외쳤다. **"배신이야!"**

그의 목소리가 크게 울리며 결투장에 메아리쳤다. 양손 검의 날이 그의 가슴을 파고드는 소리가 들렸다. 그의 몸을 관통하여 그가 누운 진흙 바닥을 뚫고 들어갔다. 피고는 시선을 떨어뜨리고 무시무시한 칼날이 자신의 몸을 거의 두 동강 내는 광경을 바라보았다. 고통은 조금도 없었다. 반면 토렘의 이마에서 그의 얼굴로 떨어지는 땀 한 방울이, 그 역겨움이 훨씬 더 견디기 힘들었다.

관중석으로 고개를 돌려 왕을 바라보았다. 바인지히트가 왕을 향해 고개를 끄덕이고 있었다. 자만심 가득한 짧은 몸짓, 그것이 슈타인드라헨 성 제1기사 피고의 눈에 마지막으로 들어온 장면이었다.

* * *

승자의 나라 관중석에서는 끝없는 함성이 울려 퍼졌다. 어차피 죽을 운명의 덧없는 인생들이 서로를 도륙하는 놀이에 즐거워했다. 예상대로 토렘은 피고의 시신을 수백 조각으로 토막 낼 준비를 했다. 맨 먼저 목을 벨 것이다.

"멈추어라 토렘, 반더팔켄 성 제1기사여." 그라쿠스가 일어나 두 팔을 넓게 벌리며 말했다. "슈타인드라헨 성 제1기사 피고는 영예롭게 싸웠다. 그는 영예롭게 죽음을 맞이했고, 영예롭게 묻힐 것이다."

저렇게 여러 번 영예를 지껄이다니, 정말 역겨워.

토렘은 시체를 내버려 두고 천천히 관중석으로 갔다. 그리고 몸을 굽혀 경의를 표하고 말했다. "폐하의 뜻이 저의 삶입니다."

"나의 제1기사가 승리했다. 성문을 열고 새로운 왕을 맞이하라."

다시 우레와 같은 함성이 울렸다. 슈타인드라헨 성 측 관중석에서도 많은 이들이 함께 환호하고 있었다. 이토록 쉽게 변절할 수 있다니 그저 놀라울 따름이었다. 바람에 나부끼는 깃발처럼, 원칙도 없이, 의지도 없이, 나약하게 흔들리는 존재들.

그럴 줄 알았어. 인간들이란 늘 이런 식이지.

사람들은 모두 돌아갔다. 텅 빈 결투장에 구경거리는 더 없었다. 정적이 눈처럼 조용히, 그리고 평화롭게 내려앉고 있었다. 평화 비슷한 무언가가 그를 감싸고 있었다.

발소리가 다가왔다.

"파블로, 시체를 잘라서 개들에게 주게." 타리안 바인지히트, 제1 모략가가 시야에 들어왔다.

"하지만… 그라쿠스 왕께서는 시신이 영예롭게 묻힐 거라고 말씀하셨습니다." 그를 둘러싼 네 명의 신하 가운데 한 명이 말했다.

"그건 백성을 포섭하기 위한 노련한 수사일 뿐이야. 어차피 내일이면 아무도 패배자에 관심을 두지 않겠지. 그라쿠스 왕은 곧 여길 떠나 다음으로 정복할 땅을 향할 것이다. 그리고 이 도시를 다스릴 영주로 에카리우스가, 그의 최고 고문으로 타리안 바인지히트가 임명될 것이다. 그리고 그 최고 고문은 네가 명을 거역하는 즉시 피고와 똑같이 개의 먹이로 만들어 줄 것이다."

그의 경고가 얼마나 명확한 메시지를 전달했던지 그의 신하 파블로는 연신 몸을 굽실댔다. 바인지히트는 피고의 굽은 손가락에서 검을 빼낸 뒤 경기장을 빠져나갔다. 그의 충직한 일꾼들이 곧바로 들것을 가져왔다. 피고의 몸뚱이를 굴려서 그 위에 싣고는 성문 밖으로 나갔다.

"시신을 감옥으로 옮긴다. 잘라서 개의 먹이로 주는 대신 사형 집행인에게 알아서 처리하라고 이르겠다." 파블로가 말했다.

골목 몇 개를 지나 계단을 올랐다가 다시 내려갔다. 수없이 많은 계단을 내려간 뒤에야 습한 냄새로 가득한 어느 복도에 도달했다. 파블로는 그곳에서 횃불에 불을 붙이고는 복도의 가장 깊숙한 곳까지 들어간 뒤 투박한 돌판 위에 시신을 내려놓았다.

"얼른 여기서 나가자!" 그들 중 한 명이 말했다.

그들은 서둘러 사라졌다. 그리고 그들과 함께 횃불도 사라졌다.

어둠은 아무렇지 않았다. 그에게 더 이상 빛과 시간은 존재하지 않으니까. 그러니 기다림도, 조바심도 없었다. 한 시간과 백 년이 무슨 차이가 있던가?

소리가 들렸다. 그리고 끼익하고 문이 열렸다. 두 여자와 두 남자가 피고의 시신을 바라보고 있었다.

오렐리아가 흐느꼈다. "결국 이렇게 돌아오고 말았네요." 그녀는 부드럽게 피고의 눈을 감겼다. "데리고 가세요. 아무도 눈치채게 해서는 안 됩니다. 뇌물로 간수들을 구워삶았지만 다른 누군가에게 붙잡혀 피고를 개의 먹이로 줘 버리게 해선…."

아무것도 보이지 않았다. 하지만 사내들이 들것의 무게에 한숨 쉬는 소리를 들을 수 있었다. 몇 분 뒤에 말 냄새가 났다. 피고의 시신은 마차의 짐칸에 실렸다.

"게룬다와 내가 마부석에 앉겠어요. 내일 저녁 작은 교회에서 만나기로 하죠." 오렐리아가 말했다.

이제 피고의 마지막 여행이 시작됐다.

담판

무 냄새가 나는 자루가 벗겨졌다. 횃불의 불빛이 그의 눈동자에 호통을 쳤다. 눈이 부셔 눈앞엔 세 명의 그림자만 보였다. 그의 눈은 한참 동안 빛에 적응하지 못했다.

세 명의 실루엣이 그를 내려다보고 있었다. 그날 작업대 밑에 숨어 지켜보았던 그 사내들일까?

"이게 누구더라?" 누군가의 목소리가 들렸다.

그 사람이야!

파린은 곧바로 목소리의 주인공을 기억해 냈다. 하우펜 마을에 아주 잠깐 다녀갔지만 그 목소리는 결코 잊을 수가 없었다.

검은 형상은 천천히 모습을 드러냈다. 여전히 눈이 부셔 자세히 볼 수는 없었지만 목소리뿐만 아니라 얼굴도 그때 바로 그 사람이 분명했다.

"지쳐 보이는군. 위로 데려가서 먹을 것과 마실 것을 주어라. 그러고 나서 씻기고 새 옷을 입힌 다음에 나에게 데려오라."

두 명의 목소리가 낮은 목소리로 대답했다. "예, 알겠습니다."

남자는 뒤를 돌아 사라졌다.

너무 놀라 온몸이 얼어붙었다. 그였다. 그러니까 그가 아니다. 까마귀가 아니었다. 그는 크게 안도의 한숨을 쉬었다. 검은 사내가 아니었어. 살인마 네코르인이 아니라 기사였어! 요란하게 문을 부수며 들어왔던 그때 그 기사, 바로 그였어!

다시 정신을 잃어서는 안 돼, 파린.

도대체 어떻게 된 일일까? 영문을 알 수가 없었다. 아무 말도 없이 어둡고 차가운 복도를 따라 걸어갔다. 조심스럽게 한발 한발 내디디며 몇 개의 계단을 오르고, 장식 없는 삭막한 복도를 지났다. 온몸의 통증 때문에 넘어지지 않으려면 최대한 집중력을 발휘해야 했다. 그의 몸은 좀처럼 말을 듣지 않았다. 두 다리로 걷는 건 아기 때부터 늘 하던 일이었는데. 아치 형태의 문을 지나자 부엌이 나왔다. 그곳은 죽음 후의 삶을 살기에 이상적인 장소 같았다. 실내는 밝고 따뜻했고, 빵과 구운 고기와 향신료의 냄새로 가득했다. 파린은 자신이 이미 죽은 건 아닐까 생각했다. 하지만 언제? 진작 말의 등 위에서? 아니면 감옥에서? 느낌대로라면 어쩌면 두 번 죽은 것일지도 몰랐다.

네가 죽었다면 당연히 내가 알겠지. 내가 널 도와줄 필요가 없었던 이유가 뭐였는지 이제 좀 이해가 되시나?

나의 삶이 계속해서 이렇게 긴장의 연속이라면 영원히 망상을 벗어날 수 없을 거야.

그들은 파린을 의자에 앉히고 포도주와 물을 가져왔다.

흰색 가운을 입고 흰색 모자를 쓴 남자가 물었다. "무엇을 드시겠습니까?"

"무엇… 무엇…요?" 수천 개의 질문이 머릿속을 맴돌았다.

"나리께서 원하시는 음식을 가져오겠습니다." 남자는 물을 따랐다.

누구한테 하는 말이지? 둘러봐도 식탁에 앉아 있는 사람은 그 혼자뿐이었다.

그제야 파린은 자신의 주변에 서 있는 세 사람에게 조심스럽게 시선을 돌렸다. 모자를 쓴 남자 옆으로 벽 쪽에는 가죽 흉갑을 두른 키가 큰 남자가 서 있었다. 수염이 덥수룩했고 밝은색의 눈동자가 반짝이고 있었다. 허리에 찬 칼집 밖으로 보이는 검 손잡이가 고급스러웠다. 그의 바지는 위에서 아래까지 리벳이 박혀 있었고 부츠는 앞쪽이 뾰족했다. 기다란 식탁 뒤에는 부엌일을 하는 하녀가 양손으로 거대한 반죽을 주무르고 있었다. 상냥한 얼굴에 한쪽 볼은 발그레하고 다른 한쪽 볼은 밀가루가 하얗게 묻어 있었다. 그녀의 뒤에는 칼과 국자, 꼬챙이, 그리고 냄비들이 크기별로 주렁주렁 걸려 있었다.

파린은 양손으로 컵을 쥐고 입으로 가져갔다. 손이 덜덜 떨렸다. 지금 자신의 모습이 얼마나 이상하게 보일지는 생각할 겨를도 없었다.

"저녁 식사 때 만든 멧돼지 요리가 아직 남아 있습니다." 요리사가 설명했다.

아하, 그렇구나! 배를 가르는 대신 배를 채워 줄 음식이라니. 다시 눈물이 날 것만 같았다. 파린이 커다란 다리 살을 뼈만 빼고 다 먹어치웠을 때쯤 가죽 흉갑을 두른 남자가 처음으로 입을 열고 지시를 내렸다.

매우 특이한 높은 톤의 목소리였다. "리자, 욕실로 데려가게나, 그리고 마르칸에게 새 옷을 가져오라고 전하고."

파린은 몰래 곁눈질로 그를 바라보았다. 다른 사내 두 명과 함께 파린을 습격하고, 여기까지 끌고 온 그 대장이었다. 마치 훔친 물 취급을 받으며 머리에 포대를 뒤집어쓴 채 끌려 온 여긴 대체 어디일까?

"예, 나리!" 하녀는 손가락에 묻은 반죽을 마저 떼어 내고 물이 담긴 대야에 손을 씻은 뒤 앞치마에 물기를 닦았다.

죽음 대신에 목욕이 그를 기다리고 있었다.

지금껏 한 번도 본 적이 없는 목욕통이었다. 다섯 명쯤은 거뜬히 들어갈 수 있는 크기에 김이 피어오르는 따뜻한 물이 담겨 있고 라벤더 향기가 났다.

"뭘 꾸물거리는 거야? 얼른 들어가!" 마르칸이라는 이름의 사내가 재촉했다.

파린은 망설이며 옷을 벗었다. 겉옷, 바지, 셔츠, 그리고 염소 가죽 신발. 이제 그는 소박하기 그지없는, 여기저기가 해진 속옷 차림으로 서 있었다.

"다 벗어." 사내의 입가가 실룩였다.

파린은 낯선 사람들 앞에서 어찌해야 할지 당황스럽고, 무엇보다도 자신이 입고 있던 옷가지가 부끄러웠다. 얼른 옷을 모두 벗고 옷가지를 한데 모은 뒤 세 칸짜리 사다리를 올라 목욕통 안으로 들어갔다. 아니, 정확히 말하자면 안으로 들어가려고 시도했다. 하지만 발가락을 물에 담그자마자 불타는 석탄을 밟고 서 있는 것 같은 기분이 들었다.

"앗 뜨거워!" 그가 화들짝 놀라 소리쳤다. 끓는 물 속에 그의 살갗이 익으며 치익 소리가 들린 것도 같았다. 파린은 얼른 욕조에서 발을 꺼냈다.

마르칸은 어이가 없다는 듯 파린을 바라보았다. 눈빛은 날카로웠지만 악한 사람처럼 보이지는 않았다. 욕조 가장자리에 기대어 손을 물에 담가 보더니 그가 말했다. "딱 적당해. 엄살 그만 부려."

파린은 다시 한번 시도했다.

아니, 이번에도 허사였다. 차라리 난로에 다리를 집어넣는 편이 낫겠어. "내일까지 기다리면 목욕하기 적당한 온도가 될 것 같아요." 그가 제안했다.

마르칸은 다리를 넓게 벌리고 그의 앞에 섰다. "참 웃긴 놈이군. 이제야 널 데리고 오라고 하신 이유를 알겠네. 최근에 궁의 광대가 하나도 웃기지 않아서 거세시켜 버렸거든. 고자가 되기 싫으면 한참 더 노력해야 할 것이다." 그는 검지로 자신의 이마를 누르며 말을 이었다. "내가 지금껏 단 한 번이라도 성주께서 웃으시는 걸 본 적이 있던가?"

지금 이곳에서는 무슨 일이 일어나고 있는 걸까? 그의 인생에 평범함이라고는 없었다. 지금 여기에서 무슨 꼴을 하고 있는 거지? 그는 이러지도 저러지도 못하고 한쪽 다리는 욕조 안에, 다른 한쪽은 작은 사다리 맨 위 칸에 올린 채 욕조 가장자리에 엉거주춤하게 앉아 있었고, 뜨거운 증기가 그의 귀와 코언저리를 달구고 있었다.

엄살 부리지 마! 고르그린트 용암 호수에서 한번 수영해 볼래?

좋아, 거기보단 낫겠군. 위로랍시고 한 말이 고작 그건가? 그는 속수무책으로 마르칸 쪽을 곁눈질했다. 마르칸은 의미심장한 눈빛을 보내더니 출입문 쪽으로 걸어가 복도를 향해 큰소리로 외쳤다. "리자, 한 번 더 이쪽으로 오게. 젊은 손님이 물속에 들어갈 수 있게 좀 도와줘."

뜨거운 수증기 한가운데 붉은 머리 하나가 안개 속의 토마토처럼 불쑥 나타날 것만 같았다. 파린은 곧바로 다른 발을 욕조에 넣고 안으로 미끄러져 들어갔다.

"아아아악!" 그가 비명을 질렀다.

"서두를 것 없어. 리자는 반대쪽 부엌에 있어서 우리가 하는 얘기는 못 들었을 테니까." 마르칸이 위로하며 파린을 혼자 두고 나갔다.

감쪽같이 속은 게 분해서 그만 뜨거운 것도 잊었다. 혹사당한 피부는 피치와 유황처럼 뜨겁게 달아올랐다. 하지만 그의 몸은 금세 온도에 적응했다. 몸을 점점 더 깊이 담가 보았다. 온기가 기분 좋게 그의 가슴을 감쌌다. 말 등에 매달려 있을 때는 고문을 받는 것처럼 아팠지만 그의 살갗은 생각보다 더 잘 이겨 낸 게 분명했다. 아주 오랜만에 긴장이 풀렸다. 그는 긴 한숨을 내쉬어 보았다. 하우 펜 마을의 그 누구도 믿지 못할 일이 그에게 일어난 것이다.

울보 벌레 씨, 이제 좀 나아졌어?

"까마귀가 아니라 기사가 나를 데려온 거라니!"

너 자신의 능력을 믿으라고 내가 얘기했을 텐데? 진작 눈치챘어야지.

"그렇고말고, 똑똑한 망상께선 뭐든지 알고 있지. 심지어는 미래에 일어날 일도."

잘 듣고 생각이란 것도 좀 했더라면 달랐을걸. 세 명의 목소리 중에 전에 들었던 목소리는 하나도 없었잖아. 게다가 까마귀가 직접 너를 잡으러 오는 대신 미숙한 부하 세 명을 보내는 위험을 감수할까? 어둠의 종교를 숭배하는 자들이 '하느님이 도우신 거야.' 따위의 말을 할 것 같아? 네가 주의를 기울여 듣기만 했다면 힌트는 이미 여러 번 있었다고.

파린은 아무 말도 하지 않았다. 먼저 망상의 목소리에 귀를 기울이고 곰곰이 생각해 볼 생각이었다. 생각에 잠겼다가 하마터면 욕조에서 깜빡 잠이 들 뻔했다.

목욕을 마치자 마르칸이 새 옷을 주었다. 속옷, 바지, 튜니카, 폭이 넓은 가죽 허리띠. 모두 아무런 장식 없이 수수했지만 질 좋은 천으로 만들어진 것들이었다. 자신의 옷가지 중에서는 가죽신을 다시 신고 주머니를 허리춤에 찼다.

마르칸은 파린을 데리고 수수한 복도를 지나 어느 둥근 방으로 안내했다. 문이 여섯 개 있는 방이었다. 그렇게 많은 문이 왜 필요한지는 알 수 없었다. 파린의 집에 문은 하나뿐이었고 그 문에는 두 가지 기능이 있었다. 오두막으로 들어가는 문이면서 오두막에서 다시 나오는 문, 그 이상 무엇이 필요할까. 문이 많다면 더 불편할 뿐이었다. 문에는 불을 내뿜는 용머리 조각이 달려 있었다. 마르칸이 문을 두드렸다. 조금 더 오래 그 멋진 조각을 감상해 보고 싶었지만 마르칸이 안으로 들어가라고 뒤에서 밀었다. 그들은 이제 성주의 집무실에 서 있었다. 그는 지금 성안에 있었다. 그 사실만으로도 놀라운데 이번엔 성의 주인이 자신의 눈앞에 있다니! 그 밖에 궁금한 건 성주께서 직접 대답해 주실 거라고 목욕의 대가께서 말했었다.

"두더지는 여기 남고 마르칸은 나가." 기사가 큰 소리로 말했다. 그의 손이 얼마나 거대한지 손에 쥐고 있는 작은 깃털 펜은 곧 부러질 것처럼 보였다.

"원래 고맙다는 말씀을 저렇게 하셔." 예의 바르게 쫓겨나는 자, 마르칸이 들릴 듯 말 듯 속삭이고는 밖으로 나갔다.

성주는 하던 일을 멈추고 파린에게 물었다. "내가 왜 너를 이리로 초대했는지 궁금한가?"

"죄송합니다만, 저는… 저는 초대받은 것이 아닙니다." 파린은 진지한 얼굴로 입술을 굳게 다물었다. 파린의 고집스러움을 그대로 드러내 보이는 표정이었다.

기사의 숲이 많은 눈썹이 아래로 내려가 연갈색 눈을 덮을 기세였다. "초대받은 게 아니라면?"

눈썹이 눈을 다 가렸는데 앞이 보이긴 하는 걸까?

"에… 그러니까… 사내들이 사냥감을 쫓듯이 저를 쫓아와서는 도끼를 던져 기절시키고 말 등에 묶어 이리로 끌고 왔습니다. 몹시 거칠고 난폭하게요."

"저런, 정말 끔찍하군!" 기사는 놀랍다는 듯 손을 턱으로 가져갔다. 그의 날카로운 인상이 동정심에 조금 부드럽게 보였다. "그래서 지금 어디 성하지 않은 데가 있는 게냐?"

"아니요, 그건 아닙니다, 하지만…"

"다리, 눈, 이, 손가락, 발가락?" 기사는 매우 유감스러워하는 표정이었다.

"에… 아닙니다."

"그들이 너의 털끝 하나라도 건드렸느냐?"

"아니… 직접 저를 해친 것은 아니지만…"

"예, 아니요, 둘 중의 하나로만 대답하라!"

"아닙니다."

기사는 다시 눈썹을 치켜떴다. 광대뼈의 선이 다시 날카로워졌다. "그러니까 네 말은, 그들이 너를 굉장히 공손하게 다뤘다는 뜻이구나."

이런 식의 토론은 앞으로 웬만하면 피해야겠구나, 파린은 생각했다. "하지만… 하지만 그건 제 뜻이 아니었습니다." 그가 힘겹게 대답했다. 하지만 이미 봄이 찾아온 큰 호수의 얼음만큼이나 얇디얇은 목소리였다.

"아하! 그건 또 다른 문제로군. 이제 정리를 해 보자. 공손하게, 하지만 너의 뜻에 반해서였다는 거지." 기사의 목소리는 어쩐지 공격적으로 들렸다. 공감 능력 따위 진작 성문 밖으로 던져 버렸다는 듯한 말투였다.

"그러니까… 공격을 당해 기절하고… 그다음 강제로 끌려온 걸 어떻게 설명을 해야 할지는 모르겠지만… 저는 아무 이야기도 듣지 못했습니다."

기사의 양 눈썹이 가운데로 몰렸다. "너는 단순하고 하찮은 두더지일 뿐이다." 그의 눈빛은 순간적으로 물을 얼릴 수 있을 만큼 차가웠다.

하지만 파린은 이대로 물러서고 싶지 않았다. 상대가 누구이든 간에. "저는 그저 별 볼 일 없는 매장꾼일지도 모릅니다. 하지만 하찮지 않고 두더지도 아닙니다. 기사님."

"그럼 가거라! **나가**!" 오르락내리락하는 눈썹이 마치 파린을 한 대 때리기라도 할 것 같았다.

"네? 어떻게… 어디로 가라는 말씀이신지요?" 그가 물었다.

"'그럼 가거라.' 이 한마디에 이해 못 할 만큼 어려운 단어라도 들어 있는가? 여기서 사라져라! 네가 온 곳, 네 마을로 돌아가!" 기사가 신경질적으로 답했다.

"그러니까… 제가… 원한다면 언제든지 이 성을 떠날 수 있다는… 그런 말씀이신지요?"

기사의 넓은 턱이 두 번 올라갔다 내려갔다. 파린의 감정은 공동묘지의 낙엽처럼 이리저리 소용돌이치고 있었다. 수많은 질문들이 머릿속에서 아우성치고 있는데 아무 말도 떠오르지 않았다.

삼세번은 물어봐야지. 그래야 확실하지.

폭풍은 천둥으로 변했다. **"나가거라!** 촌구석으로 돌아가 구멍이나 파란 말이다!"

"죄송합니다. 잘 알겠습니다. 기사님. 저를 공손하게 데려오라고 하셨고… 그러니까 이제… 에엠… 이곳에서 제가 자유의 몸이라는 말씀이시죠? 틀림없이… 그런데 왜 절 데려오신 거죠?"

성주의 표정이 약간 누그러들었다. 조금 전까지가 강철이었다면 이젠 보통 쇳덩이 정도라고 해야 할까? 그는 천천히 뒤로 기대며 말했다. "너에게 제안을 하나 하겠다."

오, 드디어 좀 재미있어지는데? 긴장 풀고 잘 들으라고!

파린의 목구멍으로 침이 꼴깍 넘어갔다. "제안이요?"

"내가 내뱉은 말 정도는 기억하고 있다. 그러니 앵무새처럼 따라 할 필요는 없어. 내 말이라면 설설 기는 놈들이 널려 있으니까."

기사 앞에서는, 적어도 내 눈앞의 이 기사 앞에서는 어떤 말이든 잘 생각하고 말해야겠다고, 절대로 그의 입에서 나온 말을 반복하지 말아야겠다고 파린은 다짐했다.

"새 스콰이어가 필요하다!"

"새 스콰이어요?"

머리를 탓해야 할까, 입을 탓해야 할까?

절망적이라는 듯 기사의 표정이 얼어붙었다.

그의 차가운 얼굴을 다시 녹이기 위해서 서둘러 다른 질문을 해야 했다. "지금까지 기사님을 모시던 스콰이어는요?"

"죽었다."

"어떻게요?"

"죽어 버렸어."

"그게 무슨 말씀이세요?"

"죽었다, 저세상으로 갔다, 뒈져 버렸다… 누구보다 네가 잘 아는 단어가 아니더냐?"

"엠… 어떻게 세상을 떠났는지 여쭤도…?"

"**안 돼!**" 기사가 큰소리로 대꾸했다.

파린은 침착하게, 최대한 집중력을 잃지 않으려고 애썼다. 질문을 어떻게 표현하느냐에 따라 대답을 들을 수도, 듣지 못할 수도 있다. 앞으로 자신이 하게 될 일에 대해서 먼저 더 자세히 알아야 한다.

질문을 해, 좋은 질문, 영리한 질문. 머릿속 목소리가 딸꾹질을 하며 말했다. **수준 높은 질문 말이야.**

"스콰이어 교육을 받기엔 제 나이가 너무 많은 것 아닌가요?"

머리 뒤쪽에서 한숨 소리가 났다. 대체 내 말을 뭐로 들은 거야.

"나이가 아니라 쓸데없는 호기심이 많은 게 네 문제야. 성주의 신하가 되는 데 나이는 아무 상관이 없다. 그러니까 이제 동의하느냐?"

"기사님, 영광입니다…. 다만 너무 갑자기 닥친 일이라… 그러니까, 왜 하필 저를 택하신 건지요?"

이제 좀 질문 비슷하다고 해 줄게!

기사의 눈썹이 다시 태양을 가리는 구름처럼 눈동자를 가렸다. "성가신 호기심은 구원받지 못할 스무 가지 죄악에 속한다."

"아멘 신부님은 늘 일곱 가지라고 말씀하셨는데요."

"그 1인 2역을 하던 신부 말이냐? 그자는 나에 비하면 죄악에 대해 아무것도, 눈곱만큼도 아는 게 없다. 내가 보고 경험한 대 죄악은 최소 열 가지는 되지."

"잘 이해가 되지 않습니다. 그저 평범한 시골 마을 출신의 매장꾼 아들인 제가 어떻게 기사님의 스콰이어가 될 수 있는지…."

기사는 깊은숨을 들이마셨다. "이 세상에 나를 놀라게 하는 일은 거의 없지. 특히 인간 때문에 놀랄 일은 아예 없고. 하지만 마을 묘지에서 너를 만났을 때는 달랐다."

"무슨 말씀이신지요? 제가 두더지처럼 땅을 잘 팠기 때문에 놀라신 건 물론 아니겠죠?"

"그 이유를 생각해 내지 못한다면 너는 여기 있을 자격이 없다." 기사의 거친 말투가 아버지를 떠올리게 했다.

"제가 게룬다의 죽음과 까마귀가 연관이 있는 걸 추론해 냈기 때문이군요."

"그렇다! 그러니까 그건 너의 탁월한 관찰력과 조합 능력을 증명하는 거지."

그래서 '네 능력을 믿으라'고 내가 말했잖아.

파린은 당황스러웠다. 다른 사람들의 말에 상처 입는 일에 익숙해진 그였다. 그런데 기사의 말은 어쩐지 칭찬처럼 들렸다. 파린을 다치게 하는 대신 그를 기분 좋게 어루만졌다.

기쁨을 음미할 새도 없이 기사는 다시 말을 이었다. "방금 내가 한 말은 잊어라. 낯간지러운 말 따위는 딱 질색이니까. 묘지에서 나와 술집 앞에서 네가 나한테 한 말을 기억하느냐? 내가 너를 데리고 갈 수 없는지 물으려 하지 않았느냐?"

바로 그거였다. 기사가 떠나기 전 파린은 정확히 그 말을 하고 싶었지만, 기사는 물을 기회를 주지 않았었다.

"예, 기사님." 파린이 생각했던 것보다 기사는 훨씬 예민한 촉을 가지고 있었다.

"그리고 이제 너는 여기에 있다. 스콰이어."

"스콰이어는 정확히 어떤 일을 하게 되나요?"

"가장 중요한 건 주인을 보필하고 수련하는 것이지. 유능한 스콰이어는 여러 다양한 일을 돕는다. 구두를 벗기는 일에서 전략을 짜는 일까지. 또 전쟁에 나가는 기사를 수행하고 방패를 들지. 말을 탈 때도 돕고, 필요하다면 기사가 싼 똥을 처리하는 일도 돕는다."

파린은 한참을 머뭇거리다가 간신히 물었다. "혹시… 스콰이어도 언젠가는 기사가 될 수 있나요?"

성주는 눈을 부릅떴다. 눈썹까지 씰룩거리며 말했다. "말도 안 되는 소리! 너는 절대로 기사가 될 수 없다. 너는 기사처럼 싸울 수도, 말을 탈 수도, 적을 쫓을 수도 없어. 심지어는 방귀 뀌는 것조차 흉내 낼 수 없지! 넌 왕궁의 예의범절을 모른다. 그리고 무엇보다도 너는 귀족이 아니라 매장꾼의 아들이야." 그의 눈썹이 미간을 향해 몰렸다. "내 시신을 수습하고 장례 치를 준비를 하는 것, 그건 네가 할 수 있는 일이겠구나. 설명은 충분했다. 여기까지, 스콰이어!"

기사는 상대방의 귀가 솔깃하게 제안하는 데 능통했다.

파린은 주위를 한 바퀴 둘러보았다. "기사님, 지금 제가 있는 이곳은 어디입니까?"

"나의 성이자 철옹성인 슈투름바흐트다."

"기사님은 누구십니까?"

"질문, 또 질문. 내가 누구인지도 모른단 말이냐. 그라쿠스 폐하의 기사다." 그가 화난 목소리로 말했다. "기사가 '여기까지.'라고 말하면 그것으로 대화는 끝나는 거다. 그것이 첫 번째 가르침이다. 아주 간단하지?"

"기사님의 이름은 에미코이시고 제2기사이십니다. 맞나요?"

기사가 놀란 듯 멈칫하더니 갑자기 두 눈을 가늘게 떴다. 이제 그의 얼굴은 마치 먹이를 향해 달려들려고 하는 살쾡이처럼 보였다.

"내 이름이라면 하인 중 한 명이 발설했을 수도 있다. 하지만 내가 제2기사라는 사실은 아무도 모르는 비밀이지. 누가 나를 놀라게 하는 건 내가 정말 싫어하는 일 중 하나다. 당장 말해라. 어떻게 알게 되었느냐?"

"까마귀가 제가 말해 주었습니다."

기사는 천천히 의자에서 일어났다. 파린은 기사의 키가 깜짝 놀랄 만큼 크다는 사실을 잠시 잊고 있었다. 마치 천둥 번개를 몰고 오는 구름이 바로 그의 머리 위에 드리운 것 같았다. 항상 그렇듯 복잡한 생각과 흔들리는 감정 때문에 침착하게 생각하는 건 불가능했다. 하지만 제2기사의 이야기 뒤에 뭔가 더 중요한 사실이 숨어 있다는 것만큼은 확실했다.

기사는 성난 목소리로 말했다. "한 가지 분명한 사실이 있다. 까마귀는 너에게 말하지 않았어. 만일 그랬다면 너는 벌써 죽은 목숨이었을 거고, 지금 나에게 이런 믿을 수 없는 이야기를 하는 일 따위는 일어나지 않았겠지. 내가 제2기사라는 사실을 어떻게 알게 된 것이냐?"

파린은 작업대 밑에 숨어서 까마귀와 그의 일행이 나누는 대화를 엿들었던 사건을 자세히 이야기했다.

기사는 굳은 얼굴로 파린의 이야기를 들었다. 그리고 이야기가 끝나자 말했다. "벌써 너를 여기로 데려온 보람이 있구나. 네 이야기를 듣고 보니 까마귀가 어디에서 제2기사의 존재를 들었을까 궁금해졌다. 벌써 오래전부터 첩자가 있다고 느끼긴 했지만 이런 은밀한 부분까지는 그조차도 알 도리가 없을 텐데. 네 말을 듣고 보니 폐하의 측근 가운데 배신자가 있는 게 틀림없군."

파린은 도무지 이해할 수가 없었다. "폐, 폐하라고요?"

에미코는 한숨을 내쉬었다.

파린에게 왕이란 신처럼, 바다처럼, 기사처럼, 그리고 아니에타처럼 멀고 먼 단어였다. 끝없이 먼 곳에 있는, 절대로 다가갈 수 없는 그 무언가.

"앞으로는 절대로 제2기사라는 말을 내 이름과 함께 언급해선 안 된다. 알겠느냐?"

"예, 명심하겠습니다."

"그럼 내 제안을 받아들인 걸로 이해해도 되겠는가?"

그의 말은 질문보다는 명령처럼 들렸다. "기사님의 스콰이어요? 영, 영광입니다. 그런데 보수도 지급되나요?"

기사는 투덜거리듯 말했다. "이놈 참! 네가 어디 출신인지를 잊지 말라!" 그가 조용히 말을 이었다. "비 맞지 않을 지붕과 먹을 것, 제대로 된 교육, 영예로운 임무, 그리고 매를 맞는 건 그럴 만한 이유가 있을 때만… 그것만으로는 부족한가?"

자신의 가치를 높여. 인생을 살다 보면 장사를 할 땐 확실히 해야 하는 시점이 있는 거야. 고개를 저어!

그는 조심스럽게 고개를 저었다.

기사는 팔짱을 꼈다. "두더지! 넌 지금 흥정할 처지가 아니야. 내가 가격을 말하면 그대로 정해지는 거다. 알겠느냐?"

파린이 고개를 끄덕였다.

"도제 교육을 제대로 마치고 나면 18실링을 주겠다."

그 말은 지금 그가 버는 것보다 정확히 18실링을 더 벌 수 있다는 뜻이었다. "좋습니다." 파린은 만족스러워하며 대답했다. 한 가지 더 떠오르는 질문이 있었다. "그런데 스콰이어 교육은 얼마나 걸리나요?"

기사의 이가 드러났다. 그는 지금 웃으려는 걸까? "계속 지금처럼 행동한다면 아마 평생 해도 끝이 안 날 것이다."

그는 정말로 웃고 있었다. 인색한 웃음이었다.

"아, 네…." 파린은 더 말을 잇지 못했다.

수련

파린은 여전히 어리둥절한 얼굴로 기사의 집무실에서 물러났다. 마르칸이 입구에서 기다리고 있다가 그를 어느 방으로 데려갔다. 마침 하인 둘이 포도주 통을 옮기고 있었다.

마르칸은 그중 한 명에게 당부했다. "신참이 왔으니 숙소로 안내하라. 남쪽 탑 네 번째 방이다."

"분부대로 하겠습니다."

목욕물의 대가께서는 하인들보다 훨씬 지위가 높은 모양이었다. 파린은 하인을 따라갔다. 지난 몇 시간 동안의 긴장이 풀리자 극심한 피곤이 몰려왔다. 조금 전까지 거의 죽은 목숨이라 생각했는데 아직 살아 있는 건 물론이고, 게다가 스콰이어가 되었다니! 엄밀히 말하면 아직은 스콰이어 수습생이었지만 그건 중요한 문제가 아니었다. 하지만 곧 불안이 엄습했다. 이 모든 일이 너무 빠른 속도로 몰아치고 있었다. 그는 매장꾼 이외에 다른 직업을 가져 본 적이 없었다. 지금까지 배운 기술은 적어도 기사가 살아 있는 날까지는 아무 쓸모가 없을 게 분명했다. 육중한 담장 안쪽에 우뚝 솟은 회색빛 탑 두 개가 성 위로 어두운 그림자를 드리우고 있었다. 그의 새 보금자리는 사방이 무채색, 무겁고 차가운 회색빛 돌뿐이었다. 아니면 이 느낌은 아는 사람이 아무도 없는 데서 오는 불안함일까? 하우펜 마을에 살 때는 낯선 얼굴이라고는 없었고, 누가 무슨 일을 하는지 속속들이 알고 있었다. 물론 솔직히 말하자면 마을 사람들 모두 그를 피하기 바빴기 때문에 아는 얼굴이라고 해서 다를 건 없었다. 그가 그립다고 말할 만한 사람이 한 명이라도 있을까? 블로삭? 게오리히? 이장? 아니지. 그롤하이머라면 어떨까? 망상이라는 불청객이 파린을 괴롭히기 시작한 후부터 유일한 친구였던 밧줄공의 개마저도 그를 싫어했다. 문득 머릿속에서 무슨 소리가 나는지 귀를 기울여 보았다. 하지만 몇 가지 우울한 생각들만 무겁게 자리를 차지하고 있을 뿐 목소리는 들리지 않았다. 어느덧 새 환경에 적응한 모양이었다.

그 밖에 생각나는 사람이 또 있을까? 파린은 그녀를 생각하지 않으려고 애썼다. 아니에타. 하지만 그녀를 생각하지 않으면서 어떻게 그녀를 생각하지 않으려는 생각을 할 수 있단 말인가?

하인이 옷깃을 세우며 말했다. "작은 안마당을 지나서 가겠습니다. 저를 따라와 주시겠습니까?"

정말 나에게 하는 이야기일까? '날 놀리지 말아 줘! 난 높으신 분이 아니라 그냥 파린일 뿐이야. 매장꾼의 아들, 너희랑 같은 사람일 뿐이라고.'라는 말이 목구멍까지 올라왔다.

하인이 육중한 문을 열자 포석이 깔린 안마당이 나왔다. 차가운 바람이 회색 성벽 안에서 위잉 소리를 내고 있었다. 파린은 한기를 느꼈다. 둘은 두 개의 탑 가운데 작은 쪽으로 향했다. 낡은 나선형 계단을 따라 올라가 문 세 개를 지나 네 번째 문 앞에서 하인이 멈춰 섰다. "여기가 나리의 방입니다."

나리로 불리는 건 여전히 거슬렸다. 한 손으로 잡기엔 지나치게 거대한 문손잡이를 잡고 왼쪽으로 돌리자 문이 열렸다. 그곳은 수수한 침대와 옷가지를 넣을 수 있는 낮은 장이 놓여 있는 작은 방이었다.

"내일 여섯 번째 종이 울릴 때까지 준비를 마쳐 주십시오." 하인은 이 말만을 남기고 사라져 버렸다.

파린은 여전히 어리둥절한 채 조심스럽게 침대에 앉았다. 답을 듣지 못한 질문이 너무나 많았다. 그중 몇 가지는 묻지조차 못한 것들이었다. 그의 삶이 갑작스럽게 뒤흔들리고 있었다. 정작 그는 손쓰지도 못하고 구경만 하고 있는데 자신의 삶이 제멋대로 방향을 틀고 있었다. 망상 때문이 아니었다. 이 모든 일에 대한 책임은 전적으로 자기 자신에게 있었다.

그는 똑바로 누워 두 손을 머리 뒤에 깍지를 꼈다. 배의 근육이 아파 왔다. 말 등에 매달려 먼 길을 온 후유증이 아직 남아 있었다. 가만히 누운 채 방안을 둘러보니 사방은 그저 회색빛 밋밋한 돌을 쌓은 벽이었고, 투박한 나무로 만든 들보가 낮은 천장을 가로지르고 있었다.

서서히 지난 며칠간의 긴장이 누그러들었다. 혼돈의 소용돌이가 휩쓸고 지나간 뒤 비로소 하나하나 생각을 정리할 수 있었다. 그가 느꼈던 감정들이 오고, 가고, 변화했다. 죽음에 대한 적나라한 공포는 서서히 찾아들었다. 새 일자리의 가장 큰 장점은 적어도 여기서만큼은 까마귀로부터 보호받을 수 있다는 사실이었다. 하지만 곧 또 다른 걱정이 몰려왔다. 그건 바로 낯선 세계에 대한 두려움이었다. 앞으로 어떤 길을 가게 될까? 어떤 일이 그에게 닥쳐올까? 기사의 기대를 충족시킬 수 있을까? 그 기대가 무엇인지 모르기에 예측하기도 힘들었다. 이제 이곳이 스콰이어 수습생이 된 그의 방이었다. 그는 왕궁의 소년들에 관한 이야기를 들을 적이 있었다. 일곱 살에 먼저 시동이 되고 열다섯 살에 스콰이어, 그리고 스물한 살에 기사가 된다는 이야기였다. 그런데 지금 자신의 상황은 어떤가? 지금껏 알고 있던 이야기와 자신의 새 일자리는 어딘가 들어맞지 않았다. 그는 자신이 다른 스콰이어들과 함께 검을 반짝거리게 손질하고 큰 말에 안장을 얹는 장면을 떠올리다가 곧 지쳐서 깊은 잠에 빠져들었다.

다급히 문 두드리는 소리에 잠에서 깼다. "나리, 일어나십시오. 일과가 기다리고 있습니다."

뭐라고? 나리? 일과? 여기가 어디였더라?

파린은 황급히 한 손으로 양모 이불을 걷어 냈다. 작은 방 안의 공기는 깜짝 놀랄 정도로 싸늘했다. 어제 목욕을 하고 새로 받은 옷을 재빨리 입었다. 질긴 리넨으로 만든 옷이었고, 바지도 튜니카도 구멍은커녕 헤진 곳 하나 없었다. 마지막으로 방에 걸려 있던 털로 만든 망토를 어깨에 둘렀다. 어제는 본 적이 없는 망토였다.

"저를 따라 이쪽으로 오시겠습니까?"

성안의 사람들은 모두 똑같은 말투를 썼다. 파린은 하인을 바라보았다. 어제 그를 이리로 데려왔던 하인이 아니었지만 똑같은 복장을 하고 잰걸음으로 고개를 숙이고 앞서갔다. 파린은 본채에 있는 식당에 도착했다. 식탁과 긴 의자가 나란히 놓인 길게 뻗은 공간에 거의 삼십 명쯤 되는 사내들이 아침 식사를 하기 위해 모여 있었다.

하인이 허리를 숙이며 안내했다. "여기가 병사와 장교님, 기사님들과 스콰이어님들이 식사를 하시는 곳입니다. 나리님의 원기를 돋우실 곳이지요."

물론 굳이 설명하지 않아도 그곳이 식당임은 누구나 알 수 있었다. 파린은 하인에게 고맙다고 말하고 안으로 들어갔다. 몇 명이 그를 보더니 서로 눈길을 주고받았다. '누구지?'라는 소리가 조용히, 또는 크게 들렸다.

넓은 코에 턱이 뾰족한 한 사내가 발을 넓게 벌리고 그를 가로막았다. "어이, 네가 바로 에미코가 총애한다는 새로 온 녀석이구나!"

파린은 당황한 걸 들키지 않으려고 애쓰며 잠자코 서 있었다.

"그런데 말이야…, 네가 매장꾼이라는 소문이 있던데?"

소문 한번 빠르구나. 사내의 표정도, 말투도 파린을 달가워하지 않는 그의 속내를 굳이 숨기려 하지 않았다.

숨길 생각이 없긴 파린도 마찬가지였다. "나는 하우펜 마을 매장꾼의 아들입니다."

사내의 얼굴이 혐오감으로 흉측하게 일그러졌다. "네가 기사님께 무슨 수를 썼는지는 모르겠지만 우린 무덤이나 파던 너 같은 녀석은 환영하지 않아."

파린의 뺨에 그의 침이 튀었다. 기분 더러운 축축함이 뺨에 느껴졌다.

이 녀석에게 지지 말자. 나는 성주의 스콰이어야.

"내 이름은 파린입니다. 난 내가 누군지 밝혔는데, 지금 내게 이런 영광스러운 대화를 허락한 그쪽은 누구신지요?" 파린이 침착하게 물었다.

"이거 봐라, 모두 들었지? 이 녀석의 정체가 밝혀졌어! 우리 신참께서 교양 있는 척을 하시는데. 내 이름을 기억해 둬. 나는 고귀한 가문 출신 투르겐손 공작이다. 그라쿠스 선왕의 조카란 말이지! 그분 위에 계신 분은 오로지 하느님뿐이라고!"

그의 말을 이해하기까지는 한참이 걸렸다. 왕의 조카! 공작!

하느님, 절 두고 어디로 가셨나이까? 어쩌다가 제가 지금 여기에 있게 된 거죠? 이제 저는 어떻게 해야 하나요? 절을 해야 하나요, 무릎을 꿇어야 하나요? 아니면 둘 다?

망할 놈들 앞에서는 절대로 굽히지 마.

아, 그렇구나. 모르는 게 없는 망상이 이번에도 아주 좋은 조언을 해 주는군. 하지만 망상이 지금 나처럼 낯선 무리에 둘러싸여 말로

만 듣던 공작의 장광설을 듣고 깜짝 놀라 멍하니 서 있는 건 아니잖아. 파린은 물러서지 않고 상대방을 노려보았다. 지금까지 한 번도 이처럼 지체 높은 귀족을 직접 마주한 적이 없었다. 다른 사람들이 바닥에 엎드리지 않는 걸 보고는 파린도 조금 안정을 찾으며 그 자리에 서 있었다. 황금 실로 수놓은 재킷만 빼면 투르겐손은 지적으로 보이지도 전능해 보이지도 않았다. 어쩐지 슬퍼 보이는 얼굴은 채워지지 않은 명예욕과 오랫동안 지속해 온 불만족한 심리 상태를 드러냈다. 지체 높은 귀족이라면 항상 행복하고 온화한 미소를 띠고 있을 거라는 파린의 상상에 전혀 들어맞지 않는 얼굴이었다.

이제 어디든 앉을 자리를 찾아야 했다. 어디엔가 틀어박혀 상황을 진정시켜야 했다. 꼬박꼬박 말대꾸를 하다가는 사태가 걷잡을 수 없게 나빠질지도 모르니까. "지나가도 되겠습니까, 공작님?" 매장꾼 아들이 왕의 조카에게 청했다. 몹시 떨렸지만 단호하게 말하려는 시도는 어느 정도 성공적이었다. 다른 사내들과 스콰이어들은 그러는 동안에도 파린을 못 본 척하며 아침 식사를 계속하고 있었다.

그가 이 성에 도착한 건 어제저녁이었다. 낯선 이에 대한 소문은 그렇게 빨리 퍼졌다. 지체 높은 귀족께선 그 자리에서 꼼짝도 하지 않았으므로 파린은 그를 옆으로 지나쳐 조용히 빈자리를 찾았다.

"어떻게 하는지 두고 보겠어, 벌레만도 못한 녀석." 투르겐손이 그의 등 뒤에서 낮은 목소리로 중얼거렸다.

왜 공작이 나 같은 별 볼 일 없는 사람을 신경 쓰는 거지? 나 같은 사람을 조롱하고 위협할 필요가 있을까?

성안에 매장꾼의 아들보다 더 신분이 낮고 하찮은 존재는 없었다.

높은 톤의 목소리가 그의 옆에서 들렸다. "신참, 벌써 일어났구나. 먹을 걸 가져와서 우리와 함께 저쪽 창가에 앉아." 리벳이 박힌 갑옷을 입은 사내는 말을 마치자마자 창문 쪽으로 사라졌다.

파린은 깜짝 놀라서 고개를 끄덕였다. 납치범의 말은 진심일까? 사심 없는 호의일까? 그는 모든 일에 조심, 또 조심해야 한다고 생각했다. 누군가 자기를 속이려는 의도인지, 왕실의 귀족이 여기에 몇 명이나 더 있을지 누가 알겠는가?

파린은 빠른 걸음으로 한쪽에 놓인 탁자에서 접시를 집어 들고 빵 몇 조각을 담았다. 홀의 끝쪽에는 사내 몇 명이 모여앉아 식사를 하는 중이었다. 높은 목소리의 사내가 손짓을 했다. 좋아, 저쪽으로 가자. 그를 데려온 사내들의 대장이라면 그의 질문에 몇 가지만이라도 답을 해 주겠지. 식탁에서는 벌써 사내 둘이 간격을 좁히며 파린의 자리를 만들어 주고 있었다. 파린은 얼른 주위를 둘러보았다. 혹시 다른 사람을 위한 걸까? 하지만 자리를 찾기 위해 멍하니 서 있는 사람은 그 혼자뿐이었다. 그러니까 그들은 정말로 파린이 앉을 자리를 만들어 준 것이었다.

조심해, 뭔가 이상하잖아.

식탁 위에는 컵과 물이 담긴 항아리가 있었다. 덩치가 큰 사내가 그에게 물을 따라 주었다.

파린은 자리에 앉았다. "제가 살던 마을에서 저를 여기로 데리고 온 건…."

"맞아. 하우펜에 사는 두더지, 매장꾼의 아들을 데려와라! 그게 명령이었으니까." 그는 잠시 생각하더니 말을 이었다. "그리고 살려서 데리고 와라! 우리가 막 도개교를 건너려고 할 때 성주께서 덧붙이셨지." 그가 히죽 웃었다. "내가 제대로 된 두더지를 잡은 것 같긴 한데."

하우펜 마을 출신의 매장꾼 아들이 뒤통수에 난 혹을 만졌다. "에…, 맞아요. 그리고 제 이름은 파린이라고 합니다."

"상황에 따라 그렇게 불러 줄 수도 있겠네."

"그러니까 우리가… 만났을 때 말이에요, 그때 우리 집 쪽에서 오던 길이었죠? 저희 아버지에게 어떻게 하셨죠?" 그가 물었다.

"대체 무슨 생각을 하는 게냐? 우린 그냥 아들이 어디에 있냐고 물어봤지. 그런데 갑자기 불같이 화를 내더구나. 무례한 녀석이 또 무슨 일을 저질렀냐고. 하도 화를 내기에 그냥 혼자 내버려 두고 돌아오는 길이었다."

아버지다워!

"어떻게 아버지께 소식을 전할 수 있죠? 제가 잘 있다고 연락은 드려야 할 것 같아서요."

"그건 저기 저 위에 계신 분께 말씀드려라." 높은 목소리의 키 큰 사내가 말했다. "그건 그렇고, 내 이름은 드로그단이야. 그리고 우리랑 같이 여기까지 온 친절한 친구 둘도 여기 있지. 저기 맞은편에 힘 좋게 생긴 꾀돌이 이름은 플라우디우스야. 네 오른쪽 옆자리는 슈툼멜. 자기의 진짜 이름은 말을 안 해서 몰라. 자기 이름이 뭐였는지 잊어버렸는지도 모르지."

한꺼번에 새로운 얼굴을 너무 많이 만나 어리둥절한 탓에 파린은 그제야 처음으로 옆에 앉은 사람을 자세히 볼 수 있었다. 옆에 앉은 사내는 높은 방석 위에 앉아 있었다. 그렇지 않으면 식탁 위를 볼 수 없을 만큼 키가 작았다. 둥근 얼굴에 호기심 어린 갈색 눈동자가 파린을 바라보고 있었다. 그의 흉갑에는 반더팔켄 왕궁의 문장인 매가 새겨져 있었다. 식탁 반대편에는 붉은 얼굴에 뚱뚱한 남자가 라드가 발린 빵을 우적우적 먹고 있었다. "즐거운 여행이었어. 좀 춥긴 했지만."

파린은 이곳까지 오는 동안 들었던 두 번째 목소리를 기억해 냈다.

그들이 자신을 얼마나 거칠게 다뤘었는지에 대해 따져 물어야 할까? 하지만 그러지 않기로 했다. 인제 와서 무슨 소용이 있겠는가? "저도 꽤나 즐거웠어요. 말도 탈 수 있었고요. 그리고 부드럽고 따뜻한 자루가 추위를 막아 줬죠."

"하하! 그래서 지금 네가 여기 있게 된 거지. 그런데 뭣 때문에?" 대장 옆의 뚱뚱한 사내가 우물거리며 물었다.

"기사님께서 네 목을 매달 생각이 아니라 방패를 들게 하실 생각인가 봐. 왜 하필 벨텐 제국 저 끝자락에 있는 촌구석의 매장꾼 아들인 너를 지목한 거지?" 드로그단이 물었다.

"솔직히 말하면 저도 잘 모르겠어요. 그분께 직접 물어보시면 되 겠죠."

사내는 어깨를 으쓱하고는 말했다. "일단 뭘 좀 먹고 마셔라."

식탁 위에는 빵에 발라 먹을 수 있는 것들이 여러 가지 놓여 있었 는데 그중 하나는 노란 황금빛이었다. 설마 저건 꿀일까? 아니, 그 럴 리가 없어. 달콤하고 끈적끈적한 맛있는 벌꿀, 그건 고향 마을에 선 아버지의 상냥한 말 한마디보다 귀한 음식이었다.

음식을 맛있게 먹기 전에 그는 해결할 일들이 있었다. "세수는 어 디에서 하죠? 근처에 개울이 있나요?"

드로그단은 황당하다는 듯 파린을 보았다. "개울? 성안에 개울은 없다. 물은 우물에서 길어 쓰지. 우물은 라벤호프에 있어. 거기서 물을 받으면 돼."

여긴 개울물 대신 꿀이 흐르는 곳이군. 파린은 꿀을 한 숟가락 떠 서 빵에 떨어뜨리며 생각했다. "그런데 나리들은 여기에서 무슨 일 을 하시죠?"

"그놈의 딱딱한 존칭은 집어치우라고. 우린 다 기사님을 위해 일 하는 사람들이야. 나는 플라우디우스와 마찬가지로 슈툼멜의 부대 소속이고."

파린은 경이로운 눈으로 자신의 오른쪽에 앉은 키 작은 남자를 바라보았다.

"기사 슈툼멜이 우리의 대장이야. 최고 중의 최고지." 뚱뚱한 사내가 입안의 음식을 반쯤 삼키고는 말했다.

드로그단이 고개를 끄덕였다. "내 생각도 마찬가지."

"흐르음." 슈툼멜도 분명 이의를 제기하는 것 같지 않았다.

기사라고 다 키가 커야 한다는 법은 없구나, 파린은 놀랐다. 슈툼멜은 파린을 주시하고 있는 눈만 빼고는 모든 게 다 작은 사내였다. 다행히도 그는 파린이 마음에 들었는지 호의적인 눈빛으로 미소를 짓고 있었다.

파린은 빵을 크게 한 입 크게 물어 우적우적 씹었다. 갓 구운 빵! 언제까지 이렇게 말랑말랑할지, 그리고 언제까지 이런 빵을 맛볼 수 있을지 모른다는 생각에 파린은 허겁지겁 가져온 빵들을 먹어치웠다. 식탁의 반대쪽에는 귀하신 몸 투르겐손이 검지를 길게 뻗어 파린을 가리키고 있었다. 사내 여럿이 불쾌한 시선으로 이쪽을 응시하고 있는 것도 보였다.

"투르겐손 공작 말이에요, 저분은 정말 공작이고 왕의 조카인가요?"

"흐르음." 그의 옆에 앉은 사내가 그렇다고 했다. 슈툼멜의 이마에 주름이 더 깊어졌다.

드로그단도 고개를 끄덕였다. "사실이야. 될 수 있으면 저 사람은 건들지 마. 저 사람한테 찍히면 여기서 네 삶은 아주 지옥이 될 테니까."

아하, 그렇구나!

잠시 파린은 먹는 것도 잊었다. 식당에 들어서자마자 제대로 마주치다니. 벌써 고귀하신 분의 살생부에 올랐다는 사실을 털어놓아야 할까? 아니, 그러면 어리광부리는 아이처럼 보일 거야. 그는 먼저 상황을 지켜보면서 최대한 공격의 빌미를 주지 않아야겠다고 생각했다.

"그러니까 성주께서 저에게 방패를 들게 하실 거라고 말씀하셨는데… 아니 그러니까… 그게 무슨 말이에요?"

"네가 그분의 방패를 들어야 한다는 뜻이지."

"아, 그게… 그러니까 그거 말고는? 그거 말고 제가 어떻게 하기를 바라시는 거죠?"

"엄청나게 많은 일을 해야 하지! 한 가지 확실한 건 기사님을 만족시키는 건 더럽게 어려운 일이란 사실이야. 종종 그걸 해내는 몇 안 되는 사람 중의 하나가 네 오른쪽에 앉아 있단다."

"흐르음."

"물론 우리처럼 믿을 만한 사람들이 항상 곁에 있으니까 그런 거지만." 드로그단이 덧붙이고는 유쾌한 얼굴로 무리를 보았다.

플라우디우스도 미소를 짓고 있었지만 파린은 어쩐지 불안했다.

눈치 빠른 드로그단이 파린의 얼굴에 드리운 그늘을 보고 물었다. "왜 그래?"

"기사님이 엄청나게 많은 걸 바라신다는 건… 분명히 많은 것보다 훨씬 많은 걸 바라신다는 것처럼 들려서요." 파린이 긴장하며 대답했다.

"어쨌든 까다로운 분이셔." 플라우디우스가 곧바로 대답하고는 빵을 한입 물었다.

"네가 특별히 잘할 수 있는 게 뭐지?" 드로그단이 물었다.

파린을 조롱할 생각이 아니라 오히려 그의 장기를 살려 동기를 부여할 생각이었다.

파린이 생각하느라 머뭇거리자 그가 재차 물었다. "네 전문 분야 말이다."

"에… 전 그러니까… 시체를 아주 잘 닦을 수 있어요."

사내들은 서로 눈빛을 교환하다가 동시에 파린을 보았다.

"그래, 그건 그런데, 그런 이유로 너를 이리로 데려온 것 같지는 않은데. 내가 지금까지 지켜본 바에 의하면 기사님은 자신의 시신이 어떤 모습일지에는 눈곱만큼도 관심이 없는 분이시라고." 드로그단은 자신의 귓불을 잡아당기며 말했다.

옆에 앉은 슈툼멜도 동조했다. "흐르음."

"어떤 무기를 제일 잘 다룰 수 있어?" 플라우디우스가 물었다.

"저는… 글쎄… 저는 매장꾼이에요. 검이나 활을 다루는 법은 배우지 않았어요. 제가 손에 쥐어 본 거라고는 삽뿐인걸요."

드로그단은 고개를 살짝 뒤로 빼고 슈툼멜과 플라우디우스를 번갈아 바라보았다. 그의 입가가 실룩거렸다. "한 손 삽이야 아님 양손 삽?" 그는 더는 참지 못하고 소리 내어 웃기 시작했다. 플라우디우스도 웃음을 터뜨리고 말았다.

테이블 중간쯤에 앉은 사내 몇 명이 무슨 일이냐는 듯 이쪽을 보고 있었다.

또다시 조롱거리가 되어 버린 것이다. 매장꾼의 아들, 할 줄 아는 게 아무것도 없는 풋내기. 파린은 고개를 푹 숙였다.

드로그단은 금방 다시 진지한 얼굴로 돌아왔다. 그는 파린을 보며 걱정하지 말라는 듯이 고개를 끄덕였다. "놀리려는 건 아니었어. 어떻게든 해낼 수 있을 거야. 당연히 무기 다루는 법을 배우긴 해야지. 솔직히 말하면 이제 그걸 시작하기에 너는 나이가 좀 많긴 해. 여기 들어온 아이들은 여섯 살이면 벌써 목검으로 수련을 하거든."

혹시 그 아이들 중 한 명이라면 조금이나마 승산이 있을지도 모르겠네, 파린은 생각했다. 그러자 다시 뱃속이 부글거려 왔다.

여기에서 일어나는 모든 일은 모험이라 생각해야 한다. 새로운 무언가를 배울 수 있는 모험. 여기에서 쫓겨나면 하우펜으로 가면 되니까. 그때까지 내가 보고 겪는 일들은 온전히 내 것이다.

"이제 우리는 앞으로 며칠간의 보초 순번을 배정받으러 가야 해." 드로그단이 의자에서 일어서며 말했다. "이따 보자 파린."

슈툼멜과 플라우디우스도 파린을 향해 고개를 끄덕였고, 셋은 식당 밖으로 사라졌다.

식사를 계속하는 동안 만감이 교차했다. 꿀을 바른 빵을 여러 조각 먹고 물도 벌컥벌컥 마셨다. 물에서는 모래 냄새가 나는 것 같았다. 집 앞에서 마시던 계곡물과는 비교할 수 없는 맛이었다. 식당은 점점 비어 갔다. 이제 무엇을 해야 할까 생각하는 찰나에 마르칸이 그를 향해 걸어오는 게 보였다.

"기사님이 오늘 오후에 보자고 하셨어. 여덟 번째 종이 울리는 시간에 늦지 않게 나오거라. 네 방이 있는 탑 앞 작은 안마당에서 만나자. 내가 성을 안내하고 스콰이어들의 훈련장으로 데려다줄게."

파린은 자신의 방에서 잔뜩 풀이 죽은 채 준비를 하고 있었다. 어떻게 다른 스콰이어들을 대적해야 할까? 예를 들어 검술만 해도, 그는 지금껏 한 번도 검을 만져 본 적이 없는 데다가 나이도 제일 많았다. 망신만 당할 게 뻔했다. 대야를 향해 몸을 굽히고 손가락으로 대충 이를 닦으며 창문 밖을 바라보았다. 총안이 있는 통로 아래쪽, 온통 회색 벽뿐인 바깥 풍경을 보자 정신이 번쩍 들었다. 그는 초조한 마음으로 걸음을 옮겼다.

진정해. 그리고 징징거리지 좀 마. 어찌 됐건 여기가 하우펜 마을보다 훨씬 흥미진진한 곳임은 분명하잖아?

"말은 쉽지, 잘난 척하기는…. 다시 사라지기 전에 네가 누구인지 제발 말 좀 해 줘. 그리고 나한테 도대체 원하는 게 뭔지도." 그럴 의도는 아니었지만 불청객에 대한 약간의 노여움 때문에 마지막 문장은 그만 무의식적으로 비난조가 되고 말았다.

내 말이 바로 그거야. 넌 조금 전까지 지루한 사람처럼 멍하니 있다가

315

도 그다음 순간 갑자기 격해지고 감정적으로 된다니까. 에이그, 소심하고 미련한 녀석. 그리고 난 그런 인간한테는 내 이름을 절대 발설하지 않아.

"하지만 넌 내 머릿속에서 유령처럼 돌아다니고 있잖아. 여기보다 더 나은 곳을 찾을 수도 있는 거 아냐? 네가 내 머릿속에 있는 한 나는 널 징글징글이라고 부를 거야. 그게 너한테 딱 맞아."

아이고 귀여워라! 네가 그 펜던트를 불 속에 던지지만 않았어도 난 분명 널 떠났을 텐데 말이야.

파린의 입에서 한숨이 저절로 새어 나왔다. "그럼 두 번째 질문으로 넘어가자. 대체 나한테 원하는 게 뭐야?"

그걸 알기 전에 네가 알아야 할 것이 있어. 나에게 시간이란 건 중요치 않아. 시간이 흐르면 언젠가는… 물론 언젠가라는 건 언젠가일 뿐이긴 하지. 그러고 나면 나는 돌아갈 거야.

"어디로 간다는 거야?"

당연히 내 고향이지. 이 끔찍한 벌텐 제국 너머에 있는 다른 차원의 세계.

"그럼 넌 도대체 왜 여기로 온 거야?"

목소리는 잠시 쉬었다가 대답했다. 담력 테스트, 호기심, 혹은 대담함이라고 해 두지.

"미련한 거라고 하는 건 어때? 악령이 이렇게 미련한 줄 미처 몰라서 미안."

벌레, 너의 웃기려는 시도는 항상 실패야. 네 질문에 대한 답을 듣길 바라는 거야?

망상도 자존심이 상할 때가 있는 걸까?

"한번 말해 봐, 내가 들어줄 테니까."

아주 신나는 술잔치가 열리고 있었는데 갑자기 악마의 주문이 우리를 불렀지. 내 친구들과 내가 갑자기 열린 괴상한 문을 보고 얼마나 웃었는지. 평소에 우린 그런 멍청한 주문은 그냥 무시해 버려. 그런데 그날따라 다른 세상에서 날 부른 사람이 누구일까 궁금하더라고. 그래서 결국 그 문으로 들어갔고, 네가 있는 여기 이 세상으로 오게 됐지.

"어떻게 그런 일이 일어날 수 있지? 그리고 문이란 건 또 뭐야?"

어떤 장소에서 다른 장소로 가는 문을 생각해 봐. 다른 차원으로 가는 문 말이야. 그때 그 사람들은 그걸 악마의 문이라고 불렀지. 보통은 바닥에 오각별 모양 펜타그램을 그려서 만들어.

"흠, 넌 얼마나 오랫동안 여기 있었던 건데?"

눈 깜짝할 사이, 아니면 800년 동안. 네가 원하는 대답을 골라 봐.

파린이 놀라 휘파람을 불었다. "800년? 그건 영원만큼이나 긴 시간이잖아."

인간의 관점에서 본다면, 그렇지.

"여기 있는 이유가 뭐야? 강력한 힘을 가진 악령이 800년 동안이나 집으로 돌아갈 수 없었다는 말은 하지 말아 줘."

너의 그 유치한 농담은 그냥 못 들은 걸로 하마. 악령들은 마법을 미치도록 좋아하는데 벨텐 제국에 마법이 있다고 들었거든. 안타깝게도 지금까지는 찾지 못했지만 말이야. 마법사도, 요술쟁이도, 유령도 없었어. 온통 옹졸한 인간들뿐이었지, 지금 여기 나와 함께 계신 삽질 전문가분도 물론 포함해서 말이야.

"쳇… 그럼 널 부른 문은?"

그건 내가 마법이 뛰어나다는 증거지.

"흠," 파린은 이제 어떤 질문을 해야 하나 말문이 막혀 잠시 고민했다. "몇 사람의 몸속에 숨어 있었던 거야?"

세다가 포기했어. 한 50명쯤? 그건 그렇고 스콰이어! 서둘러야 할 텐데, 너 약속 있잖아.

정말일까? 벌써 800년 동안이나 마귀가 이 세상에 돌아다녔다고? 악령이 지금껏 누구의 머릿속에 들어갔었던 건지, 파린은 반드시 더 많은 걸 밝혀내고 싶어졌다. 하지만 지금은 먼저 자신의 의무를 다할 때였다. 알지도 못하고 이해하지도 못하는 임무들. 그는 탑 안의 작은 방에서 나왔다. 이제 완전히 새로운 세상을 마주해야 할 시간이다. 그곳에서는 악령의 문이나 마법 주문 따위는 필요치 않았다.

성

마르칸은 약속대로 여덟 번째 종이 울리는 시간에 남쪽 탑 아래에서 상냥하게 인사하며 파린을 맞았다. 파린은 그의 뒤를 따라 여러 개의 복도를 지나고 계단을 오르내린 끝에 궁륭 천장이 있는 커다란 방에 도착했다. 그곳은 따뜻했고, 좋은 냄새가 났다. 이곳에서 벌어지는 야단법석에 파린의 눈이 휘둥그레졌다. 하녀, 요리사, 조수들이 껍질을 벗기고 썰고 굽고 끓이고 문지르고 닦고 있었고, 지위가 높은 하녀와 요리사, 조수들은 큰 소리로 무언가를 지시하고 있었다. 하지만 파린이 보기에 이곳에서 일하는 모든 이들은 다른 사람의 지시가 없이도 자신이 해야 할 일에 대해 잘 알고 있는 것처럼 보였다.

"여기가 바로 중앙 주방이야. 이제 다른 곳으로 가 볼까? 좀 썰렁할 거야."

파린은 이 시끌벅적한 곳을 벗어나고 싶지 않았다. 하지만 마르칸이 걸음을 재촉했기 때문에 그를 따를 수밖에 없었다.

"이제 망루로 올라갈 거야. 거기서는 성 전체를 잘 내려다볼 수 있지."

그들은 슈투름바흐트 성의 가장 높은 탑에 올랐다. 파린은 계단의 개수를 머릿속으로 세다가 그만두었다. 꼭대기에 도착하자 굉장한 전망이 그들을 기다리고 있었다. 귓가를 스치는 차가운 바람마

저도 잊게 할 만큼 멋진 풍경이었다.

마르칸은 머리카락을 휘날리며 저 먼 곳을 가리켰다. "보시다시피 성은 언덕 위에 지어져 사방이 탁 트여 있어. 그러니 어느 쪽에서 적이 쳐들어오더라도 미리 알 수 있지."

파린은 이곳에서 바라보는 풍경이 마음에 들었다. 봄에 꽃이 피고 초록빛이 돌면 얼마나 아름다울까.

"여기서 바다도 보이나요?" 파린이 뜬금없이 물었다.

마르칸은 피식 웃으며 말했다. "바다는 남쪽에 있어. 여기서 며칠을 더 가야 하지. 여기서는 해일이나 홍수 걱정은 안 해도 돼."

파린은 또 기다란 건물의 지붕을 호기심 어린 눈으로 바라보았다.

마르칸의 시선이 파린의 시선을 따라갔다. "저기가 침실들이 있는 성의 본관이야. 대부분의 성 사람들이 저기에서 살아." 그는 옷깃을 올렸다. "그 뒤에 예배당의 탑 꼭대기도 보이지? 여기에선 요새 전체를 조망할 수 있지."

파린은 여전히 입을 다물 수 없었다. 요새의 외벽은 부드러운 곡선을 그리며 펼쳐져 있었고 성벽의 두께는 일정하게 3미터 쯤 돼 보였다. 그 위로 네 개의 탑이 솟아올라 있었고, 성의 내벽이 각각의 탑들을 연결하며 하나의 통로로 이어져 있었다. 성벽 통로에는 궁수들이 몸을 숨길 수 있는 총안이 일정 간격을 두고 드문드문 뚫려 있었다.

"이 성이 함락된 적도 있었나요?"

마르칸이 고개를 저으며 대답했다. "제1기사가 결투에서 졌을 때 단 한 번. 그땐 성이 함락되었다기보다는 넘겨주었다고 보는 게 맞지."

파린의 눈이 동그래졌다. "제1기사! 정말요?" 물론 그도 전설적인 기사들의 목숨을 건 대결에 관한 이야기를 들은 적이 있었다.

"삼백 년 동안 총 아홉 번의 결투가 있었고, 그중 딱 한 번만 패했어. 그런 일이 두 번 다시 일어나지 않길 바라야지."

"그럼 우리가 공격당할 위험이 있단 말이에요?"

"남쪽의 네코르인들이 걱정이야. 점점 많은 이들이 왕에게 등을 돌리고 그들의 숭배 조직 아래로 들어가고 있어. 몇 년 전 흑사병이 그랬듯이 그들의 세력이 북쪽으로 퍼져오고 있지." 네코르인에 관한 이야기가 불편했는지 마르칸은 얼른 화제를 돌렸다. "아직 보여 줄 게 많아, 따라와! 성문을 보여 줄게. 도개교와 성벽 앞의 개활지도 둘러보자."

그들은 다시 나선형 계단을 내려갔다. 파린은 성호를 건너는 거대한 도개교에 매료되었다. 아쉽게도 그 아래에 물은 말라 있었고, 분변의 악취가 진동했다. 하지만 파린의 코는 워낙 단련되어 있어 별문제가 아니었다. 내려진 다리 위로 들어오고 나가는 사람들의 행렬이 끊임없이 이어졌다. 다리 맨 끝에 달린 사슬은 파린의 다리만큼 굵었고 성벽에 뚫린 두 개의 구멍을 통해 안으로 연결되어 있었다. 바닥에는 가로 방향의 회전축과 사슬을 감는 거대한 얼레가 있어 유사시엔 재빨리 다리를 접어 올릴 수 있었다.

"마지막으로 이 성의 생명의 원천인 우물을 보여 주지."

둘은 널따란 안뜰로 들어섰다. 그 한가운데에는 커다란 우물이 있고, 도르래 위로 기와를 덮은 지붕이 우물을 보호하고 있었다.

"슈투름바흐트 성은 언덕 위에 지어졌으니 지하수를 퍼 올리려면 우물의 깊이도 엄청나겠죠?"

마르칸은 파린의 질문이 반가운 모양이었다. "우물을 파는 데만 2년이 걸렸어. 거의 80미터쯤 되지."

기본적으로 이 성엔 모든 게 높고 깊고, 넓고 길고, 굵거나 매우 굵었다. 지름이 거의 3미터나 되는 우물은 거대하다 못해 위협적이기까지 했다. 이곳에도 하인들이 나무로 만든 물통을 들고 분주하게 오가는 중이었다.

"이제 스콰이어들의 연습장으로 갈까?"

파린은 갑자기 우울해졌지만 말없이 마르칸의 뒤를 따랐다. 몇 개의 어두컴컴한 복도를 지나자 또 다른 안마당이 나왔다. 그곳엔 사다리와 공사용 구조물과 밧줄이 가득했지만 사람은 아무도 눈에 띄지 않았다.

"기본적으로 스콰이어들은 자신이 모시는 기사님께 직접 기술을 배워. 그래서 대부분은 벨텐 제국 전체에 흩어져 있지. 교육 기간 중 마지막 두 달 동안만 이리로 와서 중요한 마지막 관문을 통과하기 위한 시험을 치르게 되지. 그때가 되면 성안은 사람들로 우글거려. 그리고 내년 봄에는 아주 특별하고 명예로운 행사가 있어.”

“무슨 행사죠?”

파린이 호기심을 보이자 마르칸은 다소 흥분된 목소리로 말을 이어 갔다. “우리 기사님이 이번 대회의 주최자가 될 거야.”

“정말요?” 전설적인 기사들의 마상 시합! 파린은 흥분과 기대로 숨이 넘어갈 것 같았다.

“그래, 그 일주일간은 우리가 벨텐 제국의 중심이야. 오래 수련한 스콰이어 중 몇 명은 기사 직위를 받게 될 거고, 제국 최고의 기사들은 말을 타고 창 겨루기를 하여 그해 최고의 승자를 뽑게 되지. 정말 오랜만에 우리의 회색빛 성이 다시 중심에 서게 됐어. 그렇게 큰 경기가 우리 성안에서 펼쳐지게 된 건 우리 모두의 자랑이지.”

파린이 물었다. “저도 시합을 관람할 수 있나요?”

마르칸은 약간 삐딱한 눈길을 보내며 말했다. “음, 넌 스콰이어니까 구경은 못 하지.”

“그렇겠군요.” 파린이 풀이 죽은 듯 힘없이 말했다.

“응, 대신 네가 바로 경기장 안에 있을 거다. 우선… 넌 네 기사님의 옆에 서야 하니까. 경기가 열리는 동안 얼마나 할 일이 많은지 모르지?”

듣기만 해도 흥분되는 이야기였다. “우선이라고 하셨는데, 그것 말고 또 뭐가 있어요?” 파린이 물었다.

“그리고 너도 직접 시합에 나가게 될 거야. 스콰이어들의 경기도 열리거든. 창과 검으로 승부를 가리는 시합이지."

파린은 얼굴을 찌푸렸다. 차라리 묻지 말 것을.

"솔직히 말하면… 앞으로의 제 임무가 뭔지도 아직 잘 모르겠어요. 하물며 시합이라니."

"전혀 그렇게 보이지 않았는걸." 마르칸은 부드럽게 웃었다. "스콰이어들은 일곱 가지에 능해야 해. 일주일이 7일인 것처럼 말이지. 우린 지금 네 번째 종목을 위한 연습장에 있어."

"네? 그게 뭔데요?"

"그걸 아직도 알아채지 못했니? 사다리, 밧줄, 기둥을 타고 오르는 거야. 민첩성을 기르기 위한 훈련. 성을 정복하는 데 아주 유용한 기술이지."

굉장하군. 그건 파린이 생각조차 못 했던 일이었다. 기사는 왕을 위해 전쟁에 나간다. 그리고 스콰이어는 기사를 따른다. 전쟁 한가운데에 서 있게 된다는 뜻이다. 용기를 잃지 말자. 그리고 현실을 똑바로 직시하는 거야. 되도록 경쾌한 목소리로 파린이 다음 질문을 이어 갔다. "다른 여섯 가지 종목은 뭐죠?"

마르칸은 두 손을 허리에 얹고 물었다. "네가 아는 게 도대체 뭐지?" 아무것도 모르겠다는 듯한 파린의 표정에 그가 조금 부드러운 말투로 설명을 이어 갔다. "굳건한 믿음이나 순결한 마음처럼 기사라면 누구나 가져야 할 정신은 스콰이어들에게도 기본이고 그밖에도 어떤 임무가 주어지더라도 수행해 내기 위해 다양한 훈련을 받지. 첫째, 무기를 다룰 수 있어야 해. 그중에서도 기본은 검과 활이고."

솔직히 고개를 젓고 싶은 마음이었지만 대신 파린은 고개를 끄덕였다.

"둘째, 수영과 잠수를 할 수 있어야 해."

오호, 그것만큼은 해 볼 만하지 않을까? 큰 호수에서 미역도 감아 봤고 그러다가 물에 빠져 죽다 살아난 몸이니.

"세 번째 종목은 말과 말 관리법에 대해서 알아야 해. 물론 여기에는 뛰어난 승마 실력도 포함되지."

뭐라고? 이것도 잘할 수 있는데. 심지어 머리에 자루를 뒤집어쓴 채 배로 말을 타 봤는걸. 스콰이어의 수련 과목에 대해서라면 이제 더는 듣고 싶지 않았다.

하지만 마르칸은 가차 없이 말을 이었다. "네 번째는 벌써 말했듯이 타고 오르는 기술이야." 그러면서 그는 위쪽의 장애물을 가리켰다. "다섯째, 스콰이어라면 항상 최고의 몸 상태를 유지해야 해. 싸우고, 점프하고, 질주할 수 있어야 해."

파린은 힘없이 고개를 끄덕였다. 젠장, 땅 파기 같은 건 없나?

"여섯째, 경기의 진행과 규칙을 알아야 해. 그리고 스스로 무예를 겨룰 수 있어야 하지."

무예 겨루기라니 가소롭네. 그것쯤이야 누구보다 잘할 수 있는 일인데. 그게 뭔지를 모르는 게 문제지.

갑자기 마르칸이 침묵했다.

스콰이어가 일곱 번째로 갖춰야 할 능력이 뭔지 물어야 하나 고민하던 찰나, 마르칸이 피식 웃으며 말했다. "마지막 하나가 남았군. 어떤 면에선 최고의 덕목이라 할 수 있어. 스콰이어는 최고의 예절이 몸에 배어 있어야 하고, 정성을 다하여 섬겨야 하며, 춤을 출 줄 알아야 하지. 어떤 상황에서도 숙녀에게 정중하게 대해야 한다."

헤헤, 그거야 문제없지. 네가 술집 앞에서 아니에타랑 단둘이 있을 때 얼마나 세련되고 부드럽게 대화를 이끌어 갔는지 생각해 보면 말이야.

징글징글이 다시 나타났다. 망상의 냉소가 또다시 시작됐다. 말하자면 일곱 번째 종목은 파린에게 최후의 일격인 셈이었다. 그는 궁이 아니라 시체를 닦는 헛간에서 자랐다. 어색한 귀족의 몸가짐 같은 걸 알 길이 없었다. 게다가 숙녀에 대해서라면 더더욱. 평범한 여자에 대해서도 아무것도 모르는걸.

이봐 벌레, 둘의 차이가 뭔데?

"수련 중인 스콰이어들은 언제 오죠?"

"축제는 봄에 열리니까 2월 말쯤 이곳에 모이게 되지."

그 모든 걸 다 배우려면 10년도 모자라는데 남아 있는 기간은 겨우 10주뿐이었다.

일곱 가지 중에 할 줄 아는 게 단 한 가지도 없다는 사실이 놀라웠다.

"물론 이 성에서 지내는 스콰이어들은 일 년 내내 여기에서 훈련하지. 그들이 훈련하는 걸 보러 갈까? 이때쯤 연습장에서 수련이 시작되거든."

맙소사! 파린은 성탑 안의 자기 방으로 기어들어 가고 싶을 뿐이었다.

고함 소리는 멀리에서도 들렸다. 명령하는 소리, 고통스러운 비명, 승리의 환호성. 본관 뒤 성벽과 예배당 사이에 있는 공터에서는 거의 2미터나 되는 떡갈나무 막대기를 든 스콰이어들의 검술 연습이 한창이었다. 장대를 이리저리 돌리고 사방에서 서로서로 공격하느라 열네 명의 청년들의 얼굴엔 추운 날씨에도 땀방울이 맺혀 있었다. 파린은 자신이 이들 사이에 있다고 상상해 보았다. 아마 눈 깜짝할 새에 죽도록 맞았을 것이다. 단단한 막대기가 서로 부딪칠 때 나는 소리는 매우 폭력적이었고, 몸에 맞는다면 엄청난 고통이 뒤따를 것 같았다. 나무 막대기 부딪히는 소리는 수련생들만큼이나 요란했다. 그들은 부상을 피하려고 정해진 패턴에 따라 장대를 휘두르며 공격하는 쪽과 방어하는 쪽의 무기가 마주치도록 움직이고 있었다.

"저들은 귀족 출신들이야. 열네 살이 되어 시동을 거쳐 스콰이어가 되면 나이에 상관없이 함께 수련하지. 저기 저 둘을 봐…" 마르칸은 두 청년을 가리켰다. "올봄엔 저들이 도전할 차례야."

파린은 넋을 잃고 그들을 바라보았다. 그들은 투구는 쓰지 않았고 사슴 가죽으로 된 평범한 갑옷을 입고 있었다. 건장한 체구였고 몸의 움직임은 마치 하우펜 마을의 계곡물처럼 거침없이 유연했다.

"저… 저기 저 두 사람이 곧 진짜 기사가 된다고요?"

"더 빨리!" 훈련관의 목소리가 쩌렁쩌렁 울렸다. 지금까지 들어본 가장 큰 목소리였다.

두 청년의 움직임은 점점 더 빨라지더니 마침내 팔과 막대기가 더는 구별이 안 될 정도였다.

"더 빨리!"

이젠 보는 것만으로도 현기증이 날 것만 같았다. 기사가 될 저들의 움직임은 얼마나 힘차고 역동적인지! 파린으로서는 꿈도 꿀 수 없는 경지였다. 오후에 기사님을 만나면 매장꾼의 아들인 자신은 절대로 스콰이어 따위는 될 수 없다고 말하리라. 저들에게 두드려 맞고 조롱거리가 되고 싶은 생각은 추호도 없었다. 그런 꼴이라면 차라리 하우펜 마을에서 당하는 게 나았다.

"오늘은 이만하면 충분해. 다시 방으로 데려다줄게."

마르칸은 다시 파린의 방까지 동행한 뒤 말했다. "궁금하거나 필요한 게 있으면 중앙 주방 건너편으로 오면 날 찾을 수 있을 거야."

"아, 그럼 벌써 한 가지 물어볼 게 있어요. 혹시 여기에 도서관이 있나요?"

마르칸은 눈썹을 치켜떴다. "도서관에서는 뭘 하려고?"

"있어요?"

"그럼, 있지! 대연회장 복도 맨 끝에 성주님의 도서를 모아 놓은 방이 있긴 하지. 그걸 아는 사람들은 많지 않은 데다 기사님의 허가 없이는 아무도 거기 들어갈 수 없어. 그리고 조심할 게 있어. 에미코 기사님은 책에 관해서라면 굉장히 까다로우시다."

"책은 읽으라고 있는 거지 쌓아 두려고 있는 게 아니잖아요."

"그건 기사님과 얘기해라. 한 가지만 분명히 일러두마. 장담컨대 올봄 시합에 읽기 종목은 없을 거다."

"알려 주셔서 감사합니다." 파린은 인사를 하고 방문을 닫은 뒤 침대로 기어들어 갔다.

그는 대체 지금 여기서 뭘 하고 있는 걸까? 뭍으로 나온 물고기가 있다면 분명 지금 그와 같은 심정일 것이다.

정오가 조금 지나서 파린은 기사의 서재로 갔다. 전날과 마찬가지로 그는 깃털 펜을 쥐고 책상에 앉아 책과 종이를 번갈아 가며 바라보고 있었고, 누가 왔는지는 조금도 신경 쓰지 않는 것 같았다.

파린은 어쩔 줄 모른 채 책상 앞에 서서 기다리고 또 기다렸다. 벽난로 때문인지 무안함 때문인지 갑자기 그의 몸이 달아오르기 시작했다. 마치 '따뜻한 맥주'에 서 있는 것 같은 기분이 들었다. 다른 점이 있다면 술집에서는 그나마 앉을 자리라도 있었다는 사실이었다. 머뭇거리던 파린의 시선이 벽으로 향했다. 거기엔 곰의 털가죽으로 만든 장식이 두 개나 걸려 있었다. 벨텐 제국의 어디엔가 분명 흰 곰이 살고 있는 게 분명했다.

한 시간이 흘렀을까, 일주일이 흘렀을까? 더는 참을 수가 없었다.

"기사님은 이 성의 주인이시라 처리할 업무가 많으신가요?"

에미코는 천천히 고개를 들었다. "스콰이어들은 기사가 말을 꺼낼 때까지 기다리고, 기사가 묻기 전에 주절대지 않는다."

미처 거기까지는 생각이 미치지 못했었다.

잠시 후 기사가 우렁찬 목소리로 말했다. "펜은 검보다 더 강하다. 나의 전사들은 그걸 아직 모르지." 그는 자리에서 일어나 방 반대편의 난롯가로 뚜벅뚜벅 걸어가 벽에 걸려 있던 황금 사자 장식이 달린 부지깽이로 새 장작을 난로에 넣었다. 그리고는 다시 부지깽이를 벽에 걸고 자기 자리로 돌아와 파린 쪽으로 몸을 돌렸다.

이제 내가 말을 해도 된다는 뜻일까?

"에…, 여쭤볼 게 하나 있는데요."

"질문은 내가 싫어하는 것 중 하나다. 난 그보다 대답을 더 좋아하지."

"좋아요. 그러니까 제가 여쭤볼 테니 기사님이 대답해 주세요."

기사의 콧등에 세로로 주름이 졌다. "죄송해요, 제가 무례했나요?"

"그게 네 첫 번째 질문인가?" 기사는 왼손 손가락으로 책상 위를 톡톡 두드렸다.

이쯤 되면 스콰이어 교육의 여덟 번째 종목으로 '에미코와 정상적인 대화를 하기'가 포함돼야 할 판이었다. "오늘 마르칸과 성을 둘러보고 여러 가지 설명을 들었어요. 기사님, 저는… 그러니까 기사님의 방패를 들고는 싶지만 시동의 일을 배운 적도, 스콰이어가 되는 훈련을 받은 적도 없어요."

"그래서? 스콰이어는 숙련도, 지식도, 경험도 부족한 자들이다. 그러니까 그들은 기사가 아니고 스콰이어인 게다." 양손 검지가 파린을 가리켰다. "알겠는가!"

"일곱 가지 종목… 그것 중에서 저는 할 줄 아는 게…"

"**아하**!" 에미코가 말을 끊었다. 먹구름이 그의 얼굴을 스치고 지나갔다. 콧등의 주름은 더 깊어졌다. "대체 뭘 못한다는 거지?"

조심해야 한다. 그의 목소리는 불을 뿜기 위해 숨을 들이마시는 용의 숨결처럼 들렸다.

"예를 들면 검술 대결이요. 저는 못해요."

에미코는 손바닥을 펼쳐 책상을 쳤다. 이어 천둥 같은 소리가 울렸다. "두더지, 혹시 네 정신에 무슨 문제가 있나?"

파린의 몸이 움츠러들었다. 책상을 치는 소리 때문이 아니었다. "그러니까… 무슨 말씀이세요?" 그가 혹시 징글징글에 대해 알고 있는 걸까?

"이렇게 자꾸 모자라게 군다면 모자란 놈이라고 생각하는 수밖에 없어."

"하지만… 무슨… 말씀이신지?"

기사는 책상 위에 놓인 작은 종을 흔들었다. 작고 부드러운 소리였지만 곧바로 문이 열리고 하인이 들어왔다. "분부를 내려 주십시오."

"리암을 데리고 와라."

"분부대로 하겠습니다, 나리."

잠시 후 낡은 가죽 갑옷을 입은 사내가 들어와 몸을 숙였다. 그는 보통 키였고 평범한 얼굴에 목소리도 평범했다. 다른 곳에서 만났다면 전혀 눈에 띄지 않았을 외모의 소유자였다.

쭈뼛대는 신참 스콰이어를 향해 에미코가 말했다. "하우펜 마을에 들른 후, 첩자를 심어 두었다. 게룬다는 거기 살았고 거기서 죽었으니까. 그런데… 까마귀가 거기에 나타났지. 리암, 나의 신참 스콰이어에게 한번 말해 주게나. 나한테 뭐라고 보고했는지."

"예, 기사님의 분부를 받들어 마을에서 일어나는 일들을 주시하고 있었습니다. 게룬다의 시신이 발견되고 신부가 죽음에 이른 이야기는 이미 보고 드린 바와 같습니다. 그러던 중 주목할 만한 사건이 있었는데 거기엔 매장꾼의 아들이 중요한 역할을 했습니다. 건장한 마을 젊은이 넷이 시비를 걸어 작은 다툼이 벌어졌고, 우연히 멀리서 그 장면을 지켜보게 되었습니다."

"자세히 설명하라!" 에미코가 명령했다.

"그들이 저 젊은이를 때려눕혔고, 그는 바닥에 쓰러져 있었습니다. 잠시 후 넷 중 하나가 돌을 들어 그의 머리를 내리치려는 것처럼 보였죠. 그때 갑자기 그가, 그러니까 여기 있는 기사님의 스콰이어가 한 명 한 명을 정확히 공격하기 시작했습니다. 더 자세히 알아보려고 그들 중 둘을 따로따로 붙잡아 물었습니다. 그중 하나는 팔에 붕대를 감고 있었는데 어찌나 겁을 먹었는지 아무리 다그쳐도 입을 열지 않았습니다. 제가 부러진 팔을 치료해 주고 나서야 간신히 털어놓더군요."

"훌륭하구나. 자 이제 핵심으로 들어가 보아라." 기사가 재촉했다.

리암은 곧바로 설명을 이어 갔다. "두 사내 모두 같은 이야기를 들려주었습니다. 조금 전까지 바닥에 누워 있던 상대가 몸을 몇 번 움직였을 뿐인데 어떻게 그렇게 순식간에 자신들을 때려눕힐 수 있었던 건지 이해할 수 없다고 말했습니다. 보지도 듣지도 못한 일이라고요."

"그만하면 됐다. 나중에 다시 자세히 얘기하자, 리암. 우선은 아버지 매장꾼에게 그의 귀한 자제분이 지금 어디에 있는지 알려 주거라."

에미코의 입에서 나온 '귀한 자제분'이라는 말은 마치 '쓸모없는 놈'처럼 들렸다.

"분부대로 하겠습니다." 리암이 다시 몸을 굽혀 인사했다.

"아버지와 마을 사람들에게 제 소식을 알려 주시다니 감사합니다." 파린이 말했다.

"그렇게 말하니 꼭 누가 널 기다리기라도 하는 것 같구나." 리암이 나가고, 문이 닫힘과 동시에 기사가 깃털 펜 끝을 종이에 살짝 두드리며 물었다. "리암에게 들은 이야기를 어떻게 이해해야 하는지 말해 보겠나? 너 혼자 네 명을 상대했다는데. 왜 너는 계속 네가 가진 능력을 숨기려고만 하는 거지?"

파린은 할 말이 없었다. 하우펜 마을에 첩자가 있었다니! 그 상황을 대체 어떻게 설명해야 하는 거지? 머릿속의 망상에 대해 털어놓아야 하나?

외 그거참 재미있겠는데?

망상의 목소리가 아랑곳하지 않는 것이 영 거슬렸다. 파린은 입을 꾹 다물었다. 우선은 기사가 그 일에 대해 어떻게 생각하는지 파악하고 싶었다.

"검을 들고 싸워 본 적은 단 한 번도 없어요. 창은 말할 것도 없고요."

"넌 그들을 맨주먹으로 이겼어." 기사는 팔짱을 끼며 말했다. "언제까지 여기에 서서 네가 못 하는 일에 대해 구구절절 설명을 늘어놓는 걸로 날 괴롭힐 생각이냐. 못 하면 배우거나 아님 내 성에서 바로 떠나!"

리암의 보고를 받고 기사는 분명 파린에 대한 기대감이 커졌을 것이다. 그렇다고 파린이 속임수를 쓴 것은 아니었다. 에미코의 말은 언제나 매몰차고 냉정하게 들렸지만 핵심을 찌르는 면이 있었다. 잠자고 있던 무언가가 파린의 내면에서 깨어나고 있었다. 그건 야심이었을까? 아니면 인정에 대한 갈망이었을까? 상관없었다. 그 순간 그는 모든 방면에 뛰어난 스콰이어가 되기로 결심을 굳혔다.

"네, 기사님. 무슨 말씀이신지 알겠어요." 파린은 용기를 냈다.

"한 가지만 더 여쭤볼 게 있어요. 도서관이 있다고 들었어요. 제가 수련 시간 이외에 도서관에 들어갈 수 있도록 허락해 주세요."

"마르칸의 입을 꿰매 버리든지 해야겠군, 쓸데없이 말이 너무 많아."

"마르칸의 잘못이 아니에요. 제가 먼저 물어봤어요."

"흠…." 에미코의 입이 커졌다. 하지만 그건 조롱도 미소도 아니었다. "두더지가 글을 읽는다! 너를 그리 들뜨게 하는 관심사가 무엇이냐?"

"그러니까…"

뭐긴 뭐야, 도서관에서 책 말고 뭐에 관심이 있겠어. 머릿속 목소리가 또 깔깔 웃었다.

파린은 황급히 말을 이었다. "음… 예를 들면… 불가사의하거나 신비한 것들에 대해서요. 설명하기 힘든 현상들… 음… 미신 같은 것들 말이에요." 그는 악령이나 망상이라는 단어를 직접적으로 꺼내지 않으려고 애썼다.

에미코의 반응은 항상 예상을 뛰어넘었기 때문에 파린은 이번에도 마음의 준비를 하고 있었다. 하지만 이번에도 그는 예상치 못한 반응을 보였다.

"나를 놀리는 게냐?" 에미코는 거친 목소리로 속삭이고는 깃털 펜으로 천천히, 그리고 점점 세게 책상 위를 눌렀다. 펜이 힘없이 부러졌다. "내 비밀스러운 책들에 관해 어떻게 알고 있는 거지?" 기사는 천천히 일어섰다. 그의 눈엔 분노의 불꽃이 이글거리고 있었다.

"무슨 말씀이세요?" 파린이 아무것도 모른 채 눈만 끔벅였다.

"내 도서관의 책들에 관해 아는 사람은 단 몇 명뿐이지. 그리고 그중에 두 명이 벌써 죽었다."

예상치 못한 기사의 분노에 파린의 온몸에 소름이 돋았다. "저는… 무슨 말씀이신지 잘 모르겠어요."

기사가 파린의 코앞까지 다가왔다. "두더지 한 마리가 그런 책으로 과연 뭘 하려는 걸까?"

얼른 괜찮은 생각을 해내는 게 좋을걸. 그렇지 않으면 네 목이 날아갈 테니까.

"게룬다요. 그녀가 자신의 오두막에서 악마를 불러내려고 했어요. 바닥에는 펜타그램과 또 다른 이상한 기호들이 그려져 있었거든요. 그걸 보고 호기심이 생겼어요. 제 생각엔 게룬다가… 마녀인 것 같아서요."

기사는 얼음처럼 차가운 얼굴로 파린을 바라보았다. 파린은 다음 순간 자신의 운명이 어떻게 될지를 감지하려고 온몸의 감각을 곤두세웠다. 과연 에미코가 그의 말을 믿어 줄까?

잘했어.

잘못 들은 걸까? 아니면 징글징글이 설마 그를 칭찬한 걸까?

파린을 뚫어져라 쳐다보며 기사가 말했다. "매장꾼의 아들놈. 너는 골칫덩이다. 그런데 어딘가 신경을 예리하게 건드리는 남다른 면이 있어. 이건 칭찬이다. 난 원래 칭찬 따위 끔찍하게 싫어하지만 말이야. 그리고 난 내가 싫어하는 일을 하는 걸 아주 싫어하지."

파린은 무슨 말을 해야 좋을지 알 수가 없었다. 그래서 다시 한번 질문을 반복했다. "제가 도서관에 출입해도 된다는 말씀이신가요?"

"그건 나중에 결정하겠다." 기사는 다시 자리에 앉았다. 화가 조금 누그러진 대신 깊은 생각에 잠긴 것처럼 보였다. "용건이 더 있는가?"

갑자기 투르겐손 공작이 머리에 떠올랐다. 왕의 조카라는. 식당에서 그와 처음으로 대면했던 이야기를 하는 게 좋을까? 혹시 칭얼대는 어린아이처럼 보이는 게 아닐까? "아니요. 없습니다."

"좋아! 기본 수련의 훈련관으로 드로그단을 지정하지. 그가 너를 책임지고 교육할 것이다. 우린 3일 후에 다시 만난다. 이제 돌아가." 성주는 길쭉한 유리병에서 새 깃털 펜을 꺼낸 후 이내 서류 작업에 빠져들었다.

파린은 어제만큼이나 혼란스러운 심정으로 기사의 서재를 나섰다. 하지만 오늘은 그에게 분명한 목표가 생겼다. 유능한 스콰이어가 되리라. 그 밖에 다른 일들은 때가 되면 해결책이 생기겠지. 일곱 가지 종목, 그것쯤이야.

불타는 밤

칠흑 같은 어둠 속에서 아로스는 노숙자들이 모여든 다리 아래에 몸을 뉘었다. 주변을 더듬어 발견한 주인 없는 누더기와 찢어진 담요를 얼른 가져다 덮었다. 고약한 땀 냄새가 진동했지만 아무것도 없는 것보다는 나았다. 다리는 지붕 역할을 했지만 덕분에 코 고는 소리가 증폭되었다. 어디선가 사내 하나가 혀 꼬부라진 소리로 혼잣말을 중얼거리고 있었다. 그 와중에도 아로스는 금방 곯아떨어졌다. 지칠 대로 지친 몸이 내일 또 하루를 견뎌내기 위한 휴식을 절실히 원하고 있었기 때문이었다.

새벽이 되자 그녀는 잠에서 깨어 항구 쪽으로 갔다. 호기심에 말을 걸어오는 사람들도 있었지만 애써 무시했다.

항만에서 그녀가 즐겨 찾는 장소는 자그마한 부두의 잔교였다. 오늘도 그녀는 잔교에 올라 물속을 들여다보았다. 떠오르는 태양의 빛을 받아 그녀의 얼굴이 물에 비쳤다. 이마에는 깊은 상처가, 뺨에는 길게 부어오른 피멍 자국이, 귀에는 피딱지가 앉아 있었다. 그녀는 어깨를 한번 으쓱했다. 쥐들이 뭐 언제부터 그렇게 예뻤다고.

하늘은 푸근하고 맑은 날씨를 예고하고 있었다. 치마를 빨면 빨리 마르겠다 생각하니 기분이 좀 나아졌다. 장어잡이 배가 가득 찬 그물을 싣고 지나갔다. 어부는 물속을 물끄러미 들여다보는 소녀

따위엔 관심도 없었다. 뜨뜻한 바람에 누군가의 화난 고함이 실려왔다. 아로스는 발뒤꿈치를 들고는 아침 햇살에 눈이 부셔 눈 위에 손을 얹은 채 건너편 부두를 바라보았다. 큰 항만의 4번 부두가 시작되는 곳에 사람들 무리가 무언가를 둘러싸고 있었다. 정확히 알아볼 수는 없었지만 길고 밝은색을 띤 형상이 짐을 나르는 기중기에 걸려 있는 게 보였다. 성난 목소리들이 점점 커졌다.

쥐들은 깊이 생각하지 않아. 직접 눈으로 확인하지.

아로스는 천천히 4번 부두 쪽으로 걸음을 옮겼다. 온몸이 쑤셔오기 때문이기도 했고 괜히 사람들의 시선을 끌고 싶지 않아서이기도 했다. 포도송이처럼 몰려든 저 사람들 사이에 매달린 건 대체 뭘까? 그녀의 심장이 콩닥거리기 시작했다. 이제 보였다. 그건 바로 거꾸로 매달린, 반라의 사람이었다. 한 걸음씩 가까워질 때마다 점점 더 자세히 알아볼 수 있었다. 여자였다. 가슴을 드러낸 가녀린 상체가 한 마리 가축처럼 덩그러니 매달려 있었다. 염소젖처럼 하얀 피부가 아침 햇살에 눈부시게 빛났다. 창녀임이 분명했다. 떠들썩한 소란의 현장으로 아로스는 한 걸음 한 걸음 다가갔다.

하지만 어느 순간 그녀는 그만 그 자리에 얼어붙고 말았다. 마틸다! 고아원 시절 친구였던 그녀가 볼프처럼, 고아원 원장처럼, 죽은 채 매달려 있었다. 어떻게든 그녀를 도울 거라는 아로스의 희망도 허무하게 함께 죽었다. 시체 아래는 피가 호수처럼 흥건했다. 백정이 돼지 멱을 따듯이 누군가 그녀의 목을 가른 것이다. 포주에게 마틸다는 그저 한 마리 돼지, 고깃덩어리만도 못했다.

세상이 미쳐 돌아가는 것일까? 그녀는 생각했다. 어딜 가든지, 그녀가 가는 곳엔 피바다가 기다리고 있었다.

시체 옆에는 글자가 적힌 나무판이 매달려 덜렁거리고 있었다. 아는 글자라고는 'A'나 'O', 'R' 같은 알파벳 몇 개뿐이었다. 가장 능통한 건 'S'자였지만. 나무판에 적힌 글귀를 사람들에게 묻기 위해 더 가까이 갈 수밖에 없었다.

앞치마를 두르고 흰 두건을 쓴 수척한 여자가 분노를 터뜨리고 있었다. "대체 어떻게 이런 끔찍한 짓을 한 거야? 저 아이는 열여섯 살도 안 되었다고. 이 도시에서 창녀촌을 싹 쓸어 없애야 해. 누가 저 꼴을 만들었는지 뻔하잖아? 천하의 나쁜 놈들!"

하지만 대꾸하는 이는 아무도 없었다.

"저기 나무판에는 뭐라고 적혀 있어요?" 아로스는 자신의 목소리에 스스로 놀랐다. 제 목소리가 아닌 듯한 차분하고 냉정한 쉰 목소리였다.

여자가 그녀를 쳐다보고는 물었다. "넌 또 뭐니? 이젠 너같이 어린애도 창녀 노릇을 하는 거니? 포주가 널 이 모양으로 만들었어?"

사방에서 사람들의 시선이 그녀를 향해 꽂혔다. 어젯밤 바닷물에 몸을 담갔을 때처럼 온몸이 화끈거렸다. 그녀가 그렇게 피하고 싶었던 바로 그 상황이었다. 바로 그때, 파수꾼 몇 명이 사람들 사이를 뚫고 들어왔다.

"아니, 전 창녀가 아니에요. 저기에 뭐라고 쓰여 있는 건지만 좀 말해 주세요." 아로스가 말했다.

"일하지 않는 자는 교수형에 처한다!" 여자가 말했다. "나쁜 놈들!"

아로스는 고맙다고 고개를 끄덕이고 뒤를 돌아 걸어갔다. 파수꾼들 눈에 띄어 심문을 당할 수는 없었다.

파수꾼 나리들, 저는 쥐들의 여왕이고 지금까지 고아원에서 살았어요. 저를 여왕으로 모시는 작고 귀여운 동물들이 원장 수녀를 잡아먹을 때까지는 말이에요. 상상만으로도 끔찍했다. 얼른 여길 떠나야 해!

쇠사슬을 두른 개가 마틸다를 살해하고 매달았다. 이제 그가 거느린 다른 창녀들은 더 말을 잘 듣고, 더 열심히 일할 것이다. 어느덧 완전히 떠오른 해는 마치 나벤슈타인에 아름다운 가을날을 선사하려 애쓰는 듯 보였다.

해님, 구역질도 하지 않고 어떻게 이 더러운 똥 무더기 같은 세상을 비출 수가 있죠?

그녀는 어금니를 꽉 물고 작은 판자 다리 쪽으로 돌아왔다. 지금 이 순간 무엇보다 중요한 건 자기 자신의 생존이었다. 슬퍼하거나 우울해할 힘 따위는 남아 있지 않았다.

저녁에 헛간으로 가서 남은 음식과 물주머니를 가져와야겠다고 그녀는 생각했다.

노파에게 받아서 쓰고 남은 동전 네 개도 나무판 아래 틈에 숨겨

놓았었다. 그리고 무엇보다 그녀가 제일 아끼는 펠트 모자도 아직 그곳에 있었다.

이번에는 가장 작은 항만 쪽으로 갔다. 몇 걸음 지나지 않아 부두가 끝나고 해안이 시작됐다. 그곳은 파도가 더 높아지는 곳이었다. 아로스의 발아래에는 뾰족한 바위들이 사라지고 부드러운 모래밭이 나타났다. 그녀는 해변을 따라 남쪽으로 내려갔다. 후미진 둥근만에서 하루를 보내며 옷을 빨아 말릴 생각이었다.

그녀는 벌거벗은 채로 큰 바위 사이에 앉아 손가락으로 모래에 둥근 원을 그리고 있었다. 바닷물에 기분 좋게 몸을 담그고 나와 햇볕에 몸을 말린 후였다. 리넨 원피스는 바위에 널어 두었다. 한 번 빨긴 했지만 그렇게 깨끗해 보이지는 않았다. 전에는 귀족 가문 여자들이 입는 고급스러운 비단 외투처럼 꽃무늬가 그려진 치마를 입고 싶었다. 아로스는 녹물 같은 갈색 얼룩이 여기저기 밴 자신의 옷을 회의적인 눈길로 바라보았다.

이제 핏빛이 물들어 버렸네. 지워지지가 않아.

어느새 해는 수평선을 향해 가고 있었다. 그녀는 자신이 도망치고 있는 신세라는 생각이 들었다. 그러자 태양마저도 신경에 거슬렸다. 갈대를 하나 뜯어 씹으며 혀와 이 사이, 그리고 입술로 감촉을 느껴 보았다. 오랫동안 바다에 몸을 담그고 해변의 모래사장을 걸었더니 발은 아주 깨끗해져 있었다. 깨끗한 발을 보자 그만 생각이 났다. 거짓말쟁이 모함꾼. 어떻게 되는지 몰라도 어떻게든 벌을 받게 하리라, 그녀는 생각했다. 바람이 종소리를 싣고 왔다. 대성당의 종 두 개가 곡을 연주하고 있었다. 번갈아, 또 동시에. 셋, 둘, 하나… 셋, 둘, 하나. 주일 미사를 제외하고는 들을 수 없는 소리였다.

뭔가 특별한 일이 있다는 뜻이었다. 분명 귀족 가문의 장례식은 아니었다. 그러기엔 종소리가 지나치게 경쾌했으니까.

아로스는 무심코 이를 악물었다. 입에 문 갈대가 툭 하고 끊어졌다.

쥐들은 깊이 생각하지 않아. 눈으로 확인하지.

아로스는 재빨리 옷을 입었다. 원피스를 머리 위로 통과시키기만 하면 그걸로 끝이었다. 준비 완료. 딱히 할 일도 없었고 어차피 발을 다시 더럽혀야겠다고 생각하던 참이니.

시내로 가는 넓은 길을 따라 걸었다. 한 걸음 한 걸음 다가갈수록 종소리는 점점 커졌다. 인파는 마치 자석에 끌리는 쇳가루처럼 사방에서 성당을 향해 모여들고 있었다. 너무 많은 몸뚱이들이 섬뜩하게 느껴졌다. 아직 원장 수녀의 매질에서 회복하지 못한 그녀의 몸이 힘들다고 외치는 것 같았다. 이렇게 많은 사람 사이에 있을 만한 몸 상태가 아니었다. 그녀는 어쩔 줄 몰라 우두커니 서 있었다.

어느 사내의 손을 잡은 남자아이가 흥분한 얼굴로 그녀 곁을 지나갔다.

"아빠, 이건 무슨 종소리예요?"

"이건 마녀의 종소리란다."

하루야, 오늘도 무척 바쁜 날이 되겠구나. 성당 종소리처럼 끊임 없이 사건이 일어나고 있어.

아로스는 자신도 모르게 성당 쪽으로 발걸음을 옮겼다. 마치 투명 인간이 뒤에서 그의 어깨를 밀기라도 하는 듯. 어느덧 망설임은 사라졌다. 무슨 일이 벌어지고 있는지 알아내야 한다. 그녀는 수수한 옷차림의 농부 아낙네들 사이에 끼어 나벤슈타인 시의 한가운데를 향해 갔다. 지금까지는 누구도 그녀의 존재를 알아채지 못했다. 그녀가 고아원 출신임을 알려 주는 핏빛 물든 회색 원피스가 자꾸 마음에 걸렸다. 그나마 다행인 건 앞에 있는 여자 한 명도 회색 리넨 원피스를 입고 있다는 사실이었다. 아로스는 딸처럼 보이려고 그녀 뒤를 바짝 따랐다.

대성당 앞의 드넓은 평지는 구시가지의 끝에서 오버슈타트까지 이어져 있었다. 수천 명의 사람이 모일 수 있는 면적이었다. 그래서 그곳의 이름은 대광장이었다. 하지만 왕족의 결혼식이나 처형식 같은 사건이 있을 때를 제외하면 사람들이 오늘처럼 한자리에 모이는 일은 흔치 않았다. 광장에는 어떤 일이 벌어지든 매번 같은 이들이 모여들었고, 같은 함성이 들렸다.

성당 문 앞 돌로 된 층계참에는 장작이 쌓여 있고, 그 가운데에 기둥이 보였다. 그녀는 하마터면 손바닥으로 소리가 나도록 세게 이마를 칠 뻔했다. 그녀를 기다리는 건 마녀의 화형식이었다. 도시에 사는 사람들에게 그건 대단한 구경거리였다. 일상의 무료함을 달래 주는, 그리고 자기 자신보다 더 나쁜 처지인 사람이 있다는 걸 확인하는.

종소리가 귀를 찢을 듯 울렸다. 마치 해일에 휩쓸리듯 사람들이 광장을 향해 밀려들었다. 인파는 점점 늘어나 서로 밀치고 밀리는 아수라장이 되었다. 갑자기 종소리가 멈추자 군중들 사이에서 낮은 웅얼거림이 들렸다. 아로스에겐 사람들의 엉덩이 말고는 보이는 게 거의 없었다.

그때 갑자기 한 남자가 돌계단 위로 올라서는 게 보였다. 먼 거리였지만 붉은색에 반짝이는 금색 문양을 수놓은 비단옷을 입고 있는 남자는 남다른 존재감을 드러냈다. 구름을 잡기라도 하려는 듯 그는 양팔을 하늘로 뻗었다. 그러자 사방이 조용해졌다.

쩌렁쩌렁한 목소리가 울려 퍼졌다. "나벤슈타인의 시민들이여! 오늘은 사탄에게 합당한 벌을 내리는 날이다. 악마에게 자신을 파는 죄를 범하고 심문관에게 자신의 죄를 자백한 여자이다. 그녀는 몇 번을 죽여 마땅한 검은 마녀이다."

멋들어진 서론에 관중들이 환호했다.

"나벤슈타인의 바른 시민들이여! 나는 벨텐 제국의 수도인 이 도시의 대주교이며, 교회의 수장이다. 따라서 나에게는 수년간 여러 죄악이 보고되었다. 하지만 오늘 이 마녀는 전례를 찾기 힘든 수치스러운 악행을 범했다." 그는 저녁 하늘을 바라보았다. "아버지, 저에게 어떤 시험을 내리시나이까?"

그는 마치 스스로 장작더미 위로 올라가기라도 할 것처럼 비장했다.

대주교의 목소리는 한층 더 커졌다. "저 간악한 마녀의 검은 간계 가운데 밝혀진 것만 해도 이루 말할 수 없다. 초가을 무렵 그녀는 가축에 마법을 걸어 수백 마리의 돼지가 죽어 나갔다."

"에에에…!" 바른 시민들이 격분했다.

"하늘을 어둡게 하는 마법을 부려 두 달 동안 가뭄이 들게 했고 옥수수밭이 말라가게 했다."

"우우우…!" 바른 시민들이 흥분했다.

"그녀는 사탄과 간음했으며 그것도 한 번이 아니라 여러 번에 걸쳐 죄를 범했는데 특히 일요일 신성한 미사가 거행되는 시간을 골랐다."

"이이이이이…!" 바른 시민들이 분노했다.

그는 극적인 분위기를 만들기 위해 잠시 멈췄다가 다시 말을 이었다. "흑사병 같은 타락한 영혼은 제거되어야 마땅하다. 마녀를 산 채로 불에 태워 재로 만들 것이다."

"야아아아아…!"

피에 굶주린 수천 명의 사람이 질러 대는 함성은 그 어떤 소리와도 비교할 수 없었다. 검은 망토를 두른 여자가 사형 집행인에게 이끌려 주교 옆으로 왔다. 멀리서 봐도 한눈에 알아볼 수 있었다. 시장에서 만났던 그 노파였다.

아로스는 침을 꿀꺽 삼켰다. 노파는 이렇게 될 줄 알고 있었어!

나벤슈타인에는 오랫동안 마녀의 화형식이 없었는데도. 이상한 일이었다. 아로스는 더는 보고 싶지 않았다. 더구나 자신이 아는 노파가 마녀라 불리는 상황에서는. 노파는 아로스에게 마녀가 아닌 마법사였다. 그녀를 죽을 고비에서 살려 준 은인이 아니던가? 게다가 그녀는 아로스에게 친절했고 은화도 선물로 주었다.

불현듯 떠오르는 기억이 있었다. '내가 한 말을 잊지 마, 내 죽음이 헛되어서는 안 돼.' 아로스는 온 힘을 다해, 이마와 뺨이 아파져 올 때까지 눈을 질끈 감았다. 그럴 리가 없어. 그녀가 사악한 마녀일 리가 없어. 그녀는 5번 회초리가 남긴 상처도 잊고 장작더미 쪽으로 더 가까이 가기 위해 사람들 사이로 더 깊숙이 들어갔다. 그 순간만큼은 오로지 노파에게 가까이 가야 한다는 생각뿐이었다.

사람들 눈에 띄면 안 된다는 걱정은 이제 온데간데없고, 아로스는 마치 곰의 가죽을 쓴 사나운 용사처럼 앞으로 돌진했다. 등 뒤에서 온갖 욕설이 들려왔다.

장작더미가 점점 가까워져 왔다. 그녀의 앞에 남은 건 이제 단 몇 줄의 사람들뿐. 고상하게 차려입은 주교는 아직도 높은 곳에 서 있었다. 그 옆에는 사형 집행인과 이른바 마녀가 보였다. 그리고 그들 앞으로 열네 명의 정찰병들이 반원을 그리고 있었다.

"주님, 잘못된 길로 들어선 이 죄인을 불쌍히 여기소서." 주교의 긴 팔이 다시 날갯짓처럼 구름을 향해 올라갔다.

죄인은 얼어붙은 얼굴로 격노한 사람들 쪽으로는 고개 한 번 돌리지 않고 자신의 발만 보고 있었다.

저예요. 아로스가 마음속으로 외쳤다. 제가 여기에 왔어요. 끔찍한 일이라는 거 알아요. 하지만 당신을 도울 수가 없네요.

주교가 단상에서 내려오자 정찰병들은 들고 있던 창으로 군중들을 물러나게 하고 공간을 만들었다. 가까이서 보니 교단의 우두머리는 더더욱 위풍당당한 모습이었다. 나이는 오십쯤 되어 보였고, 머리에 쓴 빛나는 금빛 미트라 덕에 키가 2미터는 되어 보였다. 희끗희끗하고 긴 머리카락은 어깨까지 내려와 있었고 잘생긴 얼굴은 권력과 단호함의 광채를 발산하고 있었다. 손에 낀 하얀 비단 장갑은 반짝이는 검은 부츠와 대조를 이루었다.

손짓 한 번에 노파의 팔이 말뚝에 묶였다. 사형 집행인은 그녀의 몸과 다리를 사슬로 고정했다. 노파는 벌써 이 세상을 초월한 듯 주변에서 일어나는 일에는 조금도 신경 쓰지 않는 것처럼 보였다. 드디어 사형 집행인이 오른손에 횃불을 들었다. 시간이 얼마 남지 않았다. 그는 과장된 동작으로 장작에 불을 붙였다. 사람들은 환호하기 시작했다. 마치 금화 백 개와 안장을 얹은 말을 선물로 받기라도 한 것 같은 환호성이었다. 솜씨 좋게 차곡차곡 쌓인 나무는 잘 말라 있어 연기도 거의 나지 않았다. 그럴듯한 장면을 연출함과 동시에 그들의 희생 제물이 미리 연기에 질식해 지레 죽어 버리는 것을 막으려는 조치였다. 장작은 무릎 아래 높이까지만 쌓여 있었기 때문에 불꽃은 허벅지까지만 타올랐다. 이런 방법으로 흥미로운 장면은 더 오래 지속될 수 있었다. 불이 내뿜는 열기가 아지랑이처럼 피어오르며 그곳에 묶인 노파에게 헤아릴 수 없는 고통을 선사했다.

뭔가 이상한 낌새가 있었지만 그게 정확히 무엇인지 아로스는 한참 동안 깨닫지 못했다. 관객들의 중얼거림이 점점 커졌다. 장작더미에서 몇 미터쯤 떨어져 있었는데도 뜨거운 열기가 전해졌다.

처음엔 마틸다, 그리고 이젠 노파까지. 끔찍해. 그것도 오늘 하루 동안. 그 누가 오늘 같은 하루를 견뎌 낼 수 있을까?

몇몇이 휘파람을 불기 시작했다. 야유도 섞여 있었다. 그때까지도 아로스는 무엇이 사람들을 자극하는지 그리고 자신이 무엇 때문에 혼란스러운지 판단할 수 없었다. 밀려오는 격렬한 감정을 추스를 수가 없었기 때문이었다. 그건 혐오와 공포와 쓰디쓴 분노가 뒤섞인 감정이었다. 멀리 떠나고 싶었다. 노파와 작별 인사를 하려는 순간 노파가 고개를 들어 아로스의 눈을 똑바로 바라보았다. 둘의 시선은 마치 굵은 밧줄에 묶여 있기라도 한 것처럼 하나로 이어졌다. 살인적인 열기에도 그녀는 미소를 짓고 있었다.

주교는 인상을 찌푸리며 노파의 시선이 향한 쪽을 바라보았다. 그의 두 눈이 아로스에게 고정되었다. 바다처럼 깊고 푸른, 그리고 바다보다 더 차가운 눈동자가 번쩍 빛났다. 불 가에 서 있는데도 순간 그 자리에 얼어붙은 것 같은 착각이 들었다. 분노에 이글거리는 주교의 눈이 다시 말뚝에 묶인 사악한 마녀 쪽으로 향했다. 성난 불길은 이제 활활 타오르고 있었다. 노파의 치마에 불이 붙었다. 피부가 오그라들고 머리카락은 녹아내리기 시작했다. 그녀의 몸이 숯처럼 검게 그을려 갔다. 그녀의 눈동자만이 어두운 동굴에서 빛나고 있었고, 그녀의 입은 여전히 미소 짓고 있었다. 아로스는 다시 정신을 차렸다. 등에 소름이 돋았다. 그리고 복잡한 감정들이 소용돌이쳤다. 쓰다듬는 손길처럼, 머리를 내리치는 것처럼, 바닷물에 몸을 담갔을 때 상처 입은 피부에 전해지는 쓰라림처럼. 배와 머리와 가슴이 하나처럼, 또 따로 소용돌이치고 있었다. 고깃덩이가 타오르는 냄새를 맡자 마치 누가 자신의 입에 손가락이라도 쑤셔 넣은 듯 구역질이 났다.

"정찰병들은 들어라! 저 아이를 내 앞으로 데려오라! 당장!" 주교의 고함에 아로스는 감정의 소용돌이 밖으로 빠져나왔다. 하얀 비단 장갑 속 기다란 검지가 자신을 가리키고 있었다. 마치 성당의 양쪽 종탑 사이에 서 있는 것처럼 **딩**! 소리가 울리며 정신이 번쩍 들었다. 어서 여길 떠나야 해. 정찰병 둘이 그녀 쪽으로 걸어오고 있었고 그중 한 명은 벌써 그녀의 어깨를 향해 팔을 뻗고 있었다.

"저 계집애를 데려와!" 주교는 자신의 옷 색깔만큼이나 벌건 얼굴로 외쳤다.

안 돼. 역겨운 인간. 누구도 맨손으로 쥐를 잡지 못한다고. 게다가 나는 쥐들의 여왕이야. 그리고 나는 밀치기의 여왕이지.

그녀의 가녀린 몸이 순식간에 엎드려 사람들의 다리 사이를 기었다가 다시 일어서며 재빠르게 도망치기 시작했다. 무장한 군인들은 도시의 성문만큼이나 육중하여 그녀의 움직임을 따를 수 없었다. 아로스는 순식간에 그들에게서 멀어졌다.

노파는 비명을 지르지 않았어!

키가 자신보다 두 배나 큰 사내들을 어깨로 밀치고, 여자 둘 사이로 뛰어들면서 그녀가 생각했다. 뒤이어 닥치는 대로 사람들을 밀치며 군중 사이를 헤집었다.

노파는 불 속에서 아무 소리도 내지 않았다!

아로스는 점점 멀리 달아났다. 이제 사람들은 사이의 간격은 아까처럼 촘촘하지 않았다. 이제 더 빨리 도망칠 수 있어. 관람객의 야유 섞인 휘파람 소리는 점점 커지고 있었다. 선량하고 정의로운 시민들은 오늘 공연에 실망한 분위기였다. 용서를 빌지도, 고통에 비명을 지르지도 않다니. 솔방울 한 자루를 태우는 것과 다를 바가 없는 시시한 공연 아닌가. 아로스는 광장 밖으로 벗어나 구시가지 골목길로 접어들었다. 정찰병들을 따돌리는 데는 일단 성공이다.

노파는 끔찍한 고통에도 비명을 지르지 않았다. 그녀가 느낀 정신적 교감은 순전히 우연일까? 아니, 그럴 리가 없어! 이 세상에 '순전히'란 없어.

마녀의 종소리! 불타는 밤! 시간의 이빨!

이제 무엇을 해야 할지 알 것 같았다.

와우! 오늘 또 그녀는 얼마나 엄청난 하루를 자빠뜨렸던 건가!

실망

파린은 아침 일찍 눈을 떴다. 그는 어둠 속에서 초 두 개에 차례로 불을 붙이고, 똑바로 누운 채 천장의 들보에 일렁이는 불빛을 바라보았다. 어느새 그는 자신의 작은 방에 익숙해졌을 뿐만 아니라 이곳을 좋아하게 되었다. 여기에 있으면 조용하고 편안했고, 마치 동굴 속의 곰처럼 안정감을 느낄 수 있었다. 이만하면 그의 작은 왕국이라 부를 만도 했다. 그것은 지금껏 자기 것이라 불러도 됐던 그 모든 것보다 좋았다. 허리가 아팠다. 그는 어제 말 등에서 떨어졌다. 그리고 그저께도. 이틀 내내 드로그단은 그에게 말 다루는 법뿐만 아니라 말을 타는 법까지 가르쳐 주었다. 하지만 모든 게 허사였다. 말은 틈만 나면 그를 물고 발로 찼다. 그것도 모자라 그를 내동댕이치기까지 했다. 그 말의 이름은 리젤이었다. 파린은 말에게 새로운 이름을 붙여 주기로 했다. 남자들이 가장 소중하게 생각하는 신체 부위라는 뜻인 피젤이라는 이름으로 환심을 사 보려 했다. 하지만 불행히도 그것만으로는 둘 사이 관계가 조금도 나아지지 않았다.

드로그단은 그저 고개만 흔들 뿐이었다. "이해가 안 되는군. 리젤은 가장 순하고 얌전한 말인데. 다른 말로 시도해 봐야 하나?" 그리고 자신의 귓불을 만지며 말했다. "음… 죽은 말이면 어떨까?"

"그건 안돼요." 파린이 말했다. "죽은 말까지 나를 내동댕이치면 그게 무슨 망신이에요."

순하고 얌전한 말은 파린을 좋아하지 않았다. 아무래도 자신의 특별한 친구 징글징글이 그 이유인 것 같았다. 피젤도 그롤하이머처럼 사악한 무언가가 파린의 몸속에 숨어 있다는 걸 직감하는 듯했다. 기사의 서재에 들렀던 날 이후로 목소리는 다시 들리지 않았다. 하지만 파린은 속지 않았다. 그는 느끼고 있었다. 목소리는 어딘가 몰래 숨어 기회를 호시탐탐 노리고 있는 게 분명했다. 위험한 순간, 아니면 적절하지 않은 순간에 나타나 독설을 퍼부을 게 뻔했다.

파린은 아침 식사 시간이 좋았다. 드로그단, 플라우디우스, 그리고 슈툼멜과 함께 앉아 꿀 바른 빵을 먹는 시간이 하루 중 가장 즐거웠다. 투르겐손 공작과 그의 무리는 파린에게 늘 경멸의 눈길을 보냈지만 그를 괴롭히는 일은 아직 일어나지 않았다. 하지만 파린은 끓어오르고 있는 무언가를 느낄 수 있었다. 파린은 이런 일에 대해서 일종의 육감이 있었다.

그때 누군가 방문을 두드렸다. "일어났니? 기사님이 전해 달라고 하신 말씀이 있어."

파린은 벌떡 일어나 문을 열었다. "안녕히 주무셨어요."

목욕의 대가 마르칸이 상냥하게 고개를 끄덕였다. "오늘은 기사님이 너를 직접 맡아 주시기로 했어. 열 번째 종이 울리는 시간에 예배당 옆 연습장으로 오거라."

파린은 복잡한 심경으로 고개를 끄덕였다. 그건 놀라움과 당황스러움이 묘하게 뒤섞인 감정이었다. 높으신 기사님이 정말로 애송이 스콰이어에게 시간을 내주시다니, 그것도 검을 수련하는 시간에.

제길! 난 검도 없고 연습도 한 적이 없어.

소식을 전해 들은 후에는 하루를 시작하는 발걸음이 한결 무거워졌다.

일단 드로그단과 플라우디우스와 슈툼멜, 그리고 꿀이 있는 아침 식사가 있어. 그는 자신을 위로했다.

파린은 시간에 맞춰 예배당과 성벽 사이의 수련장으로 갔다. 여기저기에 짚으로 만든 사람 형상의 인형과 과녁, 그리고 말뚝이 서 있었다. 천천히 둘러보려고 하는데 예전에 보았던 열네 명의 청년들이 나타났다. 파린의 눈길은 그들이 각자 들고 있는 목검과 방패로 향했다. 오늘도 세상에서 가장 쩌렁쩌렁한 목소리로 '더 빨리'를 외치던 그때 그 훈련관이 그들을 이끌고 있었다.

그는 다리를 넓게 벌리고 그의 앞에 서서 말했다. "나는 아이헨그룬트 성의 기사 헥토리안이다. 성주님께서 오늘 네가 올 것이라 말씀하셨다!" 그가 큰 소리로 말했다. 이웃 나라의 성에서 훈련받는 스콰이어에게도 들릴 만큼 큰 목소리였다.

파린은 자신도 모르게 몸을 움츠리며 말없이 고개만 끄덕였다.

"오늘은 검과 부클리예_{작은 방패}로 연습할 것이다. 연습복은 어디 있는가?"

"죄송합니다. 오늘 무슨 훈련을 하는지 몰랐어요."

다른 청년들은 모두 두툼한 연습복과 푹신한 투구, 그리고 가죽 장갑을 끼고 있었다.

"어쩔 수 없지. 그럼 너는 아무런 보호복 없이 연습하게 될 것이다. 그럼 배우는 게 있을 거야. 앞으로 절대로 연습복을 잊는 일 따윈 없겠지." 그는 다른 스콰이어들을 바라보며 말했다. "틸, 이 아이에게 너의 검과 부클리예를 주거라."

열네다섯 살쯤으로 보이는 아이가 파린에게 목검을 쥐여 주었다.

"둘씩 짝을 지어 연습한다. 바랄돈, 네가 신참과 시작해라."

그와 엇비슷한 나이의 청년이 짧게 몸을 굽혀 인사를 했다. 원하든 원하지 않았든 파린의 얼굴은 누가 봐도 구원을 외치는 사람처럼 보였다. 이제 어떻게 되는 거지? 말도 안 돼. 이런 상대를 어떻게 이기라는 거야?

"자, 시작!" 그의 옆에서 훈련관이 명령을 내렸다.

다른 스콰이어들은 꼼짝 않고 파린과 바랄돈만 바라보았다. 상대는 방패를 높이 들고 그 옆에 검을 세로로 치켜세웠다. 파린은 자기도 모르게 그와 같은 동작을 취했다. 목검은 생각보다 훨씬 육중했고, 마치 몸에 들어온 이물질처럼 느껴졌다. 피할 시간은 없었다. 바랄돈은 벌써 공격을 시작했다. 옆으로 한 걸음, 그리고 페인트 동작 한 번으로 파린을 따돌린 뒤 곧바로 다리를 공격했다. 검의 측면이 다리를 때리는 순간 저절로 눈물이 솟구쳤다. 다음 순간 어디선가 부클리예를 넘어 왼쪽 어깻죽지에 목검이 날아들었다.

아파서라기보다는 놀라서 그는 그만 방패를 놓치고 말았다. "**아!**" 하는 외마디 비명과 함께 방패가 떨어졌다. 머리로 피가 솟구쳤다. 그건 수치심과 모욕감이었다. 저들은 분명 파린을 비웃고 몇 주 내내 놀림거리로 삼을 것이다. 바랄돈은 검을 내렸다. 파린은 왼쪽 오른쪽을 살폈다. 아무도 웃는 이는 없었다. 차가운 바람만이 그의 귓가를 스치고 갔다. 하지만 스콰이어들의 얼굴은 바랄돈의 목검 공격보다도 그를 더 아프게 했다. 그런 멸시의 표정은 고향 마을에서조차 겪어 보지 못했었다.

"신참에겐 너무 어려운 훈련이었던 것 같군. 츠비른, 네가 이 아이와 대결한다." 훈련관은 부클리예를 바닥에서 집어 들어 파린의 손에 쥐여 주었다.

또 다른 상대가 그에게 다가왔다. 파린은 순간 부끄러움에 눈을 감았다. 무리 중 가장 작은 소년이었다. 기껏해야 열두 살이나 되었을까? 소년이 인사를 하고 공격 자세를 취했다. 앳된 얼굴을 결연하고 위협적으로 보이려고 안간힘을 쓰고 있었다. 바로 그때 순식간에 그의 표정이 달라졌다. 눈은 동그래지고, 두 뺨이 붉어지며 파린 옆으로 무릎을 꿇었다. 다른 모든 이들도 갑자기 긴급 명령이라도 떨어진 듯 얼어붙었다. "성주님!" 그들이 한목소리로 외쳤다.

에미코가 고개를 끄덕이더니 헥토리안의 옆에 섰다. 스콰이어들의 눈빛은 계속 기사를 향했다. 그가 나타난 것 자체가 뭔가 특별한 상황임을 알 수 있었다.

"계속하라!" 성주가 차가운 얼굴로 명령했다.

이젠 모두가 보는 앞에서 꼬맹이가 널 때려눕힐 거야. 자 어서 시작해 봐. 내가 도와줄 테니.

정말 역겨운 징글징글. 네가 이런 순간에 빠질 리가 없지. 파린은 차라리 그냥 죽어 버리는 게 낫겠다는 생각을 했다. 심장 마비가 제일 좋겠군. 여기서 그대로 쓰러지면 다 끝나 버릴 텐데. 하지만 그에겐 그럴 시간조차 허락되지 않았다. 게다가 그는 뛰어난 스콰이어가 되겠다고, 바다를 보고 아니에타와 입을 맞추겠다고 결심하지 않았던가. 소년이 공격해 오기 시작했다. 기사의 등장에 한층 고무된 것 같았다.

최대한 막아 내겠어!

위에서 날아오는 첫 번째 공격은 방패로 막아 냈다. 이어진 파린의 역공은 허공을 휘저으며 아무 성과 없이 끝났다. 두 번째 공격은 오른쪽이었다. 검으로 막았어야 했는데 너무 늦어 버렸다.

얼른 놓아 버려! 그렇지 않으면 계속 당하기만 할 텐데, 벌레.

다시 위에서 검이 날아오자 파린은 방패를 재빨리 위로 올렸다. 그것이 속임 동작이었음을 알았을 때는 너무 늦어 버렸다. 명치끝에 검이 들어왔다. 파린의 상체가 앞으로 고꾸라졌다. 고통에 숨이 멎는 것 같았다. 땀에 젖은 손에서 검이 미끄러져 바닥에 떨어졌다.

검만큼은 놓치면 안 되지! 낄낄거림이 울려 퍼졌다. 아직 늦지 않았어. 아직 내가 널 도울 수 있다니까. 무기 없이도 저 꼬맹이의 엉덩이를

357

두들겨 패 줄 수 있다고.

파린은 이를 꽉 물고 고개를 흔들었다. 징글징글의 도움만큼은 제발 사양하고 싶었다.

괜한 자존심은 버리라고 벌레. 놓아 버려!

"안 돼." 파린이 작은 목소리로 말했다. 하지만 모두가 그의 목소리를 듣고 말았다.

츠비른이라는 이름의 소년은 검을 내리고 자리로 돌아갔다. 최후의 일격. 파린은 그것으로 자신이 더는 겨뤄 볼 필요가 없는 상대이며 최고의 경멸을 받아 마땅한 상대임을 입증했다.

에미코는 차갑게 그를 응시하다가 훈련관을 향해 명령했다. "연습을 계속하라. 저기 저 아이는 나와 함께 간다." 그는 씩씩거리면서 저의 스콰이어를 가리키며 말했다.

굳게 결심했건만 끝이 너무 빨리 왔다. 이제 기사는 그를 조롱하며 성에서 내쫓아 버릴 것이다. 뛰어난 첩자 리암의 말을 듣고 엄청난 능력을 갖춘 스콰이어를 곁에 둘 수 있다고 생각했을 텐데 현실은 어땠는가? 아이를 상대로도 제대로 된 공격 한번 해 보지 못하다니.

그는 기사를 따라갔다. 수치심 한 걸음, 굴욕감 한 걸음. 에미코는 뒤를 돌아보지도, 말을 걸지도 않았다. 대신 도개교를 향해 걷기만 했다. 왼발, 오른발, 수치심, 굴욕감.

곧바로 쫓겨나는 걸까? 이런 추위를 뚫고는 십 리도 못 갈 텐데.

감히 방에 들러 망토와 주머니라도 챙겨 올 수 있느냐고 물을 용기가 나지 않았다. 드로그단, 플라우디우스, 그리고 슈툼멜에게 작별 인사도 하고 싶었다. 그들은 다른 이들과 달리 파린을 따뜻하게 대해 주었다. 하지만 역시 입을 열 용기가 나지 않았다.

수치심과 굴욕감을 서른 번쯤 곱씹고 났을 때 에미코는 다리 앞에서 오른쪽으로 꺾여져 마구간 쪽으로 갔다. 파린은 고개를 푹 숙이고 무거운 발걸음을 열 번 정도 옮겼다. 성주가 나타나는 곳마다 사람들은 무릎을 굽히거나 몸을 숙여 경의를 표했다. 그의 뒤를 따르는 멍청이에겐 아무도 관심을 두지 않았다. 에미코는 비어 있는 마구간으로 갔다. 나무 벽에는 떡갈나무로 만든 연습용 검과 길이와 두께가 각각 다른 여러 개의 막대가 걸려 있었다. 기사는 파린에게 그중 하나를 주었다.

"그걸 오른손에 들어라."

"그럼 제가 여기에서 계속 지낼 수 있다는 말씀이신가요?"

에미코는 눈을 부릅떴다. 눈썹도 눈과 함께 움직이는 것 같았다. 그의 넓은 가슴이 위아래로 풀무처럼 오르락내리락했다. "얼마나 세게 가격하느냐가 아니라 얼마나 여러 번 참아 내냐가 중요하다. 그리고 그 점에선 네가 아주 훌륭하지."

파린은 천천히 허리를 폈다. 조금은 망설이며 그는 연습용 검의 손잡이를 잡았다. 지금 이 상황이 버겁게 느껴졌다.

"검을 꽉 잡아 높이 치켜들어라!"

파린은 놀라서 팔을 들었다.

"검을 떨어뜨리는 기사는 기사가 아니다. 처음부터 시작한다. 너는 마치 네 물건을 쥐듯이 검을 쥐고 있어. 그렇게 해서는 아무것도 안 돼." 그가 파린에게 가까이 다가왔다. "손가락으로 검의 손잡이를 바짝 위로 잡아라. 엄지손가락은 비스듬히 그 위로." 에미코는 검을 제대로 잡는 법을 설명해 주면서 파린의 손가락 자세를 바로 잡아 주었다.

처음엔 당황하여, 지금은 어처구니없는 실패를 대하는 기사의 예상치 못한 반응에 놀라 파린은 할 말을 잃었다. 한 번 더 기회를 얻은 게 틀림없었다. 배운 대로 쥐어 보니 검을 더 잘 다룰 수 있을 것 같은 자신감이 생겼다. 하지만 그것만으로는 아무것도 할 수 없었다. 다른 이들의 연습량과 비교해 볼 때 당연히 수년간의 격차가 날 수밖에 없었다. "나 같은 놈은 절대 훌륭한 스콰이어가 될 수 없어." 그가 혼잣말로 속삭였다.

에미코는 화난 얼굴로 그를 바라보았다. "다시 한번 네 입에서 그 따위 소리가 나오는 걸 듣는다면 성호 속 오물더미 한가운데로 널 날려 버릴 테다. 그리고 이 성의 도개교는 두 번 다시 너를 위해 열리지 않을 거야. 알겠나?"

"네, 알겠습니다."

"네가 너를 믿지 못한다면 내가 어떻게 너를 믿겠느냐?"

내 말이 그 말이야. 하루가 다르게 기사가 내 마음에 쏙 든단 말이야.

"네, 기사님."

"젖먹이와의 대결에서 네가 말한 '안 돼'로 돌아가 보자. 나는 어떤 일에서건 규범이나 명예 따위를 들먹이는 걸 싫어한다. 하지만 우리는 무슨 일이 있어도 자비에 호소하지 않는다. 어떤 경우에도."

파린은 크게 숨을 들이마셨다. 그의 '안 돼'는 망상의 도움을 거절하는 말이었을 뿐이다. 그는 다시 큰 숨을 내쉴 뿐 '예, 기사님.'이라고 답하지도 않았고, 그렇다고 한마디 변명도 입 밖에 내지 않았다.

불평하지 마. 고개를 들어, 파린!

"한 가지만 말씀해 주세요. 스콰이어에게 중요한 건 무엇인가요? 기사님께 가장 중요한 것이 무엇이죠?" 파린은 단도직입적으로 물었다.

좋은 질문이야!

기사는 잠시도 망설이지 않고 대답했다. "나에겐 두 가지가 중요하다. 첫 번째는 충성이야. 조건 없는 충성. 내가 너를 믿을 수 있어야 한다. 그 어떤 상황에서도. 그리고 나를 믿어라. 나에겐 그것을 요구할 만한 이유가 있다. 두 번째 중요한 것도 거기에서 나오지. 언제고 네 최선을 다해라. 네 검을 꼭 쥐고 피할 길이 없는 상황에서도 끝까지 집중해라. 포기는 절대로 없다. 마을에서 건달 넷과 싸울 때처럼. 꼭 필요한 순간에 화를 내고. 꼭 필요한 순간에 생각하고, 네 일에 집중한다. 검이나 활보다 더 중요한 건, 그 순간을 알아채는 거야."

에미코의 말은 파린에게 고통이 아닌 용기와 신뢰를 주는 찰나의 불꽃처럼 느껴졌다. 고마움이 몰려왔다. 그는 마른 침을 삼켰다.
"잘 알겠습니다."

"아직 확신이 서지 않는다. 너는 여전히 너 자신과 싸우는 데 힘을 쓰고 있어. 너의 진짜 싸움은 아직 시작도 하지 않았어." 기사의 짙은 눈썹 때문에 그의 눈동자는 더 밝게 느껴졌다.

방금 기사의 말은 무슨 뜻일까?

고민할 시간은 없었다. 에미코는 곧바로 말을 이었다. "네가 훈련장의 지푸라기 인형을 상대로 이길 수 있을 때까지 드로그단이 여기에서 너랑 연습할 거다."

파린은 말없이 고개만 끄덕였다.

"하지만 서둘러라. 봄이 되면 큰 대회가 열리니까. 벨텐 제국 전체에서 최고의 기사들이 모여들 것이다. 이렇게 큰 대회를 개최하는 것은 노르덴 왕국의 영광이지. 넌 스콰이어들이 나가는 전 종목에 참가하게 될 거야."

이번에도 파린은 말없이 고개를 끄덕였다.

"한 가지 더. 나의 스콰이어가 죽고 난 뒤 희망을 걸었던 훈련생이 바로 너의 첫 상대 바랄돈이다. 그를 뽑지 않은 건 그는 물론 그의 아비와 그의 가족에게 심한 모욕이었지. 내가 바랄돈 투르겐손을 두고 뽑은 녀석이 누구인지 안다면 그들은 말할 수 없는 수치심을 느낄 것이다."

"투르겐손이요?"

"그래." 기사는 단단한 팔을 엇갈려 팔짱을 꼈다. "바랄돈은 네 새 친구 투르겐손 공작의 아들이다. 난 그가 아니라 너를 뽑았어. 그 이유는 신도 악마도 알 수가 없지."

분명 에미코만의 속사정이 따로 있을 것이다. 에미코는 자신의 성안에서 일어나는 모든 일을 속속들이 알고 있는 걸까?

"기사님의 옛 스콰이어에겐 무슨 일이 일어났죠?"

"서쪽 망루에서 떨어졌어. 두개골이 파열됐지. 사고였다. 그날 술을 너무 많이 마셨던 게 아닐까."

"저는… 기사님을 실망시키지 않겠습니다."

"너무 늦었다. 하지만 실망은 늘 희망을 불러일으키지." 그는 잠시 생각에 잠겼다가 덧붙였다. "희망이라… 내가 오랫동안 사용하지 않았던 단어군."

에미코는 목검을 제자리에 걸었다. "한 가지가 더 있다. 도서관에 들어갈 수 있도록 허락하마."

그의 심장이 기쁨에 콩닥거렸다. "감사합니다. 그리고… 기사님께 충성할 것을 약속드립니다!"

기사는 진지한 눈으로 파린을 살펴보고는 살짝 고개를 끄덕이고 헛간 문을 빠져나가 사라졌다.

파린의 가슴은 차가우면서 동시에 뜨거웠다. 그러니까 슈투름바흐트 성에서 계속 지낼 수 있게 된 것이다. 그리고 이제 망설일 틈이 없었다. 파린은 한참 동안 꼼짝 않고 그 자리에 서 있었다. 먼저 머릿속에서 기사와의 대화를 다시 한번 정리했다. 기사의 반응은 의외였다. 처음으로 파린은 기사의 말과 행동에 감동을 느꼈다. 에미코는 첫 번째 기회에서 실패한 그를 내치지 않았다. 오히려 반대로 실패하고 좌절한 상황에서 그를 지켜 주었다.

충성? 그게 정확히 무엇일까? 동맹? 아니, 그것과는 달라. 파린은 그 의미를 느낄 수 있을 것 같았다. 신의와 확고함이 하나가 된 것. 다시 부끄러움이 몰려왔다. 오늘 충성을 몸소 보여 준 건 그가 아니라 오히려 예측할 수 없다고 생각했던 기사였던 것이다.

나의 신의를 증명할 수 있다면, 그리고 모든 종목에서 반드시 성장하려는 나의 의지를 알게 된다면 에미코는 앞으로도 내 편이 되어 줄 것이다. 나의 결심은 확고하고, 기사님은 나를 자랑스럽게 여기게 될 것이다.

파린은 지금껏 그 어느 때보다도 진지하고 절박한 심정이 되었다.

어떻게 하면 될까? 지금 당장 할 수 있는 일이 뭐지? 어떤 방식으로 기사에게 충성을 증명할 수 있을지에 대한 생각이 그의 머릿속에서 떠나지 않았다. 우선은 스콰이어의 죽음에 대해서 낱낱이 밝혀내리라.

그날 저녁 파린은 복잡한 심경으로 식당에 들어섰다. 물론 오늘 그의 처절한 패배에 대한 소문은 널리 퍼진 지 오래였고, 거기에 저마다 살을 붙이며 눈덩이처럼 불어나는 중이었다. 나중엔 무슨 얘기가 돌까? 그가 울며불며 검을 집어던지고 엄마를 찾으며 네 살 꼬마 앞에서 도망쳤다고?

"와우! 모두 일어나! 우리의 영웅이 오셨네! 자비를 구하고 바지에 오줌이나 싸는 데 1등이라지." 투르겐손 공작이 음흉하게 웃었다. 자리에 있던 다른 이들도 따라 웃었다. "그러고도 여기에 나타날 생각을 하다니." 첫날과 마찬가지로 그는 파린의 앞을 막아섰다. "네 놈이 기어 나온 구덩이로 다시 돌아가 준다면 우리 모두 기쁘겠는데."

파린은 공작을 피해 가려 했지만 그는 계속 길을 막아섰다. 파린은 깊이 숨을 들이마셨다. "그래요, 난 검과는 거리가 먼 사람이에요. 오늘 그걸 보여 줬죠. 하지만 내가 기사님의 스콰이어인 이상 전 여기서 식사를 할 거예요. 나랑 같이 식사를 하는 게 싫다면 다른 곳을 찾아보시죠."

순식간에 웃음소리가 걷혔다. 투르겐손의 얼굴이 붉으락푸르락하더니 주먹이 올라갔다. 하지만 그는 잠시 후 다시 손을 내리고는 이를 갈며 말했다. "뻔뻔한 촌뜨기, 아직은 에미코가 패배자인 너를 보호하고 있지만 너 같은 녀석은 내가 잘 알지. 네놈은 오래 버티지 못할 거야. 악몽보다 끔찍한 걸 겪게 해 줄 테다."

고귀한 신분의 하찮은 사내는 파린이 지금 막 얻은 자신감을 다시 무너뜨리려 하고 있었다. "악몽이 뭔지 당신은 모를걸요."

365

파린은 공작을 밀치고 지나가 창문가에 앉은 친숙한 얼굴들 쪽으로 갔다. 그제야 자신이 얼마나 떨고 있었는지 깨달았다.

"어서 와, 불청객 스콰이어." 드로그단이 인사했다. "공작과 시비붙지 말라는 말은 어디로 들은 거야?"

"그럼 어떻게 해야 했나요?"

플라우디우스가 뾰로통한 입으로 끼어들었다. "투르겐손이 과장한 게 거의 없잖아. 오늘 네가 얼마나 굉장했는지 다 들었다고."

"누구한테요?"

"뭐 여기저기서 들었지만 기사님도 그러셨지. 기사님 말씀이 네가 검을 음… 네 물건…"

"그거 말고 다른 말씀도 하셨어요?" 파린이 조바심을 드러내며 물었다.

드로그단이 끼어들었다. "나에게 몇 가지 검술의 기본을 가르쳐주라고 하셨어." 그의 목소리엔 주어진 임무가 전혀 달갑지 기색이 역력했다.

파린은 고개를 숙이고 말했다. "검을 쓰는 법을 한 번도 배운 적이 없어요. 미안해요."

"네가 검을 떨어뜨리고 꼬맹이에게 그만하라고 애원했다고." 플라우디우스가 코를 찡그리며 말했다.

"맞아요, 검을 떨어뜨렸어요." 파린은 허리를 바로 펴고 그를 똑바로 바라보며 말했다. "그래요. 제가 공격을 당했고, 이기는 건 꿈도 못 꿀 일이었죠. 하지만 전 포기하지도 않았고 살려 달라고 빌지도 않았어요."

잠시 침묵이 흘렀다. 파린은 슈툼멜의 눈이 자신을 응시하는 걸 느낄 수 있었다. "흐르음." 그가 갑자기 확신에 차서 친근하게 파린의 어깨에 손을 올렸다.

드로그단의 광대뼈가 서서히 이완됐다. "슈툼멜이 널 믿는다면 나한테도 통과야."

플라우디우스의 표정도 누그러졌다. 그리고 나서 그는 씽긋 웃으며 말했다. "무슨 일이 있었나?"

"고마워요. 저한테는 아주 큰 힘이 돼요. 실망시키지 않을게요." 파린은 정말로 확신에 차 있었다.

드로그단은 헛기침을 하고 말했다. "좋아, 일단 먹을 것부터 좀 가져와. 오늘 요리는 거위고기야."

식당에 앉아 있으면서도 파린은 전혀 음식 생각을 하지 못했었다. 다시 저 사냥개들의 틈을 지나 음식을 가져오고 싶은 생각은 추호도 없었다. "배가 고프지 않아요."

사내들은 회의적인 얼굴로 파린을 보았다.

죽은 스콰이어 생각이 머리에서 떠나지 않았다. 물론 지금이 적절한 때는 아니었지만 파린은 더 기다릴 수가 없었다. "제 전임이었던 스콰이어 말이에요. 그에 대해서 얼마나 알고 계시죠?"

드로그단과 플라우디우스의 눈이 슈툼멜을 향했다.

"흐르음." 그가 드로그단에게 고개를 끄덕였다.

오른손으로 귓불을 만지며 드로그단이 입을 열었다. "그가 어떻게 죽었는지 더 자세히 알고 싶은 거야?"

"네, 말해 주세요. 그의 이름이 뭐였죠?"

"카이문트였어."

"사고는 언제 일어났어요?"

"8일 전이야. 그가 죽고 나서 기사님이 우리에게… 음… 너를 모셔오라 명하셨지." 드로그단은 오늘 저녁 처음으로 미소를 지었다.

"죽은 사람에 대해서 알아서 뭘 어쩌겠다는 거야?" 플라우디우스가 어깨를 으쓱해 보였다. "죽음은 죽음이야. 그런다고 달라지는 건 아무것도 없다고." 거위 다리를 들고 뜯으며 그가 말했다.

"맞는 말이에요. 그건 제가 유일하게 잘 아는 분야죠. 그런데 죽은 사람이 마지막 이야기를 들려주는 경우도 많아요."

"아하!" 플라우디우스가 손가락을 빨며 말했다. "난 그냥 거위고기나 뜯을래."

"어떻게 묻혔죠?" 파린이 물었다.

드로그단이 사뭇 놀란 눈으로 그를 바라보았다. "아직. 하지만 늦어도 닷새 안에는 카이문트의 가족들이 시신을 인계받기 위해 도착할 거야. 그는 옛 귀족 가문 출신이고 남쪽 어딘가에 있는 가문의 무덤에 묻히게 될 거라고 들었다."

파린이 기대하던 바였다. 자신의 아이디어를 말할 기회가 왔다!

"그러니까 그의 시체가 이 성 어딘가에 보관되어 있단 말이죠?"

"당연하지, 가족들이 데리러 올 때까지 그래야 하니까."

"어디에 있죠?"

"뭐가?" 플라우디우스가 물었다.

"카이문트요."

드로그단이 얇은 입술을 움직이며 말했다. "시신은 지하 감옥 깊숙한 곳에 있는 얼음 창고에 있어. 겨울엔 컵에 담은 포도주도 얼어붙는 곳이지. 뭐하러 굳이 그런 걸 만드셨는지는 모르겠다만."

"차가우면 차가울수록 좋아요!" 파린이 기뻐하며 대답했다. "정말 다행이에요. 그렇지 않으면 8일 동안에 벌써 부패가 진행돼 버렸을 테니까. 사후 강직은 확실히 지난 상태겠죠."

그를 둘러싼 세 사내의 얼굴은 식사 도중 시체의 상태에 관해 얘기하는 일이 흔치 않다고 말하고 있었다.

하지만 파린은 고민할 겨를도 없이 물었다. "저를 거기로 데려다줄 수 있어요?"

드로그단이 코를 찡그리며 되물었다. "너를 성의 카타콤으로 데려가라고? 얼음 창고로? 카이문트의 시체가 있는 그곳으로? 에미코 기사님이 그걸 허락해 줄 것 같아?"

플라우디우스는 씹는 것을 멈추고 말했다. "설령 우리가 그러고 싶다고 해도 그건 쉬운 일이 아니야. 카타콤으로 가는 문은 굳게 잠겨 있어. 그 문의 열쇠를 가진 사람이 누군지도 알 수 없다고."

"지금까진 망신만 당했지만 시신에 대해선 제가 아는 게 많아요. 제가 제 능력을 증명할 수 있게 도와주세요."

드로그단과 플라우디우스는 앞에 놓인 거위 다리를 물끄러미 바라보다가 오늘 들어 세 번째로 자신들의 대장 쪽으로 고개를 돌렸다.

키가 작은 사내는 파린을 찬찬히 살폈다. 그의 눈은 적절한 순간에 분노하고 적절한 순간에 생각에 잠기는 그런 눈이었다.

이 땅딸한 벙어리 사내가 어찌 그럴 수 있는지 놀라울 따름이었다. 매장꾼의 아들도 그처럼 될 수 있다는 희망을 품어도 될까?

쉽지 않은 결정임이 분명해 보였다. 파린은 어떻게든 허락을 받아야 했다. "슈툼멜, 제발요. '흐르음'이라고 말할 거죠?"

슈툼멜은 식탁 아래 자신의 허리띠를 만지작거렸다. 그리고는 짤막한 손가락으로 무언가를 집어 들었다. 그것은 길고 녹슨 열쇠였다. 슈툼멜은 덧붙였다. "흐르음." 그의 짧은 한마디는 화가 난 것 같기도 하고 재미있어하는 것 같기도 했다.

"열쇠를 가지고 있었어? 내가 왜 그 생각을 못 했을까?" 드로그단이 말했다.

플라우디우스는 자신이 조금 전까지 거위고기를 뜯고 있었다는 사실을 잊은 듯했다.

흥분과 감격이 뒤섞여 파린이 외쳤다. "슈툼멜! 고마워요. 어서 가요. 누가 같이 갈래요?"

"지금 바로? 너무 급한 거 아니야?" 드로그단이 한숨을 쉬었다.

플라우디우스도 입맛을 다시며 그의 말에 동의했다. "서두르는 건 위에 안 좋단 말이야."

"한꺼번에 거위 다리 다섯 개도 위에 안 좋아." 드로그단이 대답하고 파린을 향해 고개를 돌렸다. "일어나기 전에 뭐라도 좀 먹어. 플라우디우스, 이 아이에게 뭘 좀 나눠 줘. 그럼 음식이 있는 곳까지 가는 벌을 안 받아도 되니까."

플라우디우스는 파린에게 거위 다리를 주면서 내키지 않는다는 표정이었지만 이내 친절하게 윙크를 했다.

파린은 갑자기 배가 고파 오는 걸 느꼈다. "고마워요. 도와줘서 정말 고마워요." 그는 얼른 손가락의 기름기를 소매에 닦았다. "미안해요, 그런데 저 지금 정말 마음이 급해요. 그곳이 아무리 춥다고 해도 시신이 점점 새것같이 되진 않을 테니까." 파린이 사내들을 차례로 바라보았다. "그리고 당장 내일 가족들이 도착할지도 모르잖아요."

"아니, 그들은 남쪽 끝에서 와. 아직 며칠은 더 걸릴 거야."

"그런데 카타콤은 왜 잠겨 있는 거죠?"

"거기엔 통로가 수없이 많아. 거대한 미로지. 통로를 못 찾은 이들이 유령이 되어 출몰한다고." 드로그단이 말했다.

"그런 건 하나도 무섭지 않아요. 오히려 호기심이 생기는걸요."

"그치만 난 무섭다고." 플라우디우스가 말했다.

"그럼 다 같이 갈까요?" 파린은 간신히 기쁜 마음을 잠시 진정시키고 물었다. 아무래도 카타콤은 모두가 껄끄러워하는 장소 같아 보였고 파린 역시 그들에게 지나친 부담을 주긴 싫었기 때문이다.

"므으음."

그의 말이 '모두'를 뜻했는지 플라우디우스도 드로그단도 고개를 끄덕이고 자리에서 일어났다. 에미코와 마찬가지로 기사 슈튬멜도 간결하고도 명확하게 자신의 말을 전달하는 법을 알고 있었다.

사체 검안

슈튐멜은 다른 이들이 한 걸음 걸을 때마다 두 걸음을 걸어야 하는데도 줄곧 잽싸게 앞장서 걸었다. 도중에 만난 이들은 하인들은 물론이고 병사 장교 할 것 없이 하나같이 그에게 정중하게 경의를 표했다. 작은 사내는 플라우디우스와 드로그단, 그리고 파린을 삭막한 지하로 인도했다. 그곳에서도 슈투름바흐트 어디에서나 볼 수 있는 회색빛이 그들을 기다리고 있었다. 돌계단이 위로, 다시 아래로 이어져 있었다. 그중에서도 가장 어두운 벽감으로 난 후미진 통로가 특별히 어둡고 스산하게 느껴졌다. 슈튐멜은 예상대로 그쪽을 가리켰다.

"아직까지 여기로 쫓겨난 적이 없는 게 다행이야." 플라우디우스가 말했다.

"언젠가 그런 일이 생긴다면 그건 분명 마지막이 되겠지." 드로그단이 대꾸했다.

"처음이란 말이겠지?"

"아니, 제대로 이해했어, 플라우디우스. 카타콤에서 다시 살아서 나갈 수 있을 것 같아? 미로처럼 복잡한 이곳에서 길을 잃고 헤매다 죽은 사람이 이미 한둘이 아니라고 했어. 그들의 영혼이 아직도 이곳을 떠다니고 있다니까. 먹을 것과 출구를 찾아서 말이지."

"설마 그런 케케묵은 이야기를 정말로 믿는 건 아니지?"

"그런 이야기들 속엔 항상 한 줌의 진실이 있는 법이라고." 드로 그단이 어깨를 으쓱하며 말했다.

그들은 멈추지 않고 구불구불한 계단을 내려갔다. 마침내 슈툼멜이 어느 층계참 앞에서 걸음을 멈췄다. 움푹 팬 벽에는 램프 하나가 외롭게, 희미한 빛을 발하고 있었다. 그 아래에 놓인 바구니 안에는 수지가 칠해진 횃불이 담겨 있었다. 슈툼멜은 그중 두 개를 집어 들고 그중 하나를 기름 램프에 가져가 불을 붙였다. 그리고는 또 다른 횃불에 불을 옮겨 붙여 드로그단의 손에 쥐여 주었다.

그들은 카타콤의 점점 깊은 곳으로 향했다. 이제 빛을 발하는 것이라곤 횃불 두 개뿐이었다. 통로가 휘어지는 곳에서 그들은 정사각형의 공간을 발견했다. 나무로 만든 책상과 벤치 두 개가 놓여 있고, 벽에는 곡괭이와 창을 걸어 두는 선반이 비어 있는 채로 있었다. 투박한 가구 위에는 긴 시간이 먼지가 되어 쌓여 있었다. 수개월 동안 아무도 앉아 본 적이 없는 벤치. 그들도 그곳에 오래 머무르지 않고 계속 앞으로 나아가 마침내 갈림길 앞에 멈춰 섰다. 한쪽엔 여섯 개의 두꺼운 쇠막대가 가로로 벽에 박혀 있어 더는 지나갈 수 없었다. 슈툼멜은 횃불을 들어 그쪽을 가리켰다.

"철문이야." 플라우디우스가 말했다.

"여길 지나가야 해." 드로그단도 덧붙였다. "어떻게 이 문을 열지? 문을 열 수 있는 장치는 어디에 있어?"

"흐르음." 재빠른 동작으로 슈툼멜이 자신의 녹슨 열쇠를 왼쪽 벽으로 가져갔다. 열쇠 구멍은 잘 보이지 않았지만 찰칵 소리가 나며 잠금장치가 풀렸다. 슈툼멜은 오른쪽 벽의 쇠창살을 하나하나 옆으로 밀어젖혀 통로를 만들었다.

"시체 만나러 가는 길이 참 험난하기도 하네. 얼음 창고까지는 얼마나 남았어? 여기만 해도 벌써 추운 것 같아." 플라우디우스가 투덜거렸다.

바로 그때였다. 슈툼멜이 멈춰 서더니 육중한 나무문을 왼쪽으로 열었다. 그 뒤에는 창고가 나타났다. 그 안은 정말로 기온이 몇 도 정도 더 낮았다. 파린은 잠시 물이 흐르는 소리를 들은 것 같았지만 그 소리는 이내 물방울 떨어지는 소리로 바뀌었다.

"왜 이곳을 얼음의 방이라고 부르는 거지? 방이라고 하기엔 남쪽 탑에 있는 침실보다도 작잖아?" 드로그단이 말했다.

"흠…." 파린은 생각에 잠겼다. 마치 슈툼멜이 된 것처럼 굳게 입을 다물었다.

넷은 다닥다닥 붙어 서야 했다. 그들 앞쪽의 벽에는 두 개의 벽감이 있었는데 하나는 가슴 높이, 또 다른 하나는 무릎 높이였다. 그중 위쪽에 리넨에 싸인 2미터쯤 되어 보이는 시체가 놓여 있었다.

"인제 어쩌지?" 드로그단이 참을성 없이 재촉했다.

"더 밝은 빛이 필요해요." 이렇게 어두침침한 곳에선 자세히 볼 수가 없었다.

플라우디우스가 문 옆쪽에서 기름 램프를 발견하고 물었다. "이건 어때?"

"좋아요. 이쪽을 비춰 주세요. 시신을 살펴보려면 두 손을 다 써야 하거든요."

파린이 리넨 덮개를 벗기는 동안 슈툼멜은 횃불을 써서 기름 램프에 불을 붙였다. 플라우디우스는 불빛을 가능한 한 밝게 조절했다. 죽은 스콰이어의 몸은 램프의 불빛 아래에서 하얗게 빛나고 있었다. 숱이 적은 금빛 머리카락이 머리를 덮고 있었고 깊게 파인 눈은 마치 부엉이처럼 보였다.

"카이문트야." 드로그단이 얇은 입술을 움직이며 말했다.

"그 아이가 맞아." 플라우디우스도 거들었다.

파린은 드디어 물을 만난 물고기가 된 기분이었다. "아쉽지만 시체를 씻는 과정에서 이미 중요한 흔적들이 함께 씻겨 버렸을지도 몰라요."

"무슨 흔적?" 플라우디우스의 눈이 무심결에 시체의 발로 향했다.

8일의 시간이 흘렀음을 고려해 볼 때 시신의 상태는 상대적으로 양호한 편이었다. 최상의 시체라고 말해야 할까? 파린은 발을 살펴보기 시작했다. 발가락과 다리는 상처 없이 깨끗했고 무릎과 허리 뼈에도 내출혈의 흔적은 없었다. 파린은 생기 잃은 하얀 피부를 주무르기 시작했다. 혈종이나 부딪힌 흔적도 찾아볼 수 없었다.

"뭘 하는 건데?" 드로그단이 시큰둥하게 물었다.

"저를 한 번 믿어 보세요." 파린은 이제 상체를 살피기 시작했다.

그러다가 왼쪽 팔뚝에 눈에 잘 띄지 않는 문신 하나를 발견했다. 동그라미 안에 거꾸로 뒤집힌 별 그림이, 그리고 그 한가운데엔 불꽃이 그려져 있었다.

"펜타그램이에요. 무슨 의미죠?"

사내들은 고개를 비스듬히 한 채 단순한 선으로 그려진 그림을 살펴보았지만 하나같이 고개만 저을 뿐이었다.

"글쎄, 잘 모르겠는데?" 드로그단이 말했다. "서둘러라, 점점 추워지고 있어."

파린은 고개를 끄덕이고 손을 보기 시작했다. 두 손 모두 멀쩡했다. 긁힌 상처도, 벗겨진 곳도 없었다. 손가락도 부러진 데가 없었다. 어디를 보아도 그는 높은 탑에서 떨어진 사람처럼 보이지 않았다.

이번엔 오른손으로 시체의 머리를 돌렸다. 왼쪽 눈구멍이 훨씬 더 깊었고 얼굴은 대칭이 아니었다. 바로 두개골 파열의 명백한 증거로, 여러 곳이 파열된 것처럼 보였다. 그 이상 눈에 띄는 점은 없었다. 오히려 카이문트의 얼굴은 편안해 보이기까지 했다. 다음으로 그는 늑대잡이 덫처럼 카이문트의 턱을 두 손으로 벌렸다. "플라우디우스, 입안을 비춰 주세요."

"어이쿠!" 플라우디우스는 한마디만 하고는 파린이 시키는 대로 램프를 시신의 얼굴 앞에 가져다 댔다. 파린이 특히 주의 깊게 관찰한 건 혀의 상태였다. 혀는 종종 죽음의 원인을 추론할 수 있는 결정적인 증거가 되곤 했다. 사망 원인에 따라 혀의 색이 달라졌고,

따라서 마지막 순간에 관해 더 많은 이야기를 해 주곤 했다. 노환에 의한 사망인지, 출혈 때문인지, 아니면 산소 부족 때문인지…. 파린은 특히 카이문트가 사망 시 혀를 물었는지 주의 깊게 살펴보았다.

구강과 혀의 색깔은 평범했다. 다만 혀끝에 가로로 손가락 굵기 정도의 길이로 찢어진 상처를 확인할 수 있었다. 파린은 조심스럽게 아래턱을 다시 올렸다.

"끝났어?" 플라우디우스가 재촉했다.

"앞쪽은 끝났어요. 그런데 원래 모든 것엔 양면이 있잖아요. 등을 볼 수 있게 시신을 돌리려는데, 좀 도와줄래요?"

"이런, 이제 엉덩이에 불을 비춰야 해?"

"그럴 필요는 없어요, 플라우디우스. 거긴 별로 중요한 게 없거든요." 파린이 안심시키며 말했다. 세 사내가 말없이 눈빛을 주고받았다. 하나같이 파린이 제정신이 아니라고 생각하는 듯했다. 서둘러야 했다. 그들을 마냥 기다리게 할 수는 없었다.

드로그단과 함께 시신을 돌린 뒤 파린은 뒤통수를 살폈다. 마침내 죽음의 원인이 분명해졌다. 두개골에 생긴 두 개의 커다란 구멍.

"여기를 한 번 보세요." 파린이 말했다.

"응, 그가 뒤통수 쪽으로 떨어져서 즉사했단 말을 들었어." 드로그단이 말했다.

"램프를 최대한 가까이서 비춰 줘요, 플라우디우스." 파린은 아주 세심하게 구멍 두 개를 관찰했다. 아래쪽의 것은 균열로 이루어진 구멍으로, 가장자리가 매끄럽지 않은 상처가 있었다. 시체를 벌써 씻어 버렸다는 사실이 새삼 안타까울 뿐이었다. 출혈의 흔적을 자세히 볼 수 있었다면 좋았을 텐데.

"이 성에 따로 매장꾼이 있나요?"

드로그단은 머리를 세차게 흔들었다. "어이쿠, 따로 매장꾼까지 둘 이유가 없지. 그건 다놀린이 맡은 여러 가지 일 중 하나야. 그가 예전에 사형 집행인이었다고 하더라고."

두 번째 구멍은 두개골 위쪽에 있었다. 작은 사각형 모양, 더 자세히 말하자면 사다리꼴 모양이었다. 상처의 가장자리가 매끈했고 규칙적이었다. 그는 손가락을 살짝 구부린 채로 그 안에 넣어 안쪽에서 구멍 주위를 만져 보았다. 손가락 끝으로 구멍 두 개 사이를 가로지르는 미세한 균열을 감지할 수 있었다. 두개골 내부는 얼음처럼 차가웠다. 하지만 파린은 냉기를 느끼지 못할 만큼 시신을 살피는 데 빠져 있었다. 죽음에 관한 이야기도 해답도 거기에 있었다. 다만 제대로 된 질문을 찾아야 했다.

"뭘 하는 게냐?" 플라우디우스가 조금 인상을 쓰며 물었다.

"듣고 있어요. 지금 시신이 이야기를 들려주는 중이거든요."

"아무것도 안 들리는데?" 그가 눈을 동그랗게 떴다.

더는 무리였다. 이젠 끝내야 하는 시간임을 파린은 알았다.

세 사내의 인내심도 체온과 함께 사라지고 있었다. 모험에 대한 호기심도 남아 있지 않았다.

"이제 됐어요." 파린이 말했다. "얼른 다시 시신을 돌려놓고 다시 따뜻한 곳으로 가요."

"정신 나간 놈, 이제야 드디어 제대로 된 제안을 하는구먼." 드로그단이 눈을 흘기며 카이뮌트의 시신을 재빨리 돌렸다. "어서 나가자!"

"잠깐만요." 파린은 조심스럽게 시신을 천으로 덮어 주었다.

나오는 길은 들어갈 때에 비하면 훨씬 더 짧게 느껴졌다. 어쩌면 슈툼멜이 더 빨리 걸었기 때문일 수도 있었다. 어느덧 그들은 쇠막대가 빗장처럼 잠겨 있던 통로에 이르렀다. 슈툼멜은 맨 위에서부터 막대를 왼쪽으로 밀어 넣었다. 꽁꽁 언 손가락으로 그를 돕던 플라우디우스는 맨 아래 봉을 끝까지 밀어 넣는 걸 깜빡하고 말았다. 하지만 한시라도 빨리 따뜻한 난롯가에서 몸을 녹이고 싶다는 조급함 때문이었는지 그 사실을 눈치챈 사람은 파린뿐이었다.

파린은 아무 말도 하지 않았다. 원래 잠긴 문이라면 질색이기도 했지만, 어쩌면 나중에 혼자라도 다시 와 볼 수 있지 않을까 하는 생각이 들었기 때문이었다. 그 정도의 마른 체구라면 저 아래 틈으로 비집고 들어갈 수 있을 것 같았다.

"내 거시기가 꽁꽁 언 거 말고 대체 여기서 얻은 소득이 뭐야?" 계단에 이르렀을 때 드로그단이 물었다.

"한두 개가 아니에요! 아주 많은 사실을 알게 됐어요." 파린이 대답했다. "더 자세한 건 차차 설명해 드릴게요. 아직 생각이 다 정리되지 않았거든요. 혹시 양피지와 목탄을 구할 수 있을까요?"

"그거라면 내가 가져다줄게. 집에 보낼 편지라도 쓰려고 그러니?" 플라우디우스가 물었다.

"아니요, 그림을 그릴 거예요."

"넌 진짜 제정신이 아니로구나. 이 성안에서 지금까지 내가 본 최고로 미친 녀석이 바로 너야."

드로그단도, 슈툼멜도 딱히 플라우디우스의 말에 반박할 생각이 없어 보였다.

"저를 한 번 믿어 봐요. 그리고 마지막 부탁이 있어요. 카타콤에 같이 간 것에 비하면 이번엔 아주 작은 부탁이에요."

"이번엔 또 뭐냐?" 드로그단이 으르렁거리며 물었다. "기사님께서는 우리가 너를 돌봐 줘야 한다고 말씀하셨다만, 그게 수족처럼 널 받들란 뜻은 아니었다."

"물론이죠, 무슨 말인지 저도 잘 알아요. 시체가 발견된 장소가 어디인지만 좀 알려 주세요."

"알겠다, 하지만 딱 거기까지만이야. 서쪽 탑으로 가자."

서쪽 탑 아래에 도착하자 드로그단이 탑 아래 돌로 포장된 바닥을 가리켰다. "카이문트가 여기 누워 있었지." 그는 약 3미터가량 위쪽의 테라스를 가리켰다. "저기 난간에서 떨어져 죽었어."

"그리 높지는 않네요. 그가 보초를 서고 있었나요?"

"아니, 스콰이어들은 보초를 서지 않아."

"목격자가 있어요?"

"아니, 혼자 저 위에 있었어. 그가 자살했다고 말하는 사람들도 있지." 드로그단은 고개를 저었다. "하지만 나는 그렇게 생각하지 않는다."

파린은 조심스럽게 죽은 스콰이어가 발견된 자리를 살펴보았다. 포장용 돌을 손으로 더듬어 보았지만 그의 짐작을 뒷받침할 만한 특별한 단서는 찾을 수 없었다.

"이제 끝났어요." 파린이 말했다.

"우리가 너의 괴상한 부탁을 들어줬으니 말을 해 봐. 대체 무슨 꿍꿍이인 거야?" 드로그단이 재촉했다.

"뭔가 찾아낸 거라도 있어?" 플라우디우스도 물었다.

파린은 작은 소리로 말했다. "네, 찾았어요. 여러 흔적이 하나의 방향을 가리키고 있죠. 도와줘서 정말 고마워요. 그리고 날 믿어 준 것도요. 언젠가는 꼭 이 은혜를 갚을게요. 하지만 비밀로 해 줘요. 한 가지만은 분명해요. 그의 죽음은 사고가 아니었어요. 자살은 더더욱 아니었고요. 카이문트는 살해당한 거예요. 살인범은 자신이 들키지 않을 거라 생각할 거고, 아마도 우리 가까이에 있을 거예요."

의심과 놀라움과 걱정스러운 시선이 오고 갔다.

"흐르음!" 슈툼멜이 답했다.

남쪽 탑 파린의 작은 방에는 새벽까지 불이 꺼지지 않았다. 그는 자신의 침대에 앉아 양피지 아래에 작은 판자를 깔고 그림을 그리는 중이었다. 그림은 단번에 완성됐다. 팔을 뻗어 멀리에서 보니 꽹장한 그림은 아니었지만 정확성만큼은 마음에 꼭 들었다. 그는 아래쪽에 먼저 원을 그리고 그 안에 별과 불꽃을 그려 넣었다. 자신이 알아낸 사실을 에미코에게 알려야 한다고 생각하니 아침까지 기다릴 수가 없었다. 내일 아침에 바로 면담 신청을 해야지. 드디어 자신의 쓸모를 입증할 순간이 온 것이다. 자신이 잘할 수 있는 일로 능력을 보여 준다면 조금은 인정받을 수 있을 거란 생각에 기뻤다. 혹여 간과한 것이 있는지 여러 번 심사숙고했지만 결론은 달라지지 않았다. 흥분이 가라앉지 않아 잠이 들기까지는 한참이 걸렸다.

다음날 그는 아침도 먹는 둥 마는 둥 하고 기사의 서재로 갔다. 닫힌 문 앞에 서 있던 문지기 둘 중 한 명이 말했다. "오늘은 기사님을 만나실 수 없습니다."

"하지만 정말 중요한 일이에요." 파린이 다급하게 설명했다.

문지기가 한숨을 쉬며 말했다. "벌써 20년째 여기 서 있는데 저는 언제쯤 '아주 사소한 용건이 있습니다. 아주 지루하고 사면발니보다도 중요하지 않은 용건이에요. 제가 2주 후에 다시 올까요?'라고 말씀하시는 분을 볼 수 있을까요?"

"알겠어요. 그럼 내일은 어때요?"

"기사님은 사흘간 여행길에 오르십니다. 그러니 나흘 뒤에나 돌아오실 거예요."

파린은 우울한 마음을 안고 다시 방으로 돌아왔다. 기사님은 왜 스콰이어 없이 여행을 떠나는 걸까? 오후엔 드로그단과의 검술 수업이 있었다. 어쩌면 그게 더 중요하다고 생각하시는 걸지도 몰라. 자신이 위대한 칼잡이가 될 수 없다는 건 스스로도 잘 알고 있었지만 경기가 열릴 때까지 최대한 많은 걸 배우고 싶었다. 아니 반드시 그 이상을 해낼 것이다! 그러나 애송이 소년과의 대련에서 겪은 수모는 여전히 그의 마음을 할퀴고 있었다.

드로그단이 먼저 나와 파린을 기다리고 있었다. 여느 때와 마찬가지로 벽에 몸을 기대고 서 있었다. "이걸 좀 봐, 너한테 주려고 가져왔어." 그가 내민 것은 칼집이 달린 허리띠였다. 칼집 안에는 진짜 검이 들어 있었다.

"목검으로 연습하는 게 아니었어요?" 파린이 깜짝 놀라 물었다.

"잘 들어, 아이들이나 쓰는 연습용 검을 들고 몇 년 동안 허공에 휘둘러 대기엔 넌 나이가 너무 많아. 그러니까 우린 진짜 칼로 시작한다. 몇 달 동안 가장 중요한 기초적인 기술들을 집중적으로 익힐 수 있다는 걸 다행으로 생각해라."

"네." 파린이 힘차게 고개를 끄덕이고는 허리띠를 두르고 검을 빼들었다. "꽤나 무거운데요?" 황홀함과 불편한 마음이 뒤섞인 복잡한 심경으로 파린이 말했다. 금속을 단련하는 이유는 단 하나, 바로 다

384

른 사람의 목숨을 빼앗기 위해서였다. 파린이 손에 쥔 검은 수수했다. 아무런 장식도 홈도 상징적인 문양도 없었다. 기능에만 충실한 검. 앞은 뾰족하고 칼날은 예리했다. 얇은 사슴 가죽을 덧댄 손잡이를 조심스럽게 쓰다듬어 보았다. 그리고는 손가락 마디가 하얗게 될 정도로 힘껏 감싸 쥐었다. 다시는 실수로 칼을 놓치지 않으리라.

드로그단이 바로 덧붙였다. "그렇게 뻣뻣하게 쥐면 안 돼. 손가락에 힘을 빼고 조금 더 위쪽을 쥐어라. 그러고 나서 허공에 찌르고 휘둘러 보는 거야. 네 손과 팔이 검에 익숙해져야 해. 물론 그때까지는 시간이 필요하겠지."

첫 번째 수업은 수많은 적을 물리치며 시간을 보냈다. 눈에 보이지 않는 수많은 적을. 무릎까지 피로 적시거나 바닥에 얼룩을 남기지 않아도 된다는 건 좋았다. 드로그단은 무시무시한 살육의 장면을 무덤덤한 얼굴로 바라보았다.

파린이 몇 번의 승리를 거둔 뒤 물었다. "드로그단, 뭐라고 말을 좀 해 봐요. 저한테 재능 같은 게 보이나요?" 그러고 나서 그는 상상 속에서 가볍게 몸을 돌려 단번에 세 놈을 처치했다.

"넌 정말 축복받은 놈이야. 다리의 움직임과 발의 위치를 조금만 손보면 되겠다. 발의 움직임과 검 쥐는 법, 어깨와 팔을 조화롭게 움직이는 법, 검을 제대로 휘두르는 법, 상체의 동작, 시선, 그리고 몸의 회전, 팔과 허리 동작만 고치면 되겠는데?"

파린이 동작을 멈췄다. 눈앞의 유령은 안도의 한숨을 내쉬었다.

"제가 제대로 하는 건 없어요?"

"당연히 있지. 그것도 아주 많아. 그러니까… 예를 들면… 에…
왜 생각이 안 나지?"

"재미있네요. 조롱이라면 평생 지겹도록 받아왔다고요."

"네가 놀림을 받지 못해 안달인 사람처럼 구니까 그렇지." 드로
그단은 입을 비죽거리고는 손뼉을 치며 말을 이었다. "오늘은 이만
하면 됐어. 내일은 어떤 연습이 좋을지 생각해 볼게. 그리고 기죽
을 필요는 없어. 그래도 칼을 망가뜨리지도, 칼에 베이지도 않았잖
아?" 그는 검지를 들었다. "이제 날카롭고 위험하고 긴 검을 최대한
조심스럽게 칼집에 넣도록 해라."

이어 드로그단은 풀이 죽어 있는 매장꾼 아들에게 위로가 될 만
한 말을 해 주었다.

"검을 네 방으로 가져가라. 이제 그건 네 거야. 연습 때마다 가져
오도록 해."

"고마워요." 파린은 깊이 허리를 숙여 감사의 인사를 했다. 검. 드
디어 진짜 검을 소유하게 된 것이었다.

그날 오후에 파린은 도서관을 찾기로 결심했다. 그에게 허락된
곳만이라도 둘러보자. 마르칸은 도서관이 본관 어딘가에 있다고 말
했었다.

길고 황량한 복도의 끝까지 걸어가자 양쪽으로 열리는 커다란 나

무문이 보이고 그 앞에 문지기가 서 있었다. 파린을 본 그는 핼버드를 뻗어 앞을 막아섰다.

"이곳은 출입이 금지되어 있습니다."

아하, 그렇구나.

이 성에서는 항상 똑같은 일이 일어났다. 사방이 황량한 무채색이었고, 조금이라도 회색빛이 아닌 곳이 나타나면 굳게 닫힌 문 앞에서 문지기들의 제지를 받았다.

"성주님께서 제게 도서관 출입을 허락하셨습니다."

"흠! 그야 누구나 그렇게 말씀하실 수 있죠. 나리는 누구신지요?"
사내의 얼굴은 책임감에 불타오르고 있었다. 아마도 도서관에 들어가겠다고 얼쩡거리는 사람이 거의 없던 차에 오랜만에 제 역할을 할 기회가 생겨서인지.

"전 성주님의 스콰이어고, 제 이름은 파린입니다."

"저는 처음 듣는 이름인데요? 그러니 입장을 허락할 수 없습니다." 고집스러운 눈빛이 이글거리고 있었다.

파린은 한 번 더 그를 설득해 보기로 했다. "분명히 저에 대해 들은 적이 있을 거예요. 연습에서 아이랑 싸워 검을 놓치고 살려 달라고 빌었다는."

"아, 그럼요. 소문을 들었죠. 그러니까 나리께서 바로 그분이시라는 건가요?" 문지기는 정말로 놀란 듯했다.

"전 단 한 번도 싸움에 대해 배운 적이 없어요. 어린 시절엔 책만

387

읽었거든요. 도서관은 저에게 집과 같은 곳이고, 이 성의 성주이신 에미코 기사님이 분명히 출입을 허락하셨습니다."

"저는 들은 적이 없습니다. 들어가실 수 없어요."

"제가 다시 가서 성주님을 이리로 모시고 와야 하나요? 별로 좋아하실 것 같지 않은데."

"안 됩니다. 저는 제 의무를 다할 뿐입니다."

이 회색빛 성에 딱 어울리는 장면이었다. 이번에도 그는 고집스러운 문지기 앞에 멍청이 서 있다가 결국 목적을 달성하지 못하고 돌아서야만 했다.

그런데 갑자기 사내가 머리를 갸우뚱하더니 중얼거렸다. "알겠습니다. 들여보내 드리죠." 그는 고집스러운 눈빛과는 전혀 어울리지 않는 말을 내뱉고는 핼버드를 옆으로 비스듬히 세워 길을 내주었다. "들어가십시오. 하지만 계속 주시하고 있겠습니다."

파린은 어리둥절한 채 육중한 문을 열었다. 문지기의 생각이 바뀌기 전에 어서 들어가야 했다. 그런데 왜 갑자기 나를 들여보내 주기로 한 걸까?

갑자기 빛으로 가득 찬 넓은 홀이 나타났다. 수많은 납 유리창은 구석구석까지 빛을 뿌리고 있었고, 시선이 닿는 곳마다 책이 가득 꽂힌 책장들이 마치 하늘을 향해 자라고 있는 것처럼 보였다. 높은 곳에 꽂힌 책들을 열람할 수 있도록 책장마다 설치된 레일에는 사다리가 고정되어 있었다. 이 특별한 장치 덕분에 원하는 곳으로 사다리를 옮길 수 있었고, 넘어질 염려도 없었다. 파린은 잠시 도서관을 찾은 이유도 잊은 채 넋을 잃고 책으로 이루어진 거대한 탑들을 바라보았다. 어릴 적 어머니는 글 읽는 법을 가르쳐 주셨고 파린은 그 시간이 참 좋았다. 그럼에도 읽는 법을 완벽하게 통달하지는 못해 어떨 때는 문장의 정확한 의미를 이해하기 위해 읽고 또 읽기를 수십 번 반복해야만 했다. 앞으로 40년 동안 온종일 여기서 책만 읽는다면 몇 권이나 읽을 수 있을까? 첫 번째 책장에 꽂힌 책의 십분의 일? 아니 백분의 일 정도는 읽을 수 있을까?

기죽지 말자. 그는 스스로 용기를 북돋웠다. 이제 집중하고 너에게 필요한 책을 골라야 해. 네 삶을 풍요롭게 할, 너의 질문에 답해 줄, 이 세상을 더 잘 이해하는 데 도움이 될 만한 책을 세 권만 찾자. 아, 참! 그렇지. 망상을 떨쳐 버리는 데 도움이 될 책부터!

처음부터 그게 도서관을 찾아야겠다고 마음먹은 동기였으니까. 의도는 좋았건만, 도대체 어디서부터 시작해야 할지 엄두가 나지 않았다. 그는 우선 첫 번째 통로에서 오른쪽으로 돌아 아무 책이나 한 권을 꺼냈다. 무거운 가죽 표지에 제목이 없는 그 책에 왠지 호기심이 생겼다. 조심스럽게 책장을 열었다. 하지만 그는 단 한 글자도 이해할 수 없었다. 어떻게 이럴 수가 있지? 한참 뒤에야 그는 이곳에 외국어책들도 있다는 사실을 깨달았다. 물론 그가 지금 들고 있는 책도 그중 하나였다. 전혀 의미를 알 수 없는 글자들의 조합 앞에서 그는 현기증을 느꼈다.

신참 책벌레 씨, 어째 좀 무리하는 거 같은데?

또 저 녀석을 불러내다니! 파린은 자신을 원망했다. "너는 내가 겁을 먹었을 때만 나타나는 줄 알았는데."

네가 미련을 떨고 있을 때도 물론 나타날 수 있지, 그러니까 뭐 아무 때나라고 보면 되겠네. 네가 그 펜던트를 불 속에 던진 뒤로 난 항상 대기 중이니까. 네가 들고 있는 그 책은 생리통을 완화하는 법을 알려 주는 책이야. 이 책이라면 네 삶을 확 바꿔 주겠는데?

파린은 잉크로 써 내려간 검은 글자들을 떨떠름한 눈으로 바라보았다. "그러니까 넌 지금 이 책에 적힌 내용을 이해한다고 주장하는 거야?"

난 주장 따윈 하지 않아. 그럴 필요가 없으니까. 이건 카르탄어야. 내 카르탄어 실력은 아주 수준급이지. 내가 800년 동안이나 공부 중이라는 사실을 잊었구나.

"외국어를 몇 가지나 할 줄 알아?"

스물두 개.

징글징글한 허풍쟁이 같으니라고!

하지만 가만히 생각해 보니 그의 머릿속에 들어앉은 뻔뻔하고 무례하고 지긋지긋한 망상이란 녀석은 감히 도달할 수 없을 만큼 깊은 지식과 경험의 소유자임이 분명했다. 파린은 생각에 잠긴 채 들고 있던 책을 다시 책장에 꽂고 다음 칸으로 자리를 옮겼다. 그리고 잠시 후 머리 높이쯤에서 또 다른 두꺼운 책 한 권을 꺼내 들었다. 중간쯤을 펼치니 고문 기구처럼 보이는 그림이 있었다. 그림을 설명하는 것처럼 보이는 글자들은 이번에도 역시 전혀 읽을 수 없었다.

콘둔어, 오른쪽에서 왼쪽으로 읽지.

"말도 안 돼…." 파린은 풀이 죽어 아랫입술을 비죽 내밀었다.

네 정신의 일부를 가볍게 떠오르게 해 봐, 그리고 놓아 버려. 그럼 내가 증명해 보이지.

"내 몸을 맡겨 버리라고? 절대로 안 돼!"

벌써 한 번 해 봤잖아. 토르프와 그 친구들이 네 이를 부러뜨리려고 했을 때.

"그, 그땐 일부러 그런 게 아니야. 정신을 잃을 뻔했던 거라고."

헤, 책벌레. 네가 원해서 여기로 온 거잖아. 네 손에 들고 있는 그 책을 읽고 싶지? 그렇다면 내가 네 흐릿한 머릿속을 조금… 맑게 해 주도록 나를 받아들여 봐. 싫으면 말고. 하긴 뭐 읽지도 못하는 책들을 보고 입맛만 다시는 것도 나쁘진 않지.

그래, 네 말이 맞아! 파린은 순간 깨달았다. 징글징글한 녀석의 말이 옳다는 걸 부인할 수 없었다.

파린은 자신이 들고 있는 책 속의 이해할 수 없는 문장들을 다시 한번 물끄러미 바라보았다. 그리고 글자를 눈에서 조금 더 멀어지게 했다. 서서히 긴장을 풀자 글자들이 흐릿해지기 시작했다. 뭘 하려는 거지? 맞아, 놓아 버리려고 했어. 허공에 두둥실 모든 걸 맡겨 버리는 느낌. 새로운 생각, 새로운 자극, 새로운 아이디어를 얻을 수 있도록. 하지만 모든 건 그대로였다. 그러면 그렇지.

어차피 고문 기계는 그의 관심 분야도 아니었다. 무용지물일 뿐인 책을 다시 책장에 꽂아야겠다고 생각하는 찰나,

'…직조 기계는 매우 정교하게 고정되어야 한다. 카펫 생산은…

그림 21〉 직조 기계의 구조'

하우펜 마을에 카펫이 있는 집은 없었다. 이 성에서조차 거의 찾아보기 힘든 물건이 바로 카펫이었다.

파린은 집광 렌즈처럼 눈을 부릅뜨고 페이지를 노려보았다. 책장에 불이 붙을 지경이었다. 소름이 돋았다. 그는 책을 읽는 것은 물론 명확히 뜻을 이해할 수 있었다. 미간을 찌푸린 채 파린은 그 큼지막한 책의 제목을 살펴보았다. 《남부와 북부의 카펫 직조술》. 역시 그의 관심 분야는 아니었지만 어쨌건 이해할 수 있었다.

"징글징글, 정말 대단해!"

뭐라고? 방금 잘 안 들렸어.

"거짓말, 난 같은 말은 두 번 안 해." 파린은 정신없이 책장을 한 장 한 장 넘겼다. 카펫 직조에 대해 이렇게 다양한 지식을 담아 놓은 책이 있을 줄은 꿈에도 몰랐다. 그렇다면 이 세상 어딘가에는 시신 닦는 일에 대해 전문적으로 기술한 책도 있을까?

"말해 봐, 징글징글. 놓아 버린다는 거 말이야. 그렇게 되면 육체와 정신과 영혼은 어떤 역할을 하는 거지?"

난 같은 말은 두 번은 안 해.

"그래, 알겠어. 조금 전엔 내가 미안. 그러지 말고 한 번만 더 알아듣기 쉽게 설명해 봐."

망상은 뭔가 구시렁대다가 말을 이었다. 인간이란 존재는 말이야… 몸과 머리와 영혼을 엉망진창으로 사용하지. 일단 알아듣기 쉬운 몸부터 얘기해 볼까. 아주 쓸모없는 기다란 물건 말이야. 두 다리로 걸을 줄 알고, 꼭대기엔 무지하게 크고 추하고 둥근 풍선을 얹고 있는. 그건 어떻게 해도 달라지지 않아. 몸은 너의 껍질이야. 네 몸에 주의를 기울이고 잘 가꿔야 해. 단 한 개뿐이니까. 그런데 대부분 사람은 그걸 잊곤 해. 그래서 네가 아침마다 열심히 이를 닦는다는 사실에 좀 놀랐다니까.

파린은 듣기만 했다.

그렇다면 정신은 어떻게 정의할 수 있을까? 정신을 통해 너의 경험과 감각과 사고가 드러나지. 네 지성뿐만 아니라 너의 의식, 너의 확신, 너의 사상 전체가 네 행동의 방향을 결정해.

"잘 이해가 안 돼."

내가 너랑 지성을 논하다니. 그건 네 지성의 수준이 저기 저 밑바닥 구석에 처박혀 있어서 그래.

"이번엔 이해했는데 재미는 없어."

망상은 정말로 이 분야에 정통하고 있는 것 같았다. 네 행동은 네 마음이 편한 쪽으로 이루어지지. 네가 어떤 행동을 할 때 그 결과가 네 마음을 편하게 만들어 줄 것 같은지를 생각하고 행동에 옮기지. 그러니까 정신과 몸이 조화를 이루려고 노력하는 거야.

"그래 맞아. 그건 당연하잖아. 나도 최대한 마음이 편해지는 방향이 뭘지 생각하고 행동해. 난 항상 그렇게 생각하고 행동하는데?"

한숨 소리가 났다. 망상은 동의하지 않는 게 분명했다. 아주 간단한 문제일 수 있지만 그렇지 않아. 넌 추상적 사고에 도무지 재능이 없다니까. 네 행동은 지적이거나 합리적인 것과는 거리가 멀 때가 많아.

"아하! 또 날 비난하려는 거야?"

내가 단적인 예를 들어 볼까? 하우펜에서 일어난 일을 생각해 봐. 토르프와 그 건달 친구들이 처음으로 널 괴롭혔을 때 말이야.

"맞아. 날 무던히도 괴롭혔지. 그 키 큰 놈 이름이 뭐였더라? 그 자식이 내 다리를 걸어 넘어뜨렸다고."

카알이었지. 네 몸과 정신을 위해서라면 뭐가 과연 옳은 선택이었을까?

아무 말도 할 수 없었다. 그를 둘러싼 수많은 책이 숨을 죽이고 그들의 대화를 엿듣고 있는 것만 같았다.

내 말을 듣고 있는 거야, 아니면 깜빡 잠이라도 든 거야? 그러니까… 그 상황에서 어떻게 하는 게 현명한 대처였겠냐고?

그는 자신의 빈약한 지성 한구석이 조금 흔들리는 걸 느꼈다. 그리고 머뭇거리는 작은 목소리로 되물었다. "도망?"

바로 그거야. 아직 완전히 절망적이진 않군. 도망, 그것도 재빨리. 너의 육체는 넘어지면서 벌써 다쳤고, 지능과 경험이라는 형태의 네 정신은 그 깡패 네 명을 상대로는 눈곱만큼도 이길 가능성이 없다는 신호를 보냈지. 평범한 악령이었다면 눈 깜짝할 새보다 더 빨리 판단하고 곧바로 도망쳤을 텐데. 그런데 똑똑한 벌레 씨는 어떻게 했더라? 눈곱만큼도 이성적인 구석을 찾아볼 수 없었던 네 행동 말이야. 벌레 씨는 거기 가만히 있다가 토르프의 작고 빈약한 주먹에 아구창이 날아갔지. 생지옥을 경험하지 못해 안달이 난 놈처럼 맞서 싸운 거야. 가슴을 쫙 펴고 '어서 와서 주먹을 날리고 발길질을 해, 난 너희처럼 비겁한 자식들한테서 도망가지 않는다고. 너흰 네 명뿐이고 나보다 고작 백 배쯤 더 셀 뿐이니까.'

망상은 그날 파린의 행동을 적나라하고 생생하게 묘사하고 있었다. "그 자식들이 매장꾼으로서 내 명예를 더럽혔어." 그가 발끈했다.

다시 망상의 한숨 소리가 들렸다. 명예? 파린은 고개를 흔들지 않았지만 무언가가 파린의 머릿속을 흔들었다. 하여튼 넌 도망치지 않았어. 그 결과 나중에 개울에서 피가 흐르는 네 얼굴을 보게 되었지. 인간세상에 온 지 800년이나 지났지만 그런 식의 행동이 대체 무슨 소용이 있는지 이해할 수가 없다니까.

평소처럼 조롱하는 말투는 아니었지만 파린은 점점 마음이 불편해 오는 것을 느꼈다. 악령은 사방에서 그에게 불빛을 비추고, 완전히 발가벗겨 거꾸로 매달고 있었다. 이제 깔깔거리는 비웃음이 터져 나올 차례인가.

육체와 정신의 균형을 잡아 주는 저울의 눈금을 영혼이라고 부르지. 네 기준에 따르면 너의 영혼은 그날 티 하나 묻지 않은 상태 그대로였어. 영혼을 제대로 이해하고 싶다면 네 영혼이 어떤 때 너에게 유익한 일을 하고 언제 너에게 이야기를 걸어오는지부터 잘 생각해 봐.

파린은 의외로 단호하게 대답했다. "내가 내 본능을 따를 때, 내가 내 직관을 믿을 때, 내가 무언가가 옳다고 느낄 때. 명예로울 때."

흠… 나쁘진 않아. 그것들은 모두 육체와 정신과 영혼을 강화하지. 거기에서 조화가 생기는 거야. 다만 명예는 그렇게 단순한 문제가 아니야. 인간들은 명예 때문에 너무 많은 걸 망치지.

"명예는 중요해!" 파린이 단호하게 말했다.

망상은 한층 고무되어 있었다. 명예는 바람에 날리는 작은 깃발 같은 거야. 어떻게 바라보느냐에 따라 달라지지. 적이 너를 죽였어. 명예롭지. 네가 적을 죽였어. 명예롭지. 그럼 진정한 명예라는 건 뭐지? 사람들은 명예를 찾아야 한다고 말해. 멍청한 소리! 명예는 스스로 너에게 찾아오는 거야. 명예는 그럴 만한 행동을 했을 때 너를 찾아오지. 그런데 우린 지금 삼천포로 빠졌어.

"그래서 지금 나한테 뭘 바라는 거야?" 파린은 의도치 않게 무뚝뚝하게 묻고 말았다. 하지만 하필 징글징글의 입에서 명예와 조화에 대해 들어야 한다니 마음이 불편한 것도 사실이었다.

내가 주목하는 건 바로 그 저울의 비이성적인 눈금이야. 육체와 정신의 균형을 잡아 주는 영혼 말이야. 영혼은 지금까지 내가 인간 세상에서 발견한 가장 신비로운 것이거든. 영혼이라는 게 없었다면 아마 난 너희들의 세상에서 지겨워 진작에 죽어 버렸을걸? 하지만 영혼이 늘 놀라움을 끌어내곤 해. 그리고 네 영혼은 아주 깨끗하고 강력해.

망상의 목소리에 탐욕이 묻어났다.

"그럴듯하게 들리네. 나도 이제 뭔가 좀 이해할 수 있을 것 같아. 그런데 그 세 가지가 조화를 이루는 걸 방해하는 유일한 게 바로 내 허락도 없이 내 머릿속에서 멋대로 날뛰며 조롱하는 망상이란 거 알고 있지?"

겁쟁이 벌레, 이해 좋아하시네. 넌 침착함이나 조화, 균형과는 완전히 거리가 멀다니까. 너에겐 집요함도, 이렇다 할 자의식도 없어. 공격성, 결단력, 굳은 의지가 부족하지. 네가 영혼의 조화를 이루기에 부족한 면을 채우는 데 내가 도움이 될 수 있어. 다만 그러기 위해선 네가 날 받아들여야 해. 망상의 목소리에서 조급함이 드러났다. 방금 네가 했던 것처럼, 먼지 쌓인 네 정신으로 통하는 창문을 아주 조금 열었던 것처럼. 내가 그 열린 창문을 통해 들어가 네가 전혀 알지 못하는 언어로 써진 글을 읽게 해 줬어. 그건 신이 너에게 준 것 그 이상이었어.

파린은 무표정하게 자리에서 일어나 카펫 직조에 관한 책을 제자리에 꽂았다. "음… 나에겐 이제 포기하지 말고 이뤄내야 할 목표가 하나 있어. 반드시 뛰어난 스콰이어가 될 거야."

그러시든가!

"서둘러야겠어. 문지기가 날 얼마나 더 기다려 줄지 모르니까. 이렇게 많은 책이 있는데 대체 어디서부터 시작해야 하지?"

책장은 색깔별로 분리되어 있어. 저쪽 벽으로 가면 안내판이 있지. 내 생각엔 진짜 흥미로운 책들은 뒤쪽 어딘가에 있는 것 같은데.

그제야 양쪽 벽에 걸린 커다란 안내판 같은 것이 파린의 눈에 들어왔다. 역사, 지리, 수학, 철학, 자연 과학, 그리고 수공예 등 여러 분야가 색깔별로 분류되어 있었고, 책장에도 위쪽마다 각각의 색깔들로 표시가 되어 있었다. 파린은 우연히 수공예 분야의 책들 쪽에 있었던 것이다. 다른 주제들 가운데 그가 관심을 가질 만한 게 있을까? 악령학이라는 분야는 어쨌든 찾을 수 없었다.

막 그곳을 지나쳐 가려던 찰나였다. 잠깐, 역사? 파린은 슈투름바흐트 성에 대해 좀 더 알고 싶어졌다. 그는 흰색 표시를 지나 건축, 옛 왕국, 전쟁 등에 관한 책들이 꽂힌 기다란 책장 두 개를 지나갔다. 그 끝쪽에 피처럼 붉은빛의 책 여러 권이 나란히 꽂혀 있는 것이 눈길을 끌었다. 그 첫 번째 책등에는 슈투름바흐트 성의 실루엣이 그려져 있었다. 대충 훑어만 봐도 외국어로 된 책이 아님을 알 수 있었다.

"시간이 다 되었습니다. 곧 문을 닫을 시간입니다!" 딱, 딱, 딱. 핼버드가 바닥에 부딪히는 소리가 크고 분명하게 울려 퍼졌다. 파린은 글자들 세계로 떠났던 짧은 여행을 마무리하고 들고 있던 책을 슬며시 튜니카 속에 밀어 넣었다. 나중에 자신의 방에서 혼자 조용히 읽을 생각이었다.

"고마웠어요!" 파린이 도서관을 나서며 문지기에게 인사했다. 다행히 문지기는 그사이 파린의 배가 지식으로 불룩해졌다는 사실을 눈치채지 못했다.

원피스

자정 무렵 아로스는 공동묘지로 갔다. 헐거워진 돌 틈에 작은 발가락을 끼우면서 쉽게 담을 기어올랐다. 그곳엔 귀족 가문 출신들이 묻혀 있었고, 하층민의 출입은 엄격히 금지되었다.

금지된 장소라도 쥐들은 상관하지 않아.

대성당과 장작더미 사이에는 군인 두 명이 보초를 서고 있었기 때문에 아로스는 멀리 돌아가는 길을 택해야만 했다.

그녀는 몸을 잔뜩 낮춘 채 무덤들 사이를 지나쳐 갔다. 중간에 생긴 지 얼마 안 된 무덤 앞에 멈춰 서 어두운 빛깔의 흙을 이마와 뺨과 턱과 목에, 그리고 팔과 다리에도 문질렀다. 그녀는 이제 그림자처럼 보였다. 아로스는 별 어려움 없이 대성당의 정면까지 접근하여 상황을 살필 수 있었다. 대광장은 이미 어둠에 싸여 있었다. 그녀의 오른쪽, 오버슈타트 방향으로는 왕이 사는 성이 있는 곳까지 드문드문 등불이 켜져 있었다. 성당 입구에서 약 30미터쯤 떨어진 위치에 아직 남은 불씨가 둥글게 빛을 퍼뜨리고 있었다. 두 보초는 대성당의 거대한 문에서 몇 미터 정도 떨어진 곳에 서서 장작더미 쪽을 살펴보고 있었다. 그녀 쪽에 가까운 군인은 마치 선 채로 잠을 자는 말처럼 보였다. 그에 반해 다른 쪽 군인은 이따금 콧김을 내뿜는 말처럼 보였다.

쓰레기 같은 놈들. 아로스가 입속말로 중얼거렸다. 그나저나 불빛과 보초들 때문에 아로스의 계획은 틀어져 버렸다. 언제까지 계속 저 자리에 서 있으려는 거지? 도대체 뭘 지키는 거지? 성당? 아니면 장작더미?

한밤중에 광장 주변을 서성여 본 건 처음이라 알 수가 없었다. 반달도 질세라 어슴푸레한 빛을 발하고 있었다. 그녀는 곰곰이 생각했다. 비록 좋은 생각이 떠오르지 않는다 해도 뭔가 궁리를 해 보는건 분명 도움이 될 때가 있었다. 생각하는 동안 커다란 구름이 달을 가린 것이다. 마치 이 기회를 잘 이용하라는 신호처럼. 계속 여기에 서 있는다 해도 지금보다 더 어두워지진 않을 것이다. 쥐들은 모두 회색이다. 밤이나 낮이나. 그녀는 타고 남은 장작더미를 향해 살금살금 기어갔다. 아직 꺼지지 않은 불씨는 여전히 엄청난 열기를 뿜어내고 있었다. 얼음처럼 차갑던 돌바닥이 점점 따뜻해져 왔다.

갑자기 광장의 정적을 깨는 목소리가 들렸다. 아로스는 최대한 몸을 바닥에 붙인 채 꼼짝도 하지 않았다. 그녀의 심장이 엄청난 속도로 콩닥거리고 있었다.

"또 잠든 건 아니지, 프레더?"

"에, 엥? 아, 아니. 안 졸았어."

"그럼 다행이고." 동료의 잠을 일부러 깨운 다른 쪽 보초가 고소하다는 듯이 말했다.

이건 또 무슨 재수 없는 경우람! 이젠 두 놈 다 깨어 있으니 어떻게 하지?

아로스는 잠시 꼼짝 않고 엎드린 채 걱정스러운 얼굴로 하늘을 바라보았다. 구름은 점차 옅어지고 있었다. 커튼이 열리고 달이 모습을 드러내는 건 이제 시간문제였다.

그녀는 조금씩 팔을 앞으로 내밀며 나아갔다. 이제 몇 미터만 가면 돌로 만든 두 칸짜리 단상 뒤로 몸을 숨길 수 있었다. 성공이다! 단상 위로 조심스럽게 고개를 내밀고 군인들을 살폈다. 얼굴에 흙을 칠하길 잘 했어. 안 그랬다면 그녀의 피부는 불빛을 받아 등불처럼 빛났을 것이었다.

노파가 어디에 있었더라? 말뚝은 이미 사라지고 없어 정확한 위치를 찾을 수가 없었다. 불길이 말뚝마저도 삼켜 버린 것이다. 주변엔 재만 수북했다. 불은 차별을 몰랐다. 뜨거운 열기는 모든 것을 회색빛 보푸라기로 만들었다. 소녀는 머리를 들었다. 열기는 그녀의 눈을 마르게 하고 눈썹을 태우는 것만 같았다. 두개골은 물론이고 뼛조각 하나 눈에 띄지 않았다. 대신 벌건 타원 모양의 고리들이 보였다. 노파를 말뚝에 묶는 데 사용했던 쇠사슬이었다. 바로 그 자리에 노파가 서 있었던 게 틀림없었다. 그리고 바로 그 자리에서 그녀는 아로스가 도저히 이해할 수 없는 이유로 죽음을 맞았다. 마법으로 날씨를 조종했다거나 악마와 결탁했다는 뻔한 이야기를 아로스는 믿지 않았다.

그런데도 노파는 상상조차 할 수 없는 고통 속에 죽어 갔다. 잔불의 타오르는 불빛은 희미했지만 그래도 여전히 그림자를 만들었다.

기다란 그림자가 조금씩 움직였다. 위험하다는 건 알았지만, 열기는 점점 더 뜨거워지고 있었지만, 아로스는 조금씩 쇠사슬 쪽으로 다가갔다.

"장작더미 위에서 뭐가 움직였어, 프레더."

"에엥? 에… 움직이긴 뭐가 움직인다고 그래?"

"잘 좀 봐, 멍청아! 거기 뭐가 있다니까."

"우아!!" 그가 큰소리로 하품을 했다. "당연하지, 마녀가 아직 살아서 조금 있다가 집으로 가려는 거야. 아무 일도 없었다는 듯이 말이지." 사내는 목을 쭉 뻗었다. "아무것도 안 보이는데?"

"내가 볼게." 왼쪽 사내가 창을 들고 가까이 다가오기 시작했다. 갑옷의 쇠사슬의 철렁이는 소리가 들려왔다. 임무에 지나치게 충실한 보초였다.

잔불에서 뿜어지는 열기에 아로스는 눈을 가늘게 뜨고 찡그린 채 필사적으로 불덩이와 재를 샅샅이 살폈다. 얼굴에 묻은 흙 때문에 피부가 땅겨 왔다. 아무것도 없었다. 더는 어찌할 수가 없었다. 이제 도망쳐야 한다. 바로 그때 사슬 옆쪽으로 조금 떨어진 곳에 뭔가 밝은 점 같은 것이 눈에 들어왔다. 작고 빛나는 물체였다. 아로스는 생각할 겨를도 없이 손을 뻗어 그것을 집어 들었다. 재의 열기에 손가락이 데고 손바닥엔 깊고 쓰라린 통증이 느껴졌다. 하지만 아로스는 예전에 노파에게서 은화를 받았을 때처럼 그것을 꼭 쥐고 놓지 않았다.

"왕의 이름으로 묻는다. 내려와라! 그 위에서 무얼 하는 게냐?"

아로스는 어느새 벌떡 일어섰다. 그리고 단숨에 계단 두 칸을 뛰어내려 내달리기 시작했다. 지금까지 한 번도 뛰어 보지 못한 속도였다. 광장을 가로질러, 열기로부터, 보초병으로부터, 그리고 두려움으로부터 도망쳐야 했다. 뒤쪽에서 덜그럭거리는 소리가 들리다가 점점 작아졌다. 재빨리 곁눈질로 뒤를 살피니 보초병들은 어느새 쫓아오는 것을 포기한 듯 보였다. 그들이 신은 단단하고 무거운 신발로는 아로스를 따라올 수 없었다.

그녀는 어느새 시내의 좁은 골목에 이르렀다. 그제야 심장 뛰는 속도가 조금씩 잦아들고 있었다. 주운 물건을 움켜쥔 손바닥이 쓰라려 왔지만 신경 쓰지 않았다. 오늘 밤을 어디에서 보낼지는 이미 결정했다. 돌아갈 것이다. 벌써 수천 밤을 보낸 그곳, 고아원으로.

고아원의 익숙한 실루엣이 낯설게만 느껴졌다. 집에 왔다는 안도감이나 익숙함이 아니라 불신과 경계심이 솟구쳤다. 점점 더 가까이 다가갔다. 이상한 낌새 같은 건 없었다. 소녀들은 모두 각자의 침대에서 잠든 지 오래였다. 긴장과 흥분이 채 가시지 않았는데도 하품이 나왔다. 그녀도 오늘 밤 잘 곳이 필요했다. 발뒤꿈치를 들고 오래된 헛간으로 숨어들어 갔다. 곰팡내가 났고 발바닥엔 축축한 감촉이 느껴졌다.

맞아. 바닥에 피가 흥건했었어.

건초 더미, 다락으로 올라가는 낡은 사다리, 벽에 걸린 쇠스랑,

졸고 있는 닭 몇 마리. 늘 구석에 있던 볼프가 사라졌다는 사실만 빼고는 모든 것이 익숙한 그대로였다.

그녀는 숨죽여 사다리를 타고 오른 뒤 들창을 통해 다락으로 갔다. 문을 닫고 지푸라기에 몸을 묻은 뒤 그제야 처음으로 꼭 쥐고 있던 손을 펼쳤다. 노파가 말했던 바로 그것, 어금니가 그녀의 손에 있었다. 노파의 어금니! 그녀가 남긴 유일한 유산이었다. 세상이란 얼마나 덧없는 것인지!

미안해요. 하지만 내가 꼭 이걸 가져오길 바라셨죠.

마녀의 이! 시간의 이! 이게 다 무슨 의미이고 무슨 쓸모가 있단 말인가? 하지만 어쨌든 노파를 향한 죄책감만큼은 조금이나마 줄어든 것 같았다. 피곤이 몰려왔다. 그녀는 지푸라기 위에 몸을 동그랗게 말고 누웠다. 그리고 꿈도 꾸지 않고 깊은 잠에 빠졌다.

목소리!

번쩍 눈을 떴다. 그녀는 고아원 헛간의 다락에 누워 있었고 태양은 벌써 하늘에 높이 걸려 있었다. 그리 멀지 않은 곳에서 사내 둘이 이야기하는 소리가 들렸다.

부엌에서 일하는 하녀 중 한 명의 목소리도 들렸다. 그녀는 연신 굽실거리며 '존경하는'이라는 단어를 연발하고 있었다.

아로스는 최대한 숨죽여 지푸라기 밖으로 빠져나와 지붕으로 도망칠 준비를 했다. 발걸음은 점점 가까워져 오고 있었다. 그녀는 숨도 쉬지 않았다. 아무것도 보이지 않았다. 머리를 내미는 건 위험천만한 일이었다. 지금 이 상황에서 할 수 있는 유일한 일은 바로 귀 기울이는 것이었다.

사내 중 한쪽이 말했다. "바로 이 오래된 헛간에서 그 일이 일어났습니다. 쥐들이 고아원 원장을 조각 내 버렸다고 합니다. 그렇게 갈기갈기 찢어진 시체는 태어나서 처음 보았습니다."

"헛간을 한번 둘러보겠네." 또 다른 목소리가 말했다.

제길, 여기서 뭘 하려는 거지?

문이 열렸다. 아로스는 바닥의 판자 사이에 눈을 대고 그 틈으로 아래를 내려다보았다. 나벤슈타인의 대주교가 그녀의 바로 아래에서 주위를 두리번거리고 있었다.

하녀는 열심히 설명하기 시작했다. "여기 사다리 아래에 원장님이 누워 있었어요. 온통 피투성이에, 쥐들이…"

"입 다물지 못해?" 주교가 꾸짖었다. "내가 묻는 말에만 대답하라."

"존경하는 주교님, 송구하옵니다…."

"계집 하나를 찾고 있다. 열다섯 살이 채 안 되었을 거고, 작은 키에 못생기고 더러운 아이. 진흙 빛 짧은 머리카락에 얼굴에 상처가 많은 아이. 어제 마녀의 화형식이 열릴 때 그곳에 나타났는데 이 고아원의 원피스를 입고 있었다."

"아이들은 어제 모두 여기에 있었습니다."

"모두 다는 아닌 것 같은데? 제대로 기억을 해낼 수 있게 내가 손톱을 모조리 뽑아 버려야겠나?" 주교가 말했다.

"아니, 아닙니다. 딱 한 명이 빠졌습니다. 하지만 벌써 이틀째 자취를 감췄어요. 그 아이의 이름은 아로스입니다. 그 아이가 틀림없습니다."

"아로스? 그것참 괴상한 이름이군. 그 아이가 어쩌다 사라졌지?"

"쥐들이 몰려들기 직전, 원장이 그 아이를 심하게 때렸습니다."

"그 아로스란 아이는 어디에 있는가?"

"그건… 저도 모릅니다. 그 아인 그 길로 도망쳐 그 이후로 다시는 이곳에 나타나지 않았습니다."

"쓸모없는 것 같으니라고. 여기에서 일어나는 일에 대해 제대로 알긴 하는 게냐?"

"송구합니다. 저, 저는 시체들을 치우는 일을 도왔을 뿐입니다. 존경하는 주교님."

"시체들이라니? 원장 말고 또 누가 죽었단 말인가?"

"볼프라는 이름의 개가 죽었습니다. 이쪽 구석에서 아로스가 쇠스랑으로 그 개를 찔러 죽였습니다."

"고작 죽은 개 따위의 얘기를 하는 게냐? 그런데 그 아이가 왜 개를 죽였다는 거지?"

"주교님, 그건… 저희도 아직 밝혀내지 못했습니다. 평소에는 그 아이가 볼프를 아주 많이 아꼈고, 항상 그 개를 잘 돌봐 주었습니다."

그때 여러 명이 발맞춰 걷는 소리가 들렸다. 헛간 앞에 최소 열

명쯤 되는 사내들이 대기하고 있는 게 분명했다. 상황이 점점 더 재미있어지고 있었다. 아니면 나빠지고 있는 걸까?

나의 하루야, 눈을 뜨기가 무섭게 이런 깜짝 선물을 준비했구나. 그런데 왜 이렇게 숨이 막히는 거지? 아, 숨 쉬는 걸 깜빡 잊고 있었구나.

그때, 군인 한 명이 머뭇거리며 말했다. "존경하는 대주교님! 여기 누가 주교님을 찾아오셨습니다. 아주 급한 용무라고 합니다."

"좋아, 들여 보내게."

하녀가 끼어들었다. "대주교님, 저는 제가 아는 한 모든 것을 다 말씀드렸습니다. 이제 물러나도 될까요?"

고귀하고 성스러운 대주교의 인내심이 바닥났다. "인간들은 늘 무언가를 감추지. 대장, 그대는 어떻게 생각하는가?"

"그게… 저는 명령을 따를 뿐입니다. 판단하는 건 저의 임무가 아닙니다…."

"훌륭하군! 이 멍청한 계집을 연행하라! 아로스에 대해 알고 있는 사실을 모두 불도록 해. 그 계집이 언제 고아원에 왔는지, 어디에서 왔는지, 뭘 먹는지, 누구랑 친한지…. 뭐든지 말이다! 껍질을 다 벗기든지 그보다 더한 것을 해도 좋다. 그러면 잊었던 걸 하나도 남김없이 기억해 낼 테니."

"아니, 아니 되옵니다… 용서해 주세요. 전 정말로 아무 짓도 하지 않았습니다. 모든 걸 말할게요! 이렇게 애원하옵니다. 제가 여기서 말씀드릴 수 있게 해 주세요!"

"그 입을 다물라!" 주교의 목소리는 분노로 떨렸다. 주교라는 자는 참으로 위험하고 예측할 수 없는 인물이었다. "끌고 나가!" 그가 명령했다. "대장은 밖에서 기다려라!"

"분부대로 하겠습니다."

다시 군화 신은 사내들의 발걸음 소리가 들렸다. 대장은 헛간을 빠져나갔고 문지기가 하녀를 끌고 갔다. 불쌍한 그녀의 울부짖는 소리는 단 한 번의 매질 후에 조용해졌다.

주교는 문을 닫았고 이제 헛간 안에는 방문객과 주교 둘만 남았다. 방문객은 주교와 멀찌감치 떨어진 곳에 서 있었다. 아로스가 바닥 틈새로 볼 수 없는 위치였다.

주교가 낮은 목소리로 말했다. "특별히 급한 용무가 있을 때에만 저를 찾으라고 말씀드린 것 같은데…. 제가 바쁜 사람이라는 건 잘 아실 텐데요?"

"누가 그러던가요? 바쁘지 않은 일로 제가 찾아왔다고?" 낯선 사내의 음침한 쉰 목소리가 울려 퍼졌다. "그럼 본론만 얘기합시다. 단 몇 분이면 될 테니. 그나저나 대체 이런 신박한… 사저에서 뭘 하고 계시나?"

아로스는 자신의 귀를 의심했다. 신과 같은 존재인 대주교에게 저 남자는 어떻게 저렇게 무례할 수 있지?

"아로스라는 소녀가 여기 이 고아원에 산다고 합니다. 어제 화형에 처한 마법사와 그 아이가 관계가 있는 게 분명해요!"

"마법사? 주교님은 사악한 마녀를 그렇게 부르시는군요." 사내는 주교가 선택한 단어가 마음에 들지 않는 모양이었다. "저는 주교님의 등장에 딱 맞춰 왔습니다. 그런데 당신보다 노파가 더 크게 주목받더군요. 하지만 괜찮아요. 그 배역으로 그녀가 다시 무대에 오르는 일은 없을 테니."

오싹한 기운이 아로스의 등줄기를 따라 퍼져 나갔다. 사내의 입에서 나온 경멸과 멸시의 목소리가 헛간을 떠다니고 있었다. 오늘 아침, 아로스의 코앞에서 대체 무슨 위험한 사건이 벌어지고 있는 걸까!

"그 여자는 사악하지도 않고 마녀도 아니지요. 하지만 우리를 성가시게 했고, 우리가 도모하는 일을 위험에 빠뜨렸어요. 스승님은 그 여자를 불태우길 바랐습니다. 아니면 설마 그녀가 사탄과 붙어먹었다는 이야기를 믿으시는 겁니까?"

"그럴 리가요. 그건 하나도 중요한 문제가 아니지요. 중요한 건 사람들이 그걸 믿는다는 거요."

증오로 가득 찬 주교의 웃음소리가 들렸다. "걱정하지 마세요. 우리의 바른 시민들이 무엇을 믿을지를 결정하는 사람은 바로 저입니다."

"물론입니다! 그래서 제가 주교님을 이렇게 좋아하는 것 아니겠습니까?" 사내가 속삭였다. "그 마녀가 무엇 때문에 그렇게 위험한 거죠?"

"그녀는 네코르인들에 대해 모든 걸 알고 있었어요. 놀라운 능력

409

을 지닌 수상하고 의심스러운 여자였소. 그녀는 붉은 수염을 타고 대양을 건너왔죠."

"바르바로사 호를 타고? 놀랍군요! 하지만 저는 오늘 다른 문제를 이야기하러 온 겁니다. 지금 막 하우펜 마을에서 돌아오는 길이오. 매장꾼의 아들이 마을을 떠났어요."

"어떻게 그런 일이?" 주교가 한숨을 내쉬었다. "그대가 마을 신부의 배를 갈라 죽이지만 않았더라면 필요한 모든 정보를 얻을 수 있었을 텐데…."

"신을 받드는 신부 하나쯤 죽이는 건 별일이 아니라는 걸 아실 텐데. 아니, 오히려 즐거운 일이지요."

아로스는 오싹함을 느꼈다. 소름 끼치는 저 사내는 대체 누구지? 게다가 이젠 소변까지 마려워 참을 수가 없을 지경이었다.

"지금 저를 협박하시려는 겁니까?" 대주교는 발끈했다. 분명 이런 식의 도발에 익숙하지 않아 보였다.

"협박하려는 게 아니라 협박하는 거요. 주교님은 게룬다에 대해 훨씬 일찍 말했어야 했소. 이제 그자를 찾느라 훨씬 더 많이 공을 들여야만 하는 상황이 되어 버리지 않았소?" 그가 속삭였다.

"이장은 어찌 되었소? 그도 처리한다고 하시지 않았나요?" 주교가 물었다. 분위기를 더 험악하게 몰고 가고 싶지 않은 게 분명했다.

"일단 그는 내버려 두기로 했소. 불안감이라면 느끼고도 남을 만큼 안겨 줬으니. 우선은 유력한 쪽에 집중하려 하오. 내 직감은 매장꾼 아들이 그걸 가지고 있다고, 그래서 마을을 떠난 거라고 말하고 있답니다."

"어디에 숨었을까요?"

"아버지란 자가 절대로 털어놓지 않더군요. 아주 지독한 놈이었죠. 몸뚱이 한두 군데를 잘라 버리고 나서야 실토했지요."

음산한 웃음소리에 또다시 등줄기가 서늘해졌다. 꿈에서도 들어 본 적 없는 무시무시한 속삭임이었다.

"믿기지 않는 이야기를 들었어요. 매장꾼 아들이 우리의 특별한 친구 에미코의 슈투름바흐트 성에서 지내고 있다는군요. 스콰이어가 되는 훈련을 받고 있다고 합니다. 스승님은 무엇 하나 놓치는 법이 없지요."

"뭐라고요? 정말인가요?" 주교가 깜짝 놀라 물었다. "에미코도 무언가를 알고 있소?"

"그건 저도 모릅니다. 그 귀찮은 기사를 영원히 치워 버릴 수 있는 계획이 있소. 그 계획을 실행하려면 주교님의 협조가 필요합니다. 내년 봄에 큰 축제가 그의 성에서 열리지요. 그때가 아주 좋은 기회가 될 거요. 게다가 스승님은 우리의 정보원을 슈투름바흐트에 심어 두었소. 곧 그 매장꾼의 아들에 관한 소식이 들려오겠지요."

그들의 대화 내용은 아로스가 전혀 알아들을 수 없는 내용이었다. 그녀는 노파가 붉은 수염을 타고 대양을 건너왔다는 말에 대해 생각하고 있었다. 대체 무슨 말일까?

의문의 사내에겐 나벤슈타인의 지체 높은 대주교에 대한 존경심 따위는 찾아볼 수 없었다. 아로스는 온몸의 근육이 굳어 버린 채 나무판자에 몸을 대고 바짝 엎드려 작은 틈새로 그들을 엿보고 있었다. 소변을 참기는 점점 더 힘들어지고 있었다. 이러다가 주교의 머리 위에 오줌을 싸 버리면 어쩌지?

벨텐 제국에서 하느님의 대리자인 대주교가 친히 납신 이 자리에서 기도가 시급했다. 어서 떠나기를, 지금 당장 떠나기를, 아멘.

아뿔싸! 하나님을 불러선 안 되는 것이었다. 바로 그 순간 주교가 위쪽을 바라보는 것이 아닌가. 둘의 시선이 마주쳤다.

나를 봤을 리가 없어. 판자 사이의 틈은 아주 좁은 데다가 위는 이렇게 어두운데. 아로스는 진정하려고 애썼다. 그녀의 몸은 어젯밤 단상 위에 몰래 올라갔을 때만큼이나 뜨거운 열기를 느끼고 있었다.

주교가 헛간 문을 열고 말했다. "대장, 저 사다리를 타고 올라가면 뭐가 있지?"

"작은 다락이 있습니다. 벌써 살펴보았지만 특별한 건 없었습니다."

"그렇다면 내가 직접 살펴보겠네." 주교가 결심한 듯 말했다.

아로스는 기도한 것을 후회했다. 기도를 마치기가 무섭게 상황이 최악으로 치닫고 있지 않던가. 도망쳐야 한다!

나무 사다리가 삐걱대는 소리에 그녀는 숨을 죽였다.

"젠장! 망할 놈의 사다리가 거의 썩어 있잖아."

주님을 모시는 성스러운 주교는 사다리를 밟고 오르기를 포기했다.

바스락거리는 소리가 들렸다. 닭이 꼬꼬댁 소리를 내며 도망쳤다.

"그렇게 많은 쥐 떼가 갑자기 어디에서 나왔을까? 그리고 언제부터 쥐들이 그렇게 떼를 지어 사람 몸을 타고 올라왔지?" 주교가 말했다. 그건 사실 혼잣말에 더 가까웠다. "내 직감이 아로스라는 그 아이가 이 일과 관계가 있다고 말하는군. 그러니 그 계집을 얼른 잡아 와."

"곧 붙잡게 될 겁니다." 대장이 말했다.

"유일한 목격자, 그람이라는 아이는 어떻게 되었지?"

"쥐 떼가 고아원장을 공격한 모습을 목격한 충격이 컸던 모양입니다. 정신을 잃었고, 벌써 우리한테 털어놓은 것 그 이상은 알지 못하는 것 같습니다. 그 아일 어떻게 할까요?"

주교는 심드렁하게 말했다. "어쩐지 그놈이 거슬려. 교수형에 처하거나 목을 따 버려라."

"그 아인 자신을 풀어 주면 아로스를 데려올 수 있다고 말합니다. 자신보다 그 계집을 잘 아는 사람은 없다고요." 대장이라는 사내의 목소리는 그람의 말을 믿는 듯했다.

"그 쓸모없는 꼬맹이는 중요치 않다. 좋아, 계집을 찾는 데 도움이 된다면 그 녀석을 풀어 줘라. 그 녀석의 목을 매다는 건 그 후에도 할 수 있으니까. 이제 가자. 고아원을 한번 둘러봐야겠어."

사내들은 모두 헛간을 빠져나갔다. 아주 잠깐이었지만 아로스는

413

끔찍한 목소리로 속삭이던 정체 모를 사내를 볼 수 있었다. 석회처럼 하얀 매부리코가 검은 모자 밖으로 비죽 나와 있었다. 그의 입은 입술이 없는 사람처럼 얇다 못해 그냥 한 줄의 선처럼 보였다. 그는 다른 사내들을 따라 밖으로 나갔다.

다락의 소녀는 다시 혼자가 되었지만 여전히 떨고 있었다.

나에게 지금 무슨 일이 생긴 걸까?

소리로 미루어 보아 사내들은 고아원을 떠나는 것 같았다. 아로스는 조심스럽게 지붕에 난 구멍으로 머리를 내밀었다. 정찰병은 이제 자취를 감췄다. 고아원 마당엔 아무런 인기척도 없었다.

이제 최대한 빨리 여기서 벗어나야 한다. 또 누군가가 다락을 뒤져 보려는 생각을 하기 전에.

구석진 곳 짚더미 아래 가죽끈이 달린 물주머니가 있었다. 그녀는 그것을 집어 들어 목에 걸고 못에 걸어 둔 펠트 모자를 썼다. 동전은 그대로 두었다. 바닥을 뜯어내면 큰 소리가 날 게 뻔했고, 오줌이 너무 마려워 그럴 시간도 없었다. 어금니는 어쩌지? 이 거추장스러운 걸 어떻게 들고 다닌다? 바보 같은 질문이었다. 그녀는 그것을 얼른 입안에 넣어 사탕처럼 물었다. 재의 쓴맛이 혀를 타고 입안에 퍼졌다. 이렇게 입에 물고 있으면 실수로 삼켜 버려도 다시 찾을 수 있으니까. 일단은 두 손을 모두 써서 지붕을 타고 올라가는 게 중요했다. 구멍으로 빠져나가 지붕으로, 그리고 박공을 지나 너도밤나무로. 나뭇가지를 타고 다시 땅을 밟았다. 고아원의 문은 여전히 굳게 닫혀 있었다. 아무도 그녀를 보지 못한 듯했다. 아로스는 달리기 시작했다. 일단 여기서 도망쳐야 한다.

어느 좁은 골목에서, 어느 건물 벽에 등을 기댄 채 아로스는 마음을 가다듬었다. 호흡이 다시 정상으로 돌아오기까지 꽤 긴 시간이 필요했다. 가장 가까운 곳에서 신을 섬긴다는 대주교는 인간을 혐오하는 역겨운 자임이 분명했다. 그가 주님의 이름으로 저지르는 일들에 대해서는 알고 싶지 않았다. 다만 절대로 그의 손에 잡혀서는 안 된다는 사실만큼은 분명했다. 그를 찾아온 사내, 쉰 목소리로 속삭이듯 말하던 남자는 최소한 주교만큼 위험한 인물이었다. 그리고 거짓말쟁이 그람은 아로스를 잡아 올 수 있다고 장담했다.

일단 다른 치마를 구하거나 지금 입고 있는 옷을 다른 색으로 물들여야 했다. 그 두 가지 모두 고아원에서는 금지된 일이었다. 하지만 이제 아로스는 고아원에 사는 소녀가 아니었다. 그녀는 자신이 이제 자유의 몸이라는 사실을 깨달았다. 상을 차리는 일을 돕지 않아도, 고아원의 규칙을 지키지 않아도 되는 자유로운 몸. 그녀를 구타하는 원장 수녀도 이제 없었다.

이제 나 스스로 규칙을 정하는 거야. 우선 오버슈타트로 가서 빨랫줄에 걸린 옷을 구해야지.

오늘따라 사람들은 유난히 그녀를 흘끔거렸다. 얼굴을 만져 보니 어제 공동묘지에서 바른 거뭇한 흙이 아직도 얼굴에 남아 있었다.

그리 멀지 않은 곳에 우물이 있었다. 양손에 누런 물을 묻혀 얼굴의 때를 닦아 냈다. 어떻게든 사람들의 눈에 띄지 않는 방법을 찾아야 했다. 오버슈타트에는 건물과 건물 사이에 수많은 빨랫줄이 연결되어 있었다. 대부분은 손이 닿지 않는 높은 곳에 걸려 있었지만 아로스에겐 아무런 문제도 되지 않았다.

구시가지에 비하면 그곳은 정말 깨끗했고 악취도 없었다. 땅속 하수구를 통해 오물이 아래로 흘러내리니 당연한 일이었다. 오버슈타트가 빈민촌 사람들에게 주는 유일한 건 바로 하수구를 통해 흐르는 배설물뿐이었다.

아로스는 모자를 푹 눌러쓴 채 두 계단씩 한꺼번에 오르기 시작했다. 높은 계단을 따라 계속 올라가면 왕이 사는 성이 나왔다. 그렇게 멀리까지 갈 필요는 없었으므로 그녀는 중간쯤에서 어느 좁은 골목으로 꺾어졌다. 빨래를 훔치기에 딱 좋은 시간이었다. 여인네들은 볕이 좋은 오전 시간대에 빨래를 널기 위해 아침에 세탁을 했다. 창문에, 발코니에, 사방에 빨랫줄이 걸려 있었다.

셔츠, 양말, 바지, 속옷, 원피스… 없는 게 없었다. 아로스는 너무 알록달록하지도 않고 회색도 아닌 옷을 찾아야 했다. 나벤슈타인의 겨울은 그리 춥지 않았지만 이왕이면 긴 팔이 좋을 것 같았다. 고아원 부엌에서 일하는 하녀가 북쪽 지방의 겨울에 대해 말해 준 적이 있었다. 얼마나 추운지 물이 쇠처럼 단단해진다고. 물론 아로스는 그런 멍청한 말 따위는 믿지 않았다. 물이 쇠가 된다니, 그걸 누가 믿는담?

바로 그때, 어느 집의 빨랫줄이 아로스의 눈에 들어왔다. 3미터쯤 높이에 리넨 원피스 세 벌이 골목을 가로지르며 걸려 있었다. 세 개 모두 그녀의 몸에 맞는 크기였지만 그중에서도 가운데 걸린 긴 소매 원피스가 가장 마음에 들었다. 한 사내가 그녀 쪽으로 걸어오고 있었다. 그녀는 태연하게 바닥을 바라보았고 사내는 그런 그녀 곁을 무심히 지나쳐 갔다. 아로스는 얼른 재빨리 어깨 뒤를 곁눈질했다. 이제 사내는 모퉁이를 돌아 사라지고 없었다. 앞쪽에도 아무도 보이지 않았다. 그녀는 재빨리 골목 왼쪽 집 외벽을 타고 오르기 시작했다. 먼저 입구의 난간을 타고 올라 문 위의 작은 처마를 밟고 서니 빨래가 있는 곳까지는 채 1미터도 남지 않았다. 얼른 낚아채 도망치는 거야!

아로스는 한 발로 벽의 돌출 부분을 딛고 서서 손가락을 최대한 뻗었다. 딱 엄지손가락 두 개만큼의 길이가 모자랐다. 검지는 벌써 살짝 치마를 건드렸다. 그때 단단한 두 팔이 그녀의 겨드랑이 아래로 들어오더니 열린 창문으로 그녀를 끌어내렸다.

"이런 도둑을 봤나! 내 빨래를 훔칠 생각이었어? 일단 나한테 두들겨 맞고 나서 경비병들에게 데려갈 테다. 그러면 어떻게 될지 한번 보자고."

아로스는 너무 놀라 얼굴이 새파랗게 질렸다. 급한 마음에 이 층 창문이 열려 있는 걸 미처 보지 못했던 것이다. 아로스보다 머리 두 개쯤은 더 키가 큰 뚱뚱한 여자가 그녀를 옴짝달싹 못 하게 붙들고 있었다. 그녀의 손은 그람의 그것보다도 억셌다.

"대체 무슨 생각을 한 거지?" 작은 두 눈이 그녀를 무섭게 노려보고, 억센 두 팔은 그녀를 흔들어 댔다.

"엘, 엘… 루… 에…"

여자는 흔들어 대기를 멈추고 물었다.

"놀라서 말문이 막혀 버린 거야? 어떻게 된 거야?"

"아아, 이… 우웃." 아로스가 우물거리자 입에서 달그락 소리가 났다.

"그런다고 내가 속을 줄 알아? 도망갈 생각이라면 꿈도 꾸지 마."

그녀는 아로스를 끌고 문 쪽으로 갔다. 커다란 열쇠를 돌려 문을 잠근 뒤 열쇠를 뽑아 앞치마 주머니에 꽂았다. 그리고 성큼성큼 창 쪽으로 걸어가 창문을 모두 걸어 잠갔다.

"아주 잽싸 보이는 아이로구나. 이제 도망은 어림도 없지. 널 혼내 준 뒤 경비병들을 부를 거야."

자기도 모르게 고아원 원장의 매질이 떠올랐다. 그녀의 눈은 어느새 벽에 걸린 회초리를 찾고 있었다.

"거기 앉아!" 여자가 무뚝뚝하게 말하며 아로스를 한쪽에 놓인 의자에 앉혔다.

쥐덫에 걸린 쥐나 다름없는 신세였다. 다만 치즈 대신 원피스가 미끼였다.

도망칠 구멍을 모두 차단한 뒤 여자는 아로스를 놓아주었다. "입속엔 대체 뭐가 들어 있지?"

아로스는 잠자코 있었다.

뚱뚱한 여자의 동그란 뺨이 점점 붉게 달아올랐다. "지금 당장 꺼내!"

아로스는 머뭇거리며 입속에서 어금니를 꺼냈다. 여자는 깜짝 놀라 그녀의 손을 바라보고 있었다. 양손을 허리에 얹고 아로스를 위에서 아래로 훑어보더니 말했다. "뻔뻔하고 못돼 먹은 도둑, 어떻게 생겼나 꼴 좀 보자."

아로스는 여전히 무슨 말을 해야 할지 알 수 없었다. 도망쳐야 한다는 것 이외에는 아무 생각도 들지 않았다. 하지만 어떻게? 지금으로선 아무런 계획도 세울 수가 없었다.

"무슨 들짐승도 아니고. 어금니를 빨아야 할 정도로 배가 고픈 거니?"

"자, 잘 모르겠어요."

"네 꼴을 보니… 비쩍 말라서 갈비뼈가 치마 밖으로도 드러나 보이는구나." 그녀는 아로스를 다시 한번 훑어보고는 엄지와 검지로 원피스 옷깃을 만져 보았다. "이런 누더기를!" 그리고 한숨을 쉬며 인상을 찌푸렸다.

그녀는 팔걸이의자를 가져와 아로스 앞에 바짝 다가앉았다. "이 회색 원피스… 고아원 출신이니?"

그렇다고 대답하면 여자는 곧바로 아로스를 경비병들에게 데리고 갈 것이다. 경비병은 당연히 여자보다도 훨씬 위험했다. 이제 유일한 방법은 싸우는 것뿐이었다. 왼쪽으로, 다시 오른쪽으로 재빨리 두 눈을 굴렸다. 어쩌면 공격할 만한 무기를 찾을 수 있을지도 몰라.

여자는 아로스 쪽으로 몸을 굽혀 모자를 벗겼다. "그리고 얼굴은 또 이게 뭐니."

이 아줌마는 언제까지 이렇게 잔소리나 해 대려는 걸까? 나도 다 아는 얘기는 인제 그만 집어치워! 지금 날 때리려는 걸까?

그녀는 아무 말 없이 아로스를 노려보았다. 작은 눈에 서려 있던 노여움은 사라지고 없었다. 발그레한 얼굴빛은 여전했지만 여러 가지 생각이 교차하는 것 같았다. 그녀는 마침내 한숨을 크게 쉬고 창가로 다가가 창문을 열고 창밖으로 몸을 내밀었다.

아로스는 의자에 앉은 채 고민에 빠졌다. 도망치는 건 좋은 생각이 아니었다. 아니, 그 방법은 내키지 않아.

이대로 돌진해서 저 뚱보를 밖으로 밀어 버릴까.

여자는 까치발을 하고 서서 창밖으로 몸을 쑥 내밀고 있었다. 아로스는 창밖으로 반쯤 나간 여자의 엉덩이를 매섭게 노려보며 자리에서 일어났다. 목숨을 구할 다른 방법이 없잖아? 경비병들은 곧바로 그녀를 주교에게 끌고 갈 것이다. 인간을 혐오하는 파렴치한 자. 고문과 장작더미, 거기에 발이 묶이고 마틸다가 당한 것처럼 내 배를 가르겠지? 끔찍한 장면이 뇌리를 스치고 지나갔다.

밀어 버려 아로스, 지금이 아니면 기회는 영원히 없어!

420

"여기 세 개 중에 어느 걸 훔치려고 했니?" 여자가 상냥하게 물었다. "내가 선물로 주마."

아니다!

아로스는 어리둥절한 얼굴로 다시 의자에 앉았다. 지금 이 여자가 나한테 뭐라고 한 거지? 대체 뭘 원하는 거야? 분명 무슨 계략을 꾸민 게 분명해.

절호의 기회를 날려 버린 걸까?

다시 뒤를 돌아선 여자는 원피스 세 개를 모두 들고 있었다. "어떤 게 제일 마음에 드는데?"

"저, 저는… 그, 그러니까… 갈색…" 아로스가 더듬거렸다.

"한번 일어서 봐라."

아로스는 머뭇거리며 일어섰다. 여자는 팔을 뻗어 아로스의 몸에 원피스를 대 보았다.

"그래, 잘 맞겠구나. 아직 조금 커 보이긴 하지만 키는 금방 자랄 테니까. 벌써 거의 다 말랐으니 한번 입어 봐."

아로스는 당황하여 꼼짝 않고 그 자리에 서 있었다. 방금 그녀의 말은 진심일 리가 없었다. 아로스는 좀도둑이었고 그녀의 도둑질은 어떤 말로도 포장할 수 없었다. 그런 그녀에게 친절과 선물이라니 도무지 어울리지 않았다.

"얼른! 네 누더기는 내가 버리마. 네가 꼭 간직해야 하는 게 아니라면 말이야."

421

아로스는 재빨리 고개를 젓고는 고아원 원복을 머리 위로 올려 벗었다. 아직도 어떻게 된 영문인지 이해가 되지 않았다.

"맙소사, 넌 정말 뼈랑 가죽만 남았구나." 뚱뚱한 여자는 깜짝 놀라 손을 입으로 가져가며 말했다. "그리고… 대체 누가 널 이 꼴로 만들었니?"

5번 회초리의 흔적은 긴 피멍 자국과 딱지 앉은 상처들로, 푸른 빛과 초록빛의 멍으로 그녀의 가녀린 몸에 여전히 남아 있었다.

"맙소사, 이 정도면 거의 죽을 만큼 맞은 게 분명해. 누가 보면 왕관이라도 훔치다가 붙잡힌 줄 알겠구나." 여자는 아로스를 향해 온화한 미소를 지어 보였다.

진실! 지금까지는 아무 소용없던 진실이라는 단어가 그제야 비로소 그녀의 머릿속에 떠올랐다. "그, 그러니까 이상하게 들린다는 거 알아요. 하지만 저는 아무 잘못도 하지 않았는데 죽도록 맞았어요."

"흠…. 어서 새 옷을 입으렴."

여자는 아로스가 옷 입는 걸 도와주었다. 도톰한 천으로 만든 새 옷은 피부에 닿는 감촉이 훨씬 좋았다.

"그래, 훨씬 나아 보이는구나. 너만 괜찮다면 먹을 걸 좀 가져올게."

아로스는 어찌해야 할지 알 수가 없었다. 뒤통수를 세게 한 대 맞은 것 같았다. 상대방을 무장해제 시키는 데 친절과 선행보다 더 효과적인 방법이 있을까? 그것도 이렇게 상상치 못한 상황에서. 지난 며칠간 그녀가 겪은 끔찍한 사건들이 항구를 날아다니는 갈매기 떼처럼 그녀의 머릿속을 이리저리 떠다니기 시작했다. 볼프가 영원히 떠나갔다. 노파가 끔찍하게 처형당했다. 마틸다가 죽었다. 그람과 쇠사슬을 두른 개에 대한 증오가 불타올랐다. 엄청난 재앙의 소용돌이 한가운데에 서 있는 외로운 소녀. 하수구와 싸우고, 이 도시의 가장 힘 있는 자에게 쫓기던 작은 아이. 이 모든 일이 하루아침에 그녀를 덮쳤고, 그녀의 작은 어깨를 짓누르고 있었던 것이었다. 그런데 그것도 모자라… 아로스는 조용히 흐느끼기 시작했다. 그건 자신에게만 들리는 아주 조용한 흐느낌이었다. 그러자 눈물이 뺨을 따라 흘러내렸다. 마지막으로 눈물을 흘린 게 언제였는지 기억이 나지 않았다. 마침내 다시 그녀의 눈에서 눈물이 흐르기 시작한 것이었다. 여자는 팔을 뻗어 아로스를 조심스럽게 끌어당겼다. 조금 전 그녀를 붙잡아 창문 안으로 잡아끌었던 억센 손이 이제 그녀의 등을 쓰다듬고 있었다. 아로스는 믿을 수가 없었다.

"무슨 일 때문인지는 몰라도 이제 다 괜찮아. 그 옷은 이제 네가 입어도 되고, 원할 땐 언제든지 가도 좋아."

소리 없이 흐르던 눈물은 이제 걷잡을 수 없이 쏟아지기 시작했다. 여자의 앞치마를 다 적시고도 울음은 멈추기는커녕 아예 흐느낌으로 변해 버렸다. 깊은 후회와 부끄러움, 그리고 양심의 가책! 잠시였지만 여자를 창문 밖으로 밀어 버리는 상상을 했다니. 며칠간 겪은 폭력과 악행에 그녀도 모르게 조금씩 물이 들어 옳고 그름을 판단할 수 없게 되어 버렸던 걸까?

"미, 미안해요. 그리고… 고맙고… 정말 고맙습니다."

한참이 지나서야 마음을 가라앉힐 수 있었다.

쥐들은 울지 않아!

새 갈색 원피스의 긴 소매는 눈물을 닦기에 안성맞춤이었다. 소매에 코를 풀어야 할까 고민하던 차에 여자는 아로스의 마음을 읽기라도 한 듯 손수건을 내밀고 앞치마 주머니에서 열쇠를 꺼내어 문을 열었다.

"꼬마야. 뭘 좀 먹고 가겠니?" 그녀가 물었다.

아로스는 고개를 끄덕이며 눈물과 콧물을 닦은 뒤 여자를 따라 계단을 내려갔다. 아래층엔 커다란 거실이 있었다. 그제야 긴장이 풀리고 처음으로 주위를 둘러보니 벽에는 여러 개의 인물화가 걸려 있었다. 세상에 이렇게 그림을 잘 그릴 수 있는 사람이 있다니! 반짝반짝 윤이 나는 어두운 빛깔의 가구에 자신의 모습이 비쳤고 바닥엔 부드럽고 따뜻한 카펫이 깔려 있었다.

여자는 빵과 함께 치즈와 버터, 선지 소시지가 담긴 접시를 식탁에 차렸다. "단 걸 먹고 싶다면 체리 잼도 있어." 그녀가 잼 병이 있는 선반을 가리키며 말했다.

"지금껏 그 누구도 나에게 이런 친절을 베푼 적이 없었어요." 아로스가 중얼거렸다.

"그럼 이제 그럴 때가 된 거겠지!" 여자는 뒤를 돌아 앞치마 한쪽 귀퉁이로 그녀의 얼굴을 두드려 닦았다.

아로스는 어금니를 상 위에 두었다.

여자는 살짝 인상을 찌푸리며 그녀의 가슴 쪽을 가리켰다. "원피스 안쪽에 작은 주머니가 있어. 여기에…" 그녀가 어금니를 가리키며 말했다. "저걸 넣으면 되겠구나."

아로스는 여자가 가리키는 주머니를 찾았다. 정말 편하겠어! 그녀는 재빨리 어금니를 주머니에 집어넣고 아주 특별한 식사를 시작했다.

"모자를 위에 두고 왔네. 여기 앉아 있거라. 내가 가서 가져올게."

아로스는 입을 벌리고 갓 구운 빵을 베어 물었다. 여자가 다시 위층으로 올라간 사이 아로스는 아름다운 가구들을 넋을 잃고 바라보았다. 특히 맞은편에 놓인 찬장은 굉장했다. 금색 테두리가 있는 하얀 접시들은 태어나서 처음 보는 것들이었다. 그 위쪽에 걸어 놓은 그림이 그려진 잔들은 손잡이가 두 개씩 달려 있었는데 아로스의 마음에 쏙 들었다. 쇠를 주조해서 만든 작은 쟁반에는 은화가 가득 담겨 있고 그 사이사이엔 금화도 몇 개 섞여 있었다.

두 번째 베어 문 빵은 아까보다 더 맛이 좋았다. 아로스는 여전히 행운이 실감 나지 않았다. 그러는 사이 여자는 아래층으로 다시 내려와 펠트 모자를 아로스에게 씌워 주고는 말했다. "예쁘지는 않구나."

"저도 예쁘지 않으니까 저한테는 이 모자가 잘 어울려요." 아로스가 빵을 우물거리며 말했다.

"뭐라고? 누가 그런 소리를 해?"

솔직히 말할 수만 있었다면 '이 멋진 도시의 대주교가 그렇게 말했어요.'라고 말했을 것이다.

하지만 그녀는 평소대로 "누가 그랬건 그게 뭐 중요한가요."라고 말하고는 버터 바른 빵을 열심히 먹었다. 진실은 아직 그에게 낯선 존재였다.

15분쯤 지나자 드디어 포만감이 느껴졌다. 묵직하고 두툼한 빵을 세 개나 먹어 치운 뒤였다. 아로스는 자리에서 일어났다. 그리고 여자에게 다가가 포옹했다. 뚱뚱한 여자를 완전히 끌어안기에 그녀의 팔은 너무 짧았다. "정말 고마워요. 그리고 옷을 훔치려고 한 것 미안해요."

"괜찮아. 훔치는 건 좋은 일이 아니란다. 그러다 잡히면 사람들이 정말로 네 손을 잘라 버릴지도 몰라." 여자는 아로스의 볼을 살짝 꼬집으며 말했다. "네가 가는 길에 행운이 함께하길 바란다."

이 세상에 친절과 이해심과 선행이라는 것도 존재한다는 깨달음과 함께 아로스는 다시 밖으로 나왔다. 여자의 위로에 마음이 따뜻해졌다. 제대로 된 한 끼보다 만나기 어려운 친절이란 걸 경험한 것이다.

나의 하루야, 오늘은 네가 이겼어. 얼마 만인지 모르겠지만 드디어 네가 나를 울렸구나.

홀로 카타콤에 가다

"초 몇 개만 얻을 수 있을까요?" 파린이 물었다.

"물론입니다." 관리인이 초 한 묶음을 파린의 손에 쥐여 주었다. 양의 지방으로 만든 여덟 개의 초가 끈으로 묶여 있었다. "하인을 보내지 그러셨어요?"

파린은 어깨를 으쓱하며 말했다. "고마워요!"

솔직히 말하면 파린은 여전히 다른 사람이 그의 뒤를 졸졸 따르는 게 불편했다. 하지만 그런 생각을 입 밖에 낼 수는 없었다. 그래서 그냥 상냥한 얼굴로 고개만 끄덕이고 초를 들고 자기 방으로 돌아왔다.

밤이 되면 그는 독서에 몰두했다. 얼마나 지식에 목말라 있었는지 초에서 나는 그을음 냄새 따위는 개의치 않았다. 하루라도 빨리 배워서 사람들을 놀라게 하고 싶었다. 그중에서도 에미코 기사님을 놀라게 할 수만 있다면! 에미코가 그를 긍정적으로 평가하고 있다는 사실은 매우 중요했다. 마침내 새로운 삶이 펼쳐질 수 있는 둘도 없는 기회였다. 훌륭한 스콰이어가 되고 싶었다. 하지만 그렇다고 자신이 매장꾼의 아들이었다는 사실까지 잊고 싶진 않았다.

붉은 가죽 표지의 책 속에는 따로 꺼내 펼칠 수 있는 성 주변의 지도와 슈투름바흐트 성의 건축 도면이 들어 있었다. 무엇보다도 카타콤에 대한 설명이 파린을 사로잡았다. 조감도를 통해 그는 통

427

로와 방과 문으로 이루어진 미로 같은 내부 구조를 익혔다. 슈툼멜과 플라우디우스와 드로그단과 같이 지났던 길을 손가락으로 다시 하나하나 짚어 가며 머릿속에 입력했다. 지도에는 수없이 많은 통로가 표시되어 있어 기억해 내기가 쉽지는 않았다. 마침내 철봉으로 된 문이 있는 갈림길을 발견했고 거기서부터 슈툼멜이 안내한 길을 유추해 낼 수 있었다. 그의 손톱이 좁은 방이 있는 부분을 톡톡 두드렸다. 거기가 카이문트의 시신이 보관된 얼음 창고임이 틀림없었다. 그는 지도를 이리저리 돌려가며 다시 생각에 잠겼다. 그래, 맞아. 바로 여기야. 그렇지만 딱 한 가지가 자꾸 마음에 걸렸다. 그들은 넷이서 두 개의 벽감이 있는 작은 공간에 간신히 서 있었다. 그 공간은 마치 암벽을 깎아 만든 벽장처럼 느껴졌는데 지도상에는 어느 방향으로 돌리며 보아도 좁은 문이 하나 더 그려져 있었다. 그리고 그 바로 뒤의 구부러진 길을 따라가면 얼음 창고보다 훨씬 더 큰 방들이 나타나야 했다.

그 작은 구멍 같은 공간 어디에 또 다른 문이 있었던 걸까? 설령 문이 있다 해도 아주 좁은 틈새 통로일 텐데. 그렇다면 누군가 그걸 막아 버렸다는 뜻일까? 도무지 이해가 되지 않았다. 어딘가에 비밀 통로가 있거나 도면이 잘못 그려진 것일지도 모르지.

파린은 저도 모르게 고개를 저었다. 자신의 기억과 도면이 다르다는 사실이 그를 불안하게 만들었다. 호기심이 자꾸만 그를 찔러대는 통에 잠이 오지 않았다. 마치 시체 위를 맴도는 독수리처럼 한

가지 생각이 그의 머릿속을 떠나지 않았다.

카타콤에 다시 가 볼까? 혼자서?

맨 아래 철봉을 제대로 잠그지 않고 돌아왔었다. 슈툼멜의 열쇠 없이도 그곳에 갈 방법은 남아 있는 셈이었다. 어쩌면 마지막 기회일지도 몰랐다. 조만간 카이문트의 가족들이 도착하면 다른 사람들도 누군가 그곳에 다녀간 흔적을 알아차리게 될 것이었다. 카이문트의 가족을 생각하자 갑자기 슬퍼졌다. 남쪽에서 슈투름바흐트까지, 오직 아들의 시신을 수습하겠다는 목적뿐인 길고 긴 여행은 얼마나 쓸쓸할까. 게다가 자식이 살해당했다는 끔찍한 소식을 그들은 어떻게 받아들일까?

한번 해 보는 거야, 드디어 결심이 섰다.

그리고 자리에서 일어나 털외투를 입은 뒤 카타콤의 지도를 조심스럽게 말아 허리춤에 차고는 방을 나섰다.

잠깐만, 벌레! 나 지금 너 때문에 깜짝 놀랐어.

"징글징글, 밤이 늦었어. 인제 그만 자는 게 좋을걸?"

내가 왜 놀랐는지는 궁금하지 않은 거야?

"내가 궁금해하든 말든 그게 무슨 상관이 있어? 어차피 말하고 싶으면 할 거잖아."

꼬맹이, 눈치가 제법인데? 그러니까 넌 항상 의욕 없고 무료한 녀석이잖아. 바람에 날리는 낙엽처럼 말이지. 그런데 지금 이건 뭐지? 평범한 사람들은 한밤중에 혼자 어두컴컴한 카타콤에 가지 않잖아. 하지만 겁

먹지 마, 주저하지 말라고!

"난 평범한 사람이 아니야. 매장꾼의 아들이잖아."

아하, 그렇구나!

또 거만한 낄낄거림이 들려왔다. 저놈의 입을 틀어막을 수만 있다면!

밤에는 서성이는 하인들도 없었고, 문지기들도 이제 대부분 파린이 성주 에미코의 어설픈 신참 스콰이어라는 사실을 알고 있어서 밤늦게 돌아다니는 건 문제가 되지 않았다. 복도엔 어쩌다 한두 개씩 횃불이 켜져 있을 뿐, 성 전체는 어둠과 그림자로 뒤덮여 있었다. 어둠과 그림자가 아닌 곳은 칠흑 같은 암흑이 뒤덮고 있었다. 그래도 파린은 개의치 않았다. 검은색은 그가 속한 장인 조합의 색이었다. 슬픔과 마지막 가는 길을 상징하는 색. 그런 생각을 하며 걷다 보니 생각보다 빨리 지하실 입구에 도착했다. 그곳에서 계단을 따라 내려가면 여러 방향으로 가는 갈림길이 나왔다. 파린은 횃불 하나를 집어 들고 어두운 벽감 안쪽의 입구로 들어섰다. 구불구불 계단을 따라 내려가니 잠시 후 철봉들로 막힌 입구가 나타났다. 맨 아래쪽 철봉은 여전히 제대로 잠기지 않은 상태여서 쉽게 오른쪽으로 밀어낼 수 있었다.

이제 아래에 생긴 틈으로 몸이 통과할 수 있는지 볼 차례였다. 플라우디우스였다면 물론 어림도 없었겠지만.

파린은 도마뱀처럼 납작 엎드려 차가운 돌바닥에 얼굴을 댄 채 아래쪽 공간으로 몸을 밀어 넣었다. 털외투의 두꺼운 깃이 틈에 걸린 듯했지만 곧 반대쪽으로 빠져나왔다. 성공이었다. 이제 왼쪽 어딘가에 얼음 창고로 들어가는 무거운 나무문이 나타날 때가 되었는데…. 들고 있는 횃불이 너무 어두워서 하마터면 파린은 그냥 지나칠 뻔했다. 문을 열자 작은 방이 나타났다. 이번엔 방 안에 카이문트와 파린 단둘뿐이었다. 시신은 마지막에 놓아둔 그 자리, 위쪽 벽감에 그대로 놓여 있었다. 파린은 허리춤에서 지도를 꺼내어 펼쳤다. 오른쪽에 널따란 지하 묘지로 가는 통로가 있다고 했다. 벽의 폭은 채 1미터도 되지 않았고 다른 곳으로 통하는 입구 같은 건 없었다. 그는 단단한 돌들을 두드리고 밀면서 꼼꼼히 살펴보았다. 벽돌 하나 흔들리지 않았고 비어 있는 틈 같은 것도 없었다. 지도에 속았구나. 뭣 때문에 고작해야 변소만 한 이 좁은 방에 또 다른 통로를 만들었겠어? 목표를 이뤄 내지 못한 탓에 기분이 상했다. 엎드려 바닥 쪽을 살폈지만 여기에도 육중한 돌덩이뿐이었다. 이번엔 횃불을 들고 아래쪽 벽감을 살폈다. 역시 특이한 점은 없었다. 이 좁은 공간에는 더 살펴볼 곳이 없었다. 차라리 침대에 편안하게 누워서 쉬기나 할걸. 돌이 뿜어내는 냉기가 털외투 사이로 스며들기 시작하자 그만 일어나야겠다는 생각에 다리를 끌어당겼다. 그때 왼쪽 팔이 벽에 닿았고 뭔가 다른 감촉이 느껴졌다. 언뜻 보기엔 돌처럼 보였지만 그건 회색 회반죽을 덧입힌, 문 역할을 하는 판자였다. 파린은 틈으로 기어들어 가다가 하마터면 횃불을 떨어뜨려 꺼뜨릴 뻔했다. 입구는 좁았지만 통로는 갈수록 넓어지고 높아지며 얼음 창고 아래쪽을 따라 계속 이어졌다. 지도상으로는 물론 높이 차이를 알아볼 수 없었다. 이 통로를 찾는 데만도 이렇게 큰 노력을 들여야 했다니. 파린은 계속 바닥을 기어 이어지는 또 다른 통로에 이르렀다. 거기서부터는 다시 똑바로 일어나 걸을 수 있었다.

호기심에 가슴이 뛰었다. 왼쪽으로 돌자 불빛 아래 두 개의 문이 나타났다. 첫 번째 문에는 투박한 자물쇠가 채워져 있었지만 다른 문은 반쯤 열린 채였다. 파린은 발로 살짝 문을 밀어 보았다. 그러자 눈앞에 믿을 수 없는 광경이 나타났다. 그곳은 커다란 타원 모양의 방이었다. 벽면엔 온통 녹물처럼 붉은 갈색의 루네 문자와 기이한 기호들이 가득했다. 아니면 혹시 이건 핏빛일까? 한쪽 벽에는 책장이 걸려 있었고 그 옆에 놓인 단상에는 책이 한 권 펼쳐져 있었다. 바닥엔 분필로 펜타그램 두 개가 정교하게 그려져 있었다. 구석마다 팔 굵기의 양초가 세워져 있었고, 펜타그램 안에는 마요나라, 파슬리 같은 여러 종류의 허브들이 흩뿌려져 있었다. 파린은 순간 게룬다의 오두막이 떠올라 소스라치게 놀랐다. 이곳에서 또다시 이런 광경을 보게 될 줄은 꿈에도 생각지 못했으니까.

망상이 이 순간을 놓칠 리가 없었다. 별 볼 일 없는 악령이나 귀신을 불러내는 의식을 행하려고 만든 방이야. 아주 전형적이네. 첫 번째 펜타그램 안으로 들어가서 틀리지 않고 유창하게 주문을 외우면 네가 부른 악령이 자신의 세계에서 나와 다른 쪽 펜타그램 안에 나타나게 되지. 원하지 않아도 이 세계로 올 수밖에 없으니 악령은 화가 잔뜩 나서 주문을 외운 자를 죽이려 해. 펜타그램에 작은 틈만 있어도 악령은 인간을 공격할 수 있어.

에미코도 분명 이 방의 존재를 알고 있을 것이다. 적어도 책의 주인은 에미코이니까. 혹시 이 숨겨진 방도 그가 직접 만든 건 아닐까? 파린이 새로이 그려 본 세상이 한꺼번에 와르르 무너져 내렸다. 이 모든 게 속임수였을까? 기사는 왜 카타콤에서 이따위 음산한 심령 의식을 행했던 걸까? 오컬트 의식! 펜타그램이 모든 걸 말해주고 있지 않은가? 또 다른 어떤 말로 이 광경을 설명할 수 있을까? 성주인 기사는 분명 이곳에서 악령과 어둠의 혼령을 불러냈을 것이다. 그러면서 파린에게는 네코르인과 검은 사내가 철천지원수인 것처럼 행동하고 말했다.

아니, 기사님이 그럴 리 없어.

하지만 의심이 자꾸만 그를 괴롭혔고, 너무도 지친 그에겐 그렇지 않을 거라 확신할 만한 근거를 생각해 낼 힘이 남아 있지 않았다. 누가 또 이 일에 연루되어 있을까? 모두 다 한통속일까? 성 전체가 마음에 걸리고, 거짓과 위선에 치가 떨렸다. 에미코의 말이 그의 귓전에 울렸다. '나에게 중요한 건 충성이다. 조건 없는 충성. 내가 어떤 상황에서도 너를 신뢰할 수 있어야 해.' 그는 자신을 향한 충성을 기대한다 말하며 파린을 속였다. 어차피 파린은 그저 매장꾼의 아들, 벌레만도 못한 존재였으니까.

너무 단정적으로 생각하지는 마. 어쩌면 아주 단순하게 설명할 수 있는 문제일지도 모르니까.

에미코에게 속았다는 실망감이 그를 괴롭히고 그의 내면을 피폐하게 만들었다. 신체, 정신, 아니면 영혼의 일부? 어쩌면 그 모두가 무너져 내리고 있는 건지도 몰랐다.

파린은 책으로 눈길을 돌렸다. 펼쳐진 페이지에는 불러낸 악령과 인간 제물을 조화롭게 만드는 검은 주술의 유물들과 표장들에 관한 설명이 적혀 있었다. 파린은 책장을 넘겼다. 다음 페이지에는 원 안에 거꾸로 뒤집힌 펜타그램과 불꽃의 그림이 있었다.

"카이문트의 팔에도 같은 그림이 있었어."

감히 부를 수 없는 존재의 상징이야.

"뭐라고? 그 의미를 알고 있었던 거야? 왜 지금까지 아무 말도 하지 않았지?"

네가 언제 물어봤어?

파린은 화가 치밀어 오르는 걸 간신히 참고 물었다. "감히 부를 수 없는 존재가 누군데? 검은 사내가 우리 집 마당에서 그렇게 말하는 걸 들은 것 같아."

난 그에 관해 얘기하는 거 별로 안 좋아해. 그 이유는 여러 가지인데, 그가 정말로 네코르인을 돕는다면 그건 좋은 상황이 아니야. 망상의 말투엔 어울리지 않게 근심이 묻어났다.

"정말 그런 게 있단 말이야? 그는 악령이야?"

그럼, 물론이지!

"왜 그를 그렇게 부르는 거지? 그의 이름을 말하면 위험해지기 때문이야?"

그게 무슨 멍청한 소리야. 그야 자기가 그렇게 불리고 싶어 하니 그런 거지. 원래 악령의 이름은 되게 길고 복잡하거든.

"그럼 그 악령은 뭘 만드는데?"

불!

파린은 머리를 쥐어뜯으며 말했다. "그럼 그들이 널 참을 수 없는 존재라고 불러? 넌 뭔가를 숨기고 있어. 그 악령은 도대체 누구야?"

그자는 정말 재수 없는 놈이야. 게다가 정말로 위험한 놈이지. 걔 얘기는 안 하고 싶다니까.

"흠, 그럼 여기 있는 이 꼴이 다 뭔지 설명해 줄래?" 파린은 펜타그램과 책을 가리키며 물었다.

일단 기본적으로 이 방에선 아마추어적인 의식이 벌어졌어. 이런 방식으로는 아주 원초적인 수준의 악령밖에 못 부르거든. 그런데 하필 에미코의 지하실에서 이걸 발견하다니, 그건 나도 좀 의아하긴 해.

에미코에 대한 실망이 무겁게 마음을 짓눌렀다. 추위와 피곤이 뼛속을 타고 들어오자 모든 의욕이 마치 바람 빠진 풍선처럼 사라져 버렸다. 이제 그의 머릿속엔 최대한 빨리 여기를 떠나고 싶다는 생각뿐이었다. 지도를 보니 통로는 또 다른 방으로 연결되어 있었고, 그 방은 본관 어디쯤에서 끝이 났다. 그는 황량한 복도를 걸어

갔다. 양쪽으로 나타나는 문들은 신경 쓸 겨를이 없었다. 마침내 위로 향하는 가파르고 좁은 계단이 나타났다. 횃불이 곧 꺼지려고 했기 때문에 그에겐 다른 선택의 여지가 없었다.

드로그단은 '카타콤에 출구를 찾지 못해 죽은 영혼이 나타난다.'고 말하지 않았던가?

뭐라는 거야! 지금껏 귀신 따위는 하나도 못 봤어.

"응, 그리고 난 출구를 하나도 못 봤고."

난 물이나 음식 없이도 몇 달쯤은 충분히 버틸 수 있어.

"그래 징글징글, 넌 참 좋기도 하겠다."

꺼져 가는 횃불의 가물거리는 빛이 간신히 닿는 곳에 기이한 나무 벽이 나타났다. 거대한 통나무 벽이 앞을 가로막고 있었다. 막다른 길이었다. 파린은 한쪽 손으로 불빛을 비추며 다른 한 손으로 벽을 더듬었다. 오른쪽 끝에서 단도만 한 크기의 지렛대를 발견했다. 고민할 새도 없이 힘껏 지렛대를 아래로 당겼다. 어차피 다른 방법은 없었으니까. 그러자 바로 한 뼘 옆에 좁은 문이 열렸다. 파린은 얼른 그 문으로 빠져나갔다. 놀랍게도 그는 익숙한 공간에 서 있었다. 그곳은 바로 기사의 서재였다.

젠장! 젠장! 젠장! 이제 단 하나 남은 최후의 증거는 바로 에미코였다. 그가 아니라면 또 누가 여기에서 재빠르게, 그리고 편안하게 이 어두운 비밀의 세계로 들어간단 말인가?

서재 문은 열려 있었다. 지키는 사람도 없었다. 파린은 꽁꽁 얼어붙은 몸으로 간신히 자신의 방으로 돌아왔다. 내일이면 여행길에 올랐던 에미코가 돌아올 것이다. 그러면 진실을 물을 수 있겠지! 에미코가 어떤 반응을 보일지는 예측할 수 없었다. 어쩌면 곧바로 그를 내쫓아 버릴지도 모른다. 파린이 카이문트에 대해 알아낸 사실을 이야기한다면 에미코가 관심을 보이기는 할까? 그는 옳고 그름을 구별할 수 있는 사람일까? 파린은 그에게 충성을 약속했고 반드시 그 약속을 지키고 싶었다. 하지만 지금 그의 앞에는 큰 벽이 놓여 있었다.

충성

잠 못 이루는 긴 밤이 지났다. 아침 일찍 기사의 서재 앞에 서 있
는 파린의 머릿속은 분노로 가득 차 있었다. 문지기도 파린의 조급
함과 불안함을 읽은 듯 걱정스러운 눈길을 보냈다. 불을 뿜는 용머
리 나무 조각이 그를 비웃는 것 같았다.

"들어가십시오!" 문지기가 파린에게 손짓을 했다.

드디어 때가 왔다! 파린은 힘차게 문을 열어젖히고 안으로 들어
갔다. 에미코는 벽난로 옆에 서서 불을 바라보고 있었다. 파린은 방
안의 온기마저도 불편하게 느껴졌다. 그는 잠시 자신이 지하에서
발견한 것들에 관해 단도직입적으로 물어야 할지 고민했다. '카타
콤에서 대체 뭘 하시는 거죠, 어둠의 기사님?' 하고 당돌하게 묻는
건 어떨까?

기사는 불길에서 시선을 돌려 파린을 보았다. "지난 사흘 동안 수
련은 얼마나 진전이 있었나?"

파린은 마구 뛰는 심장을 진정시키며 숨을 크게 들이마셨다. 분
노와 실망과 충격이 어서 말하라고 아우성치고 있었다. 말해야 한
다! "기사님…, 저… 이해가 안 되는 게 있습니다." 그가 가까스로
입을 열었다. "카타콤에서 펜타그램을 발견했습니다. 그리고 악령
을 부르는 주문과… 검은 주술 의식에 관해 설명하는 책도 있었어
요. 왜죠? 그런 일은 기사님이 그렇게 증오하는 네코르인들 따위가

하는 의식 아니었나요?"

네 질문의 시작이 그야말로 뒤죽박죽이었어. 집 안으로 들어가지도 못하고 현관문에서 나자빠진 꼴이라니.

기사의 짙은 눈썹이 마치 가면처럼 움직였다. 그는 벽난로 옆에 서서 돌처럼 미동도 하지 않고 반항기 가득한 자신의 스콰이어를 바라보고 있었다.

마침내 차가운 목소리가 울려 퍼졌다. "그 밖에 다른 할 말은? 있다면 모두 말하라!" 그리고 뒤를 돌아 조용히 장작 하나를 집어 들고는 가장 좋은 위치를 골라 벽난로에 넣었다.

파린은 뭍으로 올라온 물고기처럼 가쁜 숨을 몰아쉬었다. 지금 자신의 말을 제대로 들은 걸까? 왜 아무런 대답도, 설명도 없는 거지? 나를 달래거나 그 모든 게 오해라고 말할 수도 있는데, 그리고 카타콤에서 벌어진 일들에 대해 설명해 줄 수도 있는데. 그게 파린이 내심 바랐던 바였다. 하지만 에미코는 자신의 비난에 아무런 대꾸도 하지 않았다. 일종의 자백일까? 그럴 리가 없어! 마음 한구석에서 여전히 그가 섬기는 기사의 결백을 믿고 싶다고 외치는 소리가 들렸다.

"제가 오해한 거라고 말씀해 주세요." 파린이 말했다.

"네가 나 몰래 지하 묘지를 염탐하고 다녔다는 거지?" 에미코가 화난 목소리로 되받아쳤다.

"금지하신 적은 없었잖아요. 그리고 그건 좋은 의도였다고요." 기사는 본질을 회피하려고만 했다. 자신이 모시는 기사님이 네코르인 일지도 모른다는 생각은 점차 확신으로 변하고 있었다. 최악의 상황이었다. 그런데 그가 그런 생각을 하는 순간 최악의 상황보다 더 끔찍한 일이 일어나고 있었다. 퍼즐처럼 맞춰지는 사건의 조각들! 파린은 자신의 발견에 말문이 막히고 말았다. 이제 의심의 여지는 없었다!

말도 안 돼! **아니야**, 그것만은 아닐 거야!

매장꾼의 아들 앞에 펼쳐졌던 새로운 삶, 스콰이어로 성에서 살아가겠다던 삶에 대한 기대는 완전히 무너져 내렸다. 엄청난 사건의 경과가 생생하게 눈앞에 그려지며 몸이 떨려 왔다. 파린은 입술을 꽉 다물었다. 더는 잔인한 범죄자를 기사로 모실 수 없었고 모시고 싶지도 않았다. 그러느니 차라리 죽는 게 낫다는 생각이 들었다.

파린은 넋이 나간 사람처럼 기사의 손에 들린 물건을 노려보았다. 지금 그가 보일 수 있는 유일한 반응은 그것뿐이었다. 그는 얼마나 순진했던가? 그는 이미 머릿속에서 자신의 삶을 마감했다. 그래도 18년이라는 세월을 살았구나.

하지만 그는 절망적인 심정과는 달리 침착하게 물었다. "뒤로 돌아 서 드릴까요? 카이문트에게 그랬듯이 뒤에서 공격하실 수 있게요. 벌써 무기도 들고 계시는군요."

그런 식으로 자연스럽게 대화를 유도할 수 있다고 믿었다면 그건 착각이었다. 이제 어떤 일이 일어날까?

에미코는 진지한 얼굴로 파린에게 다가오더니 부지깽이를 들어 올렸다. 그리고 팔을 뻗어 손님용 의자의 등받이에 뾰족한 끝을 걸 더니 파린의 앞으로 끌어왔다. "앉아라!" 그는 짧게 명령하고 조용 히 다시 책상 뒤에 놓인 자신의 의자로 가서 앉았다.

"첫 번째로, 무슨 일이 있더라도, 네가 아무리 옳다고 믿는다 해 도, 다른 사람이 있을 때는 나에게 그런 식으로 말하지 말아야 한 다. 그따위 말을 입에 담는 순간 넌 죽음을 면치 못했을 거야."

이제 슬슬 본론으로 들어가려는 건가? 파린은 숨을 쉴 수 없을 것만 같았다. "지금 여기엔 아무도 없습니다!" 그가 간신히 말했다. "기사님은… 기사님은 살인자예요!"

"기사는 누구나 살인자다." 에미코는 조금도 망설임 없이 대답했 다. "말해 봐라, 하우펜 촌구석에서 온 파린. 어떻게 내가 스콰이어 를 때려죽였다는 결론에 도달한 거지?"

변명으로 나를 속이려는 걸까? 순진하고 경험이 없을진 몰라도 난 그렇게 멍청하지 않아.

음울한 목소리로 파린이 대답했다. "카이문트의 시신과 그가 발 견된 장소를 살펴보았습니다. 그는 자신이 죽을 거란 사실을 예상 하지 못했습니다. 아무것도 모르는 상태에서 뒤통수에 공격을 받 아 혀를 물었죠. 가격당한 위치로 미루어 보아 그를 공격한 사람은 키가 아주 컸을 겁니다. 증거는 한두 개가 아니었어요. 높은 탑에서 떨어져 죽는 사람은 그렇게 평화로운 표정을 짓지 않습니다. 손에,

441

팔꿈치에, 무릎에 찰과상이 전혀 없다는 것도 말이 되지 않고요. 끝이 사다리꼴 모양이고 구부러진 도구가 뒤통수 쪽에서 날아와 뇌를 다치게 했을 겁니다. 두개골에 난 깊은 구멍이 기사님의 부지깽이에 맞은 흔적이고 다른 하나는 그가 이미 목숨을 잃은 뒤 바닥에 부딪히며 생긴 겁니다. 그의 상처가 분명하게 말하고 있었습니다. 누군가 죽은 카이문트를 탑 위로 끌고 올라가 아래로 던졌습니다. 직접 하신 일입니까 아니면 누군가를 시키셨습니까?" 기사에 대한 존경심이 쓰디쓴 배신감으로 바뀌어 파린은 힘겹게 말을 마쳤다.

에미코는 마치 처음 보는 물건처럼 부지깽이를 이리저리 돌려보다가 자리에서 일어나 벽난로 옆자리에 걸었다. 파린을 향해 돌아선 그의 얼굴에는 깊은 주름이 파여 있었다. "비난하는 말투가 몹시 거슬리는구나! 하지만 예외적인 상황임을 참작하여 일단 넘어가겠다. 네 질문으로 가 보자. 그런 일은 아랫것들에게 맡기지 않는다. 내가 직접 탑으로 끌고 가 던져 버렸지."

파린은 자신도 모르게 눈을 질끈 감았다. 명백한 증거를 찾긴 했지만, 마지막까지 그는 에미코의 범행을 믿고 싶지 않았건만. 하지만 이제 범인 스스로 살인을 인정해 버렸다. 그것도 뻔뻔하게, 양심의 가책이라고는 조금도 느끼지 않는 사람처럼. 에미코는 조금의 흔들림도 없어 보였다. 그렇다면 다음 희생양은 파린일까?

너 정말 돗자리 깔아라. 뼈를 보고 점을 치는 점쟁이 같아. 이제 좀 진정하고 기다려 보면 어때?

"네가 내린 그 결론을 또 누구에게 말했나?" 에미코가 물었다.

"아니요, 아무도 모릅니다!" 파린이 큰소리로 외쳤다. 이제 정말로 끝이었다. 이제 다른 누군가를 의심할 필요가 없어진 기사는 카이문트와 마찬가지로 안심하고 자신을 제거할 것이다.

"그럼 너는 그렇게 나를 비난하면서도 나에게 먼저 왔다는 것이냐?" 그의 눈썹이 내려갔다. "넌 내 손으로 직접 죽일 필요가 없어. 내 말 한마디면 네 목을 매달 수 있으니까. 아주 간단하지. 이 성에서는 누구도 이유를 묻지 않거든." 에미코의 목소리가 날카로워졌다. "영향력 있는 귀족 가문 출신인 카이문트와 달리 여기서도, 하우펜 마을에서도 널 위해서는 닭 한 마리도 울어 주지 않을 게다."

파린은 온몸이 갈기갈기 찢어지는 것 같았지만 에미코를 똑바로 응시하며 말했다. "기사님께 약속드렸고, 그것이 제가 기사님께 온 이유입니다. 제가 이런 생각을 하고 있다는 사실을 아는 사람은 없습니다. 다만 플라우디우스와 드로그단, 그리고 슈튐멜에게 아무래도 살인 사건인 것 같다는 이야기를 했을 뿐입니다."

"그리고 그 모든 걸 다 알고도 나에게 올 생각을 했다는 건가? 모든 불행의 근원이고 살인자이고 배신자인 나에게로? 네가 대체 무슨 세계를 구할 의인이라도 되는 게냐?"

이제 조롱까지! 그게 아니면 무슨 꿍꿍이일까? 파린은 고개를 떨어뜨렸다.

그러자 에미코가 물었다. "무슨 약속 말인가?"

파린은 다시 고개를 똑바로 들었다. "충성입니다. 충성을 약속드렸죠."

기사는 넓은 턱을 긁으며 말했다. "넌 정말 재미있는 녀석이야. 널 내 스콰이어로 삼기로 한 내 판단이 옳았던 것 같다. 넌 아직 배울 게 많지만 엄청난 잠재력을 가졌어." 그가 예리한 목소리로 말했다. "나에 대해 더 속단하기 전에 나의 관점에서 이야기를 하나 들려주지." 에미코는 등받이에 몸을 기대고 두 팔을 올려 머리 뒤에 깍지를 꼈다. "네가 직접 나한테 얘기했었지. 까마귀가 나에 대해 얼마나 많은 걸 알고 있었는지?"

"제2기사 말씀이신가요?"

에미코는 고개를 끄덕였다. "그런 정보가 어떻게 밖으로 새어 나갔을까? 아주 간단하지. 까마귀가 내 주위에 첩자를 심어 놓았으니까. 슈투름바흐트 성의 동향은 물론이고 특히 성주가 계획하는 일에 대해 주기적으로 보고하는 배신자 말이야. 그 첩자의 이름이 카이문트였다. 그는 나의 절대적인 신임을 얻는 스콰이어로서 자신의 위치를 이용해 나를 속이고 기회가 있을 때마다 적에게 정보를 넘겼어." 기사는 커다란 주먹으로 자신의 가슴을 쳤다. "그가 나를 기만했다! 그의 사형을 집행하지 않은 데는 이유가 있었어. 이 상황에서 영향력 있는 귀족 가문과 문제를 일으켜서는 안 되거든. 그러니 방법은 단 하나뿐이었다. 그를 죽이고 마치 사고사인 것처럼 꾸미는 것. 이제 내가 스콰이어에게 무조건적인 충성을 요구하는 이유를 알겠는가?"

파린은 마치 돌덩이처럼 그 자리에 잠자코 앉아 있었지만, 흥분은 쉽사리 가라앉지 않고 내면 깊은 곳에서 그를 흔들어 대고 있었다.

"네가 카타콤과 얼음 창고를 염탐하고 다닌 일은 나중에 짚고 넘어가지. 딱 한 번만 말하겠다. 네코르인과 달리 난 사탄을 숭배하지 않는다. 오히려 그 반대야. 그런 자들은 나의 적이야. 나는 생각하고 싸울 수 있게 된 때부터 지금까지 줄곧 그들을 쫓고 있다. 악의 숭배를 증오하기 때문에, 악령과 사탄을 증오하기 때문에, 인간을 제물로 삼는 것을 증오하기 때문에! 나의 도서관, 그리고 불과 며칠 전에 만든, 의식이 행해지는 방의 용도는 딱 하나, 적을 알기 위해서이다. 나는 어둠의 주술과 그것을 숭배하는 이들이 행하는 의식의 실체에 대해 알기 위해 가능한 한 많이 정보를 수집했다. 그들을 상대로 싸우려면 그들의 거짓과 망상과 잔혹한 현실의 실체를 알아야 해. 나는 악령을 쫓는 사냥꾼이고 나의 지식과 나의 경험이 나에게 필요한 무기를 제공하지."

"악령을 쫓는 사냥꾼이요?" 자신도 모르게 마른 침을 꿀꺽 삼켰다. 지금 도대체 무슨 일이 벌어지고 있는 건지 알 수가 없었다.

악령을 쫓는 사냥꾼이래! 낄낄거리는 소리가 났다. 악령을 믿지 않는다고 해 놓고. 쯧쯧.

"나에겐 그럴 만한 충분한 이유가 있다." 에미코의 눈에 분노의 불꽃이 튀었다. "그중에서도 가장 중요한 이유는, 나의 아버지가 악령에게 배신당해 죽임을 당하셨기 때문이다. 나는 그들에게 반드시 복수할 것이다."

에엥?

기사는 손바닥으로 책상을 내리쳤다. "까마귀도 같은 악령을 쫓고 있지. 다만 그들은 그 악령을 죽이는 대신 이용하려고 하는 거야. 악령이 그들에게 힘을 부여한다고 믿기 때문이지. 그 악령은 사악하고 엄청난 힘을 가졌어. 이 벨텐 제국 전체의 운명을 좌지우지할 수 있을 만큼."

에엥?

파린은 정말로 아무것도 이해할 수 없었다. 심지어 망상의 생소한 반응까지 그를 헷갈리게 했다. 징글징글은 원래 뭐든지 미리 알고 있었고 더 잘 알고 있다고 자부하지 않았던가?

"그 악령이 뭘 할 수 있는데요?"

"쉬운 것부터 시작하지. 아무도 제1기사를 무찌를 수 없게 만드는 것."

새로운 정보를 처리할 시간이 필요했다. 시간을 벌기 위해 파린이 물었다. "기사님의 아버님께 구체적으로 어떤 일이 일어난 거죠?"

"난 한 번도 아버지를 만난 적이 없다. 내 어머니 오렐리아가 나를 임신했을 때 악령이 그를 죽였지."

초르그호로차, 보르그헤차! 이제야 무슨 말인지 조금 알 것 같네. 이제 말실수하면 큰일 나.

망상의 이런 반응은 처음이었다. 대체 무슨 일이 일어나고 있는 걸까? 전혀 예상치 못한 충격적인 상황에 파린은 점점 녹초가 되어 가고 있었다. 현기증이 났다. 마치 누군가가 자신의 뇌를 줄에 매달아 이쪽저쪽으로 잡아당기고 있는 것 같았다. 망상은 지금까지 파린이 혼자 의심하고 괴로워하는 걸 알고도 내버려 두더니 이제 자신의 머릿속에서 괴상한 소리를 내며 이해할 수 없는 반응을 보이고 있었다.

"내 해명이 충분했나? 그럼 이제 내가 질문할 차례군!" 그는 몸을 앞으로 굽혔다. "어떻게 얼음 창고에 갈 수 있었지? 그곳으로 가는 통로는 막혀 있는데 말이야."

"죽은 스콰이어를 보게 해 달라고 슈튬멜을 설득했어요. 기사님을 돕고 싶어서요."

기사는 가볍게 고개를 끄덕였다. "그리고?"

파린은 밤에 혼자 다시 그곳을 찾은 일과 철봉 아래로 기어들어 간 이야기, 도서관에서 가져온 지도를 보고 아래쪽 벽감에서 비밀 통로를 찾아낸 사실 등을 숨김없이 털어놓았다.

"그리고 바로 저기로 나왔습니다." 파린은 벽난로 옆쪽을 가리키며 말했다. 이쪽에서는 그곳에 문이 있다는 사실을 전혀 알아챌 수 없었다.

파린의 이야기를 듣는 동안 기사의 눈썹은 점점 더 높이 올라갔다. "너처럼 한밤중에 혼자 카타콤을 쏘다닐 만큼 멍청한 인간은 흔치 않지. 넌 정말 어딘가 좀 남다른 데가 있는 녀석이다. 네 행동을 선의로 받아들여 주마."

기사는 자리에서 일어나 양팔로 책상을 지지하고 몸을 앞쪽으로 기울였다. 그의 눈썹은 마치 사형 집행인의 도끼처럼 아래로 내려 갔다. 그의 목소리도 도끼의 날처럼 날카로웠다. "가장 중요한 질문 이 아직 남아 있다. 나를 믿는가? 앞으로 나에 대한 너의 충성심이 거기에 달려 있으니까."

파린은 그제야 자신을 짓누르던 짐이 가벼워지는 것을 느꼈다. 기사의 설명은 간단하고도 명료했다. 그는 고개를 들고 에미코의 눈을 똑바로 응시하며 말했다. "예, 그리고… 기사님을 의심했던 것 정말 죄송합니다."

"나도 그게 마음에 걸리는구나! 하지만 그러고도 곧바로 나에게 왔다는 점에서 만회했어." 에미코는 다시 자리에 앉았다.

정말 귀여운 녀석들이야, 너희 둘 다 말이야. 파린의 머릿속에서 쪽 하고 입맞춤 소리가 들렸다. 하지만 갑자기 망상의 목소리가 다급 해졌다. **이제 아버지가 누구였는지 물어봐, 얼른.**

"파린, 다음번엔 내 성을 혼자 뒤지고 다니기 전에 먼저 나에게 와야 한다."

"네, 기사님!" 처음으로 기사가 그의 이름을 불러 주었다. "그런 데… 기사님의 아버님은 어떤 분이셨죠?"

"네가 나에게 보여 줘야 할 건 무한한 호기심이 아니라 무한한 신

448

뢰야."

"저는… 죄송합니다만, 아버님이 당한 배신 이야기가 머릿속을 떠나지 않아서요."

에미코는 턱을 약간 앞으로 내밀었다. 오늘은 이만하면 됐다고 생각하는 순간 에미코가 입을 열었다. "30년도 더 된 이야기야. 아버님의 이름은 피고였고 제1기사였지. 그런데 당신이 섬기던 왕 에카리우스를 신뢰하는 실수를 범했어. 그리고 그는 자신의 몸속에 있던 악령을 믿었어."

보르그헤차, 초르그호로차! 이제야 알겠네. 어쩐지 기사 양반 처음부터 좀 낯이 익다 했거든. 그는 나의 일부야. 망상은 뿌듯해하는 것 같았다.

"그리고 결국에는 악령이 그를 배신했다. 나는 반드시 복수할 거야." 에미코가 비장하게 말했다.

파린은 침을 꼴깍 삼켰다. "악령에게 어떻게 복수하시려는 거죠?"

"찾아내는 즉시 죽일 거야. 그 악령은 인간을 숙주로 삼지. 기생충처럼 말이야. 그 악령을 영원히 죽음에 이르게 할 수 있는 의식이 있어."

"그럼 악령의 숙주가 되었던 사람은요?"

"그도 물론 악령을 쫓아내는 동안 죽게 될 거야. 그런 끔찍한 고문을 이겨 낼 수 있는 사람은 없으니까."

큰일이군!

히야, 안됐다 꼬맹아.

"중요한 질문에 답변을 들었으니 이제 다른 문제에 신경을 좀 써야겠군. 이따가 슈툼멜을 불러야겠어. 어떻게 시시한 스콰이어 따위를 카타콤으로 안내할 수가 있지?"

"기사님, 부디 저를 야단쳐 주세요. 슈툼멜은 잘못이 없습니다. 성주님의 스콰이어인 제가 졸라대서 벌어진 일이에요. 그는 기사님을 도우려 한다는 제 뜻을 믿어 주었고요."

에미코는 입술을 비죽였다. 그 모습은 어떻게 보면 씨익 웃는 것처럼 보이기도 했다.

"이제 가거라!"

"오후에 드로그단과 검술을 연습합니다. 제가 기사님을 위해 할 일이 있으면 말씀해 주세요." 파린은 정중히 허리를 굽혀 인사했다.

에미코는 고개를 끄덕이고 책상에 놓인 종이 위로 시선을 돌렸다.

믿을 수 없는 일이 일어났다. 서재에 들어올 때 그를 괴롭혔던 걱정거리들은 모두 허공으로 사라져 버렸다. 하지만 이제 다른 짐이 마치 납덩이를 매단 안장처럼 그의 어깨를 짓누르고 있었다. 자신을 악령을 쫓는 사냥꾼이라 부르는 에미코는 하필 징글징글을 쫓고 있었다. 망할 망상이 파린을 죽음의 위기에 몰아넣은 것이었다. 징글징글에게 들어야 할 이야기가 아직 남아 있었다.

공중제비

아로스는 포만감과 생소한 만족감을 느끼며 나벤슈타인의 남쪽 작은 만에서 시간을 보냈다. 막 수영을 마치고 모래 가운데에 솟은 바위 사이에 새 옷을 입고 서서 지는 해를 바라보았다. 원피스의 안 주머니에는 어금니가 들어 있었다. 이제 어떻게 하지? 정찰병들이 그녀를 쫓고 있었다. 거짓말쟁이 그람도 그녀를 찾아내려 할 것이다. 그들은 지난 수년간 고아원이라는 좁은 공간에서 함께 생활한 사이였다. 그러니 아로스가 즐겨 찾는 장소를 알고 있다는 그의 말은 사실일지도 몰랐다. 그렇다면 정말로 위험해질 수 있었다. 이 모든 불행은 그람에게서 시작되었다. 불쌍한 볼프를 그렇게 잔인하게 죽이고 아로스에게 누명을 씌우다니.

그리고 그런 그가 이제는 그녀를 정찰병들에게 넘기려고 했다. 그러려면 먼저 나를 붙잡아야 할 텐데. 나를 적으로 만든 걸 후회할 날이 곧 올 거야.

아로스는 원피스 주머니에 손을 넣어 어금니를 꺼낸 뒤 이리저리 돌려보며 깊은 생각에 잠겼다. 이걸로 뭘 하지? 무슨 쓸모가 있을까? 아무튼 그건 믿기 힘든 마법으로 쥐들을 보내 자신의 생명을 구해 준 노파에 대한 추억의 물건이었다. 지금까지 일어난 일들이 하나하나 그림이 되어 그녀의 머릿속을 스쳐 지나갔다. 알록달록한 그림, 회색빛 그림, 반짝이는 색채의 그림, 무채색의 그림, 떠들썩한

451

그림, 조용한 그림들이 무질서하게 머릿속을 떠다녔다. 세상은 미쳤어. 그녀는 고아원과 헛간과 다락을 생각했다. 대체 거기서 일어난 일들은 다 무엇이었을까?

그녀의 눈길이 손에 든 어금니를 지나 맑은 하늘로 향했다. 마찬가지로 그림 하나가 나타났다. 처음엔 부옇게 흐렸지만 점차 선명해지고 있었다. 그건 단순히 추측이나 백일몽 따위가 아니라 분명히 느낄 수 있는 생생한 현실 같은 장면이었다. 그람이 위에서 그녀를 꽉 붙잡았고 대주교가 보낸 사내들이 달려와 그녀를 끌고 갔다. 안 돼! 경악은 결연함으로 바뀌었다.

태양이 수평선 아래로 사라지자 그녀는 고아원으로 향했다. 돌아가 동전을 가져올 생각이었다. 가는 길에는 정찰병이 있는지 잘 살펴야 했고, 해가 완전히 지기 전에 고아원을 관찰하기 좋은 장소도 필요했다. 아로스는 계단을 오르고 있었다. 2년 전에 무너진 건물의 계단이라 높이 올라갈 수는 없지만 어쨌든 고아원을 염탐하기에 적당한 장소였다. 다행히 고아원 주위엔 파수꾼도, 정찰병도 보이지 않았다. 아로스는 안도했다.

자정이 될 때까지 기다렸다가 시내를 지나, 한때 자신의 거처였던 그곳으로 갔다. 조용히 헛간 문을 열고 들어가 문을 잠갔다. 닭들은 자고 있거나 그녀의 등장에 무심했다. 금이 간 사다리를 바라보았다. 대주교가 이걸 타고 올라갔더라면 목을 부러뜨릴 수 있었는데. 피곤해서 하품이 나왔지만 지금은 피곤을 느낄 여유조차 없었다. 아직 할 일이 남아 있었기 때문이었다.

아로스는 마침내 지칠 대로 지친 몸으로 사다리를 타고 올랐다. 어느 난간이 튼튼한지 그녀의 몸은 정확히 기억하고 있었다. 조심조심 문을 열고 다락으로 기어들어 가 다시 살그머니 문을 닫았다. 바닥의 지푸라기를 무릎으로 치운 뒤 동전을 숨겨 둔 판자를 찾아냈다. 못으로 헐겁게 고정되어 있었지만 그것을 들추자 끼익하는 소리를 냈다.

그 소리가 그렇게 큰지 예전엔 미처 몰랐었다.

잠시 그녀는 인기척이 나지 않나 귀를 기울였다. 예전에 바다에서 주운 소라 껍데기를 귀에 대고 소리를 들었을 때처럼. 하지만 아무 소리도 들리지 않았다. 그녀는 안도하며 동전을 주머니에 넣은 뒤 다시 지푸라기를 펼치고 그 자리에 누웠다. 발은 쪽문에 닿아 있었다. 그래야 누군가 열려고 하면 바로 알아챌 수 있었다.

이번에도 소리가 그녀의 잠을 깨웠다. 너도밤나무가 바스락거리는 소리, 아니 자세히 들어보니 그건 누군가가 나무 위에서 바스락거리는 소리였다. 맨 아래 가지가 꽤 높은 곳에서 시작되는 그 나무를 타고 오르는 건 쉬운 일이 아니었다. 아로스는 살짝 문을 열고 사다리 맨 위 칸에 발을 올렸다. 그리고 머뭇거리며 지붕 쪽으로 귀를 기울였다. 바람 소리 말고는 조용했다. 꿈이었을까? 아니었다! 분명 널빤지 위를 걷는 조심스러운 발걸음 소리가 들렸다. 대들보는 신음하듯 삐거덕거렸다. 그리고 잠시 후 위쪽에서 그림자가 나타나더니 그녀를 내려다보았다.

"안녕, 아로스." 그람이 작은 소리로 말했다. "다시 돌아오지 말았어야지. 하지만 너는 멍청해서 돌아올 줄 알았어. 널 데려가면 5실링을 준다던데." 그가 이를 드러내고 웃었다. "그러려면 널 좀 아프게 해야겠다. 많이 아플 거야."

아로스는 사다리를 꽉 움켜쥐고 말했다. "잘 생각해, 그람. 정말 나와 한 판 붙을 생각이야?"

그람은 웃음을 터트렸다. "물론이지. 난 너보다 똑똑하고, 힘도 세고 빠르거든. 넌 나를 벗어날 수 없어."

"넌 그저 나보다 더 비열할 뿐이야."

"하하!" 그람은 아로스의 말을 칭찬으로 받아들인 모양이었다. 고개를 삐딱하게 기울이며 그가 말을 이었다. "너 때문에 군인들에게 잡혀가고 협박을 당했어. 그것만으로도 널 두드려 팰 이유는 충분하지. 정찰병 대장이 왜 그렇게 널 잡지 못해 안달인지 말해 봐."

"나도 몰라. 이번엔 네가 말해. 어떻게 불쌍한 볼프를 그렇게 잔인하게 죽이고 나에게 뒤집어씌울 수 있었는지."

"아주 간단했어. 재미도 있었고. 언젠간 꼭 다시 해 보고 싶은걸." 그는 흡족한 듯 야비하게 웃었다.

"네가 얼마나 추잡한 돼지인지 알고 있는 거야?" 아로스가 물었다.

"내가 그걸 모를 리 있겠어? 그날은 안타깝게도 계획대로 되지 않았지. 원장님이 널 때려죽였어야 했는데 말이야." 그가 으르렁거리며 말했다. "쥐들만 나타나지 않았어도…."

"꼬맹이 그람이 놀라서 기절하다니, 정말 끔찍한 일이었지." 아로스가 비웃었다. 그건 어른의 비웃음이었다.

"이제 네 차례야!" 그람의 입과 눈이 가학적인 미소를 짓고 있었다.

"네가 정신을 잃고 기절해 있을 때 가만히 두는 게 아니었는데."

"그렇고말고, 넌 그렇게 멍청하다니까."

"그럼 너라도 좀 똑똑해져 봐. 날 내버려 두는 게 좋을걸?"

"어디 한번 보자!" 그람이 한 마리 맹수처럼 구멍을 통해 다락으로 뛰어 내려왔다. 네 다리로 땅을 짚은 채 먹이를 향해 달려들기 직전의 맹수.

그와 동시에 아로스는 사다리에서 폴짝 뛰어내렸다. 하지만 너무 긴장한 나머지 너무 멀리까지 뛰고 말았다. 한쪽 다리는 부드러운 건초 더미에 떨어졌지만 다른 한쪽이 딱딱한 바닥에 착지했고, 동시에 찌르는 듯한 통증이 몰려왔다. 하지만 그람의 비열한 승리의 미소가 그보다 더 고통스러웠다. 신음과 함께 간신히 몸을 일으켰다.

"잡았다, 쥐새끼." 그람이 속삭였다.

그람의 말이 맞았다. 그녀는 그를 너무 과소평가하고 있었다. 그는 비열할 뿐 아니라 유연하고 민첩하기도 했다. 이제 그람은 우아하고 여유 있게 문을 열고 나와 단번에 아래로 뛰어 내려왔다. 지난 싸움이 떠올랐다. 이번엔 아로스가 아래에 있었고 그람이 위에서 날아오고 있었다. 문 앞까지 어떻게 가 본다 해도 문을 열 시간조차 없을 게 분명했다.

그람은 건초 더미 한가운데 내려앉았다. 오싹한 신음이 들리고 곧이어 비명이 울려 퍼졌다. 그의 가슴을 쇠스랑이 뚫고 나와 있었다. 마치 꼬챙이에 끼워진 소시지처럼 쇠스랑에 꽂힌 채 그의 발이 움찔거렸다.

그는 믿을 수 없다는 듯한 눈빛으로 아로스를 바라보았다. "네, 네가… 쇠스랑을… 여기다 둔 거야?"

아로스는 고개를 끄덕였다. "그래, 그리고 난 멍청해서 그걸 거꾸로 세워 뒀어."

마지막 기회를 준 거라고 벌써 그에게 경고했었다. 어젯밤에 그녀는 쇠스랑을 촛대처럼 거꾸로 세우고 건초 더미에 묻느라 한 시간도 넘게 몸을 움직여야 했다.

그람의 입에서 그르렁거리는 숨소리와 함께 왈칵 피가 쏟아져 내렸다. 그가 당황한 얼굴로 자신의 몸을 내려다보고 있었다. 쇠스랑이 그의 척추를 부러뜨렸는지 팔도, 다리도 꼼짝을 하지 않았다. 마침내 그의 눈알이 부풀어 올랐다.

아로스가 냉정하게 말했다. "더러운 녀석. 우리의 싸움은 여기서 끝났어, 그람. 네가 졌어. 나의 싸움은 계속되겠지."

대답은 없었다.

아무런 감정도 느껴지지 않았다. 이런 끔찍한 일을 벌이게 만든 그람에게, 그의 비열함에 화가 나야 했고, 대주교와 쇠사슬을 두른 개에 대한 증오심이 불타오르는 게 당연했다. 하지만 아로스의 심장은 차가웠다. 하녀의 말이 사실이라면 쇳덩이만큼 단단해진다는 북쪽의 물처럼 차가웠다.

쇠사슬을 두른 개. 다음번엔 널 물 거야, 아로스는 생각했다. 내일이 될지, 일주일 후가 될지, 일 년 후가 될지는 모르지만 널 가만두지 않겠어.

이제 고아원에서 할 일은 모두 끝났다. 다시 이곳에 돌아올 일은 없을 것이었다. 끔찍한 살해의 장소, 피로 얼룩진 이 헛간과 고아원을 두 번 다시 보고 싶지 않았다. 사다리에서 뛰어내릴 때 바닥에 떨어뜨린 모자를 주워 다시 머리에 썼다. 닭 한 마리가 새로 생긴 횃대인 줄 알고 그람의 어깨에 올라앉아 쉬고 있었다.

아로스, 흙투성이 발, 쥐들의 여왕은 인생에서 마지막으로 헛간 문을 열었다. 한때 그의 적이었던 고아원 모범생 소년 그람을 뒤로한 채. 그녀는 뒤를 돌아보고 말했다. "볼프가 어떤 기분이었을지 너도 이젠 알겠지. 영원히 안녕!"

권력

시간은 하루를 재촉하고 드로그단은 파린을 재촉했다. 검을 들고 싸우는 일은 파린이 생각했던 것보다 훨씬 더 힘들었다. 드로그단은 독심술이라도 구사하는 걸까? 그는 파린이 어떤 동작을 취해도 미리 예견하고 공격을 막아 냈다. 머리끝에서 발끝까지 무장한 파린과는 달리 훈련용 조끼 하나만 걸친 채로 말이다.

"아직 단 한 번도 성공하지 못했어!" 그가 씩 웃으며 말했다. 그의 말은 사실이었다.

그러지 말고 나한테 딱 1분만 맡겨 봐. 내가 날이 없는 옆면으로 저 아저씨를 흠씬 때려 줄 수 있다니까. 약속할게. 다음번엔 아마 온몸에 카펫을 둘둘 말고 나오게 될걸?

언제쯤이면 징글징글은 파린이 그러지 않으리라는 걸 이해하게 될까? 칼 쓰는 법은 스스로 배워야 했다. 악령에게 의존하고 싶지 않았다. 피고의 사례에서도 알 수 있지 않은가! 그나저나 망상이 이렇게 갑자기 다시 불쑥 나타나다니 흥미로웠다. 에미코의 서재에 다녀온 후 파린은 망상에게 여러 가지를 묻고 싶었지만, 아니 여러 가지 해명을 듣고 싶었지만 조금 전까지만 해도 어딘가에 꼭꼭 숨어 있었던 것이었다.

숨어 있다니, 난 탐사 중이었을 뿐이야.

그래 좋아, 그랬다고 치자. 파린은 눈을 부릅떴다. "또 무슨 못된 짓을 할 기회라도 찾은 거야?"

"대결 중에 딴생각하는 거냐? 몸을 움직여야지. 생각은 죽고 나서나 하라고." 드로그단이 그를 노려보며 말했다. "대회가 열리면 매일 오전 스콰이어들의 경기가 열려. 이렇게 하다간 망신만 당한다고. 우리 슈타인드라헨 성은 그동안 최고의 기사들을 배출했다는 걸 잊지 마."

꾸지람은 효과가 있었다. 파린은 훨씬 더 집중했고 비록 한두 번이었지만 드로그단의 검을 막아 낼 수 있었다.

"내가 땀을 흘리게 만든다면 맥주 한잔을 사마. 그리고 네가 나를 한 번이라도 성공적으로 공격한다면 맥주 한 통을 통째로 내지. 좀더 다양하게 공격해 봐. 네 공격은 너무 단조로워."

드로그단이 자신의 검으로 원을 그리며 검의 날 맨 아래쪽을 치는 바람에 파린은 다시 검을 놓치고 말았다. 그의 검은 우아하게 회전하며 거름 더미 위로 떨어졌다. 그리고 바닥에 닿는 순간 바닥의 말똥을 멋지게 반으로 갈랐다.

"몇 번을 더 말해야겠니? 절대로 검을 놓쳐선 안 돼."

파린은 의기소침해져서 검을 주워들었다. "조금씩이라도 나아지고 있긴 한 건가요?"

"물론이지! 특히 훈련을 끝내고 나서 너보다 빠른 속도로 사라지는 녀석은 없을걸? 오늘은 여기까지. 이제 돌아가도 좋다. 빛의 속도로!"

"하나도 재미없어요."

"난 재미있는데?" 드로그단이 씩 웃었다.

초저녁 무렵 파린은 다시 도서관으로 갔다. 문 앞을 지키고 서 있던 병사는 멀리서도 그를 알아보고 친절하게 고개를 끄덕였다. "독서광 스콰이어님, 어서 오세요." 그는 들고 있던 창을 바로 세우고 문까지 열어 주었다.

"고맙습니다." 파린이 웃으며 말했다.

먼저 사다리를 타고 올라가 붉은 표지의 책을 제자리에 놓아두었다. 한 번도 경험해 보지 못한 지식에 대한 열망이 그를 사로잡았다. 최대한 집중하며 서가 사이를 걸었다. 색상 분류는 벌써 다 외우고 있었다. 맨 마지막 열엔 놀랍게도 카테고리에 분류되지 않은 책들이 있었다. 그 이유를 알아차리는 데는 그리 오랜 시간이 걸리지 않았다. 이곳의 책들은 주로 악령이나 마녀, 검은 주술에 관한 내용이었다.

파린은 가죽 표지로 제본된 두꺼운 책 한 권을 꺼내 들어 조심스럽게 책장을 넘기기 시작했다. 중간쯤 이르렀을 때 뿔이 달리거나 비늘이 달린 무시무시한 악령의 모습이 그려진 페이지가 나타났다.

끔찍한 그림이군!

"너도 이렇게 생겼어?"

무슨 소리! 이건 다 순진하기 이를 데 없는 인간들이 마음대로 상상한

모습일 뿐이야. 난 그거보다 훨씬 더 못생겼다고!

"아하, 그렇구나!"

익숙한 상징이 파린의 눈길을 끌었다. 그는 인상을 찌푸린 채 위 아래가 뒤집힌 별 모양과 불꽃이 그려진 원을 바라보았다. 이번에 도 알아볼 수 없는 언어로 쓰인 책이었고 파린은 제목도, 내용도 이해할 수 없었다.

"여기 또 감히 부를 수 없는 존재 상징이 있네. 나 좀 도와줄래?"

아무런 대답도 없고 아무것도 느껴지지 않았다. 감히 부를 수 없는 존재 이야기만 나오면 머릿속의 악령은 꿈쩍도 하지 않았다.

"징글징글? 숨지 말고 나와!"

넌 나한테 뭘 부탁할 거면서 나를 징글징글이라고 부르는 게 적절하다고 생각하는 거야? 이 엉큼한 배신자 벌레 같으니라고!

"네가 내 이름을 두고 날 벌레라고 부르니까! 게다가 넌 네 진짜 이름이 뭔지 말해 주지도 않았잖아." 파린은 잠시 멈칫했다가 말을 이었다. "그런데 왜 엉큼한 배신자 벌레라고 한 거지? 배신과 에키… 어쩌구 왕이었는데… 그러니까 그 얘기가 정확히 뭐였는지 좀 말해 봐."

그 쉬운 이름도 못 외우는 거야? 에카리우스 왕이었잖아!

"말 돌리지 마! 대체 그게 무슨 이야기인데?"

내가 언제부터 벌레한테 해명하는 신세였던 거지? 푸하! 난 아무한테도 해명해야 할 이유가 없어. 어떻게 하면 나를 떼어 낼 수 있는지 에

461

미코한테 물어봤잖아! 너의 꿍꿍이속을 모를 줄 알아?

망상은 정말로 화가 난 것 같았다. 파린은 어이가 없었다. 적반하장도 분수가 있지!

"들어봐 망상 씨. 내가 너를 쫓아 버리지 않겠다고 말한 적이 있어? 넌 나한텐 큰 골칫거리야. 그리고 난 아무하고도 그 문제에 관해 얘기할 수가 없다고."

어차피 그건 시간 낭비일 뿐이야. 이 세상 모든 사람 가운데 사분의 일은 네 문제 따윌 똥만큼도 중요하게 생각 안 할걸? 그리고 다른 사분의 삼은 자신이 아닌 네가 그런 문제를 가져서 다행이라고 생각할 거고.

"넌 항상 그렇게 악의적이고 비열해!"

그리고 넌 배은망덕하고 다리도 없는 끈적끈적한 무척추 애벌레지.

"그냥 벌레라고 불리는 게 낫겠다, 그게 더 짧고 간단하니까. 그리고 이제 책 읽는 걸 좀 도와줘."

나 지금 마음 상한 거 안 보여?

"그 얘긴 나중에 하자. 이 책…" 파린은 숨을 깊이 한 번 들이쉬고 물었다. "…읽을 수 있어?"

푸하! 책벌레가 기어 나오더니 이젠 안경을 내놓으라고 하네.

"난 네가 굉장한 힘을 가진 악령이라고 생각했어. 그런데 지금 너는 마치 어른의 모습을 한 아이 같아."

우리의 역할을 그렇게 헷갈리면 안 되는데. 내가 널 비웃는 게 원래 우리 규칙이니까.

"악령들도 심장이 있어?"

당연하지!

"그럼 가슴에 손을 얹고 생각을 좀 해 봐. 날 도와주는 게 어떤지."

글쎄….

"나중에 내 방에 가서 단둘이 있을 때 좀 더 얘기해 보자."

글쎄….

"제발."

글쎄…. 좋아, 놔 버려. 어떻게 하는지는 이제 말 안 해도 잘 알잖아.

도서관 중앙 통로에는 책상이 두 개 있었는데, 파린은 그중 하나에 두꺼운 책을 올리고 긴장을 풀었다. 생각이 원을 그리고, 정신이 두둥실 떠오르고, 마치 무언가가 그의 주위를 에워싸고 천천히 짙은 안개 속으로 그를 끌어가는 것처럼 느껴졌다.

"감히 부를 수 없는 존재, 불과 혼돈의 통치자는" 그는 큰 소리로 책을 읽기 시작했다. 전혀 모르는 언어로 된 책을 막힘없이 읽어 내려가고 이해할 수 있다니 다시 경험해도 놀라운 일이었다.

이건 카르탄어야. 가장 막강한 범주에 속하는 악령들에 대해 설명하고 있어.

"네코르인들은 악령의 우두머리들을 신처럼 섬기는 거야?"

그보다 훨씬 심하지! 비교도 안 돼.

"무슨 소리야? 넌 정말로 감히 부를 수 없는 존재를 두려워하는 것 같아."

하! 그를 한 번 만나 보기나 하고 말하라고.

파린은 점점 더 깊이 책 속에 빠져들었다. 다음 페이지에는 불의 지배자가 벌인 악행들이 묘사되어 있었다. 웬만한 강심장이 아니면 끝까지 읽기 힘든 내용이었다. 혼돈이란 음모이고, 전복이고, 고문이고 피였다. 파린은 갑자기 몸을 휙 돌려 뒤를 보았다. 도서관의 문지기가 소리도 없이 들어와 그의 뒤에 서 있었다. 갑자기 창이 파린의 가슴으로 날아왔다. 하지만 그의 공격은 성공하지 못했다.

파린은 초인적인 속도로 몸을 비틀어 옆으로 피했고 창끝은 살짝 그의 곁을 스치며 셔츠를 베었다. 그의 왼쪽 팔이 재빠르게 창의 자루를 움켜쥐었다. 손목을 살짝 비트는 것만으로도 두꺼운 떡갈나무 자루는 썩은 가지처럼 부러지고 말았다. 창끝은 쨍그랑 소리를 내며 바닥에 떨어졌고 문지기의 손에는 이제 나무막대 하나만 덜렁 들려 있었다.

"어떻게…" 문지기는 더 말을 잇지 못했다. 표정만 봐도 그가 얼마나 놀랐는지, 징글징글의 도움 없이도 읽어 낼 수 있었다. 하지만 얼른 다시 정신을 차린 문지기는 허리춤에서 긴 단검을 뽑아 곧바로 공격 자세를 취했다.

"넌 죽어야 해!" 그가 소리쳤다.

다음 순간 검이 파린의 심장을 향해 날아들었다. 파린은 몸을 움직였다. 오른쪽으로 몸을 피하는 척하다가 재빨리 왼쪽으로 몸을 돌렸다. 문지기는 잘 훈련된 노련한 군인이어서 속임 동작은 먹히지 않았다. 암살자는 반사적으로 비수의 방향을 틀어 파린의 가슴을 공격해 왔다. 비수가 스쳤다. 상의와 함께 살갗이 가로로 베어져 나갔다.

통증은 조금도 느껴지지 않았다. 자신의 성난 목소리가 들렸다. **"나를 화나게 하지 마!"**

그의 손이 조금 전 창의 자루를 잡았듯이 암살자의 오른 손목을 잡았다. **"놔!"** 문지기는 말을 듣지 않았다.

파린은 손을 더 꽉 쥐고 소리쳤다. **"어서 칼을 내려놔."**

문지기의 손목에서 우두둑 호두 깨지는 소리가 났다. 얼굴이 고통에 일그러지고 관자놀이에 혈관이 부풀어 오르면서도 그는 단도를 놓지 않았다. 다른 한 손이 군화에서 또 다른 칼을 꺼내 들었다.

"이제 더는 못 참아!" 파린이 큰소리로 외쳤다.

눈 깜짝할 사이에 몸을 돌리고, 밀치고, 짓누르고… 그리고 비명이 들렸다. 파린 자신도 놀라서 온몸이 마비되는 것 같았다. 자신의 손은 여전히 암살자의 손목을 쥐고 있었는데, 그의 팔은 이미 몸에서 떨어져 나간 상태였다. 그의 어깨에는 커다란 구멍이 보였다. 파린이 괴력을 발휘해 마치 데이지 꽃의 꽃잎을 떼어 내듯 병사의 팔을 통째로 떼어 내 버린 것이다.

"저자가 날 몹시도 못마땅해했나 보군." 파린이 말했다. 암살자는 아직 목숨이 붙어 있었다. 그를 살린 건 파린 안의 괴물이었을까?

파린은 손에 쥔 팔을 무심히 바닥에 던졌다. 팔은 1미터쯤 미끄러져 나가며 바닥에 선명한 핏자국을 남겼다. 하얀 손가락은 여전히 단도를 쥐고 있었다.

저 손을 좀 본받아 봐. 검을 놓치지 않는 거 봤지?

병사의 다른 팔에 힘이 풀리며 단도를 떨어뜨렸다. 파린은 칼을 집어 들어 병사의 사슬 갑옷 틈 사이로 힘껏 찔렀다. 단도가 암살자의 배에 꽂혔다. 그가 비틀거리자 뜯겨 나간 근육과 힘줄이 그의 어깨에 나풀거렸다. 마침내 그는 쓰러졌고 자신의 몸에서 흘러나온 피 위에서 몸을 떨며 신음했다.

파린은 무릎을 꿇으며 주저앉았다. "왜 나를 공격한 거지? 누가 너를 보냈어?"

병사의 눈은 피로 붉게 물들어 있었다.

"누가 널 보냈어?"

"나는… 불을… 섬긴다. 너희들은 모두… 불타…" 그의 눈동자가 풀리고 고개가 옆으로 떨어졌다.

돌처럼 꼼짝하지 않고 파린은 죽은 병사를 한참 동안 바라보았다. 얼마나 시간이 흘렀을까? 정신을 차렸을 때는 마치 무시무시한 악몽에서 깨어난 것 같은 기분이 들었다. 그는 도서관에 서 있었고, 가슴은 타는 듯했다. 상처는 깊지 않았고 그 외에 다친 곳은 없었다. 야비한 공격을 피하고 살아남은 건 기적이었다. 그리고 그 기적을 그는 언젠가부터 징글징글이라 부르고 있었다. 병사가 공격한 그 순간에 정말 운 좋게도 우연히 악령에게 자신의 몸을 맡겼던 것이다.

한참 후에야 파린은 다시 입을 열 수 있었다. "저자가 날 죽이려고 했어! 뒤에서 날 찌르려고 했다고. 왜지?" 그는 혼자 중얼거렸다. 몸이 떨렸다. "다른 때 같았으면 난 지금 저기 누워 있겠지. 네가 날 살렸어!"

뭐라고? 어쩌다 내가 널 돕게 된 거냐고 묻는 거냐? 그건 그냥 반사적인 동작이었다고.

"그냥 '반사적'이었다면 내가 너한테 고마워할 필요는 없겠네." 파린은 생각에 잠겼다. "무슨 임무였을까? 저자가 죽어 버리는 바람에 대답을 들을 기회를 잃었어."

파린은 시체 쪽으로 몸을 굽혀 왼쪽 팔의 옷을 들춰 보았다. 특별한 건 없었다.

찾을 필요 없어. 그가 왜 죽었는지 난 벌써 알고 있으니까.

파린은 역겨움을 참으며 3미터쯤 떨어진 곳에 놓인 반대쪽 팔을 보았다. 저 팔이 틀림없어. 그는 그쪽으로 걸어가 조심스레 살폈다. 역시 손목 위쪽에 그것이 있었다. 펜타그램! 원으로 둘러싸인 불타는 오각별.

"그럴 줄 알았어. 카이문트의 팔에도 똑같은 문신이 있었어."

그건 문신이 아니야. 망상이 단언했다. 징글징글의 목소리가 평소와 달리 몹시 불안하게 들렸다.

"피부 깊은 곳에 새겨져 있잖아. 문신이 아니면 대체 뭐란 말이야?" 매장꾼의 아들이 의아해하며 물었다.

그건 낙인이야. 감히 부를 수 없는 존재의 낙인. 그가 그걸로 인간처럼
편협한 존재를 조종하지. 쉽게 말하자면, 널 죽이려고 했던 병사는 멀리
에서 원격 조종당하고 있었던 거야.

파린의 얼굴이 하얗게 질렸다. 망상의 말을 믿고 싶지 않았지만
지금 방금 죽음의 위기를 넘긴 그였다. 그는 당황하여 물었다. "그
가 누구나 그렇게 조종할 수 있다는 거야?"

아니, 낙인이 찍힌 사람만 조종할 수 있어.

"상황이 점점 심각해지고 있어! 에미코 기사님께 이 사건을 보고
해야 하는데 시체가 저 꼴이 된 걸 뭐라고 설명해야 해?"

파린은 한숨을 쉬며 창끝을 집어 들고 허리 높이에서 손이 닿는
책장을 찍어 냈다.

그건 또 뭐야?

"너라면 내가 이자를 어떻게 죽였는지 사실대로 얘기하겠어?"

파린은 오늘 두 번째로 상서롭지 않은 사건을 보고하기 위해 기
사의 서재로 갔다.

에미코는 고개를 저으며 죽은 병사를 바라보았다. "이 병사의 이
름은 클레멘스다. 2년 전부터 내 부하로 있었고 탁월한 무술 실력
을 갖춘 군인이었지. 어떻게 그를 이길 수 있었지?"

"그가 뒤에서 다가오는 걸 제때에 눈치챈 덕에 재빨리 그를 넘어

뜨릴 수 있었습니다."

기사는 믿을 수 없다는 표정으로 병사의 잘린 팔과 배의 깊은 상처를 가리키며 다시 물었다 "그럼 이자가 왜 이런 도살당한 가축의 몰골을 하고 있는 건가?"

"엄청나게 운이 좋았을 뿐입니다. 그는 창으로 공격해 오다가 여기 이 책장에 걸리고 말았습니다. 그러면서 창이 부러지고 팔이 떨어져 나갔습니다."

평생에 한 번 들을까 말까 한 멍청한 설명이었어.

기사의 표정도 징글징글과 똑같은 생각을 드러내고 있었다.

"그 후에 제가 그의 칼을 빼앗아 찔렀습니다. 정말 끔찍했습니다."

"흠!" 에미코는 책장을 살펴보았다. "아, 여기였군!" 책장의 패인 부분은 허연 속살이 드러나 눈에 띄었다. 기사는 창과 부러져 나간 자루를 살펴보았다. "가장 단단한 떡갈나무가 그렇게 쉽게 부러졌다니! 그리고 그가 책장에 걸렸다고? 너는 상상도 못 할 행운을 얻었구나, 파린." 에미코는 짧은 턱수염을 긁으며 말했다. "믿을 수가 없어." 잠시 침묵이 흐르고 그가 다시 물었다. "클레멘스가 그 밖에 무슨 말을 했는가?"

"'나는 불을 섬긴다. 너희는 모두 불탈 것이다.'라는 말만 들었습니다."

"네코르인들의 영향력이 벨텐 제국 전체에 독처럼 스며들고 있다. 잘못된 길로 들어선 광신도들. 동쪽에도 벌써 마을들이 통째로 초토화되다시피 했어. 그들이 네코르인들의 규율을 거슬렀다는 사실만으로 말이지. 이 사건은 우리만 아는 걸로 하자. 슈튐멜에게만 알리겠다. 슈튐멜은 이 성안에서 내가 전적으로 신뢰하는 몇 안 되는 사람 중 하나니까." 파린의 설명은 기사를 완전히 이해시키기엔 부족한 것 같았다. 다만 부러진 창과 떨어져 나간 팔에 대한 더 그럴듯한 해명을 찾을 수 없다는 게 문제였다.

"예, 알겠습니다, 기사님!" 파린은 자신이 그의 신뢰를 얻은 몇 안 되는 사람에 속하지 않는다는 걸 느꼈다.

진실은 아무리 상상력을 발휘해도 닿을 수 없는 곳에 숨어 있다는 사실이 얼마나 다행인지, 파린은 자기도 모르게 "하느님 감사합니다."라고 중얼거렸다. 적당한 때가 되면 에미코에게 감히 부를 수 없는 존재에 대해 이야기하리라.

여기서 하느님이 왜 나와? 하느님은 이 사건과 아무 관계도 없다고. 이건 정말 불공평하잖아.

늦은 밤, 한 청년이 자신의 작은 방에서 상기된 얼굴로 혼잣말을 하고 있었다.

"기사님이 내 싸움 이야기를 믿는 것 같아?"

아니, 별로. 그렇지만 에미코의 입장에서도 아무리 상상력을 발휘한들 설명할 길이 없잖아.

"도서관에서의 일은 생각만 해도 소름이 끼쳐. 너 정말 화가 많이 난 것 같던데."

뭘 그 정도 가지고 그래. 화, 분노, 그다음 단계는 난폭해지는 거지. 그럼 내가 좀 무서워지긴 해.

"아하, 그렇구나." 파린은 악령의 난폭한 모습을 상상하고 싶지도 않았다.

너는 모든 조건을 다 갖췄어. 내가 그 나머지를 줄게.

"뭘 위한 조건?"

네 짧은 인생에서 무언가를 이뤄내기 위한 조건. 다른 아무도 이뤄내지 못한 업적을 완성하기 위한 조건.

파린은 어깨를 으쓱해 보였다. 그 말이 맞는다고 해도 그걸 원하느냐는 또 다른 문제였다.

"네가 나타나기 전까지 나는 하우펜에서 규율에 따르는 삶을 살고 있었어."

징글징글한 악령다운 한숨 소리가 들렸다. 그래, 규율은 많았고 삶은 별로 없었지.

"흠!"

그래, 흠! 말 잘했다. 너의 신체 조건이 아니었다면 난 절대로 혼자 힘으로 그 병사를 이길 수 없었어. 약간의 힘과 민첩성과 기술, 거기에 의지와 결단력이 더해지면 우린 굉장히 재미있는 일을 해낼 수 있다고.

"하지만 내 생각에 클레멘스는 오늘 그다지 재미있지 않았을걸."

그는 뒤에서 너를 몰래 공격했어. 넌 스콰이어치고는 꽤 잘 싸웠고.

"그래, 팔 뽑기가 스콰이어들의 대결 종목에 없는 게 아쉽다." 의도한 건 아니었지만 파린의 말은 비아냥거리는 것처럼 들렸다.

넌 이해를 못 했구나! 난 지금 권력에 대해 말하는 거라고.

파린은 고개를 절레절레 흔들었다. "상관없어. 그깟 권력이 뭐라고."

멍청한 녀석! 권력은 벌레를… 용으로 만들어 주지! 벌레와 용. 엄청난 차이지. 그 차이를 만드는 게 바로 나야! 오늘 도서관에서 너는 용이었다고.

파린은 무슨 말을 해야 할지 알 수가 없었다. 징글징글은 모든 질문의 대답을 알고 있었다. 아니! 언제나 그런 건 아니었어! 오늘 아침 에미코의 서재에서는 말을 더듬었었지. 그것도 심하게.

"오늘 아침으로 돌아가 보자. 그때 무슨 일이 있었던 거야? 기사님은 왜 네가 그의 아버지를 배신했다고 말하는 거지?"

실은 나도 그 말을 듣고 좀 놀랐어. 난 오랫동안 피고의 몸속에 숨어 있었지. 그는 당시 슈타인드라헨 성의 제1기사였어. 그가 거기까지 갈 수 있었던 게 누구 덕분이라고 생각해? 그가 결투에 나설 때면 나는 항상 그의 뒤에 있었다고.

"하지만 마지막 결투에서만큼은 예외였지."

인간은 누구나 한 번은 죽게 되어 있어. 피고는 교만해졌었어. 배가 불러서 편안하게 나에게만 모든 걸 맡겼지.

"그게 잘못이었어!"

그게 그의 잘못이었어. 나는 사악한 악령이야. 수호신도 자선가도 아니

472

라고.

"아하! 그럼 도서관에서는 왜 나를 구해 줬지? 벌레 따윈 그냥 죽게 내버려 둬도 상관없잖아? 피고처럼 말이야."

징글징글은 잠시 망설이다가 툴툴거렸다. 악령들은 원래 예측할 수 없는 존재야.

"바로 그 점 때문에 널 보내고 싶은 거고, 너에게 기대고 싶지 않은 거야."

그게 바로 내가 지금까지 만난 다른 하숙집 주인들과 네가 다른 점이야.

"그건 또 무슨 소리야?"

네 행동은 어딘가 좀 남다른 데가 있단 말이지.

"예를 들면?"

망상은 땅이 꺼져라 한숨을 쉬었다. 말도 안 되게 열심히 이를 닦는다든지··· 그것도 매일 아침 말이야.

"아하, 그 말이었어?"

그럼 뭔 줄 알았어? 믿거나 말거나, 칭찬이었어!

"풋! 내가 다르다면서. 그러니까 뭐가 다르다는 거야?"

다른 사람들은 나의 능력을 알게 된 후로 늘 내가 기적을 일으켜 주길 바랐지. 하지만 넌 머리와 손과 발과··· 그러니까 온몸으로 저항하잖아.

"난 그런 걸 원치 않아. 난 나이고 싶다고."

후훗!

둘의 열띤 토론이 막다른 골목에 다다르려 하고 있었다. 파린이 물었다. "그러니까 네가 피고를 돕지 않았고 그래서 그가 죽을 수밖에 없었다는 거야?"

피고는 다른 성에서 온 제1기사와의 결투에서 지고 말았어. 난 그냥 가만히 있었어, 그게 다였다고. 다른 악령이 그의 적을 돕고 있었던 것도 아니야.

"흠. 하지만 피고는 네가 도움을 줄 거라고 믿고 있었잖아. 그의 신뢰를 저버리지 않을 수도 있었을 텐데."

그놈의 충성 나부랭이. 거기에도 마찬가지로 양면이 있다는 사실을 벌레가 알아야 할 텐데. 최악의 상황에 맞닥뜨리게 되면 충성은 너에게 이성과 양심에 따른 판단을 버리라고 요구하지.

"무슨 뜻이야?"

지옥 불 속 같은 상황을 상상해 봐. 에미코가 충성스러운 스콰이어에게 드로그단을 죽이라고 했어. 그렇다면 충성스러운 파린은 과연 어떻게 할까?

"나라면… 나라면 따르지 않겠지. 기사님이 나에게 그런 걸 요구한다면 더는 그를 섬길 수 없으니까. 하지만 그는 그런 일을 시킬 사람이 아니야."

벌레다운 논리네! 그럼 그가 투르겐손 공작이 네크르인이라면서 그를 죽이라고 한다면? 그땐 어떻게 할 거야?

"그건… 잘 모르겠어."

어디에 차이와 경계가 있지? 넌 이 성의 성주인 에미코를 너무 성급히 의심했었어. 그러니까 괜히 충성을 들먹이면서 날 비난할 생각은 말라고.

"그건 달라. 넌 기생충 같은 존재고 원래 내 머리의 일부가 아니잖아."

불과 몇 시간 전에 내가 네 목숨을 구했어. 그리고 내가 널 고른 게 아니라니까. 아무도 너에게 펜던트를 훔치라고, 그걸 몇 날 며칠 목에 걸고 다니라고, 그리고 우리의 계약을 완전히 하기 위해 불 속에 던지라고 강요하지 않았어.

"흠. 펜던트를 불에 던진 건 실수였어. 하지만 인제 그만하자. 운명이 우리를 하나로 만들었듯이 언젠가는 분명히 다시 떼어 놓을 날이 오겠지."

너에게 영구적인 피해를 주지 않고는 어떻게 그렇게 할 수 있는지 몰라. 헤헤, 에미코가 말하는 것 너도 들었지?

파린은 눈을 부라렸다. "아까 하던 대결 얘기로 다시 돌아가자. 피고가 패했다는 건, 그가 죽음을 맞았다는 뜻이야. 그다음엔 어떻게 됐지?"

오렐리아가 피고의 시신을 수습하려고 교도관을 매수했어. 토막 내 개에게 먹이기 전에 말이지. 이틀 후에 피고는 아무도 모르는 곳에 비밀스럽게 묻혔지. 그의 시체가 관에 안치되기 전날 밤 부적은 물질화되어 그의 가슴에 놓였고. 네가 직접 경험한 것처럼 그게 바로 내가 인간의 몸에서 벗어난 후 다음 숙주로 숨어들어 갈 수 있는 매개체야. 그 순간 오렐리아는 눈물을 흘리며 교회를 떠났어. 하지만 그녀의 수발을 들던 하녀가 죽은 피고의 가슴에 올려져 있던 펜던트를 발견했지. 더 정확히 말하면 그걸 훔친 거야.

"오렐리아는 에미코의 어머니야. 그리고 피고가 죽었을 때 임신 중이었고."

그랬겠지. 에미코가 생겨날 때 난 피고의 허리에 있었으니까.

"그럼 기사님이 이제 널 아빠라고 불러야 하는 거 아니야?"

요 웃기는 녀석 좀 봐. 그가 날 죽이려고 한다는 거 잊었어?

"그 도둑질을 한 하녀의 이름이… 그러니까 혹시 게룬다였던 거야?"

넌 정말 소름 돋는 녀석이야. 그래, 그게 바로 여자의 이름이었어. 부도덕한 도둑 말이야.

"그리고 나중에 그녀가 하우펜 마을로 갔고."

그렇지.

"그때부터 게룬다의 몸속에 숨어 있었던 거야?"

나에게 시간이란 건 어차피 아무 의미도 없지만 그 늙은 마녀에 대해서는 별로 생각하고 싶지가 않아. 나 때문에 하루가 멀다고 너희들이 찾는 신의 상징을 가슴에 칼로 그어 댔으니까. 그러면 뭐가 달라질 거라고 생각했나 봐. 어쨌든 그녀는 나를 너무너무 싫어했거든.

"뭐가 뭔지 하나도 모르겠어." 파린은 잠시 생각에 잠겼다. "네가 정말 마녀의 마법과 무슨 관계가 있는 거야?"

아니! 그건 순전히 엉터리 미신이야. 그 때문에 인간 여자들이 많이도 죽음의 구렁텅이로 내몰렸지. 몇몇 정신 나간 놈들이 사탄이 여자아이들과 여인네들을 유혹한다고 의심을 하면서 그런 잘못된 믿음이 생겨났어. 벌써 수없이 많은 마녀재판에서 중상모략과 무고가 횡행했지. 그러더니 이젠 아예 너희 인간의 관습이 되어 버린 거야.

"하지만 세상의 모든 악은 악령의 책임이라고 하잖아."

세상엔 이런 악령도, 저런 악령도 있어. 인간들은 그저 책임을 몽땅 전가할 누군가가 필요했던 거라고. 그럴 때는 물질화되지 않은, 그러니까 보이지 않는 대상을 찾는 게 훨씬 쉽지. 사람들이 모이면 모일수록 상황은 점점 나빠질 뿐이야. 너희는 공기와 물이 오염되고 숲이 파괴되고 전염병이 늘어나는 책임을 악령들에게 돌리지. 한심한 인간들. 너희가 서로를 어떻게 대하는지에 관해서는 말할 필요조차 없고.

"사탄이 일곱 가지 대죄를 만들었다고 아멘 신부는 설교 때마다 말했어." 파린이 옛날을 회상하며 말했다.

망상은 기다렸다는 듯이 말했다. 물론, 물론이야. 교만, 탐욕, 질투, 분노, 색욕, 식탐, 나태는 내가 발견한 거야. 그건 인간이라는 존재와는 아무 관계도 없지. 신의 규율을 어겨서 천국에서 추방된 타락한 천사와 다른 차원에서 온 진짜 악령들은 전혀 다른 존재야. 너희 인간들은 자신들이 이해하지 못하는 것들을 뒤죽박죽으로 만들곤 하지.

"난 정말 뭐가 뭔지 모르겠다."

당연히 너한테 너무 어려운 이야기겠지.

망상의 도발에도 파린은 침착하게 말했다. "너나 내가 이 난관을 어떻게 헤쳐 나가야 할지 도무지 모르겠어. 난 악령을 쫓는 사냥꾼을 모시는 스콰이어야. 그분은 하필 내 머릿속에 숨어 있는 악령을 쫓아 죽이려고 한다고."

에미코의 몸엔 내 피가 흐르고 있어. 그가 그렇게 멋진 인간인 게 우연은 아니지.

파린은 한숨을 쉬었다. 그 말에 대해 군이 대꾸할 필요는 없어 보였다. "그리고 감히 부를 수 없는 또 다른 섬뜩한 악령을 섬기는 네코르인들은 너를 손에 넣기 위해 나를 쫓고 있고."

그래 맞아.

"우린 인제 어쩌지?"

우리? 너 진짜 지금 우리라고 말한 거야? 이제 슬슬 제대로 된 방향으로 첫발을 내디딘 거 같은데?

"실수였어."

아무렴. 벌레는 내디딜 발이 없으니. 발도, 다리도 척추도 없지.

"징글징글, 넌 정말이지 악령스러운 바보로구나."

하하, 넌 인간다운 멍청이고.

"난 반드시 훌륭한 스콰이어가 될 거야. 그렇게 되면 앞으로 우리에게 무슨 일이 벌어질까?"

지금까지 해 온 것처럼! 따지고 보면 우리가 있는 이곳이 바로 우리 둘에게 동시에 도움이 될 방법을 찾을 수 있는 적절한 장소야. 망상은 잠시 기다렸다가 말을 이었다. **대안으로는 물론 모루 바위로 올라가 절벽**

아래로 뛰어내리는 방법이 있고.

파린은 어이가 없어 웃을 수밖에 없었다.

이놈의 망상은 정말 황당한 녀석이야. 이제 또 무슨 일이 벌어
질까?

—《매장꾼의 아들 1》끝—

파린과 징글징글 그리고 아로스의 모험이
《매장꾼의 아들 2》에서 이어집니다.

저자: 샘 포이어바흐(Sam Feuerbach)

깊이 있는 유머감각과 신들린 언어 연주로 사랑받는 작가이다.
그의 이야기는 복선과 굴곡, 역설을 버무린 변화무쌍한 변주로 독자의 상상력을 자극한다.
아마존 독일소설 부문 #1 베스트셀러
총 50,000 이상의 리뷰 4.7/5
《매장꾼의 아들》한 작품만 해도 20,000개의 폭풍 리뷰가 달릴 만큼 열광적인 팬들의 지지를 받고 있으며 작가 지망생들이 본받고 싶어 하는 작가 1위로 손꼽히고 있다.

2018년《매장꾼의 아들》로 베스트 오디오북 대상,
2020년에는 스카우츠 상(Skoutz Award)을 수상하였다.

역자: 이희승

서울대학교에서 금속공예와 조소를, 독일 드레스덴 조형예술대학에서 조소를 공부했다. 독일 타우누스 자락에 정착해 살고 있다. 옮긴 책으로는 《거짓에 관한 진실》, 《모차르트》, 《세상을 바꾸는 뉴파워, 녹색소비》, 《마르크스》, 《가끔은 남자도 울고 싶다》 등이 있다.